갈릴레이의 생애

갈릴레이의 생애

진실을 아는 자의 갈등과 선택

베르톨트 브레히트 외 지음

차경아 옮김

두레

갈릴레이의 생애

●차례

이 책의 번역에 사용된 책

1. Bertolt Brecht
「Leben des Galilei」 Schauspiel, edition Suhrkamp (1966).

2. Friedrich Dürrenmatt
「Die Physiker」. Eine Komödie in zwei Akten (1962).
In : Ders. Komödien II und Frühe Stücke, Arche (1963).

3. Heinar Kipphardt
「In der Sache J. Robert Oppenheimer」 Die Soldateu. Zwei Stücke,
Fischer Taschenbuch Vlg. (1974).

물리학자에게도 히포크라테스 선서를!
-진실을 아는 자의 갈등과 선택-

1

물리학자들은 어떤 류의 인간인가?

오펜하이머 사건에서 공안위원회측 한 위원도 의문을 제기했듯이, 그들은 다른 사람들과 어떻게 다른가? 물리학, 그리고 넓게 잡아 과학계와 그 종사자들에 대한 비과학도들의 생각은, 옮긴이의 기준으로 본다면, 흔히 단순 몽매한 것이리라 여겨진다. 여러 이름을 가진 황당한 진리를 더듬으며 시행착오를 거듭하는 인문과학이나 사회과학의 방황에 비해, '2+2=4' 라는 식의 진리탐구는 얼마나 명쾌하고 갈등 없는 길일까? 백인도 흑인도, 공산주의자도 자본주의자도 부인 못할 확고한 진리를 추구하는 세계야말로 순수한 이성(理性)만이 지배하리라는 느낌에 일말의 부러움까지 생긴다. 그런 만큼 비과학도들이 생각하는 과학자들은 대부분 어디까지나 저편 세계에 속한 '그들' 이다.

그러나 근래에 와서 자연과학계도 이편과 비슷한 갈등에 부딪쳐 있다는 사실을 알게 되었다. 현대 양자물리학의 실상(實狀)이 그것이다. 물질의 최소단위라고 하는 '원자(原子)' 란 무엇인가? '원자' 라는 말과 함께 우리는 저 끔찍한 원자탄부터 떠올리게 된다. 그리고 원자란 아마도 악마 같은 힘이 그 핵 속에 도사린, 금강석보다 더 단단한 물질일 것이라고 상상하기 쉽다. 하긴 이 같은 상식선의 관념처럼, 원자가 견고한 고체입자라는 이론을 과학계에서도 꽤 오랫 동안 믿어 왔다. 그러나 현대물리학의 양자론은 물질이 고형체라는 고전적 관념을 뒤엎으면서, 세계는 독립적으로 존재하는 고립된 요소로 분석될 수 없음을 공표하고 있다. 고립된 부분이라는 개념, 즉 '원자'는 다름아닌 파동(波動)과 같은 확률모형이라는 것이다.

이런 극히 원론적인 몇 마디로, 한 문외한이 물리학의 내용을 이해했다고 주장하려는 건 결코 아니다. 다만 현대물리학자들이 부딪친 이 한계점을 알게 되면서, '그들'과의 사이에 쳐졌던 칸막이가 거두어진 느낌을 얘기하고 싶다. 그리고 '우리 모두'가 되돌아와 서게 된 허공 같은 원점을 확인하고 싶다.

"세계는 서로 다른 것들의 연결이 교차하고 중복되며 결합하는 복잡한 사건의 조직처럼 보인다."[1] 물질에 관한 이 같은 하이젠베르크의 관찰은, 바로 현대 인간사회의 메카니즘에 대한 적절한 해석이 되고 있지 않은가. 오늘날 과학자들은, 그 누구에게나, 상아탑 실험실 속의 '그들'로 머물 수가 없는 것이다.

바보와 범죄자 그리고 용기 있는 인간

"진실을 모르는 자는 단지 한낱 바보에 그치지요. 그렇지만 진실을 알고도 그것을 거짓이라고 칭하는 자는 범죄자란 말이오!" 일신의 출세를 위해 지동설을 부인하는 데 앞장선 제자를 향해, 갈릴레이는 일갈한다. 갈릴레이가 과연 자신의 말대로 진실을 주장하는 데 의연하게 행동했던가에 관해서는 일단 접어놓기로 하자. 우선 너무나 지당한 그의 이 주장은 진실을 둘러싼 인간형을 세 종류로 분류하게 한다.

---

1) Fritjof Capra : The Turning Point, 『새로운 과학과 문명의 전환』이성범 · 구윤서 옮김, 범양사(1985)

진실에 눈 먼 바보와, 그것에 눈을 뜨고도 배반하는 자, 그리고 본 대로 용기 있게 진실을 말하는 자.

진실 근처에 접근조차 해 보지 못한 자들에겐 갈등 따위가 있을 수 없다. 그래서 '모르는 게 약'이라는 속설까지 생겨났으리라. 그런가 하면 '아는 게 병'이라던가. 진실을 아는 자는 그것을 알도록 선택받았다는 점에서 막강한 존재이지만, 그 진실을 공표하는 것이 위해(危害)가 되는 경우, 배반자가 되느냐 그럼에도 불구하고 용기 있게 진실을 외치느냐의 갈림길에 서게 된다.

'진실'이라는 얽히고설킨 타래를 가운데 놓고 인간 세상에서 벌어지는 이 같은 심리역학의 유형이 어찌 지동설로 처음이고 끝이랴. 우리가 살고 있는 오늘 이 땅에서만도 그 비슷한 판(版)이 얼마나 지겹도록 재현되고 있는가? 넌더리 나는 그럴싸한 말의 홍수를 타고 '국민이 알 권리'라는 구절까지 흘러간다.

무엇을 알 권리?

그 중에서 빼놓을 수 없는 하나가 핵문제일 것이다. 핵문제에 관한 한 옮긴이 역시 '바보'의 범주에 속해 있었다. 뭔가 부스러기로 주워들은 것이 있다 해도 그건 막연한 관념이었을 뿐, 그 문제를 우리의 문제로 받아들이고, 직접 고민에 동참한 적은 없었다. '반핵'(反核)을 주제[2]로 한 한 글에서 리영희 교수가 지적했듯이 사무(四無)에 빠진 국민의 일원이었을 뿐. 그만큼 핵에 관해 무지·무관심·무감각·무민족적이었다. 그러나 이 글을 쓰는 지금은, 핵문제에 관한 한 결코 '모르는 게 약'일 수 없는 단계에 와 있음을, 또 우리는 그 사실을 서로 깨우치며 살아남아야 함을 실감하고 있다.

진실을 아는 자의 갈등

이 책에 번역 소개된 3편의 희곡은 바로 핵과 관련 있는 분야에서 '진실을 아는 자의 갈등'을 담은 작품들이다.

---

2) 핵무기 신앙에서의 해방. 이영희, 임재경 편, 『반핵』, 창작과 비평사(1988)

하긴, 갈등을 전제하지 않는 문학작품이 어디에 있으랴. 위대한 걸작들을 거쳐간 숱한 갈등의 주인공들을 우리는 알고 있다. 햄릿, 파우스트를 비롯하여 줄리앙 소렐, 토니어 크뢰거, 뫼르소에 이르기까지. 이렇듯 장구한 세월 동안 문학세계 안에서 벌어지는 갈등은 대체로 비과학도들의 점유물이었다. 그런 맥락에서 본다면, 이 계열에 과학자들이 밀고 들어온 것은 좀 특별한 현상이 아닐까 여겨진다.

엄밀히 말하면 파우스트도 일종의 과학자였다고 할 수 있다. 그러나 현대과학자들의 갈등과 비교해 볼때, 이 중세 연금술사의 방황은 근본적으로 다른 토대에서 벌어진다. 그것은 어디까지나 절대적 자아(Ego)의 테두리 안에서, 인식의 한계를 초극하려는 노력의 표출인 것이다. 그러나 현대 과학자들은 대(對) 사회, 대(對) 인류와의 관계에서 학문의 자유와 열정을 가로막는 거대한 벽을 느끼고 있다.

> "그것은 일종의 정신분열 증세입니다. 몇 해 전부터 우리 물리학자들은 그
> 증세를 앓으며 살아가고 있습니다." (오펜하이머, 1장면)

이미 반세기 전에 브레히트[3]는 이런 질병의 만연을 예감했던 것 같다. 갈릴레이를 그의 희극 주인공으로 등장시킨 것은 가히 '예언적 선택'이라 할 수 있는 것이다. 왜냐하면 수세기 전 교황청과 부딪혔던 갈릴레이의 갈등은, 이 '근대 과학의 아버지'를 사회적 차원에서 현대과학자들의 원조로 만들고 있기 때문이다.

---

3) Bertolt Brecht(1898~1956) : 독일 극작가, 의학과 자연과학 공부. 자연과학 공부가 그를 유물론으로 인도. 1933~47년 사이에 유럽 각국과 미국으로 망명. 1948년 동베를린으로 돌아가 베를린 앙상블 조직. 대표희곡으로 『서푼짜리 오페라』(1927), 『억척어멈과 그의 자식들』(1941), 『갈릴레이의 생애』(1943), 『사천의 선인』(1942) 등이 있다.

2

브레히트의 『갈릴레이의 생애』

이 작품은 뒤이어 나온 다른 두 작가의 작품에 촉매제가 되었다는 점에서, 그것이 나오게 된 배경과 동기를 비교적 상세히 검토할 필요가 있을 것 같다.

이 글은 30년대와 40년대 그리고 50년대에 걸쳐 세 차례나 수정 발표되었다. 그만큼 격변하는 시대의 진통을 같이 겪으며 난산된 작품이라고 할 수 있다.

그 첫 대본은 1938~39년에 덴마크에서 씌어졌다.(1943년 취리히에서 초연) 당시 브레히트는 히틀러를 피해 이웃 나라에 몸을 의탁한 망명객의 신세였다. 그런 그가, 교황청의 고문에 굴복하고서도 그렇게 살아남은 목숨으로 새로운 과학을 여는 업적을 남긴 갈릴레이에게서 자신의 주눅든 입장을 변호할 근거를 찾았는지도 모른다. 그런 의미에서 이 작품의 주인공은 3백 년 전의 역사적 인물인 갈릴레이라기보다는 1930년대 브레히트의 자기 고백을 위한 메카폰이었다고 할 수 있다.

이 극의 첫 장면은, 갈릴레이가 어린 제자 안드레아에게 '지구는 돈다' 는 가설을 입증해 보이면서 '새로운 시대' 의 개막을 역설하는 대목을 보여 준다. 그리고 이 두 모티브는 짝을 지어 작품 곳곳에 계속해서 등장한다.

사실상, '지구는 돈다' 는 진리를 브레히트에게 새삼 분연히 상기시켜 주고, '새로운 시대' 의 개막을 예고하는 사건이 1938년에 연달아 일어났다. 정치적으로는 그해 9월 29일의 뮌헨 협정[4]이요, 과학계에서는 한(Hahn)에 의한 우라늄 핵분열의 성공이었다.

뮌헨 협정은 히틀러의 승리를 예고했다. 그리고 뒤이은 10월과 11월, 불과

---

4) 1938년 9월 29일 히틀러를 중심으로 A. 챔벌린(英), E. 달라디에(佛), 무솔리니(伊)가 뮌헨에서 맺은 4자협정. 회담 목적은 나치스 독일의 슈데텐 지방의 병합 문제였는데, 그 결과 이 지방이 독일에 할양되고, 히틀러는 전략상 유리한 발판을 얻게 되었다. 2차대전 전의 역사상 중대 사건이다.

    3주 만에 브레히트는 '갈릴레이 극'의 첫 대본을 완성하였다. 그 첫 대본의 제목은 『지구는 움직인다(Die Erde bewegt sich)』이다. 5년 전 의사당 화재 재판에서 방화혐의자로 고발되었던 디미트로프[5]가 인용한 적 있는 "그래도 지구는 돈다"라는 이 유명한 자기 변론이 필시 이 극제목과 무관하지 않을 것이다. 여기에 마침 성공한 우라늄 핵분열이 브레히트에게는 20세기에 벌어진 또 하나의 '지동설'로 '새로운 세계'를 여는 신호탄으로 작용했으리라.(이것이 바로 원자탄의 태동이었음을 그때는 꿈도 꾸지 못했을 것이다.)

    따라서 '갈릴레이 극'의 첫 대본에 나타난 브레히트의 주제는 새로운 과학에서 끌어 낸 새로운 정치 도덕에만 집중되어 있었다.

        "갈릴레이 박사께서 일어나 '해를 향해 멈추어라'라고 말씀하셨다는군요 (…)
        이제부턴 여주인께서, '원! 하녀의 주변을 맴돈다'라는 얘기입니다." (10장)

        "핍박받은 자가 고개를 들고 나는 살 수 있다고 말하는 겁니다. 단 한 사람이라도 일어서서 '아니오'라고 말한다면 그만큼 이긴 겁니다." (13장)

지금 우리가 읽게 될 '갈릴레이 극'의 둘째 판은 내용이 대폭 수정되어 로스엔젤레스에서 나왔다. 표제는 『지구는 움직인다』에서 과학자 자신을 부각시킨 『갈릴레이의 생애』로 바뀌었다. 이렇게 바뀐 때는 원폭 충격 이후였다.(1947년 7월 30일 비벌리힐스에서 공연. 갈릴레이 역에 찰스 로튼.) 그 공연 팜플렛에서 우리는 개

---

5) Georgi M. Dimitrov(1882~1949) : 불가리아 정치가. 1933년 베를린 의사당 방화 사건 혐의자로 몰렸다가 무혐의로 풀려났다. 그후 불가리아 소련 블록화에 주력했다. 의사당 방화 사건이란 1933년 2월 27일에 일어난 사건으로 히틀러는 이를 공산주의자의 소행으로 미루고 28일 비상계엄을 선포, 권력장악의 계기로 삼았다. 이 사건의 재판(1933. 9. 21~12.23)에서는 네덜란드 공산주의자 'M. van der Lubbe'가 사형선고를 받았는데, 그 판결은 오늘날까지도 증거 없는 미제로 알려져 있다.

작의 필요성을 느낀 브레히트의 당혹을 읽을 수 있다.

> 우리의 공연이, 마침 원자탄이 제조되어 군사적으로 오용되고, 핵물리학
> 이 두꺼운 비밀장막에 싸여 있는 시점에, 바로 그 해당 국가에서 막을 올린
> 다는 점을 상기할 필요가 있습니다. (…) 폭탄 투하의 그날은, 이 땅에서 그
> 것을 겪은 모두에게 잊을 수 없는 날이 될 것입니다. (…) 그것은 승리였지
> 만, 엄연히 오욕적 참패였습니다. (…) 위대한 물리학자들은 도망치듯 그들
> 의 군사정부 보직을 떠났습니다. (…) 뭔가 발견한다는 것이 치욕스러운 것
> 이 되어 버린 겁니다.[6]

불과 몇 해 전, 새 시대를 여는 희망의 신호탄으로 봤던 핵의 씨앗이 이제
이지러진 괴물로 터져 나와 끔찍스런 시대를 예고하는 판이니, 브레히트인들
얼마나 당황했을까. 그 시점에서 그가 현대 과학자의 위치를 점검할 필요성을
다급히 느낀 것은 너무나 당연한 일이다.

물론 갈릴레이가 수세기 전 인물이며, 그가 발견한 여러 과학의 법칙이 원
자탄처럼 인류 파멸과 직결되지는 않는다는 점에서, 이 소재는 이미 한계를 긋
고 있었다.[7] 그런 부담을 안은 채 개작은 단행되었다.

특히 중점적으로 손질된 부분은 13번째 장면과 14번째 장면으로 장황한 토
론이 첨가된다.

13번째 장면에서 수정 방향은 '배반자' 이며 '비겁자' 로서의 갈릴레이의 면
모를 부각시키는 것. 스승의 의연함을 철썩같이 믿고 기다리는 제자들 앞에 갈
릴레이는 권력에 굴한 뒤 초라한 모습으로 나타난다. 그 구조로 보아 가장 극
적인 이 장면은 브레히트적 극작의 전형을 보여 준다.

---

6) Bertolt Brecht: Gesammelte Werke 17, Schriften zum Theater, Suhrkamp Vlg 1967, S. 1106.
7) 브레히트도 그 한계를 느끼고 『아인슈타인의 생애』라는 새 희곡을 구상한 바 있다. 이는 완성
   을 못 보고 단편(斷片)으로 남아 있다.

발전적 세계관을 대변하는 제자 안드레아의 외침, "영웅을 갖지 못한 불행한 이 나라여!"

이에 맞서는 갈릴레이의 응수, "영웅을 필요로 하는 불행한 이 나라여!"

이 같은 예리한 정반(正反)의 대립은 합(合)을 유보한 채 다음 장면으로 넘어간다.

그러나 14번째 장면에 이르러서는 반전이 일어난다. 두 인물의 대립 양상이 뒤바뀌어 나타나는 것이다. 갈릴레이는 장황하고 투철한 자기비판을 펼친다.

> "과학자로서 나는 유일무이한 기회를 가졌었지. 나의 시대에, 천문학이 시정(市井)의 광장에까지 펴져 나갔네. 이런 비상한 상황에서라면 한 장부의 의연함이 커다란 격동을 불러 일으킬 수도 있었을 걸세. 내가 만약 저항을 했더라면 자연과학자들도 의사들의 히포크라테스 선서 같은 것을 발전시킬 수 있었을 테지—자신들의 지식을 오로지 인류의 복지를 위해서만 적용한다는 맹세 말일세!"

그런가 하면 바로 앞 장면에서 정작 한 장부의 의연함이 일으키는 격동을 역설했던 안드레아가 이번에는 기회주의를 대변한다. 연구를 계속한 갈릴레이를 보고, 그의 굴복을 현명한 책략으로 끌어올리며 그를 학문적 영웅으로 만드는 것이다.

> "선생님은 진실을 감추고 계셨습니다. 적 앞에서, 윤리학 분야에서도 선생님은 수 백 년 우리보다 앞서 계셨어요.(…) '선생님의 손은 더럽혀졌습니다'라고 우리는 말했지요. 선생님은 지금, 빈손보다는 얼룩진 손이 낫다고 말씀하고 계십니다."

이렇듯 브레히트는 그가 희곡론에서 주장하는 변증법적 장면 연출에 충실하면서 정반(正反)의 합(合)을 독자나 관객의 판단에 맡긴다. 그런데도 객석을 향한 작가의 가장 절실한 호소는 갈릴레이의 최후진술에서 배어 나옴을 우리는 물씬 느낄 수 있다. 이 과학자의 자기비판이 시종 가정법으로 말해질 수밖에 없다는 것은 현실 속에서 그 실천의 어려움을 말해 준다. 그러나 그건 동시에 그만큼 간절한 작가의 요청이기도 한 것이다.

뒤렌마트의『물리학자들』

1947년에 브레히트는 고국의 문턱 취리히[8]에서 서독의 입국허가증을 기다리다 거부당하고 결국 동베를린으로 돌아갔다. 그리고 그곳에서 세 번째로 갈릴레이을 손질했다. 수소탄이 나온 후였다. 그러나 이 대본은 앞서의 것과 별반 달라진 것 없이 변절자로서의 갈릴레이 모습을 더 깊이 표현하는 데 그쳤다. 이 마지막 대본의 공연을 브레히트는 끝내 직접 관람하지 못했다.[9] 이처럼 작가가 죽은 이후까지 그를 맴돈 이 작품은, 죽는 날까지 불러 냈지만 끝내 잡지 못한, '새로운 시대'에의 열망을 상징하는 신기루였는지 모른다.

그의 사후, 과연 세계정황은 '새로운 시대'를 향해 가고 있는 걸까? 지금도 역사는 반복되는 수레바퀴 속에서 신음을 계속하고 있다. 이 같은 역사의 소용돌이 속에서, 브레히트의 눈앞에 아물거렸던 신기루를 좇는 많은 후예들이 생겨났다. 물론, 그의 극작 이론을 추종한 유수한 현대 극작가들을 열거하자는 얘기가 아니다. 브레히트의『갈릴레이의 생애』가 문제 제기했던 '과학자와 도덕적 책임'이라는 주제의 여러 변형이 등장한 것이다.

그 중『갈릴레이의 생애』와 함께 거론되는 것이 스위스 출신 작가 뒤렌마트[10]의『물리학자들』이다. 이 극은 일찍이 브레히트의 첫 판『갈릴레이의 생

---

8) 취리히는 브레히트로 보면 그의『갈릴레이의 생애』를 비롯한 여러 작품이 초연된 '연극의 망명지'였다. 뒤렌마트의『물리학자들』역시 바로 이 장소에서 초연된 것은 단순한 우연이 아닐 것이다. 또 이 도시는 망명길의 브레히트를 처음과 끝으로 받아준 정류장이기도 했다.

9) 세 번째『갈릴레이의 생애』는 1957년 1월, 브레히트가 주도한 베를린 앙상블에 의해 동베를린 쉬프바우어 극장에서 공연되었다. 작가가 죽고(1956년 8월) 다섯 달 뒤였다.

애』가 공연된 지 근 20년 만에(1962년)바로 취리히 극장에서 막을 올렸다. 당시 가장 많은 관객 동원을 한 것으로도 유명했던 희극이였다.

이 극에서 뒤렌마트는, 갈릴레이로서는 가정법으로 제안할 수밖에 없었던 '과학자의 히포크라테스 선서'를 몸소 실천해 보이는 착상을 전개한다. 그 실천을 짊어진 가공의 인물은 뫼비우스.

뫼비우스는 '시대를 막론한 가장 위대한 물리학자'이다. 그는 자신의 과학적 인식이 인류의 파멸을 가져오리라는 것을 일찌감치 예감한다. 그래서 그 재난을 막기 위해 스스로 미치광이로 위장하고 지금은 정신병원 안으로 도망쳐와 있다. 원폭 투하 이후 "무엇을 발견한다는 것이 치욕"이라고 느꼈던 브레히트의 인식이 바로 그의 행동의 동기가 된 것이다. 그러나 세계의 이데올로기 추종자들은 천재적 두뇌를 그냥 내버려두지 않는 법. 그와 동거하고 있는 다른 두 정신병자들은 실은 가면을 쓴 물리학자들이며, 그를 추적해 잠입한 양대 진영의 첩보원임이 드러난다. 그러나 뫼비우스는 그 어느 진영과의 영합도 거부한다. 오히려, '인류 몰락을 가져오는 모험'에 절대개입해서는 안 되며 "정객들에게 이용당해서는 안된다"는 자신의 과학자적 책임의식을 역설하고 두 첩보원을 설득, 그 일에 성공한다.

만약 이즈음에서 극이 종결되었다면, 뫼비우스는 명실공히 브레히트 명제의 실천자로 추대될 수 있었을 것이다. "단 한 사람이라도 일어나서 '아니오'라고 말한다면 그만큼 이긴 것"으로 여겨질 수 있었을 것이다. 그러나 극은 막바지에 실로 예기찮은 또 한 번의 반전을 겪는다. 뫼비우스가 개인적 여기(餘技)로 정신병원 책상에서 작성했던 '모든 가능한 발견체계'가 어느새 곱사등이 처녀 정신병원장 수중에 넘어가 세계기업을 굴러가게 만든 것이다. 세 물

---

10) Friedrich Dürrenmatt(1921~1990) : 베른과 취리히에서 신학, 독문학, 자연과학 공부. 1951~53년, 「Weltwoche」지(誌)에 연극평론. 1967~72년, 바젤과 취리히 극장의 연극 고문. 대표 희곡으로 『로물루스 대제』(1948), 『천사 바빌론에 오다』(1954), 『노부인의 방문』(1956), 『물리학자 들』(1962) 등이 있다.

리학자들은 나름대로 계획적 유희를 벌였지만, 그것은 결국 부처님의 손바닥 안에서의 쳇바퀴 놀음으로 끝나고 만다.

따라서 브레히트와의 상당한 유사성에도 불구하고, 뒤렌마트의 역사관은 반(反) 브레히트적이라 할 수 있다. 브레히트의 관심사가 역사는 인간에 의해 만들어지고 그럴 수 있는 것으로 제시하는 데 있다면, 뒤렌마트는 개인의 통제가 전혀 통하지 않는 역사관을 보여 준다. 역사의 원동력은 인간의 '이성(理性)'이 아니라 우리로서는 가늠할 수 없는 '우연'이라고 그는 생각한다. 이 우연을 구현하는 극작상의 기술이 그의 극에 흔히 보이는 기이한 착상과 예측불허의 최악의 반전(反轉)이다. 『물리학자들』에서 정작 미치광이인 곱사등이 처녀 병원장은 바로 이 우연을 구현한 극중인물인 셈이다.

뫼비우스가 체념적으로 던진 극의 마지막 대사처럼 일단 사고(思考)된 것은 이미 철회될 수 없고, 투철한 책임의식으로 펼친 그의 윤리적 행동도 결국 역설적인 현실로의 귀환에 불과하다면, 대체 작가가 보여 주고자 한 것은 무엇일까? 단순한 비관적 세계관일까? 이 극의 부록으로 부쳐진 '21 요점'의 내용은 독자와 관객의 판단을 도와 준다.

물리학의 내용은 물리학자들과 상관있지만, 그 영향력은 모든 인간에게 미친다. 모두에게 관계되는 일은, 오로지 모두가 함께 해결할 수 있다.

키파르트의 『J. 로버트 오펜하이머 사건에서』

뒤렌마트는 『물리학자들』이라는 가공의 집단 속에서 그 가운데 두 명이 양분된 동서진영의 첩보원임을 은연 중 시사함으로써, 50년대 이후 시작된 냉전시대의 상황을 극중 구조로 삽입시켰다. 그러나 그는 냉전시대의 이데올로기 논쟁 같은 것은 펼치지도 않았을 뿐더러, 중립국에 사는 희극 작가답게, 그 어느 편을 드는 입장도 교묘히 피했다.

키파르트의 『오펜하이머 사건에서』는 역시 핵물리학자를 다루고 있지만, 냉전시대의 부조리를 적나라하게 파헤친 점에서 우리에게 가장 피부에 와 닿으며 시사적(時事的)이다. 이는 물론 역사적으로 실재한 기록이라는 사실성에서 오는 것일 것이다. 그렇긴 해도 원래의 자료를 압축 분류하는 과정에서 작가가 품은 의도와 취사 선택의 솜씨도 크게 뒷받침했음을 간과해선 안 될 것이다.

이 극은 1964년 1월에 TV극으로 방영되었고, 같은 해 10월 베를린과 뮌헨에서 무대에 올려졌다. 1964년이라면 오펜하이머 사건이 있은 지 10년, 또 주인공 오펜하이머가 복권된 이듬 해이다. 그런데 왜 이 극이 사건 후 10년이나 된 뒤, 그것도 사건 무대였던 미국이 아닌 서독에서 하필 나오게 되었을까?

키파르트가 이 작품을 다룰 때의 서독 정치상황은 이에 대한 답을 쉽게 준다. 때는 아데나워가 50년에 펼쳤던 뿌리 깊은 냉전논리를 극복하지 못한 시기. 갓 동독에서 건너온 작가인 키파르트[11]가 아직도 짓누르고 있는 서독의 군국적 반공주의를 체험하면서, 냉전논리의 뿌리인 매카시즘을 겨냥케 된 심리과정은 쉽게 수긍이 가는 일이다.

그렇다면 『오펜하이머 사건』을 낳은 매카시즘이란 대체 무엇인가? 그것은 해방 후 우리의 역사, 아직도 극복해야 할 현실과도 무관치 않을 뿐더러 지금의 주제와도 여러 갈래 얽혀 있으므로, 여기서 잠시 그 실상을 개관하여 보기로 하자.

2차대전이 끝난 후 1947년, 미국의 정가는 근 20년 만에 보수파 공화당의 승리로 일대 전환기를 맞았다. 공화당 출신 트루먼 대통령은, 불과 2년 전까지도 히틀러와 히로히토에게 겨누었던 공격의 화살을 스탈린에게 돌리면서 "공산주의 타도!"를 정치구호 제1성으로 삼았다. 그 후 55년에 이르기까지 반미행위자의 색출작업이 극성스럽게 벌어졌다. 미국 국가에의 충정 여부를 선

---

11) Heinar Kipphardt(1922~1982) : 슐레지안 출신의 작가로 일찍이 의학을 공부했고, 1950~59년에 이르는 기간 동안 동베를린 도이취 테아터에서 수석연출가로 활동했다. 그러니까 만년의 브레히트와 같은 도시에서 같은 일에 종사했던 셈이다. 59년 이후 그는 서독으로 이주했는데, 그 후 뮌헨에 거주하며 뮌헨 실내극장의 연출가로 일하는 동시에 정신병의로 활동했다. 대표 희곡으로『장군의 개』(1963),『신경질환 시인 알렉산더 M.의 생애』(1975) 등이 있다.

별하는 이른바 충정위원회가 구성되었고, 그 의장으로 위스콘신 출신 상원의
원 매카시가 앉았다.

　이 위원회가 만든 용공 여부 선별 필터에는 250만 명의 정부관리, 3백만 명
의 군인, 3백만 명의 국방 관계 요원이 거쳐간 것으로 알려져 있다.[12] 그들과
연루된 가족까지 합산한다면, 2천만이 넘는 미국시민이 언제라도 이 필터에
걸려들 수 있는 상황이었으니, 가히 그 긴장과 공포를 짐작하고도 남을 일이
다. 속칭 '마녀사냥'으로 불려진 이 히스테릭한 조사 절차의 첫 케이스로는 아
이슬러 가문의 형제들이 걸려들어 세계적 주목을 받았다. 그 가족의 일원으로
훗날 브레히트와『갈릴레이 생애』세 번째 판 무대작업을 한 작곡가 H. 아이
슬러[13]의 진술 내용은, 그때 상황을 십분 유추하게 한다.

　　더욱 중요한 점은, 이 위원회가 나 하나의 개인을 박해함으로써 미국 내
　　의 다른 많은 예술가를 위축시킬 수 있다는 사실입니다. (…) 이 위원회는
　　진보적으로, 사회적으로 생각하는 예술가를 겨누어 출정하여 그들의 예술작
　　업을 히스테릭한 정치적 심사 대상으로 몰아넣고 있습니다. 이건 헌법에도
　　위배되는 일입니다. (…) 이런 짓거리는 이미 히틀러와 무쏠리니가 자행했던
　　것이지요. 그들은 성공하지 못했습니다. (…) 이 위원회도 그럴 겁니다.[14]

　수많은 낯익은 이름들(토마스 만·하인리히 만 형제, C. 채플린, A. 아인슈
타인, 피카소, 마티스, 꼭도 등)이 H. 아이슬러를 변호하며 나섰다. 그러나 결

---

12) Alexander V. Bormann : Der Kalte Krieg und seine literarischen Auswirkungen. In:
　　Neues Handbuch der Literaturwissenscaft, 21., hg. v. Jost Hermann, Athenaion, S. 81.
13) Hanns Eisler(1898~1962) : 쇤베르크의 제자로 1925~33년까지 베를린에서 음악 교사. 1933
　　~48년까지 여러 나라를 전전하며 망명. 미국에서 추방된 뒤 동베를린 국립음악원 교사. 동독
　　의 국가를 작곡했다. 그의 형인 Gerhart Eisler(1897~1968)는 1차대전 말부터 공산주의계의
　　신문기자를 하다가 1940년 미국으로 망명. 위의 사건으로 소련 간첩혐의를 받고 4년형을 받
　　았다. 1949년 동독으로 도주.
14) Alexander V. Bormann, 앞의 인용과 같음.

국 토마스 만과 채플린도 1950년에 이 위원회의 수사 대상에 올라 스위스로 이주했다.

아이슬러에 대한 해결은 '기술적인 추방', 즉 '자발적인' 퇴거였다. 1948년에 뉴욕을 떠나면서 아이슬러는 자신이 두 차례나 파시스트들에 의해 추방되었다고, 히틀러와 메카시즘을 동일시했다.

브레히트 역시 1947년 10월 30일에 이 위원회 앞에 서는 곤욕을 치뤘다. 그당시 신문 내용은 녹음으로 보존되어 있는데, 아이슬러는 브레히트가 위원회측을 압도하는 진술을 했었다고 증언하고 있다. 결과적으로 브레히트는 고발대상에서 제외되었다. 그러나 그는 이튿날로 유럽행 비행기에 올랐다. 그 후취리히에서 만난 몇몇 동료작가(C. 추크마이어, E. 케스트너, B. 베르겐그륀, M. 프리쉬 등)와 더불어 냉전에 맞서는 지식인의 궐기를 호소하는 성명문을 기초했다.

> 또 다른 전쟁의 조짐이 세계 재건을 무너뜨리고 있습니다. 오늘날 우리는
> 이미 평화와 전쟁의 선택이 아닌, 평화냐 몰락이냐의 갈림길에 서 있습니다.
> 그 점을 인식 못 하는 정치인들을 향해 우리는, 민중들은 평화을 요구하고
> 있음을 결연히 고지하는 바입니다.[15]

오펜하이머 사건은 이 '마녀사냥'의 막바지에 터졌다. 공안위원회가 주재한 심리 절차는 1954년 4월 12일부터 한 달 동안 연인원 40명 이상의 증인을 동원하면서 비공개리에 진행되었다. 그리고 5월에 그 기록이 여론에 공개되었다.

키파르트는 3천 매가 넘는 원기록을 140매로 압축, 8개의 장면으로 정리했다. 당연한 얘기지만 키파르트의 이 극은 우선, 당시 메카시즘의 실상을 조망하게 해 주는 점에서 대단한 사회적 역활을 하고 있다. 그뿐 아니라 그 이상

---

15) 앞의 책과 같음.

의 복합적 차원의 가치를 획득하고 있다. 심리 대상의 특수성에 힘입어, 이데올로기에 얽힌 현대과학자들의 숙명적 문제점을 열어 보인 것이다. 따라서 이 극은 히로시마 이후 '그들의 성공이 곧 그들의 참패'가 된 현대과학자들의 위상(位相)과 원죄(原罪)의 상황 해부도라 할 수 있다.

오펜하이머의 고백처럼, 원자탄 이후 오늘날의 과학자들은 '분열증세'를 앓을 수밖에 없는 상황에 놓여 있다. 비록 그들의 지식이 순수한 학문적 열의에서 나온 것이라고 주장할지라도, 그 지식의 생산품이 이데올로기 수호자들의 수중에서 요리되고 있는 한, 그들은 생산자로서의 소외감을 벗어날 길이 없다. 그 소외감마저 없다면, '배반자'의 위치에서 '바보'로 전락하는 택일이 있을 뿐이다. 키파르트의 극 중의 에반즈가 불길하게 예언했듯이 오펜하이머는 '단지 시작'에 불과했던 것이다.

오늘날 핵의 실상

1945년 원폭 투하 당시 히로시마 인구는 25만6천여 명이었는데, 폭탄 투하 직후 6만8천 명이 즉사한 것으로 알려져 있다. 이 숫자는 주민의 4분의 1에 해당한다. 그 후 근 반세기를 지나면서 양대진영이 경쟁적으로 개발해 온 핵무기 보유고는 대체 얼마 만큼일까? 그것이 과연 얼마나 엄청난 폭발력일지 아무리 설명을 들어도 우리들로서는 남의 나라 공포영화 속에서나 나오는 장면처럼 실감하기 어렵다.

그것이 히로시마에 투하된 폭발력의 백만 배이며, 전 인류를 25회나 전멸시킬 수 있다고 하면, 가까스로 감이 잡힐까. 미국방성에서 '상호확인파멸(Mutually Assured Destruction)'이라고 개념 짓는 핵 전면전쟁은 반 시간 내지 한 시간이면 끝난다고 한다. 그 결과는 모든 생물의 멸절. '상호확인파멸'의 영어 머리문자(MAD)처럼, 그것은 그야말로 '미친 짓'이 아닐 수 없다.

그뿐만이 아니다. 설사 핵에너지가 평화적으로만 이용된다 하더라도, 그 환경적 재해는 여타 기술이 가져오는 재해에 비할 수 없이 엄청나다는 것이 갈

수록 밝혀지고 있다.[16] 하긴 핵 에너지 개발 초기만 해도 모두 그것의 긍정적
측면에 기대를 걸고 있었다. 원폭의 된서리를 맞고 나서도, 극 중의 오펜하이
머나 텔러도 '값 싸고 깨끗한 에너지'가 지구의 얼굴을 쾌적하게 바꿔 줄 희
망으로 얘기하지 않았던가. 오늘날 지구의 얼굴은 쾌적해지기는 커녕 점점 더
회복하기 힘들 정도로 오염되고 있다. 핵폐기물 중 가장 위험하다는 플루토늄
의 유독성은 적어도 50만 년 동안 유지된다고 하니, 그 끔찍함이란 더 이상 설
명할 필요도 없다.

이렇듯 핵에너지의 군사적 이용과 평화적 이용은 한 동전의 양면인 셈이다.
그것이 밝혀진 지금 왜 우리는 그 동전을 버리지 못하는가? 핵기술은 무엇 때
문에 여전히 장려되고 있는가? 현대문명이 중환(重患)에 걸렸음을 걱정하는
한 물리학자는, 그 이유가 소수 엘리트의 권력 유지에 있음을 신랄히 지적하
고 있다.

> 그 가장 깊은 이유는 권력과의 유착이다. 모든 가용 에너지 원(源) 중에서
> 핵력이 소수 엘리트의 손에 정치권력을 집중시키는 데 가장 적합한 에너지
> 원이다. 그것이 갖는 복잡한 기술로 인해 고도의 중앙집중적 제도를 필요로
> 하고 군사적 관점으로 인해 그 자체 비밀을 요하고 강력한 경찰력의 사용
> 을 필요로 한다. (…) 핵경제의 여러 주역들인 발전회사, 원자로 제작자 및
> 에너지 기업들 모두가 고도의 자본집약적이고 중앙집권적인 이 에너지 원으
> 로부터 이익을 얻고 있다.[17]

그러니까 어느 모로 봐도 인류에게 해로운 핵에너지가 존속하는 이유는, 소
수 권력자와 자본가를 살찌우는 양식 노릇을 해야 하기 때문이라는 얘기다. 그

---

16) Till Bastian : Atom-Katastrophen und ihre Folgen, 《핵재난과 그 결과》 리영희 · 임재경 편,
  『반핵』 213~260쪽 참조.
17) Fritjof Capra, 앞의 책, 233쪽

렇다면 결과적으로, 방사선 발견 이후 근 1세기를 거치면서 그 수많은 천재적 물리학자들이 결국 소수 권력층에게 권력 에너지 원을 공급하자고 연구실에서 밤을 지새웠다는 말인가? 『오펜하이머 사건』에서 귀에 익은 이름들만 들어 봐도, A. 아인슈타인, E. 페르미, I. 라비, M. 보른, H. 베테, N. 보어 등등의 노벨상 수상자들……. "인류의 복지에 가장 구체적으로 공헌한 이들에게 나누어 주기를" 염원하며 그 상을 제정했던 노벨[18]이 지하에서 벌떡 일어날 일이다. 이 무슨 웃지 못할 아이러니인가?

그런 의미에서 『물리학자들』에서 뫼비우스가 던진 역설은 다시금 우리의 위상을 점검케 한다.

> "우리의 학문은 끔직해졌고, 우리의 연구는 위험해졌고, 우리의 인식은 치명적이 되었소. (…) 바깥에 나가면 우리의 사고는 폭발물이요. (…) 우리가 정신병원에 머무느냐, 아니면 세계 전체가 정신병원으로 되느냐, 그런 양자택일이요." (2막 후반)

'미친 짓'이 자행되는 오늘날의 세계는 바로 하나의 '거대한 정신병원'이라 할 수 있다. 그 안에서 미치지 않고 살아남는 유일한 길은, 미쳐 버린 세계의 실체에 눈을 뜨는 일일 것이다.

---

18) Alfred B. Nobel(1833~1896) : 스웨덴의 발명가, 화학자. 1863년 니트로그리셀린과 흑색 화약을 발명하여 공업화에 착수. 그 과정에서 공장이 폭파되어 형제와 종업원을 잃는 불운을 겪었다. 1867년에는 안전 고형 폭약을 완성(다이너마이트), 노벨 다이너마이트 트러스트를 창설하였다. 그는 자신이 만든 폭약과 그것이 끌어들인 재원이 과학의 진보와 세계 평화를 위해 사용되기를 바라는 유언장을 남겼다. 1901년 이후 매년 12월 10일 그가 사망한 날을 기념하여 노벨상 수여가 있다.

3

이 책에 번역 소개된 세 작품은, 주제로 보자면 '과학자의 책임' 문제를 다루며, 장소는 모두 독일어권, 시대로 보자면 20세기 중엽으로 모아진다. 그러나 그것들은 엄연히 각기 다른 시점에, 다른 땅에서 태어나 다른 환경을 체험한 독립된 개체의 목소리임을 간과해서는 안 될 것이다. 각 작품은 독자적 존엄성을 주장한다. 이 주장을 존중한다는 기본 전제에서, 우리의 주제와 연관시켜 각 작품과 관련된 동의어와 공통된 모티브를 좇아 간략히 비교해 보기로 한다.

지식의 철회

세 작품의 구조를 결정하는 가장 두드러진 모티브는 주인공 과학자들이 하나같이 그들의 과학적 지식을 철회하는 갈등을 겪는다는 점이다. 아울러 결과적으로는 그들의 철회 행위가 뒤집히는 결과를 보여 준다. 극의 구조상 철회를 '철회하는 사건'이 결말을 이룬다.

갈릴레이는 외부(교황청)의 강박에 의해 그의 학설을 철회했다가 종결 부분에서 뼈저린 자기비판을 함으로써 지난날의 과오행위를 거두어들인다. 한편그의 연구 결과는 교황청 몰래 국경을 넘어간다.

뵈비우스의 철회는 갈릴레이와는 반대되는 동기에서 이루어진다. 자발적 인식에서 비롯된 그의 지식의 은폐작전은 종국에 가서 예기찮은 외부의 우연적 현실(꼽추 여의사)에 부딪쳐 실패하고 만다.

『오펜하이머 사건』은 원폭 이후 도덕적 가책에 시달리게 된 오펜하이머가 수소탄 개발을 사보타지한 데서 비롯된다. 그러나 그의 지식이 개입하지 않아도 수소탄은 다른 두뇌에 의해 개발된다.

이렇듯 세 작품 모두 '일단 사고된 것은 철회할 수 없음'을 입증해 준다.

학문에 대한 열광

그들의 직업이 직업이니만큼 세 물리학자들은 어쨌든 학문 연구에서는 모두가 맹목적이고 열광적이다.

갈릴레이는 페스트의 소용돌이 속에서도 연구실을 떠나지 않을 뿐더러, 교황청의 포로가 된 후 노년에 이르기까지 약화된 시력에도 불구하고 목적했던 『디스코르시』를 탈고해 낸다.

자신의 지식이 폭발물임을 인식한 뫼비우스도 그 점에서는 다르지 않다. 그는 정신병원에 들어앉아서도 공연히 '모든 가능한 발견체계'를 완성하여 엉뚱한 산업체에 넘겨 주는 우(愚)를 범한다.

수소탄 제조에 명백히 소극적 태도를 보인 오펜하이머의 경우도 마찬가지다. 그는 수소탄 자체는 혐오스럽다고 여기면서도 그 제조원리가 되는 매혹적 과학적 착상을 보고는 열광했었다고 본인의 입으로 말한다.

부정적(否定的)인 영웅들

세 주인공들은 모두 고전적 의미의 영웅이 못 될 뿐더러, 스스로도 영웅이 되고자 하지 않는다.

세 주인공 중 갈릴레이만은 영웅이 될 유일무이한 기회를 가진 인물이었다고 할 수 있다. 만약 그가 의연하게 순교의 길을 택했다면, 그가 입증해 놓은 지동설이 문자 그대로 세계를 흔들어 놓았을지도 모른다. 그러나 그는 '배반'을 택한다. 그것도 극히 세속적이고 비겁한 동기에서. 고깃국과 더 나은 양질의 포도주를 즐기고 싶은 자신의 속성(俗性)과, 고문(拷問) 앞에서 육체적 고통을 면하려 했던 비겁을 그는 굳이 숨기려 하지 않는다.

갈릴레이에 비해, 인류를 위해 자신을 가둔 뫼비우스의 통찰은 얼핏 보아 영웅적인 것으로 보인다. 그러나 영웅이 되기에는 그의 행동엔 자가당착적인 한계가 있다. 그는 입으로는 인류애를 말하면서, 목적을 위해 가까운 가족들을 팽개치고 무고한 간호사를 살해하기까지 하는 넌센스를 범한다. 뿐만 아니라 자신의 통찰을 적극적으로 계몽시키려는 시도조차 않는다. '광장'으로 뛰쳐나가는 대신 스스로 숨어 버리는 길을 택한 것이다.

'원자탄의 아버지'인 오펜하이머의 경우는 부연이 필요 없을 것이다. 어쨌든 그는 배반자이다. 그렇다고 극 중의 공안위원 롭의 해석처럼 '사상의 배반자'라는 뜻은 아니다. 갈릴레이의 경우처럼 '인류에 대한 배반자'인 것이다.

이런 부정적(否定的) 영웅의 변형은 영웅이 부재하는 현대를 단적으로 표출해 준다. 브레히트라면 그래도, 영웅을 필요로 하는 입장을 고수했으리라. 그러나 한 개인의 힘으로는 대적할 수 없는, 걷잡을 수 없게 무정형(無定型)으로 불어난 지금의 세계 메카니즘을 대한다면, 그도 뭐라고 할지 궁금해진다.

이데올로기 문제

브레히트의 『갈릴레이 생애』는 '새로운 시대', 즉 대중이 역사의 주체가 되는 시대를 바라는 작가의 염원에서 나온 것임을 우리는 이미 알고 있다. 따라서 그의 갈릴레이는 보통 사람들이 읽을 수 있는 시정(市井)의 언어로 집필을 시도하고, 생선 파는 아낙의 자식도 별을 보며 지동설을 얘기하는 세상에 끝없는 꿈과 애착을 보인다. 그러면서도 한 구절도 바꿔 넣을 수 없는 호라티우스의 시구처럼, 진실을 추진하는 힘은 곧 '심미적 감각'이라는 유미주의적 입장을 떠나지 않고 있다. 여기서 우리는 30년대 이상주의적 사회주의자의 한 면모를 들여다 보게 된다.

브레히트의 진지성에 비하면 뒤렌마트는 이데올로기에 관한 한 그 어느 편에 대해서도 사뭇 냉소적이다. 양대 진영을 대표한다고 할 수 있는 두 물리학자들(킬톤, 아이슬러)을 똑같은 행동양식을 벌이는 꼭두각시로 묘사한 장난기에서, 희극 작가의 탈(脫)이데올로기적 입장을 알 수 있다.

소재가 소재인 만큼 이데올로기 문제가 가장 피부에 와 닿게 드러난 작품은 『오펜하이머 사건』이다. 이 극이 겨냥하여 비판하는 대상은, '자유'을 빙자하여 "자유라는 것이 하나도 남아 있지 않을 때까지 자유의 값을 요구하는" 정치적 정통보수주의이다. 이것이야말로 바로 민주주의 토대를 무너뜨리는 원흉임을, 보안요원을 지낸 한 증인이 역설한다.

> "나는, 현재 성행하고 있는 공산주의자들에 대한 히스테리가 우리의 공동
> 생활 방식과 민주주의 형태를 위해 위험스러운 것이라는 의견입니다."
>
> (6번째 장면)

이런 위험은 비단 이 사건이 있던 때(1954년 미국)나 키파르트가 이 극을 발표하던 당시(1964년 독일) 그 나라들에만 해당되는 위험은 아닐 것이다. 비슷한 조건에서 언제 어디서라도 재발될 수 있는, 또 재발되고 있는 위험인 것이다.

여기서 세 작가를 놓고, 그들이 어떤 '이즘'의 편에 섰는가를 진단한다는 것은 부질없는 것이다. 또 그들의 작품이 그것을 허용하지도 않는다. 왜냐하면, 세 작가가 모두 애정을 품고 겨냥하여 지키려고 하는 표적은 바로 '인류'이기 때문이다. 한 정부에 대한 충성이 아닌 인류에 대한 충성을 그들은 요구하고 있다.

토론의 힘

형식적인 면에서 세 작품은 각기 다른 희곡 장르이다. 브레히트의 『갈릴레이의 생애』는 단순히 '희곡(Schauspiel)'이요, 『물리학자들』은 뒤렌마트가 고유의 장르로 내세운 '희극', 그리고 『오펜하이머 사건에서』는 60년대 독일문학의 독특한 현상인 '기록극(Dokument-Theater)'이다. 따라서 사건이 전개되는 방식이나 그것을 끌어가는 언어, 무대의 분위기 등은 각각의 장르의 특색을 지니고 있다. 그럼에도 불구하고 세 작품은 모두 '서사적'이라는 공통 분모를 가지고 있다.

실상 『갈릴레이의 생애』는 브레히트의 극 중에선 서사적 실험이 가장 적은

작품이라 할 수 있다. 그가 즐겨 쓰는 노래(Songs)도 단 한 장면을 제외하고
는 삽입되지 않았고, 교훈이나 해설적 요소도 노골적으로 드러내 보이지 않는
다. 그러나 서사적 요소가 바로 줄거리와 소재에 내재해 있음을 간과해서는 안
된다. 예컨대 브레히트가 세운 비(非)아리스토텔레스적 극작술은, 갈릴레이의
아리스토텔레스 논쟁으로 이미 주제적으로 얽혀 들어가 있는 것이다. 그리고
무엇보다도 작품을 끌어가는 언어가 주로 철저한 논쟁이다.(특히 8번째, 14번
째 장면)

『갈릴레이의 생애』의 무거운 토론에 비해 뒤렌마트의『물리학자들』은 한결
경쾌한 대화로 구성된다. 그런 만큼 공연에서 성공할 소지를 십분 지니고 있
다. 단 두 막으로 엮어진 사건에 장소와 시간의 일치. 극히 절제된 병렬 어
법 등. 그럼에도 불구하고 이 극의 주제 역시 토론에 힘입어 부각된다. 2막
의 중반부 이후, 세 물리학자의 정체가 폭로되면서부터는 서로간의 설득과
의견 개진이 지배적이다. 또한 막이 오르기 전, 무대장치와는 직접 상관없는
장황스런 지문과 극 뒤의 부록(21요점)이 작가가 제기하는 토론의 탄탄한 근
거가 된다.

『오펜하이머 사건에서』는 설명할 필요가 없을 것이다. 심리 절차의 기록을
그대로 옮긴 장면들이니만큼 사건을 끌어가는 원동력은 논박이 안 될 수가 없
다. 게다가 소외적 수단도 적잖이 동원된다. 환등과 음향, 첫 장면부터 오펜하
이머 역의 배우가 무대 전면에 나와 작품을 소개하면서, 관객의 환상을 즉각
깨버린다.

이렇듯 사건의 주류를 이루는 토론형식은, 이 작품들을 '읽는 극(Buchdrama)'
으로서도 손색이 없게 한다.

4

이 글을 쓰면서 옮긴이는, 각기 다른 작가의 작품을 주제 중심으로 묶어 소

개한다는 것이 꽤나 섣부른 시도였음을 실감했다. 각각의 작품은, 같은 주제를 노래했어도 다른 작곡가의 다른 가사를 부른 독창과 같은 것이기 때문이다. 독자적 음색을 지닌 곡들을 억지로 합창으로 묶으려 했으니, 이는 어차피 불협화음이 되지 않을 수 없다. 장황하고 두서 없는 소개의 글에 대한 심심한 변명이다.

　그러나 이 책을 묶을 때, 옮긴이 나름대로 작은 뜻은 있었다. 마침 반갑게도, 물리학자 카프라의 글에서 그 뜻의 일단을 대변해 주는 구절을 발견했기에 그것을 소개하는 것으로 결론을 대신한다.

> 　자연에서 과학자가 관찰하는 모형은 그의 개념, 사상 및 가치 같은 그의 마음의 모형과 밀접하게 연결되어 있다. (…) 따라서 과학자는 그들의 연구에 대해 지적으로, 또한 윤리적으로 책임도 갖고 있는 것이다. 이 책임은 오늘날의 많은 과학의 쟁점이 되고 있으니, 특히 물리학에서 그러하다. 물리학에서 양자역학과 상대성원리의 결과는 과학자들이 추구할 매우 다른 두 개의 길을 열어 놓았다. (…) 그 길은 우리를 부처에게로 인도할 수도 있고, 폭탄으로도 인도할 수 있는 것이다. 어느 길을 가야 할 것인가, 하는 것은 우리 각자가 결정해야 한다.[19]

　마지막으로 이 책은 '과학자의 책임'이란 주제 아래 세 작가의 희곡을 묶은 것이지만 브레히트의 희곡을 그 대표적인 작품으로 뽑아 그의 희곡 이름을 이 책 표지의 제목으로 정하였다.

　　　　　　　　　　　　　　　　　　　　　　　　　　　옮긴이 씀.

─────────────
19) Fritjof Capra, 앞의 책, 83쪽.

갈릴레이의 생애

●베르톨트 브레히트

"진리란 시대의 아이이지, 권위의 자식이 아닙니다. 1입방
밀리미터의 도형을 그려 놓고 봐도 우리의 무지는 끝도 없어요!
마침내 우리의 어리석음을 약간 덜 수 있게 된 이 기회에,
뭣 때문에 여전히 그렇게 그럴싸하게 현명한 척 하십니까?
저는 새로운 기재를 수중에 넣는 상상할 수 없는 행운을 누렸습니다.
이 기재로는 많은 부분은 아니지만,
우주의 한 모퉁이를 더 자세히 관측할 수 있습니다."

등장인물 |

갈릴레오 갈릴레이

안드레아 사르티(갈릴레이의 가정부 아들)

사르티 부인(갈릴레이의 가정부, 안드레아의 어머니)

루도비코 마르실리(부유한 청년)

프리울리(파도바 대학 재단이사장)

사그레도(갈릴레이의 친구)

비르지니아(갈릴레이의 딸)

페데르초니(렌즈 연마공, 갈릴레이의 연구 동료)

총독

시(市)의회 의원들

코시모 데 메디치(피렌체의 대공(大公))

의전관(儀典官)

신학자

철학자

수학자

중년의 시녀들

젊은 시녀들

대공의 마부

두 명의 수녀

두 명의 병정

노파

뚱뚱보 고위 성직자
두 명의 학자
두 명의 사제
두 명의 천문학자
말라깽이 사제
고령(高齡)의 추기경
크리스토프 클라비우스 신부(천문학자)
키 작은 사제
종교재판소의 추기경
추기경 바르베리니(훗날 교황 우르바누스 8세)
추기경 벨라르민
두 명의 교회 서기
두 명의 귀부인
필립포 무치우스, 학자
가포네(피사대학 학장)
담시(譚詩) 가수
그의 부인
바니(주철업자)
관리
고급 관리
한 인물
사제
농부
국경 감시인
서기
남자들, 여인들, 아이들

1

파도바대학 수학 교수, 갈릴레오 갈릴레이가 코페르니쿠스의 새로운
우주 체계를 증명하려 한다.

1609년, 파도바의 한 작은 집에서
지식의 빛이 밝게 비쳐 나왔네.
갈릴레오 갈릴레이가 관측해 내었네.
태양은 멈춰 있고, 지구는 움직인다는 것을.

(파도바에 있는 갈릴레이의 초라한 서재. 아침이다. 갈릴레이의 가정부의 아들
인 어린 소년 안드레아가 우유 한 컵과 가늘고 긴 빵을 가져온다.)

갈릴레이 : (상체를 씻으면서 헐떡이는 목소리로 유쾌하게) 우유일랑 책상 위에 놓
　　으렴. 하지만 책은 하나라도 덮어서는 안 돼.

안드레아 : 엄마가 그러시는데 우유값을 내야 한대요. 안 그러면 우유 배달부
　　가 당장 우리 집을 둥그렇게 포위할 거래요, 갈릴레이 선생님.

갈릴레이 : 그건 그 사람이 동그라미를 그린다는 뜻이란다, 안드레아.

안드레아 : 좋으실 대로 하세요. 우리가 돈을 안 주면 그 사람이 우리 집 주변
　　에 동그라미를 그린대요, 갈릴레이 선생님.

갈릴레이 : 그러는 동안 집달리 캄비오네 씨가 직선 코스로 우리 집으로 온단
　　말이지? 그렇담 캄비오네 씨는 두 점 사이의 어떤 거리를 선택하겠니?

안드레아 : (히죽 웃으며) 최단거리죠.

갈릴레이 : 잘 맞췄다. 네게 보여 줄 게 있단다. 성좌 도표들 뒤쪽을 봐라.

　　　(안드레아는 성좌 도표들 뒤에서 프톨레마이오스[1]) 체계의 커다란 목재 표본을

　　　꺼낸다)

안드레아 : 이게 뭐예요?

갈릴레이 : 이건 일종의 별을 담은 통이란다. 이걸 보면 별들이 지구 둘레를 돌

　　　며 움직이는 모양을 알 수 있지. 옛날 사람들의 생각으로 말이다.

안드레아 : 어떻게요?

갈릴레이 : 이걸 한 번 검토해 보자꾸나. 먼저 첫째로, 묘사하는 거다.

안드레아 : 한가운데에 작은 돌맹이가 하나 있어요.

갈릴레이 : 그것이 지구란다.

안드레아 : 그것을 에워싸고 겹겹이 층을 이루는 껍질들이 있어요.

갈릴레이 : 몇 층이지?

안드레아 : 여덟 층이오.

갈릴레이 : 그것이 수정권(水晶圈)들이란다.

안드레아 : 껍질들 위에는 공 모양의 것들이 붙어 있네요…….

갈릴레이 : 별들이지.

안드레아 : 거기엔 리본이 붙어 있고 그 위에 글자가 적혀 있어요.

갈릴레이 : 뭐가 써 있지?

안드레아 : 별들의 이름이오.

갈릴레이 : 이를테면?

안드레아 : 맨 밑의 공에는 달이라고 써 있네요. 그리고 그 위로는 해이구요.

갈릴레이 : 그럼 이번에는 태양을 움직이게 해 보렴.

안드레아 : (껍질층을 움직인다.) 참 멋지네요. 하지만 우린 이 지경으로 갇혀

---

1) Claudius Ptolemaios(A.D.127~145) : 알렉산드리아에서 활동한 고대 그리스의 지리학자. 수
　리(數理)천문서인 『Almagest』를 저술. 천동설에 의거하여 천체현상을 수학적으로 처리하는 데
　성공했다.

있는 거군요.

갈릴레이 : (물을 닦으면서) 그래, 이걸 맨 처음 봤을 때 나도 그렇게 느꼈단다. 그렇게 느끼는 사람들이 더러 있지. (그는 등을 닦게끔 안드레아에게 수건을 던져 준다.) 지구가 성벽들과 껍질층들에 붙박혀 갇혀 있다는 느낌 말이다. 2천 년 동안 인류는 태양이며 하늘의 모든 별들이 자기네를 중심으로 돌고 있다고 믿어 왔단다. 교황과 추기경들을 비롯해서 제후, 학자, 선장, 장사꾼, 생선 파는 아줌마들, 그리고 학교 아이들까지 너나없이 자기네들이 이 수정 같은 공 속에 붙박이로 앉아 있다고 믿어 왔단다. 그렇지만 안드레아, 우린 큰 항해를 떠나는 거다. 왜냐하면 낡은 시대가 끝나고 이제 새 시대에 들어섰기 때문이야. 벌써 수백 년 전부터 인류는 뭔가를 예감하고 기다려 온 것 같다.

도시들은 비좁고 인간의 머리 속도 그렇단다. 각종 미신이며 페스트가 창궐하고. 하지만 이런 판국이니 지금이야말로 이렇게 주저앉을 수는 없는 고비인 셈이야. 왜냐하면 모든 것이 움직이고 있으니까, 이 친구야. 일은 이미 배를 띄우는 것과 더불어 벌어졌다는 생각이 드는구나. 태고 이래로 인류는 배를 타고도 해안을 따라 기어다니기만 했었지. 그런데 어느 날 갑자기 그들은 해안을 떠나 온갖 바다로 떠나갔거든.

우리가 사는 이 묵은 대륙에 신대륙들이 있다는 소문들이 들려 왔지. 그리고 우리의 배들이 신대륙으로 항해를 하게 된 뒤로부터는 무서워했던 그 엄청난 바다도 한낱 작은 물에 불과하다는 즐거운 이야기가 여러 대륙에 퍼져 나가고 있단다. 또한 만물의 원인을 규명하려는 엄청난 욕구도 생겨났어. 놓아 버린 돌이 왜 떨어지는지, 그것을 높이 던지면 왜 위로 솟는지. 매일같이 무엇인가 발견되고 있단다. 하다못해 백 살 먹은 노인네들까지도 무슨 새로운 것이 발견되었는지 젊은이들에게 큰 소리로 말해 달라고 귀를 곤두세우는 판이란다.

벌써 많은 것이 발견되긴 했지만, 아직 발견해야 할 것들이 더 많아. 그래서 새로운 세대들에겐 여전히 할 일이 많이 남아 있지.

청년 시절 나는 시에나에서, 두세 명의 공사장 인부가 단 5분간 토론을 벌인 뒤에 수천 년 동안 관습처럼 굳어진 화강암의 이동법을 밧줄을 이용하는 새롭고 합리적인 방법으로 대치하는 광경을 본 적이 있단다. 그때 나는 깨달았지. 낡은 시대는 지나갔고 새 시대가 온다는 것을. 얼마 안 가서 인류는 자기네가 살고 있는 장소, 자기네들이 그 위에 거주하는 천체의 실체를 알게 될 거다. 옛날 책들에 씌어진 것은 이미 그들에게 만족을 주지 못할 거야.

왜냐하면 수천 년 동안 만물이 앉았던 자리에 이젠 의혹이 자리잡았기 때문이야. 온 세상 사람들이 말하지, "그래요, 그건 책에 씌어 있어요, 하지만 이젠 우리가 직접 보게 해 주세요"라고. 아무리 엄숙한 진리라도 사람들은 그 어깨를 노크한단다. 지금껏 한 번도 의혹을 품어 본 적이 없는 것을 사람들은 이제 회의하게 되었거든.

이 때문에 한 줄기 샛바람이 불게 되었고, 이 바람은 심지어 제후들이며 높으신 성직자들의 금빛으로 수놓아진 옷자락을 펄럭이게 해서 옷자락 밑에 감추어진 뚱뚱하거나 앙상한 다리들을 들추어내고 있단다. 우리들의 다리랑 다를 것 없는 다리들을. 하늘은 허공이라는 것이 드러난 거야. 그걸 보고 유쾌한 웃음보가 터져 나왔지. 그런가 하면 지구상의 물도 새로운 실감기대를 돌리고 있어. 조선소며, 밧줄 및 돛 창고에서는 수백 개의 일손들이 새로운 설비를 갖추고 움직이고 있단다.

내가 예언을 하지. 우리가 살아 있는 동안에 이미 장터마다 사람들이 천문학을 화제로 삼으리라는 것을. 생선 파는 아줌마들의 자식까지 학교로 달려갈 거다. 왜냐하면 새로운 천문학이 이젠 지구까지 움직이게 한다는 사실이 새로운 것을 좋아하는 우리 시정(市井) 사람들의 마음에 들 테니까. 이제껏 별들이 수정 같은 둥근 천정에 붙어 있어서 떨어질 수 없다고들 줄곧 말해 왔단다. 그런데 이제 우리는 용기를 내어 별들을 허공에 떠다니게 하는 거다. 아무런 거점(據點)이 없이. 별들은 우리의 배들처럼 큰 항해를 하고 있어. 정처없이 큰 항해를 하는 거야.

그리고 지구는 유쾌하게 태양을 맴돌며 구르는 거다. 그리고 생선 파는 아낙, 장사꾼들과 추기경님들, 심지어 교황님도 지구를 타고 구르는 거야.

하지만 우주는 밤새에 그 중심을 잃어버렸단다. 그리고 아침이 되니까 헤아릴 수 없이 많은 중심점들을 갖게 되었지. 그래서 이젠 누구나가 중심점으로 여겨지는가 하면 어느 누구도 중심점이 아니란다. 왜냐하면 갑자기 너무 넓은 공간이 생겨났거든.

우리의 배들은 아득히 멀리 항해를 하고, 우리의 별들은 아득한 우주 공간 안을 떠다니고 있어. 요즈음은 장기 놀음에서까지 카아슬[2]은 어떤 눈이든 껑충 뛰어가지 않니.

시인은 뭐라고 했지? "오, 이른 아침……."

안드레아 : "오, 동터오는 이른 아침이여!

　　　　오 새로운 해안에서

　　　　불어 오는 바람의 입김이여!"

선생님, 이젠 우유를 드세요, 이제 곧 또 사람들이 몰려올 테니까요.

갈릴레이 : 어제 너한테 해 준 내 말을 그새 이해했냐?

안드레아 : 네? 코페르니쿠스랑 그의 회전설에 관한 것 말예요?

갈릴레이 : 그래.

안드레아 : 아뇨. 대체 어째서 내가 그걸 이해하기를 바라세요? 그건 너무 어려워요. 나는 10월이 되어야 겨우 열한 살인걸요.

갈릴레이 : 나는 너도 그걸 이해하기를 진심으로 바란단다. 사람들이 그걸 이해하도록 하기 위해 나는 연구을 하고 비싼 책들을 사는 거야, 우유값을 주는 대신에 말이다.

---

2) 장기 놀음에서 말의 일종으로 차(車)에 해당됨.

안드레아 : 그렇지만 내가 보기엔 해는 저녁때가 되면 아침과는 다른 곳에 가 있는걸요. 그러니까 해는 정지해 있을 턱이 없어요! 결단코요.

갈릴레이 : 네가 본다구! 뭘 보는 거냐? 너는 아무것도 보고 있지 않아. 단지 멀뚱히 눈을 뜨고 있을 뿐이지. 눈을 뜨고 있는 건 보는 것이 아니다. (그는 철제 대야 받침대를 방 한가운데에 세워 놓는다.) 그러니까 이것이 태양이다. 앉아라. (안드레아가 의자 위에 앉자 갈릴레이가 그 뒤에 가서 선다.) 태양이 어느 쪽에 있니, 왼쪽이냐 오른쪽이냐?

안드레아 : 왼쪽이오.

갈릴레이 : 그럼 태양이 어떻게 오른쪽으로 갈 수 있지?

안드레아 : 물론 선생님께서 저것을 오른쪽으로 옮기면 돼죠.

갈릴레이 : 그뿐이냐? (그는 안드레아를 의자째로 들어 180도 회전시킨다.) 이제 태양이 어디 있지?

안드레아 : 오른쪽에요.

갈릴레이 : 그럼 태양이 움직인 거냐?

안드레아 : 그건 아녜요.

갈릴레이 : 무엇이 움직였지?

안드레아 : 내가요.

갈릴레이 : (고함을 치며) 틀렸어! 멍청이야! 의자가 움직인 거야!

안드레아 : 그렇지만 의자랑 같이 나도 움직인 걸요!

갈릴레이 : 물론이지. 의자는 지구야. 그 위에 네가 앉아 있는 거란다.

사르티 부인 : (침대를 정돈하려고 들어와 있다가 그 광경을 보고는) 도대체 내 아이를 데리고 뭘 하시는 겁니까, 갈릴레이 선생님?

갈릴레이 : 그 애한테 보는 것을 가르치고 있소, 사르티 부인.

사르티 부인 : 아이를 방 안에서 끌고 다니면서요?

안드레아 : 그만두세요, 어머니. 어머니는 이해 못 해요.

사르티 부인 : 그래? 헌데 넌 그걸 이해한다는 거냐? 웬 젊은 신사분이 수업받

기를 원합니다. 옷차림도 훌륭하고 추천장을 갖고 왔어요. (추천장을 건네준다.) 선생님은 우리 안드레아가 둘 곱하기 둘은 다섯이라고 주장할 지경으로 만들고 계세요. 선생님이 하시는 말씀을 그 앤 온통 혼동하고 있어요. 엊저녁에는 나한테 지구가 태양의 둘레를 도는 거라고 증명해 보여 줬지요. 코페르니쿠스라는 이름의 선생이 그렇게 관측했다고 큰 소리치는 거예요.

안드레아 : 코페르니쿠스라는 사람이 그렇게 관측하지 않았나요, 갈릴레이 선생님? 어머니한테 직접 말씀해 주세요!

사르티 부인 : 뭐, 정말로 저 애한테 그런 얼토당토 않은 소릴 하셨나요? 재가 학교에서 그런 말을 나불거리면, 온통 불경스런 소리를 떠든다고 신부님들이 우리 집으로 달려올 텐데요. 부끄러운 줄 아세요, 갈릴레이 선생님.

갈릴레이 : (아침을 먹으며) 사르티 부인, 우리들의 연구를 토대로 말이죠, 안드레아랑 나는 격렬한 논쟁을 거친 끝에 더 이상 오래 세상에 대고 숨길 수 없는 몇 가지 발견을 해냈답니다. 새로운 시대가 시작되는 것이라오, 위대한 시대가. 그 시대에 산다는 것은 매우 즐거운 일일 것이오.

사르티 부인 : 그렇군요. 이 새로운 시대에는 우리가 우유값도 지불할 수 있으면 합니다, 갈릴레이 선생님. (추천장을 가리키며) 제발 이번만은 저를 봐서라도 이 청년마저 또 쫓아 보내진 마세요. 우유값을 생각해요. (퇴장)

갈릴레이 : (웃으면서) 최소한 내 우유는 마저 마시게 하구려! (안드레아에게) 그러니까 어제 넌 몇 가지는 이해했던 거구나!

안드레아 : 내가 그 얘기를 엄마한테 한 건, 단지 엄마를 놀라게 해 주고 싶어서였어요. 그렇지만 그건 맞지 않는 얘기예요. 나를 태운 의자를 선생님은 그냥 옆으로 제자리에서 빙 돌렸지, 이렇게는 아녜요. (앞쪽으로 팔짓을 한다.) 그랬다면 나는 말하자면 꼬꾸라졌겠지요. 그리고 이건 엄연한 사실이에요. 왜 선생님께선 의자를 앞쪽으로 돌리지 않으셨나요? 그랬다간, 지구가 그런 식으로 돌 경우, 나는 결국 지구에서 떨어진다는 사실이 증명될

테니까요. 그렇잖아요?

갈릴레이 : 그래도 나는 네게 증명해 보이지…….

안드레아 : 어쨌거나 지난밤 저는, 그래요. 지구가 그렇게 도는 경우 나는 밤이
되면 거꾸로 꼬꾸라질 것이라는 점을 발견한 셈이에요. 그리고 이건 하나
의 사실이에요.

갈릴레이 : (테이블 위의 사과를 한 알 집어든다.) 자 , 이것이 지구다.

안드레아 : 그런 식의 예만 들지 마세요, 갈릴레이 선생님. 선생님은 늘 그런 예
만 끌어들여 설명하시잖아요.

갈릴레이 : (사과를 다시 놓으며) 좋다.

안드레아 : 약삭빠른 사람은 늘 예를 들어서 설명해 낼 수 있어요. 그렇지만 나
는, 선생님이 나한테 그랬던 것처럼 우리 어머니를 의자에 앉힌 채로 끌고
다닐 수가 없어요. 이것이 얼마나 신통찮은 예인지 아시겠지요? 그러니까
사과가 지구라면 어떻다는 거죠? 그렇담 아무것도 아닌 거죠.

갈릴레이 : (웃으면서) 너는 그 사실을 알고 싶지 않은 게로구나.

안드레아 : 사과를 다시 들어 보세요. 어째서 내가 밤이 되어도 거꾸로 꼬꾸라
지지 않지요?

갈릴레이 : 그러니까 이것이 지구이고, 여기 네가 서 있는 거다. (그는 장작의 나
무조각 하나를 사과에 꽂는다.) 그리고 이제 지구가 도는 거다.

안드레아 : 그러니까 지금 나는 거꾸로 매달려 있잖아요.

갈릴레이 : 어째서? 잘 살펴봐라! 머리가 어디 있지?

안드레아 : (사과를 가리키며) 거기 아래쪽이죠.

갈릴레이 : 뭐라구? (그는 다시 돌린다.) 머리가 그냥 같은 자리에 있지 않냐?
내가 이걸 돌렸을 때, 이를테면 너는 이런 식으로 서 있는 거냐? (그는 나
무조각을 뽑아 거꾸로 돌린다.)

안드레아 : 그렇진 않아요. 그렇담 어째서 나는 돌아가는 것을 깨닫지 못하나
요?

갈릴레이 : 왜냐하면 너도 같이 돌기 때문이야! 너와 네 위의 공기, 지구 위에 있는 모든 것이.

안드레아 : 그렇담 어째서 태양이 도는 것처럼 보이는 거죠?

갈릴레이 : (나무조각이 꽂힌 사과를 다시 돌린다.) 그러니까 네 발 밑에 지구가 보이고, 그건 그대로 있어. 그건 늘 네 발 아래 있으면서 네 입장에서 보면 움직이지 않는 거지. 하지만 이제 위를 봐라. 램프가 네 머리 위에 있지 않니. 그렇지만 내가 이걸 돌리면, 네 머리 위에 그러니까 위쪽으로 무엇이 있니?

안드레아 : (같이 몸을 돌리고는) 난로가 있어요.

갈릴레이 : 그리고 램프는 어디 있지?

안드레아 : 아래쪽에요.

갈릴레이 : 그렇지!

안드레아 : 참 근사한데요. 어머니도 놀랄 거예요.

　　(루도비코 마르실리, 한 부유한 청년이 들어선다.)

갈릴레이 : 여긴 사람들 발길이 끊일 새가 없군.

루도비코 : 안녕하십니까, 선생님. 저는 루도비코 마르실리라고 합니다.

갈릴레이 : (그의 추천장을 살펴보며) 자네는 네덜란드에 있었군?

루도비코 : 거기서 선생님에 관해 많은 얘기를 들었습니다. 갈릴레이 선생님.

갈릴레이 : 자네 집안은 캄파냐[3]에 농장을 갖고 있다구?

루도비코 : 어머니께선 이 세상에서 벌어지는 일에 대해 제가 좀 눈 뜨기를 원하세요.

갈릴레이 : 그러니까 자넨 네덜란드에서, 내가 이탈리아에서 뭔가 좀 일을 벌이고 있다고 들었단 말인가?

루도비코 : 그리고 제 어머니는 나 역시 과학에 대해서도 좀 알았으면 하고 바

---

3) 로마 교외의 평원.

라신답니다.

갈릴레이 : 개인지도를 받겠다면 한 달에 10스쿠디[4]일세.

루도비코 : 좋습니다, 선생님.

갈릴레이 : 자네가 관심을 갖는 일은 뭔가?

루도비코 : 말(馬)입니다.

갈릴레이 : 그래?

루도비코 : 저는 학문에 관해서는 전혀 백지입니다, 갈릴레이 선생님.

갈릴레이 : 아하, 그런 사정이라면 한 달에 15스쿠디일세.

루도비코 : 좋습니다, 갈릴레이 선생님.

갈릴레이 : 이른 아침 시간에 자네를 받겠네. 네가 희생을 해야겠다, 안드레아.
　　당연히 네 시간이 빠지는 거야. 알잖니, 너는 한 푼도 돈을 안 내니까.

안드레아 : 가겠어요. 사과를 갖고 가도 돼요?

갈릴레이 : 그래.

　　(안드레아 퇴장.)

루도비코 : 저를 상대하시려면 어지간한 인내를 가지셔야 될 겁니다. 무엇보다
　　과학 분야에서는 상식이 말해 주는 것과는 늘 다르니까요. 이를테면 암스
　　테르담에서 팔고 있는 저 괴상한 대롱을 생각해 보십시오. 저는 그걸 자세
　　히 살펴보았지요. 초록색 가죽과 두 개의 렌즈로 맞춰진 한낱 원통에 불과
　　해요. 하나는 이렇고 (그는 오목렌즈 모양을 해 보인다.), 또 하나는 이런 모
　　양의 렌즈지요. (그는 볼록렌즈 모양을 해 보인다.) 듣기에는 하나는 확대시
　　키고 다른 하나는 축소시킨다는데요. 분별 있는 사람이라면 누구나 그것들
　　이 서로 상쇄된다고 생각할 겁니다. 그러나 그건 틀렸어요. 그 물건을 통
　　해 보면 모든 것이 다섯 배는 크게 보이는 겁니다. 이런 것이 선생님들의
　　과학이지요.

---

4) 이탈리아의 옛 화폐 단위.

갈릴레이 : 무엇을 다섯 배로 크게 본다는 건가?

루도비코 : 교회의 첨탑들, 비둘기들, 무엇이든 멀리 떨어진 것들 말이죠.

갈릴레이 : 그런 교회 첨탑들이 확대된 것을 자네 눈으로 직접 보았나?

루도비코 : 물론이죠, 선생님.

갈릴레이 : 그리고 그 대롱에는 두 개의 렌즈가 있다구? (그는 종이 위에 스케치를 한다.) 이런 모양이었나? (루도비코는 고개를 끄덕인다.) 그 발명품이 나온 지 얼마나 됐나?

루도비코 : 제가 네덜란드를 떠날 무렵, 그게 나온 지 불과 며칠 밖에 안 된 것 같습니다. 어쨌든 시장에 나온 건 얼마 되지 않아요.

갈릴레이 : (아주 상냥하게) 그런데 왜 굳이 과학이어야 하나? 왜 말(馬) 사육은 안 되나?

(사르티 부인이 들어선다. 갈릴레이는 그걸 모른다.)

루도비코 : 어머니는 약간의 과학이 필요하다고 생각하십니다. 요즈음은 온 세상 사람들이 과학을 안주삼아 포도주를 마시잖습니까?

갈릴레이 : 자넨 죽어 버린 고어(古語)를 택하거나 신학 공부를 할 수도 있을 텐데. 그게 한결 쉽네. (사르티 부인을 발견한다.) 좋아, 화요일 아침에 오게. (루도비코 퇴장.)

갈릴레이 : 나를 그런 얼굴로 보지 말구려. 저 청년을 받았다니까.

사르티 부인 : 마침 제때에 절 보셨으니까 그렇지요. 대학 이사장님께서 밖에 와 계세요.

갈릴레이 : 들여 보내요, 중요한 사람이니까. 어쩌면 500스쿠디짜리일지도. 그럼 난 개인교수를 안 해도 될 테고.

(사르티 부인이 대학 이사장을 안내해 들어온다. 갈릴레이는 옷을 완전히 챙겨 입으면서 쪽지 위에다 숫자를 끄적인다.)

갈릴레이 : 안녕하십니까?, 반 스쿠디만 빌려 주십시오.

(대학 이사장이 돈 지갑에서 꺼낸 동전을 사르티 부인에게 건넨다.) 사르티 부

인, 안드레아를 렌즈 연마공한테 보내서 렌즈 두 개만 사 오게 해요. 여기 치수가 있소.

(사르티 부인 쪽지를 들고 퇴장.)

대학 이사장 : 당신이 요청한 1,000스쿠디로 봉급을 인상하는 일 때문에 왔습니다. 유감스럽게도 나로서는 대학측에 이 건을 건의할 수가 없습니다. 아시다시피 수학교수들은 대학에 수입을 끌어들이지 못 하잖습니까. 수학이란 말하자면 돈벌이가 안 되는 학문이지요. 그렇다고 이 공화국이 수학을 다른 과목보다 경시(輕視)했던 것은 아니지요. 수학은 철학처럼 꼭 필요한 것도 아니고 신학처럼 유용한 학문도 못 됩니다만, 어쨌든 식자(識者)들에겐 무한한 즐거움을 주거든요!

갈릴레이 : (자기의 서류를 굽어보며) 이보세요, 나는 500스쿠디로는 가계를 꾸려 나갈 수가 없습니다.

대학 이사장 : 그렇지만, 갈릴레이 선생, 당신은 일 주일에 두 시간씩 두 번 강의를 하지요. 당신의 눈부신 명성은 개인지도를 받겠다는 상당수의 학생들을 당신한테 조달해 줄 게 틀림없을 텐데요. 개인교수는 안 하십니까?

갈릴레이 : 여보시오. 내겐 너무 많은 개인교수 학생들이 있어요! 그들을 끝도 없이 가르치지요. 그럼 나는 언제 배운단 말입니까? 제기랄, 나는 철학부의 고명하신 분들처럼 그렇게 잘나지를 못 했어요. 바보랍니다. 나는 전혀 아무것도 이해하지 못합니다. 그러니까 내 지식의 빈 구멍들을 메우지 않을 수 없습니다. 그럼 언제 그걸 하지요? 언제 연구를 한단 말입니까? 보시오, 나의 학문은 아직도 알아야 할 것들 투성이란 말이오! 엄청나게 큰 문제들에 대해 오늘 우리는 가설(假說)밖에 쥐고 있는 것이 없습니다. 우리 자신이 증거를 찾아내야 합니다. 그런데 내가 생계를 부지하려고 돈깨나 있는 멍청이 대가리 속에다 평행선은 무한(無限)에서 만난다는 얘기나 억지로 쑤셔 넣는 짓거리만 하고 있으면 대체 어떻게 연구의 진전이 있겠습니까?

대학 이사장 : 이 공화국은 어쩌면 여느 제후(諸侯)들처럼 후한 지불을 하지 않을지도 모르죠. 그러나 연구의 자유를 보장한다는 점은 잊지 마십시오. 여기 파도바에서 우리는 심지어 신교도들한테까지 청강을 허용한단 말이오! 또 그들에게 박사 학위도 수여하지요. 크레모니니 씨가 반(反)종교적 발언을 한다고 증거를 들이대었을 때도, 우리는 그 사람을 종교재판에 회부하지 않았습니다. 갈릴레이 선생, 오히려 우린 그 사람의 봉급 인상까지 인가했습니다. 베네치아는 종교재판소조차 입김이 미치지 못하는 공화국이라는 점은 멀리 네덜란드에까지 알려진 사실이지요. 천문학자인 당신에게 이 점은 상당히 중요한 점입니다. 그러니까 벌써 오래 전부터 교회의 교리에 대해 경외심을 갖고 존중하지 않는 분야에 종사하는 천문학자로서 말입니다.

갈릴레이 : 당신네들은 조르다노 브루노[5]씨를 여기서 로마로 넘겨주었지요. 그가 코페르니쿠스 학설을 퍼뜨린다는 이유로 말입니다.

대학 이사장 : 그 사람이 코페르니쿠스 씨의 학설을 퍼뜨려서가 아니라, 하긴 그건 틀린 학설이기도 합니다만 그 사람이 베네치아 사람이 아닌 데다가 이곳에 아무 관직도 갖고 있지 않았기 때문이지요. 그러니까 그 화형당한 자일랑 이 문제에 관여시키지 마십시오. 얘기가 나온 김에 말씀입니다만, 아무리 자유롭다고 해도 명백히 교회의 저주가 묻어 있는 그런 이름을 공공연히 사방에 대고 부르지 않는 편이 좋을 겁니다. 여기서도 그래요, 여기서조차도.

갈릴레이 : 당신네들이 사상의 자유를 보장해 준다는 구실은 실은 꽤 괜찮은 돈벌이가 아닙니까? 다른 데서는 종교재판소가 버티고 있어 화형을 일삼는다는 사실을 들추면서 당신네들은 여기서 싼 값으로 훌륭한 교수진을 확

---

5) Giordano Bruno(1548~1600) : 근대 최초의 일원론자로 Leibnitz, Spinoza에 영향을 미친 이탈리아의 철학자. 도미니코 교단의 사제였다가 1576년 이단 혐의로 파문당하고, 92년 베네치아 종교재판에 회부되었다가 1600년 로마에서 화형당했다.

보하지요. 종교재판소로부터 보호해 준답시고 그 보상으로 형편없는 보수를 지불하고 있으니까요.

대학 이사장 : 당치 않아요! 당치 않아! 종교재판소의 무식한 사제 따위가 선생의 생각을 무작정 막는다면, 자유로운 연구 시간을 맘껏 가진들 그것이 무슨 소용이 있겠습니까? 가시 없는 장미 없고, 사제들을 제쳐놓은 제후란 없답니다, 갈릴레이 선생!

갈릴레이 : 넉넉한 시간이 없는 자유로운 연구가 무슨 소용이 있겠습니까? 그 결과가 뭐겠습니까? 혹시나 시(市)의회 의원님들께 낙하법칙에 관한 이 연구를 보이고 (그는 원고 뭉치를 가리킨다) 몇 푼의 가치가 있는지 물어 봐 주십시오!

대학 이사장 : 그건 측량할 수 없이 무한한 가치를 갖고 있지요, 갈릴레이 선생.

갈릴레이 : 측량할 수 없이 무한한 값이 아니라 500스쿠디 정도요, 여보시오.

대학 이사장 : 돈으로 값을 매기는 건, 단지 돈을 벌어들이는 것에만 적용할 수 있습니다. 돈을 원하신다면 뭐 다른 것을 제시하십시오. 선생이 파는 지식에 대해서는 그것을 사들이는 측에 수입을 가져다 주는 만큼만 요구할 수 있는 것이죠. 예컨대 피렌체의 콜롬베 씨가 판 철학은, 제후에게 최소한 연 1만 스쿠디의 수입을 가져다 줍니다. 선생의 낙하법칙은 분명히 센세이션을 불러 일으켰습니다. 파리와 프라하에서는 선생에게 갈채를 보내고 있습니다. 그렇지만 그곳에서 박수를 치고 앉아 있는 자들이 선생이 대학측에 요구하는 금액을 파도바 대학에 지불하진 않아요. 선생의 불운은 바로 선생의 전공입니다, 갈릴레이 선생.

갈릴레이 : 알겠습니다. 자유로운 장사에 자유로운 연구. 연구를 갖고 벌이는 자유로운 장사 아닙니까?

대학 이사장 : 아니, 갈릴레이 선생! 무슨 관점이 그렇습니까! 송구스럽습니다만 나로선 선생의 재치 있는 코멘트를 완전히 알아듣지 못하겠군요. 공화국에서 날로 번영하고 있는 상업을 그런 식으로 경시할 것이 아닌 듯싶습

니다. 더욱이 장기간 대학의 이사장으로 있는 나로서는 연구에 관해 그 같은 경박한 어투로 거론하고 싶진 않군요. (그 사이에 갈릴레이는 자기의 책상을 안타깝게 바라본다.)

우리를 둘러싸고 있는 상황을 좀 생각해 보시오! 모모한 여러 지방에서는 노예제도의 채찍 아래 학문들이 한숨을 쉬고 있지 않습니까! 그곳에서는 대형 가죽 고서본(古書本)을 찢어 채찍을 만듭니다. 그곳에선 돌이 어떻게 낙하하는 것과 같은 것을 알아선 안 됩니다. 다만 아리스토텔레스가 그것에 관해 기술한 것을 알면 되죠. 눈(眼)이란 오로지 읽기 위해 사람한테 박혀 있는 겁니다. 오로지 굴복의 법칙만이 성행하는 판에 무슨 새로운 낙하의 법칙이 필요하겠습니까? 그런 상황에 비하면 선생은 무한한 즐거움을 붙들고 있는 겁니다. 우리 공화국은 선생의 생각들을 그에 상응하는 기쁨으로 받아들이지요. 선생의 생각은 선생의 뜻대로 담대할 수 있습니다! 여기서라면 선생은 연구를 할 수 있지요! 여기선 일을 할 수 있어요! 아무도 선생을 감시하지도 억압하지도 않아요! 베네치아의 상인들은 피렌체의 경쟁자들과 싸움을 통해 더 좋은 품질의 아마(亞麻)가 중요하다는 것을 알고 있지요. 그래서 그들은 '보다 더 나은 과학!' 이라는 선생의 구호에 흥미를 갖고 귀기울이지요. 그런가 하면 과학계에서도 더 훌륭한 직조기를 원하는 외침에 얼마나 덕을 입고 있습니까! 우리의 탁월한 시민들은 선생의 연구에 관심을 갖고 선생의 강의를 들으며, 선생의 발명품을 관람합니다. 귀중한 그들의 시간을 할애해서 말입니다. 상업을 경시하지 마시오, 갈릴레이 선생. 선생의 직업이 추호라도 방해받거나, 주제넘은 자들이 선생을 곤란에 빠뜨리는 것을 여기서는 아무도 참아 내지 못할 것입니다. 갈릴레이 선생, 당신이 여기에서는 일을 할 수 있다는 점을 인정하시오!

갈릴레이 : (절망적으로) 그렇소.

대학 이사장 : 그리고 연구의 소재로 말할 것 같으면, 선생의 비례 콤파스처럼 멋진 제품을 다시 한 번 만드십시오. 그것으로는 (그는 손가락으로 헤아린

다.) 수학적 지식이 전혀 없어도 선을 그을 수 있고, 자산의 복리를 계산해 내고, 토지의 경계를 확대하거나 축소해서 복사할 수도 있고, 포환의 무게도 정할 수 있지요.

갈릴레이 : 허섭쓰레기요.

대학 이사장 : 고위층 어른들을 경탄시키고 현금도 가져다 주는 물건을 허섭쓰레기라니요. 듣자하니 스테파노 그리티 장군도 이 도구를 써서 루트(根)값을 계산해 낼 수 있다는군요!

갈릴레이 : 실로 기적이로군요! 그렇긴 해도 프리울리 씨, 당신은 나를 생각하게 만들었습니다. 프리울리 씨, 어쩌면 당신한테 지금 말한 것 같은 품목을 내놓을 수 있을지 모르겠습니다. (그는 스케치가 그려진 종이를 집어든다.)

대학 이사장 : 그래요? 이건 해결책이 될 수도 있겠군요. (일어선다) 갈릴레이 선생, 당신이 위대한 인물이라는 걸 우리는 압니다. 위대하지만 불만스러운 남자라고 해도 좋을는지요.

갈릴레이 : 그렇습니다. 나는 불만스럽습니다. 이 불만이야말로, 당신네들이 분별 있는 자들이라면 메울 수도 있는 겁니다만! 그도 그럴 것이 나는 스스로에 대해 불만이니까요. 그런데 당신네들은 내 불만을 메워 주는 대신, 나로 하여금 당신들에 대해 불만스럽게 만듭니다. 당신네들 베네치아의 고관님들, 당신네 훌륭한 병기창과 조선소, 그리고 포탄창에서 맡은 소임을 다하는 것이 내게도 즐거움이라는 사실을 시인합니다. 그렇지만 당신들은 이곳에서 내 학문 분야에 몰려오는 지속적인 생각들을 추적해 갈 시간을 내게 허용하지 않습니다. 타작마당에서 일하는 소에게 당신네들은 망을 씌우는 겁니다.[6] 내 나이 마흔여섯인데 지금껏 스스로 만족할 만한 일을 하나도 성취하지 못했단 말입니다.

대학 이사장 : 그럼 더 오래 선생을 방해하지 않겠습니다.

---

6) 신명기 25:4, 고린도 전서 9:9 참조. "타작마당에서 일하는 소에게 망을 씌우지 말라."

갈릴레이 : 고맙군요.

　(대학 이사장 퇴장. 갈릴레이는 잠시 혼자 있다가 일을 하기 시작한다. 이어 안드레아가 달려 들어온다.)

갈릴레이 : (작업을 계속하며) 왜 사과를 먹지 않았니?

안드레아 : 엄마한테 엄마 자신이 돌고 있다는 사실을 보여 주려구요.

갈릴레이 : 안드레아, 내 말 잘 들어라. 다른 이들한테는 우리의 생각에 대해 말하지 말아야 한다.

안드레아 : 왜요?

갈릴레이 : 상부 당국에선 그런 생각을 금지했거든.

안드레아 : 그래도 그건 진리인걸요.

갈릴레이 : 그래도 당국이 그걸 금지한단다. 이번 경우엔 문제되는 것이 또 있다. 우리 과학자들은 우리가 옳다고 여기는 것을 여지껏 증명할 수가 없었거든. 심지어 위대한 코페르니쿠스의 학설도 아직 증명되지 않았단다. 그건 단지 하나의 가설이란다. 렌즈를 이리 다오.

안드레아 : 반 스쿠디로는 모자랐어요. 내 윗도리를 벗어 두고 와야 했죠. 담보물로요.

갈릴레이 : 이 겨울에 윗도리가 없이 어쩔려구 그러니?

　(잠시 쉰다. 갈릴레이는 스케치가 그려진 종이 위에 렌즈를 배열한다.)

안드레아 : 가설이라는 게 뭐예요?

갈릴레이 : 우리가 개연성은 있다고 여기지만, 사실(事實)은 잡지 못한 것을 말한단다. 저 아래 광주리 가게 앞에서 아기를 안고 있는 펠리체가 아이에게 젖을 먹이고 있으리라는 것, 이를테면 아이에게서 젖을 받아 먹지 않는다는 사실은, 우리가 직접 가서 눈으로 보고 증명할 수 없는 한, 하나의 가설이란다. 별들에 대해서 우리는 아주 조금밖에 못 보는 흐릿한 눈을 가진 벌레들과 같단다. 수천 년 동안 믿어 왔던 옛날 학설들은 아주 토대가 약하거든. 이 거대한 건물에는 그것을 지탱할 버팀목이 어림없이 모자라는

거야. 법칙은 많지만 그것들이 별로 명쾌한 해명을 해 주진 않아. 그런가 하면 이렇다 할 법칙을 갖지 못한 새로운 가설들이 많은 것을 밝혀 주고 있거든.

안드레아 : 그렇지만 선생님은 나에게 모든 걸 증명해 보이셨잖아요?

갈릴레이 : 다만, 그럴 수 있다는 것뿐이야. 이 가설이 아주 근사하다는 걸 너도 알겠지. 여기에 어긋나는 점은 아무것도 없어.

안드레아 : 나도 과학자가 될래요, 갈릴레이 선생님.

갈릴레이 : 나도 그랬으면 좋겠다. 우리 분야에서 풀어야 할 문제들이 엄청나게 많은 판이니.

(그는 창가로 가서 렌즈를 통해 바라보고는 꽤 흥미있는 목소리로) 한 번 들여다보아라, 안드레아.

안드레아 : 맙소사, 모든 것이 가까워졌어요! 종탑의 종들이 바로 앞으로 다가와 있어요. 구리로 된 글자까지 읽을 수 있어요.— 하느님의 영광.

갈릴레이 : 이걸로 우린 500스쿠디를 버는 거다.

<u>2</u>

갈릴레이, 베네치아 공화국에 새로운 발명품을 전달한다.

위인이 행하는 모든 일이 위대하진 않은 법,
게다가 갈릴레이는 훌륭한 식탁을 좋아했지.
자, 들으시라, 그리고 격분하지 마시기를,
망원경에 대한 진실이 어떠했는지를.

(베네치아 항만의 대(大) 병기창. 시의회 의원들, 그 상석에 총독. 옆으로 갈릴
레이의 친구 사그레도와 열다섯 살의 비르지니아 갈릴레이. 그녀는 새빨간 가
죽 덮개가 씌워진 60센티 가량의 망원경을 얹은 빌로드 쿠션을 들고 있다. 단
위에 갈릴레이. 그 뒤로 망원경을 놓을 받침대가 있고, 렌즈 연마공인 페데르초
니가 받침대를 살펴보고 있다.)

갈릴레이 : 총독 각하, 고명하신 시의원 여러분들! 여러분의 파도바 대학 수학
교수이며 이곳 베네치아에 있는 여러분들의 대 병기창 감독관으로서 소인
은 훌륭한 교사의 소임을 다할 뿐 아니라, 유용한 발명품으로 베네치아 공
화국에 많은 이득을 가져다 주는 것을 맡은 바 사명으로 생각해 왔습니다.
오늘 소인은 진심으로 기쁘고 더없이 겸허한 책임감을 느끼며, 여러분들
께 매우 새로운 기계를 보여 드리고 전달하겠습니다. 소인이 만든 망원경
입니다. 이것은 여러분의 충직한 종이 지극히 학문적이고 기독교적인 근

본 원칙에 따라 세계적인 대병기창에서 17년 간 끈질기게 연구한 끝에 완성한 물건입니다. (갈릴레이는 단을 떠나 사그레도 옆에 선다. 박수 소리. 갈릴레이는 인사를 한다.)

갈릴레이 : (사그레도에게 조그만 목소리로) 시간 낭비야!

사그레도 : (조그만 목소리로) 자네 이젠 푸줏간 주인에게 돈을 지불할 수 있겠군.

갈릴레이 : 그래, 푸줏간 주인놈들이 수입을 잡겠지. (그는 다시 절을 한다.)

대학 이사장 : (단 위에 올라선다.) 총독 각하, 고명하신 시의원님들! 다시 한 번 기술의 위업을 기록하는 역사의 한 페이지에 베네치아의 문자가 덮이게 되었습니다. (정중한 박수 소리) 세계적 명성을 지닌 한 학자께서 여러분께, 오로지 여러분에게만, 여기 극히 상품 가치가 높은 관(管)을 여러분 마음대로 생산 판매하도록 위임합니다. (좀 세찬 박수 소리) 우리는 이 기구를 써서 전쟁 중에 상대편 군함의 숫자와 종류를 적들이 아군을 알아보는 것보다 두 시간은 더 빨리 알아볼 수 있다는 것, 그래서 적군의 군세를 파악하여 추적이냐 전투냐 도주냐를 결정할 수 있다는 것을 아십니까? (아주 열렬한 박수 소리) 총독 각하, 고명하신 시의원님들, 이제 갈릴레이 선생께서 자신의 직관의 증거물인 발명품을 매력적인 따님을 통해 인계하시겠습니다.

(음악. 비르지니아가 앞으로 나와 인사를 하고 망원경을 대학 이사장에게 전한다. 이어 그는 그것을 페데르초니에게 넘겨 준다. 페데르초니는 망원경을 받침대에 얹고 초점을 맞춘다. 총독과 시의원들, 단 위로 올라서서 망원경을 통해 들여다본다.)

갈릴레이 : (조그만 목소리로) 여기서 벌어지고 있는 사육제를 내가 견뎌낼지 자네에게 약속할 수 없네. 여기 저자들은 돈벌이가 되는 허섭쓰레기 하나를 손에 넣었다고 생각하겠지만 저 물건은 훨씬 값진 것일세. 난 어젯밤에 저 망원경으로 달을 향해 조준했다네.

사그레도 : 뭘 보았나?

갈릴레이 : 달은 자체에서 빛을 발하지 않네.

사그레도 : 뭐라구?

시의회 의원들 : 성 로지타의 성벽을 볼 수 있군요. 갈릴레이 선생. 저기 보트
　　위에서 사람들이 점심식사를 하는군. 구운 생선이야. 식욕이 나는걸.

갈릴레이 : 여보게, 천문학은 수천 년 동안 제자리 걸음이었네. 바로 망원경이
　　없어서였지.

시의회 의원 : 갈릴레이 선생!

사그레도 : 자네를 찾는군.

시의회 의원 : 이 물건으로 보니 너무나 잘 보입니다그려. 우리 집안 여자들한
　　테 지붕 위에서 목욕은 이제 하면 안 된다고 일러야 되겠군요.

갈릴레이 : 은하수가 무엇으로 이루어져 있는지 알겠나?

사그레도 : 모르네.

갈릴레이 : 난 아네.

시의회 의원 : 저런 물건이라면 10스쿠디는 나가겠는걸요, 갈릴레이 선생. (갈
　　릴레이 절을 한다.)

비르지니아 : (루도비코를 아버지에게 데려온다.) 루도비코가 축하드리고 싶대요,
　　아버지.

루도비코 : (어색하게) 축하드립니다, 선생님.

갈릴레이 : 나는 그것을 개량했네.

루도비코 : 아무렴요, 선생님. 저도 보았습니다. 덮개를 빨간색으로 바꾸셨더군
　　요. 네덜란드의 것은 초록색이었지요.

갈릴레이 : (사그레도를 향해) 이 물건을 이용해서 몇 가지 학설을 입증해 보일
　　수 없을까, 생각 중이네.

사그레도 : 정신차리게.

대학 이사장 : 당신은 500스쿠디를 확보한 겁니다, 갈릴레이 선생.

갈릴레이 : (그는 아랑곳하지 않고) 물론 어떤 섣부른 추론에 대해서는 나는 매

우 회의적이네.

(총독, 뚱뚱하고 겸손한 남자, 갈릴레이에게 다가와 서투른 위엄을 부리며 말을 걸려고 한다.)

대학 이사장 : 갈릴레이 선생, 총독 각하이십니다. (총독은 갈릴레이와 악수를 한다.)

갈릴레이 : 그렇습니다. 500스쿠디이죠. 됐습니까, 각하?

총독 : 불행하게도 이 공화국에서는 우리의 학자들에게 뭘 조달하려면, 늘 시의회 의원들한테 들이댈 명목을 갖고 있어야 하지요.

대학 이사장 : 다른 면에서 봐도 그렇지 않다면, 자극이라는 것이 없지 않겠습니까, 갈릴레이 선생?

총독 : (미소를 지으며) 우린 명목을 필요로 합니다.

(총독과 대학 이사장은 갈릴레이를 시의회 의원들에게로 데려가고, 의원들이 갈릴레이를 둘러싼다. 비르지니아와 루도비코는 천천히 퇴장한다.)

비르지니아 : 내가 제대로 했나요?

루도비코 : 내 보기엔 그랬어.

비르지니아 : 대체 무슨 생각을 해요?

루도비코 : 아 아니야. 초록색 덮개를 씌웠더라도 마찬가지로 좋았을 텐데.

비르지니아 : 모두가 아버지한테 만족한 것 같아요.

루도비코 : 나도 학문이 뭔지 좀 알기 시작한 것 같애.

<u>3</u>

1610년 1월 10일, 망원경을 사용하여 갈릴레이는 코페르니쿠스 체계를 입증하는 현상을 하늘에서 발견한다. 친구로부터 연구 결과의 위험을 경고받고 갈릴레이는 인간의 이성(理性)에 대한 자신의 믿음을 역설한다.

1610년 1월 10일,
갈릴레이는 하늘이 없음을 보았네.

(파도바의 갈릴레이 서재. 밤. 갈릴레이와 사그레도, 두툼한 외투를 입고 망원경 앞에 붙어 서 있다.)

사그레도 : (망원경을 들여다보며 낮은 소리로) 초승달의 가장자리가 아주 고르지 못하군. 삐죽삐죽하고 거칠어. 빛을 내는 가장자리의 좀 어두운 부분에 반짝이는 점들이 보이는군. 그것들은 하나씩 차례로 나타나며 빛을 뿜어내고 있어. 그리고 점점 넓은 면적으로 번지다가 좀 더 큰 빛나는 부분이랑 합류하는군.

갈릴레이 : 이 반짝이는 점들이 뭣이라고 생각하나?

사그레도 : 있을 수 없는 일이야.

갈릴레이 : 그렇잖네. 그건 산지(山地)들이지.

사그레도 : 별에?

갈릴레이 : 거대한 산들이지. 솟아 오르는 태양이 그 꼭대기들을 금빛으로 물

들이고 있는 한편, 주변 골짜기들은 그냥 어둠 속에 묻혀 있는 거라네. 자네가 본 것은 산 꼭대기의 빛이 골짜기로 내리퍼지는 장면일세.

사그레도 : 그렇지만 이건 천 년 동안의 모든 천문학에 어긋나는 일일세.

갈릴레이 : 그렇다네. 자네가 본 것을 이제껏 본 사람이 아무도 없거든. 나말고는 자네가 두 번째일세.

사그레도 : 그렇지만 달이 산과 골짜기를 가진 흙덩이일 리가 없어. 마찬가지로 지구도 별일 리가 없고.

갈릴레이 : 달은 산과 골짜기를 지닌 일종의 지구일 수도 있고, 지구도 한낱 별일 수 있다네. 수천 개의 별 중에 섞인 그냥 보통 천체일 수 있지. 다시 한 번 들여다보게. 달의 어두운 부분은 그냥 어둡게만 보일 뿐인가?

사그레도 : 아닐세. 지금 자세히 보니까 잿빛의 희미한 광채가 그 위에 드리워져 있군.

갈릴레이 : 그것이 어떤 종류의 광채이겠나?

사그레도 : ?

갈릴레이 : 그것은 지구에서 가는 빛이라네.

사그레도 : 넌센스야. 산지와 숲, 그리고 바다로 이뤄진 지구가 어떻게 빛을 발하겠나? 한낱 차가운 물체가?

갈릴레이 : 달이 빛을 내는 것과 같은 이치야. 두 별은 태양의 빛을 받기 때문에 반사광선을 내는 거라네. 달과 우리는 같은 관계에 있어. 그래서 달은 우리에게 때로는 초승달로, 때로는 반달로, 때로는 보름달로 보이고, 때로는 안 보이는 걸세.

사그레도 : 그렇다면 달과 지구 사이엔 차이가 없겠군?

갈릴레이 : 명백히 그래.

사그레도 : 10년도 채 되기 전에 로마에서 한 사람이 화형당했지. 조르다노 브루노라는 사람인데, 그 사람도 바로 그렇게 주장했었지.

갈릴레이 : 암. 그리고 우린 그 사실을 눈으로 보고 있네. 망원경에서 눈을 떼

지 말게, 사그레도. 자네가 보고 있는 것은 하늘과 땅 사이에 아무런 차이

가 없다는 사실일세. 오늘은 1610년 1월 10일. 인류는 역사책에 기록해 넣

겠지. '하늘이 폐지되다' 라고.

사그레도 : 가공할 만한 일이야.

갈릴레이 : 난 또 다른 사실을 발견했네. 그건 어쩌면 더 놀라운 것일지도 모르지.

사르티 부인 : (들어서며) 대학 이사장님이십니다.

　　(대학 이사장 뛰어 들어온다.)

대학 이사장 : 늦은 시간에 죄송합니다. 선생하고 단 둘이만 얘기할 수 있다면

　　좋겠습니다만.

갈릴레이 : 내가 들을 수 있는 얘기라면 뭣이든 사그레도 씨가 들어도 상관없

　　습니다. 프리울리 씨.

대학 이사장 : 그렇지만 사건의 진상을 저 손님도 알게 되면, 선생이 난처할 텐

　　데요. 유감스럽게도 이건 너무나 너무나 믿을 수 없는 일입니다.

갈릴레이 : 사그레도 씨는 나와 같이 있는 자리에서 믿을 수 없는 상황에 부딪

　　히는 데 익숙하답니다.

대학 이사장 : 두렵군요, 두려워요. (망원경을 가리키며) 저기 그 멋들어진 물건

　　이 있구려. 저건 그냥 던져 버리셔도 상관없는 물건입니다. 아무짝에도 쓸

　　모 없는 쓰레기요, 정말 아무것도 아니란 말요.

사그레도 : (불안하게 서성이다가) 왜지요?

대학 이사장 : 선생이 17년 간의 연구활동의 결실이라고 떠들던 저 발명품이,

　　이탈리아 어느 길 모퉁이에서든 두서너 푼으로 살 수 있는 물건이라는 걸

　　아시오? 그것도 네덜란드 제품으로? 지금 이 순간에도 항만에서는 네덜란

　　드 화물선이 500개의 망원경을 내려놓고 있단 말이오!

갈릴레이 : 그게 사실인가요?

대학 이사장 : 당신이 어째서 그렇게 침착한지 알 수 없군요, 선생.

사그레도 : 대체 무엇이 그렇게 걱정이십니까? 갈릴레이 선생께서 이 기구를

사용해서 바로 요 며칠 새에 성좌계에 관한 획기적 발견을 해냈다는 사실이나 아십시오.

갈릴레이 : (웃으면서) 당신도 들여다보십시오, 프리울리 씨.

대학 이사장 : 이 엉터리 물건의 대가로 갈릴레이 선생의 봉급을 배로 인상하도록 주선한 사람으로서 이제껏 겪은 발견만으로도 내겐 충분하다는 사실이나 아십시오. 처음 망원경을 들여다보던 그때, 시의회 의원들은 이 기구가 우리 공화국에서만 생산될 수 있다고 믿었던 나머지, 바로 다음 길 모퉁이에서 같은 망원경을 버터빵 한 개 값으로 팔고 있는 흔해 빠진 행상을 알아보지도 못한 것은 정말 순전히 우연이었지요.

(갈릴레이는 소리내어 껄껄 웃는다.)

사그레도 : 프리울리 씨, 나는 이 기구의 값을 매매 시세로는 뭐라고 판단할 수 없습니다. 하지만 그것이 철학에 기여할 가치는 너무나 엄청나서…….

대학 이사장 : 철학이라구요? 수학자인 갈릴레이 선생이 철학과 무슨 상관이 있단 말인가요? 갈릴레이 선생, 당신은 일찍이 이 도시를 위해 아주 쓸모 있는 펌프를 발명해 냈고, 당신이 고안한 관개(灌漑)시설은 지금도 작동하고 있습니다. 또한 직조공들은 당신의 기계를 칭찬합니다. 이런 마당에 내가 어떻게 그런 일을 예측할 수 있었겠습니까?

갈릴레이 : 그렇게 성급하게 굴지 마십시오, 프리울리 씨. 항로는 여전히 멀고 불안하며 돈이 많이 듭니다. 우리에겐 하늘 위에 걸린 믿을 만한 시계가 아쉽지요. 항해를 위한 표지판 말입니다. 이제 나는 이 망원경을 써서 아주 규칙적으로 운행하는 일정한 별들을 알아 낼 수 있으리라는 명백한 추정의 근거를 갖고 있습니다. 새로운 성좌표는 항해하는 데 필요한 수백 만 스쿠디를 절약해 줄 수 있을 것이오, 프리울리 씨.

대학 이사장 : 그만두시오. 당신 얘기는 이미 지겹도록 들었소. 나의 친절에 대한 보답으로 선생은 나를 이 도시의 웃음거리로 만들었소. 나는 무가치한 망원경 때문에 신세를 망친 대학 이사장으로 사람들 기억 속에 남게 되겠

지요. 당신이야 얼마든지 웃을 근거를 갖고 있습니다. 500스쿠디를 수중에 넣었으니까요. 그렇지만 진정한 사나이로서 내가 당신에게 하고 싶은 말이 있소. 이놈의 세상이 정말 진저리난다는 것이오!

(문을 꽝 닫으며 퇴장.)

갈릴레이 : 저렇게 화를 내는 걸 보니 좀 동정이 가는걸. 자네 들었나. 돈벌이를 할 수 없는 세상이 저 친구한텐 진저리가 난다는군!

사그레도 : 자네 그 네덜란드제 기구에 대해 알고 있었나?

갈릴레이 : 물론이지. 풍문으로 들어서. 그렇지만 내가 시의회의 구두쇠들한테 조립해 준 것은 배로 개량된 것일세. 방안에 집달리를 들여 놓은 채로 어떻게 일을 할 수 있겠나? 게다가 비르지니아한텐 조만간 혼인 밑천이 필요하네. 그 앤 영리하지도 못해. 또 나는 책 사는 것을 좋아하네. 과학 서적뿐만이 아니지. 그리고 나는 맛있는 식사를 즐긴다네. 훌륭한 식탁에서 대체로 좋은 아이디어가 떠오르거든. 썩어빠진 시대야! 저자들은 자기네 술통을 나르는 마부한테 주는 것만큼도 내게 지불하지를 않네. 두 시간 수학 강의를 한 대가로 4평 장작값을 받는다네. 이제 난 저자들한테서 500스쿠디를 뜯어 냈다네. 그런데도 여전히 빚을 지고 있어. 어떤 빚은 20년이나 묵었네. 연구에 전념할 수 있는 5년의 여가만 있다면 모든 걸 증명할 수 있을 텐데! 자네한테 또 다른 것을 보여 주지.

사그레도 : (머뭇머뭇 망원경게로 가며) 사뭇 공포감 같은 게 느껴지네, 갈릴레이.

갈릴레이 : 이제 젖빛처럼 뽀얗게 반짝이는 은하수의 안개를 보여 줌세. 은하수가 무엇으로 이뤄진 것 같나?

사그레도 : 저건 별이로군. 헤아릴 수 없이 많은.

갈릴레이 : 오리온 성좌 하나에만도 500개의 항성이 있다네. 저건 수많은 세계, 헤아릴 수 없이 많은 다른 세계들일세. 화형당한 그 사람이 말한 적 있는 한결 멀리 있는 별들이지. 그 사람은 저것을 눈으로 보지는 못했지만 예상했던 것일세!

사그레도 : 그렇지만 설사 지구가 한낱 별이라 해도, 그것이 태양 주위를 돈다고 하는 코페르니쿠스의 주장에 닿으려면 아직 멀었네. 다른 위성을 가진 별이 하늘에는 하나도 없지 않은가. 그렇지만 지구 주위로는 여전히 달이 돌고 있네.

갈릴레이 : 사그레도, 나는 생각 중이네. 그저께부터 생각하고 있어. 저기 목성이 있네. (그는 목성에 초점을 맞춘다.) 이를테면 저기, 망원경을 통해서만 보이는 작은 별들이 목성 근처에 있어. 나는 월요일에 그 별들을 보았지만, 그 위치에 대해서는 별로 유의하지 않았네. 어제 다시 자세히 살펴보았지. 그 네 개의 별 모두가 위치를 바꿨다고 장담할 수 있을 것 같았어. 난 그것을 기록해 놓았네. 지금 그 별들이 또 다른 위치에 서 있네. 어떤가? 내가 봤던 것은 네 개였어. (움직이며) 자네가 들여다보게!

사그레도 : 내 눈에는 세 개일세.

갈릴레이 : 네 번째 별은 어디 갔을까? 여기에 도표가 있네. 이 별들이 어떤 운동을 했는지 산출해 내야겠네.

(그들은 흥분해서 일을 시작한다. 무대는 어두워진다. 그러나 멀리 둥근 지평선에는 목성과 그 위성들이 보인다. 다시 밝아지고, 두 사람은 여전히 외투 차림으로 앉아 있다.)

갈릴레이 : 증명된 걸세. 네 번째 별은 우리가 볼 수 없는 목성의 이면으로 이동했을 수밖에 없어. 자, 여기 위성을 가진 별이 하나 있지 않나.

사그레도 : 그렇다면 목성이 부착되어 있는 수정으로 된 껍질층은 어떻게 된 건가?

갈릴레이 : 그래, 그런 층은 어디 있을까? 주위를 도는 다른 별들을 가진 목성이 어떻게 부착되어 있을 수 있겠나? 하늘에는 버팀목이란 없네, 우주 안에는 거점(據點)이 없어! 저기 또 다른 태양이 있는 걸세!

사그레도 : 진정하게. 자넨 너무 서둘러 생각하네!

갈릴레이 : 뭐, 서두른다구! 여보게 좀 흥분하게나! 자네가 보고 있는 것을 지

금껏 아무도 본 사람이 없네. 그자들이 옳았어!

사그레도 : 누구? 코페르니쿠스 학파말인가?

갈릴레이 : 그리고 또 한 사람! 온 세상이 그들을 반대했는데, 그들이 옳았던 거야! 이걸 안드레아한테 보여 줘야겠어!(그는 허겁지겁 문께로 가서 밖에 대고 소리친다) 사르티 부인! 사르티 부인!

사그레도 : 갈릴레이, 제발 진정하게나!

갈릴레이 : 사그레도, 좀 흥분하게나! 사르티 부인!

사그레도 : (망원경을 돌려놓으며) 바보처럼 아우성치는 짓을 그만둘 수 없겠나?

갈릴레이 : 진리가 발견된 판국에 꾸어다 놓은 보릿자루처럼 서 있는 짓을 그만둘 수 없겠나?

사그레도 : 나는 보릿자루처럼 서 있는 게 아닐세. 그것이 진리일 수 있다는 사실에 전율을 느끼고 있네.

갈릴레이 : 뭐라구?

사그레도 : 자네 분별력을 몽땅 잃어버렸나? 자네가 본 것이 진리일 경우, 자네가 어떤 수렁에 빠질지를 정말 모르나? 게다가 자네가 온 장터에 대고 외쳐댄다면? 지구는 한낱 별일뿐 우주의 중심점이 이젠 아니라고.

갈릴레이 : 그렇지. 누구나가 생각하듯, 모든 별들을 포함한 거대한 우주 전체가 우리의 작은 지구 주위를 돌고 있는 게 아니라고!

사그레도 : 그러니까 오로지 별들만이 존재한다고! 그렇다면 하느님은 어디 있는가?

갈릴레이 : 무슨 소린가?

사그레도 : 하느님은! 신(神)은 어디 있나?

갈릴레이 : (격분해서) 저 위엔 없네! 저 위엔 피조물들이 있지. 그 피조물들이 하느님을 여기 지구에서 찾으려고 하는 경우, 하느님이 이 지구상에는 없는 것과 마찬가질세!

사그레도 : 그렇다면 신은 어디 있는가?

갈릴레이 : 내가 신학자인가? 난 수학자이네.

사그레도 : 무엇보다도 자네는 한낱 인간에 지나지 않네. 그래서 나는 자네한 테 묻는 걸세. 자네의 세계 체계 안에는 신이 어디에 있나?

갈릴레이 : 우리 마음속에 있든가, 아무 데도 없든가!

사그레도 : (고함을 치며) 저 화형당한 자가 말했던 대로?

갈릴레이 : 그 화형당한 자가 말했던 대로!

사그레도 : 그래서 그는 화형당했네! 불과 10년도 되지 않았네!

갈릴레이 : 왜냐하면 그는 아무것도 증명할 수 없었기 때문일세! 다만 주장만 했기 때문이지. 사르티 부인!

사그레도 : 갈릴레이, 내가 알고 있는 한 자네는 항상 교활한 사내 노릇을 해 왔네. 피사에서 삼 년 그리고 파도바에서 십칠 년 동안, 자네는 교회를 포 교해 주고 교회의 포대인 성경을 뒷받침해 주는 저 프톨레마이오스 체계 를 참을성 있게도 수백 명의 학생들에게 가르쳐 왔네. 자네 자신이 코페르 니쿠스와 더불어 그것이 틀렸다고 여기면서도 그것을 가르쳐 왔지 않나.

갈릴레이 : 왜냐하면 나는 아무것도 증명할 수 없었기 때문일세.

사그레도 : (믿을 수 없는 듯) 그럼 자네는 그것에 차이가 있다고 여기나?

갈릴레이 : 엄청난 차이가 있지! 보게, 사그레도! 나는 인간을 믿네. 그건 내가 인간의 이성(理性)을 믿는다는 얘기일세! 이 믿음이 없다면 나는 아침에 자리에서 일어날 기운도 얻지 못할 것이네.

사그레도 : 그렇다면 나도 자네에게 말하고 싶네. 나는 인간의 이성을 믿지 않 네. 40년 동안 인간들 속에서 그들과 어울려 살다 보니 나는 인간이 이성 에 접근할 수 없다는 것을 줄곧 배우게 되었네. 그들에게 붉은 혜성의 꼬 리를 보여 주어 몽롱한 불안에 몰아넣어 보게. 그럼 그들은 다리가 부러지 도록 허겁지겁 집 밖으로 뛰쳐나올걸세. 또 그들에게 이성적인 말을 들려 주고 온갖 근거를 들어 증명해 보여 보게. 그래봤자 그들은 단지 자네를 비 웃을 것일세.

갈릴레이 : 그건 전혀 틀린 말이고 일종의 비방일세. 그런 식으로 생각하면서 자네가 어떻게 학문을 사랑할 수 있는지 알 수가 없군. 근거를 제시해서 움직이지 않는 것은 시체들뿐일세!

사그레도 : 어떻게 자네는 인간의 가엾은 교활함을 이성과 혼동할 수 있나!

갈릴레이 : 그들의 교활함을 두고 하는 얘기가 아닐세. 그들은 당나귀를 놓고 팔 때는 말(馬)이라고 하고, 사들일 때는 말을 당나귀라고 하지. 이것이 인간의 간교함이라네. 먼 길을 떠나기 전날 밤에, 거친 손으로 노새에게 건초를 덤으로 듬뿍 먹이는 노파, 장비를 사들이며 폭풍과 순풍을 염두에 두는 선원, 비가 오리라는 것이 확인되면 모자 챙을 올리는 어린아이, 이들 모두는 나의 희망일세. 그들은 이성적인 근거를 가치있게 만들어 준다네. 그렇다네, 나는 이성이 인간에게 행사하는 부드러운 폭력을 믿고 있네. 시간이 흐를수록 인간은 이성의 힘에 맞설 수가 없게 되지. 어떤 사람이라도 내가 (그는 손에서 돌을 하나 바닥으로 떨어뜨린다.) 돌을 떨어뜨리는 것을 바라보고는 돌은 낙하하지 않는다고 말할 수는 없네. 어떤 사람도 그럴 수는 없지. 엄연한 증거에서 나오는 매혹이란 엄청난 것이지. 이 매혹에 대부분의 사람이 굴복하고, 시간이 흐르면 모두가 굴복할 걸세. 사유(思惟)란 인간 종족이 지닌 가장 큰 즐거움의 하나라네.

사르티 부인 : (들어온다.) 뭐 필요하신 게 있나요. 갈릴레이 선생님?

갈릴레이 : (다시 망원경 있는 데로 가서 기록을 하고 있다가 아주 상냥하게) 그렇소. 안드레아 녀석이 필요해요.

사르티 부인 : 안드레아요? 자고 있어요.

갈릴레이 : 그 애를 깨울 수 없겠소?

사르티 부인 : 대체 뭣 때문에 그 애를 필요로 하시죠?

갈릴레이 : 그 애가 기뻐할 것을 보여 주고 싶소. 지구가 존재한 이래로 우리말고는 아무도 본 것이 없는 것을 보여 주겠소.

사르티 부인 : 혹시 또 선생님의 망원경을 들여다보는 건가요?

갈릴레이 : 망원경을 통해 보는 것이오, 사르티 부인.

사르티 부인 : 그것 때문에 한밤 중에 그 애를 깨우라구요? 선생님 제정신이세
   요? 그 애는 잠을 자야 해요. 저는 그 애를 깨우지 않겠어요.

갈릴레이 : 단연코 안 깨우겠소?

사르티 부인 : 단연코 안 깨우겠어요.

갈릴레이 : 사르티 부인, 그렇다면 부인이 나를 도와줄 수도 있겠군. 이봐요, 우
   리 둘이서 의견을 같이 할 수 없는 한 가지 문제가 생겼소. 아마 우린 너
   무 많은 책을 읽었기 때문일 거요. 이건 천체의 별들에 관한 문제라오. 즉,
   큰 것이 작은 것 주위를 돈다고 여길 수 있겠소? 아니면 작은 것이 큰 것
   주위를 맴돌겠소?

사르티 부인 : (의심쩍은 듯) 선생님은 쉽게 종잡을 수 없는 분이세요, 갈릴레이
   선생님. 이건 진짜 진지한 질문인가요, 아니면 저를 또 놀리시려는 건가요?

갈릴레이 : 진짜 진지한 질문이오.

사르티 부인 : 그럼 당장 대답해 드리죠. 제가 선생님께 밥상을 차려 드리나요,
   선생님이 저에게 밥상을 차려 주시나요?

갈릴레이 : 부인이 내 밥상을 차려 주지. 어제 음식은 탔더군.

사르티 부인 : 그럼 왜 그것이 탔겠어요? 왜냐하면 요리를 하다가 선생님 신발
   을 가져다 드리느라 그랬어요. 제가 선생님께 신발을 가져다 드렸죠?

갈릴레이 : 그런 것 같군.

사르티 부인 : 선생님은 말하자면 공부를 하셨고 돈을 낼 수 있는 입장이에요.

갈릴레이 : 알겠소. 됐소, 어려운 점은 풀렸구려. 굿 모닝, 사르티 부인.

   (사르티 부인 즐겁게 퇴장.)

갈릴레이 : 저런 사람들이 진리를 터득할 수 없다는 건가? 그들은 진리를 날쌔
   게 붙잡는다네.

   (새벽 미사 종이 울리기 시작한다. 비르지니아, 외투 차림으로 등피 있는 촛불
   을 들고 등장.)

비르지니아 : 굿 모닝, 아버지.

갈릴레이 : 왜 벌써 일어났니?

비르지니아 : 사르티 부인이랑 새벽 미사에 가려구요. 루도비코도 같이 갈 거예
　　　　　요. 밤하늘이 어땠어요, 아버지?

갈릴레이 : 밝았어.

비르지니아 : 저도 들여다봐도 돼요?

갈릴레이 : 왜? (비르지니아 대답을 하지 못한다.) 그건 장난감이 아냐.

비르지니아 : 그래요, 아버지.

갈릴레이 : 얘기가 나온 김에 말이지만, 저 망원경은 실망을 준 물건이야. 이제
　　　　　곧 사방에서 얘기가 들려 올 게다. 이건 거리에서 3스쿠디에 팔리고 있고
　　　　　이미 네덜란드에서 발명된 거란다.

비르지니아 : 아버진 이걸로 하늘에서 새로운 것을 못 보셨나요?

갈릴레이 : 네가 필요한 건 없다. 한 커다란 별의 좌측 부위에 있는 몇 개의 작
　　　　　은 점들뿐이지. 어떻게든 사람들이 이 점들에 주목하도록 해야겠어. (딸 어
　　　　　깨 너머로 사그레도에게) 그 위성들의 이름을 피렌체 대공의 가문을 따라
　　　　　'메디치 성좌'라고 붙일까 하네. (다시 비르지니아에게) 혹시나 우리가 피
　　　　　렌체로 이사하게 되면, 그건 네게 흥미가 있겠지. 대공께서 나를 궁중 수
　　　　　학 교사로 쓰실 수 있는지, 그곳에 편지를 썼단다.

비르지니아 : (좋아하며) 궁중에요?

사그레도 : 갈릴레이!

갈릴레이 : 여보게, 내겐 여가가 필요하네. 증거가 필요해. 또 나는 고깃국을 먹
　　　　　기 원하네. 그 직책을 맡으면 나는 개인지도를 받는 학생들에게 프톨레마
　　　　　이오스 체계를 억지로 쑤셔 넣을 필요도 없고, 시간을 가질 수 있지. 내 증
　　　　　거를 끌어 낼 시간, 시간, 시간, 시간을! 내가 지금 얻은 증거로는 충분하
　　　　　지가 않기 때문일세. 이건 아무것도 아니야. 초라하게 뜯어 맞춰 놓은 것
　　　　　일 뿐! 이걸 갖고는 온 세계를 상대할 수 없네. 어떤 천체가 태양 주위를

돌고 있다는 데 대해선 단 하나의 증거도 아직 없거든. 그렇지만 나는 그 것을 증명해 내겠네. 모든 사람, 사르티 부인으로부터 교황에 이르기까지 모든 사람 앞에 내세울 증명을. 그러나, 한 가지 걱정은 궁중에서 나를 받 아줄지 여부야.

비르지니아 : 분명코 아버지를 받아들일 거예요. 새로운 별들과 함께 전부를.

갈릴레이 : 미사에나 가렴.

　(비르지니아 퇴장.)

갈릴레이 : 나는 거물들한테 편지를 거의 안 쓰네. (그는 사그레도에게 편지를 한 통 건넨다.) 이만하면 괜찮은 듯 싶나?

사그레도 : (큰 소리로 갈릴레이가 준 편지의 끝 부분을 읽는다.) "이 시대를 밝혀 줄 떠오르는 태양인 전하의 곁에 가까이 있고 싶다는 열망 이외에는 소인 에게 아무런 바람이 없사옵니다." 피렌체의 대공은 아홉 살일세.

갈릴레이 : 그렇다네. 자네는 이 편지가 지나치게 저자세라고 생각하는 거지? 나는 그 편지가 충분히 저자세를 취하고 있는지, 다시 말하면 지나치게 형 식적인 것이 아닌지 걱정하고 있다네. 그렇다면 내 충성심이 부족한 것처 럼 비칠 테니까. 혹시 아리스토텔레스를 입증하는 업적이라도 쌓은 자라면 제법 겸손한 편지를 쓸 수도 있겠지. 난 그렇지 못하네. 나 같은 사람은 단 지 엎드려 설설 기어서나 웬만큼 어울리는 위치에 이를 수 있지. 또 자네 도 알다시피 나는 밥통을 채울 능력도 없는 두뇌를 가진 사람을 경멸하네.

　(사르티 부인과 비르지니아, 두 남자를 지나 미사에 간다.)

사그레도 : 피렌체로 가지 말게, 갈릴레이.

갈릴레이 : 왜 안 돼나?

사그레도 : 거기엔 사제들이 판을 치니까.

갈릴레이 : 피렌체 궁정에는 명망 있는 학자들이 있네.

사그레도 : 비굴한 녀석들이지.

갈릴레이 : 나는 그자들의 머리통을 잡아 망원경 앞으로 끌고 갈 걸세. 사제들

도 인간일세, 사그레도. 그들 역시 증명의 매혹 앞에는 굴복하네. 코페르니쿠스는 자기가 말하는 수치(數値)를 믿으라고 요구했지만, 난 다만 그들이 자기네 눈을 믿으라고 요구할 걸세. 이 점을 명심하게. 진리가 자기방어를 하기에는 너무 약한 경우, 진리 역시 공격을 감행해야 하네. 나는 그자들의 머리통을 잡아 이 망원경을 통해 진리를 보도록 강요할 걸세.

사그레도 : 갈릴레이, 내 보기엔 자네는 무서운 길을 걷고 있네. 오늘 밤은 인간이 진리를 보게 된 불행한 밤이네. 또한 인간이 자기 족속의 이성을 믿는 현혹된 시간이네. 누구를 보고 뜬 눈으로 돌진한다고 말하겠나? 바로 파멸을 향해 가는 사람을 두고 하는 말일세. 그것이 아무리 멀리 떨어져 있는 별들에 관한 것일지라도 진리를 알고 있는 사람을 권력자들이 자유롭게 돌아다니게 내버려둘 줄 아나? 자네가 교황더러 당신의 생각은 틀렸다고 말하는 판에, 교황은 자네의 그런 진실을 들으면서, 자신의 생각이 틀렸다는 구절은 안 들을 줄 아나? 그가 서슴없이 자기 일지에 '1610년 1월 10일, 하늘이 폐지되다' 라고 써 넣을 줄 아나? 어떻게 자네는 그런 진리를 호주머니에 넣고 이 공화국을 떠나, 자네 망원경을 손에 든 채 제후와 사제들의 소굴로 걸어 들어갈 수 있는가? 학문 분야에선 그토록 회의적인 자네가 외견상 학문을 쉽게 할 수 있다고 하는 말을 어쩌자고 어린애처럼 순진하게 믿는지 모르겠네. 자네가 아리스토텔레스는 믿지 않으면서 피렌체 대공을 믿고 있다니. 아까 자네가 망원경 앞에서 새로운 별들을 보고 있는 모습을 바라보며 나는 마치 화형의 장작더미 위에 서 있는 자네를 보는 것 같았다네. 또 자네가 증거를 믿는다는 말을 할 때는, 살덩이가 타는 냄새를 맡는 것 같았네. 나는 학문을 사랑하네. 피렌체로 제발 가지 말게, 갈릴레이!

갈릴레이 : 그들이 나를 받아들이면 난 가겠네.

(커튼 위로 편지의 마지막 페이지가 비추인다.)

소인이 발견해 낸 새로운 별들에게 메디치 가문의 고귀한 이름을 부여하는 것은, 일찍이 신들과 영웅들을 별하늘로 승격시킴으로써 그들을 기려 왔음을 알고 있기 때문이기도 합니다만, 이번 경우에는 오히려 메디치 가의 고귀한 이름이 이 별들에게 불멸의 기억을 보장해 주리라고 깨달았기 때문입니다. 전하께서는 당신의 수많은 충직한 종의 한 사람인 소인을, 전하의 신하로 태어났음을 지고의 영광으로 여기는 소인을 기억해 주시기 바랍니다.

이 시대를 밝혀 줄 떠오르는 태양인 전하의 곁에 가까이 있고 싶다는 열망 이외에는 소인에게 아무런 바람이 없습니다.

— 갈릴레오 갈릴레이

4

갈릴레이는 베네치아 공화국에서 피렌체 궁정으로 옮겼다. 망원경을
통한 그의 발견은 그곳 학계의 불신에 부딪쳤다.

옛 것은 말한다 : 태고적부터 나는 이대로야.
새 것은 말한다 : 넌 틀렸으니, 꺼지렴.

(피렌체에 있는 갈릴레이의 집. 사르티 부인은 갈릴레이의 서재에서 손님 맞을
준비를 한다. 그녀의 아들 안드레아가 앉아 성좌표들을 치우고 있다.)

사르티 부인 : 우리가 마침내 찬양의 도시 피렌체로 옮겨 온 이후로, 굽신거리
고 알랑거리는 짓거리가 그칠 날이 없답니다. 온 도시 사람들이 이놈의 대
롱 앞을 거쳐 지나가지요. 그러고 나면 저는 바닥을 닦아야죠. 그런데도
아무 소용이 없을 거예요! 이 발견에 뭔가 있다면, 그건 어쨌거나 교회 어
른들이 제일 잘 아실 텐데요. 저는 4년 동안 필립포 예하(猊下)[7] 댁에서
일한 적이 있는데, 그분 장서의 먼지를 끝내 완전히 털어 낼 수 없었다니
까요. 천정까지 들어 찬 가죽 장정 책들, 이건 거짓말이 아니예요! 예하께
선 온갖 학문에 열중하시느라 늘 앉아 계시는 바람에 엉덩이에 두 파운드

---

7) 이탈리아 사제에 대한 존칭.

나 되는 종창이 생기셨지요. 그런 분도 모르는 게 있을까요? 오늘 있을 대규모 시찰도 한바탕 웃음거리가 될 것 같아요. 결국 내일 아침 나는 우유 배달부 얼굴을 또 똑바로 못 보겠지요. 손님들을 망원경 있는 데로 모시기 전에 우선 먹음직한 양고기 성찬을 대접하자고 제가 선생님께 충고를 드렸던 건, 뭔가 알고 있었기 때문이죠. 그렇지만 틀렸어요! (그녀는 갈릴레이 흉내를 낸다.) "내가 그들에게 대접할 건 다른 거요."

(아래층에서 노크 소리.)

사르티 부인 : (창가에 달린 감시경(監視鏡)을 본다.) 맙소사, 벌써 대공께서 오셨네. 갈릴레이 선생님은 아직 대학에서 안 돌아오셨는데! (그녀는 충계를 달려 내려가 토스카나의 대공 코시모 데 메디치, 의전관, 두 명의 시녀들을 집 안에 들어오게 한다.)

코시모 : 망원경을 보겠소.

의전관 : 갈릴레이 선생과 대학의 다른 선생들이 올 때까지 참으시는 게 어떨는지요. (사르티 부인에게) 갈릴레이 선생께선 자신이 새로 발견해서 '메디치'라고 이름붙인 별들을 천문학자들이 관찰하기를 원했소.

코시모 : 그자들은 망원경을 믿지 않아, 조금도. 대체 그 물건은 어디 있나?

사르티 부인 : 위층 서재에 있습니다.

(소년은 고개를 끄덕이고 충계를 가리킨다. 그리고 사르티 부인이 고개를 끄덕이자 위층으로 달려 올라간다.)

의전관 : (아주 나이가 많은 남자) 전하! (사르티 부인에게) 저 위로 올라가야 하오? 나는 다만 스승이 편찮으시기 때문에 전하를 수행했을 뿐이오.

사르티 부인 : 젊은 나리에겐 별일 없을 겁니다. 소인의 아들이 거기 있습지요.

코시모 : (위층에 들어서며) 안녕.

(소년들은 의례적으로 마주 인사한다. 잠깐의 침묵, 이어서 안드레아는 하던 일을 계속한다.)

안드레아 : (자기의 스승과 아주 비슷하게) 여긴 사람들 발길이 끊일 새가 없군.

코시모 : 방문객이 많은가?

안드레아 : 여기서 어정거리고 돌아다니며 멍청한 눈으로 쳐다보기만 하니, 콩
　　　　알만큼도 이해를 못 하는 거지.

코시모 : 알겠어. 이것이……? (망원경을 가리킨다.)

안드레아 : 그래, 그것이 그거란다. 그렇지만 '손대지 마시오'라고 씌어 있잖아.

코시모 : 그럼 이건 뭐니? (그는 프톨레마이오스 체계의 목재표본을 가리킨다.)

안드레아 : 그건 프톨레마이오스 체계의 표본이지.

코시모 : 태양이 어떻게 도는지를 보여 주는 것이지?

안드레아 : 그래, 그렇게들 말하지.

코시모 : (의자에 앉으며 그 표본을 들어 무릎 위에 놓는다.) 나의 스승이 감기에
　　　　걸렸어. 그래서 일찍 떠나올 수 있었지. 여긴 참 편안하구나.

안드레아 : (낯선 소년을 의심쩍게 쳐다보면서 멈칫 멈칫 불안하게 왔다 갔다 서성
　　　　대다가, 마침내 더 이상 유혹을 이기지 못하고 도표들 뒤에서 또 하나의 목재
　　　　표본을 날쌔게 꺼낸다. 코페르니쿠스 체계의 표본이다.) 그렇지만 실제로는 물
　　　　론 이런 거란다.

코시모 : 뭐가 이렇다구?

안드레아 : (코시모가 든 표본을 가리키며) 사람들은 그렇다고 여기지만, 실제로
　　　　는 (자기가 든 것을 가리키며) 이런 거야. 지구가 태양 주위를 도는 거란다,
　　　　알겠니?

코시모 : 정말 그렇게 생각하니?

안드레아 : 물론이야. 그건 증명된 사실이야.

코시모 : 정말? 그런데 왜 사람들이 나를 그 늙은 선생한테 아예 접근하지 못
　　　　하게 하는지 모르겠어. 어제도 그 사람이 만찬에 왔는데.

안드레아 : 너는 그걸 믿지 않는 것 같은데?

코시모 : 물론, 믿지.

안드레아 : (갑자기 코시모 무릎 위의 표본을 가리키며) 이리 줘, 넌 그것이 뭔지

조차 몰라!

코시모 : 그렇지만 너한테 두 개씩이나 필요없잖아.

안드레아 : 이리 내놔. 그건 어린애들 장난감이 아니야.

코시모 : 이걸 너한테 안 주겠다는 건 아냐. 그렇지만 넌 좀 예의를 알아야겠
다. 알겠니?

안드레아 : 넌 멍청이야. 예의고 뭐고 그걸 내놔. 안 그러면 때려 주겠어.

코시모 : 손대지 말라니까.

(그들은 달려들어 싸우기 시작하고 곧 바닥에 뒹군다.)

안드레아 : 표본을 어떻게 다뤄야 하는지 보여 주지. 항복해!

코시모 : 이제 표본이 박살났어. 네가 내 손을 비틀어 돌렸어.

안드레아 : 누구 말이 옳고 그른지 두고 보자. 네 팔이 돌아간 거라고 말해, 아
니면 한 대 때려줄 거야.

코시모 : 어림없어. 아우, 이 빨간 머리야! 예의가 뭔지 가르쳐 주마.

안드레아 : 빨간 머리라구? 내가 빨간 머리냐?

(그들은 말없이 맞붙어 계속 싸운다. 아래 층에는 갈릴레이와 대학 교수 몇이 들
어선다. 그 뒤로 페데르초니.)

의전관 : 선생님들, 전하의 사부인 수리 씨가 가벼운 병이 나서 전하를 수행하
지 못했습니다.

신학자 : 심한 병이 아니기를 바라오.

의전관 : 그런 건 전혀 아닙니다.

갈릴레이 : (실망해서) 전하는 여기 안 오셨나요?

의전관 : 전하께선 위층에 계십니다. 선생님들께서는 지체함이 없으시기를 바
랍니다. 궁정에서는 갈릴레이 선생의 비상한 기구와 놀라운 새 성좌들에
관해 고매한 대학측 견해를 심히 궁금해하고 있습니다.

(그들은 위층으로 간다. 소년들은 이제 소리 없이 누워 있다. 아래층에서 나는
소리를 들었던 것이다.)

코시모 : 저들이 왔어. 일어서게 날 놔 줘.

(그들은 재빨리 일어선다.)

선생들 : (위층으로 올라가며) 아니, 아니죠, 아무런 이상이 없습니다. 의학부에
서는 구시가(舊市街)에 발생한 질병이 페스트일 가능성은 전혀 없다고 해
명하고 있지요. 요즈음의 기온에서는 전염병균이 얼어붙을 거랍니다. 이런
경우 가장 고약한 것은 늘 군중의 공포지요. 이런 계절이면 흔히 있는 감
기 파동에 불과합니다. 어떤 혐의도 있을 수 없어요. 아무 이상 없습니다.

(위층에서 인사)

갈릴레이 : 전하, 전하의 면전에서 전하의 대학 어른들께 새로운 사실들을 알
릴 수 있게 되어 기쁘기 그지없습니다. (코시모는 한껏 격식을 갖춰 사방을
향해 인사를 하고, 안드레아에게도 인사를 한다.)

신학자 : (바닥에 떨어진 프톨레마이오스 체계의 깨어진 표본을 보고) 여기 뭔가
깨어진 것 같군요.

(코시모가 얼른 몸을 굽히더니 안드레아에게 예의바르게 표본을 건네 준다. 그
사이에 갈릴레이는 다른 표본을 몰래 치워 버린다.)

갈릴레이 : (망원경 앞에서) 물론 전하께서도 아시겠지만 얼마 전부터 우리 천
문학자들은 우리 분야에서 계산상 매우 어려운 문제에 부딪쳐 왔습니다.
이를 위해 우리는 아주 오래된 체계를 쓰고 있지요. 이 체계는 철학과는
일치할지 몰라도 유감스럽게 사실(事實)과는 일치하지 않는 것 같습니다.
이 옛 체계, 프톨레마이오스의 체계에 따르면 별들의 운행이 지극히 복잡
하게 뒤얽혀 있는 것으로 사료됩니다. 예를 들어 금성은 이런 식의 운행을
한다는 겁니다. (그는 도표 위에 프톨레마이오스의 추정에 따른 금성의 주전원
(周轉圓)[8] 궤도를 그린다.) 그렇지만 이같이 복잡한 운행을 인정한다 해도
우리는 별들의 위치를 올바로 예측할 수 없는 상황에 놓여 있습니다. 그것

---

8) 프톨레마이오스가 천구상에서 행성들의 역행과 순행을 설명하기 위해 주장한 행성의 운동궤도.

들이 원래 있어야 할 위치에서 별들을 발견하지 못하는 겁니다. 게다가 프톨레마이오스 체계에는 전혀 설명할 길이 없는 별들의 운행도 있습니다. 제가 새로 발견한 목성 주위의 몇 개 별들은 이런 식의 운행을 하고 있는 것 같습니다. 선생님들께서는 목성의 위성들, 즉 메디치 성좌들을 관측하는 일부터 시작하시는 게 어떨까요?

안드레아 : (망원경 앞의 둥근 의자를 가리키며) 자, 여기 앉으십시오.

철학자 : 고맙다, 애야. 이 모든 일이 그렇게 간단치만은 않은 듯싶습니다. 갈릴레이 선생, 우리가 선생의 유명한 망원경을 운용하기 전에 우선 한 가지 논쟁을 음미해 보는 게 어떨지 제안합니다. 주제는 그런 혹성들이 과연 존재할 수 있는가에 관해서 입니다.

수학자 : 형식적인 논쟁의 하나지요.

갈릴레이 : 저는 여러분이 직접 망원경을 통해 보고 확신하시리라고 생각했는데요?

안드레아 : 이리로 앉으세요.

수학자 : 그래, 알았다. 물론 선생께서는 옛 사람들의 견해에 따르면 지구 이외의 다른 중심점을 돌고 있는 별이 있을 수 없다는 점과 하늘에 거점을 두지 않은 별은 있을 수 없다는 점을 알고 계시겠지요?

갈릴레이 : 그렇습니다.

철학자 : 그리고 지금 수학 선생께서 의구심을 표명하신 그런 별들의 존재 가능성은 제쳐놓고서라도 (그는 수학자에게 고개를 숙여 보인다.) 나는 철학자로서 극히 겸손하게 이런 문제를 제기하고 싶군요. 그런 별들이 필요한 것인가? 아리스토텔레스 디비니 우니베르줌[9]……

갈릴레이 : 일상어로 얘기를 진행하면 안 되겠습니까? 나의 동료인 페데르초니는 라틴어를 모릅니다.

---

9) Aristotelis divini Universum, 신성한 아리스토텔레스의 우주 체계.

철학자 : 그 사람이 우리의 말을 알아듣는 것이 중요한 겁니까?

갈릴레이 : 그렇습니다.

철학자 : 용서하시오. 나는 그가 선생의 렌즈 연마공인 줄 알았소이다.

안드레아 : 페데르초니씨는 렌즈 연마사이면서 학자이시죠.

철학자 : 고맙다, 얘야. 페데르초니 씨가 그러기를 원하신다면…….

갈릴레이 : 내가 그러기를 원합니다.

철학자 : 이 토론이 광채를 잃겠군요. 그렇지만 여긴 선생의 집이니까. 신비스
　　　　 럽게 음악 소리를 내는 대기 영역과 수정과 같은 둥근 천정, 그리고 천체
　　　　 들의 순환, 태양궤도의 사각(斜角), 위성 도표들의 신비스러움, 남반구 도
　　　　 표의 풍요한 별들, 빛을 발하는 천구(天球)의 구조 — 이런 것들로 구성된
　　　　 신성한 아리스토텔레스의 우주 체계는 너무나 완벽한 질서와 아름다움을
　　　　 지닌 건축물이라 할 수 있어서, 이 같은 조화를 헝클어뜨리기에는 주저하
　　　　 지 않을 수 없습니다.

갈릴레이 : 있을 수도 없고 불필요한 이런 별들을 이제 전하께서 이 망원경을
　　　　 통해 직접 알아보시게 된다면 어떻게 하시겠습니까?

수학자 : 선생의 망원경이 존재할 리도 없는 것을 보여 주는 그다지 믿을 만한
　　　　 망원경은 못 된다고 대답할 수도 있지 않겠습니까?

갈릴레이 : 그게 무슨 뜻이오?

수학자 : 갈릴레이 선생, 불가변(不可變)의 영역, 지고한 천상의 영역 안에서
　　　　 별들이 맘대로 떠다니며 움직일 수도 있다는 추정을 하게끔 당신을 움직
　　　　 인 근거가 무엇인지 그것부터 들려 주시는 것이 어쨌든 한결 유익한 일인
　　　　 것 같습니다.

철학자 : 근거를 말하시오, 갈릴레이 선생, 근거를!

갈릴레이 : 근거라구요? 몸소 별들을 보시지요. 그리고 내가 쓴 주석들이 그 현
　　　　 상을 밝혀 준다면 어떻겠습니까? 여보시오, 토론은 어리석은 일이오.

수학자 : 선생께서 한층 격분할 일인지 모르겠습니다만, 선생의 망원경 안에 보

이는 것과 하늘에 실재하는 현상이 각각일 가능성도 있다고 말할 수 있겠지요.

철학자 : 꽤나 예의바르게 표현하시는군요.

페데르초니 : 설마 우리가 메디치 성좌를 렌즈 위에 그려 넣었다고 생각하시는 겁니까?

갈릴레이 : 당신들은 나를 사기꾼으로 모는 거요?

철학자 : 아니, 우리가 그럴 리가 있습니까? 감히 전하의 면전에서!

수학자 : 선생의 기재는 그걸 선생의 아이라 하든 제자라 부르든 간에 분명 탁월하고 세련된 물건입니다. 의심의 여지가 없지요!

철학자 : 그리고 갈릴레이 선생, 그 존재 여부조차 의혹을 벗어나지 못하는 별들을 놓고, 당신이든 다른 누구든 감히 왕실의 존함으로 장식하지는 못하리라는 점을 우린 확신했습니다. (모두 대공 앞에 깊이 조아린다.)

코시모 : (시녀들을 돌아보며) 내 별들에 무슨 잘못이 벌어졌나?

중년의 시녀 : (대공에게) 전하의 별들에는 아무 이상 없습니다. 다만 나리들께서는 그것이 실제로 존재하는지를 걱정하시는 겁니다.

(사이 *Pause*)

젊은 시녀 : 그러니까 이 기재를 통해 보면 큰 마차[10]의 바퀴 하나 하나를 볼 수 있다는 거군요.

페데르초니 : 그렇소. 그리고 황소[11]한테 붙은 모든 것까지도요.

갈릴레이 : 자, 선생님께서는 망원경을 통해 보실 겁니까, 아닙니까?

철학자 : 암, 물론.

수학자 : 물론이죠.

(사이, 갑자기 안드레아가 몸을 홱 돌리더니 뻣뻣한 걸음걸이로 방안을 가로 질

---

10) 대웅좌(大熊座)를 말함.

11) 황소좌를 말함.

러 퇴장한다. 그의 어머니가 그를 붙잡는다.)

사르티 부인 : 너 왜 그러니?

안드레아 : 저 사람들은 바보예요. (그는 어머니를 뿌리치고 도망친다.)

철학자 : 딱한 녀석이로군.

의전관 : 전하, 그리고 여러 선생님들, 공중 대무도회가 45분 뒤에 시작된다는
걸 다시 한 번 알려드립니다.

수학자 : 뭣 때문에 계란댄스¹²⁾를 추고 있는 겁니까? 조만간 갈릴레이 선생께
서도 이 사실에 익숙해져야 될 겁니다. 그의 목성의 별들도 천구의 껍질층
들을 뚫게 되겠지요. 아주 간단한 일이죠.

페데르초니 : 놀라시겠지만 천구의 껍질층이란 없습니다.

철학자 : 어떤 교과서라도 그런 것이 존재한다는 것을 당신에게 말해 줄 거요.
여보시오.

페데르초니 : 그럼 새로운 교과서를 내시오.

철학자 : 전하, 소인의 경애하는 동료들과 소인은 신성한 아리스토텔레스 자신
의 권위 이하의 어떤 권위도 믿지 않습니다.

갈릴레이 : (사뭇 비굴하게) 여러 선생님들, 아리스토텔레스의 권위를 믿는다는
것과 명약관화(明若觀火)한 사실과는 별개의 문제입니다. 아리스토텔레스
에 의하면 저 위에는 수정의 껍질층들이 있고, 별들은 그 껍질층을 관통할
수 없을 테니까 어떤 별의 운동도 있을 수 없다고 여러분들은 말씀하십니
다. 그렇지만 여러분들께서 이 운동을 확인할 수 있다면 어떻게 하시겠습
니까? 그래서 이런 수정 껍질층은 전혀 존재치 않는다는 사실을 알게 되
면? 여러분, 제발 당신들의 눈을 신뢰하기를 무릎 꿇고 간청합니다.

수학자 : 갈릴레이 선생, 당신에게는 구식(舊式)으로 보일는지 몰라도 나는 종
종 아리스토텔레스를 읽는답니다. 이것이 나 역시 내 눈을 신뢰하고 있다

---

12) 극히 곤란한 일에 처했을 때의 신중한 태도.

는 사실을 보장하지 않습니까?

갈릴레이 : 저는 모든 학부의 고명하신 선생들께서 일체의 사실 앞에서 눈을 감고 마치 아무 일도 없었던 것처럼 행동하는 것에 길들여져 있습니다. 내 주석 노트를 보여 주면 그들은 미소를 지으며 내가 사람들을 설득하기 위해 내 망원경을 조작했다는 겁니다. 그리고는 아리스토텔레스를 인용하지요.

페데르초니 : 아리스토텔레스라는 자는 망원경을 갖고 있지 않았어요!

수학자 : 물론 그렇소, 물론 그래요.

철학자 : (거드름을 피우며) 아리스토텔레스는 고대의 모든 학문 분야에서뿐 아니라 높으신 교회 장로들까지 인정했던 권위입니다. 여기가 그 권위를 망신 주는 자리라면, 어쨌든 토론을 계속하는 것은 부질없는 짓 같습니다. 잘못 짚은 토론을 본인은 거부합니다. 이로써 종결이오.

갈릴레이 : 진리란 시대의 아이이지, 권위의 자식이 아닙니다. 1입방 밀리미터의 도형을 그려 놓고 봐도 우리의 무지(無知)는 끝도 없어요! 마침내 우리의 어리석음을 약간 덜 수 있게 된 기회에, 뭣 때문에 여전히 그렇게 그럴싸하게 현명한 척 하십니까? 저는 새로운 기재를 수중에 넣는 상상할 수 없는 행운을 누렸습니다. 이 기재로는 많은 부분은 아니지만, 우주의 한 모퉁이를 더 자세히 관측할 수 있습니다. 이 기재를 활용하십시오.

철학자 : 전하, 그리고 만장하신 여러분, 본인은 이 물건이 만사를 어디로 끌고 갈지 염려하는 바입니다.

갈릴레이 : 학자로서 우리는, 진실이 우리를 어디로 안내할지에 관해서는 문제 삼지 않아야 한다는 것이 소인의 의견입니다.

철학자 : (사납게) 갈릴레이 선생, 진리는 우리를 있을 수 있는 온갖 일로 끌고 간다오!

갈릴레이 : 전하, 최근 이탈리아 전역에서는 밤하늘로 망원경들의 초점이 맞춰지고 있습니다. 목성의 위성들이 우유값을 싸게 해 주지는 않지요. 그렇지만 지금껏 누구도 본 적이 없지만, 이 위성들은 엄연히 존재합니다. 이로

써 시정(市井)의 필부는 눈만 똑바로 뜨고 보면 아직도 많은 것이 존재하리라는 결론을 이끌어 냅니다. 여러분은 이 필부에게 진실을 증명해 줄 의무를 지고 있단 말입니다! 이탈리아인들로 하여금 귀를 곤두세우게 만드는 것은 몇 개의 멀리 떨어진 별들의 운행이 — 아, 확고부동한 것으로 간주되었던 학설들이 흔들리게 되었다는 소식입니다. 그리고 그런 학설들이 너무나 많다는 것을 누구나 알고 있습니다. 여러분, 흔들린 학설들을 옹호하라고는 하지 마시오!

페데르초니 : 스승인 여러분들께서는 이 동요에 대해 배려해야 합니다.

철학자 : 당신이 말하는 시정의 필부 따위가 학술적 토론에 충고를 하면서 끼여들지 말았으면 좋겠군요.

갈릴레이 : 전하! 제가 베네치아의 병기창에 있을 때, 저는 날마다 제도사며 건축공, 기재 생산공들과 함께 일을 성취했습니다. 이런 사람들은 내게 여러 가지 새로운 길을 가르쳐 주었지요. 그들은 책 따위는 읽지 않은 채 자신들의 오관(五官)의 증언에 의존합니다. 이 증언이 자기들을 어디로 끌고 가든 대부분 두려워함이 없이…….

철학자 : 아하, 그래요!

갈릴레이 : 수 백년 전, 도대체 다른 해안이라는 것이 있다면, 어떤 다른 해안에 닿을지도 모르면서 우리의 해안을 떠났던 선원들처럼 말입니다. 고대 희랍의 참된 명성을 이룩했던 저 숭고한 호기심을 찾아보시려면 오늘날에도 선창으로 나가 보시는 게 좋을 겁니다.

철학자 : 이 자리에서 나온 모든 이야기를 듣고 나니, 갈릴레이 선생께선 선창에서 숭배자들을 찾게 될 것이 분명하군요.

의전관 : 전하, 황공하옵니다만 이 견줄 데 없이 박식한 담화가 약간 길어진 것 같습니다. 궁중 연회에 앞서 전하께선 좀 쉬셔야 합니다.

(그의 신호에 따라 대공은 갈릴레이에게 절을 한다. 궁중 인사들 서둘러 떠나기 시작한다.)

사르티 부인 : (대공의 길을 막고 서서 과자를 담은 접시를 내민다) 전하, 롤빵을 한 쪽 드시지요?

(중년의 시녀가 대공을 안내해 퇴장.)

갈릴레이 : (뒤좇아가며) 여러분들은 왜 이 기재를 통해 직접 관측하지 않는 것 이오? 그랬어야만 합니다.

의전관 : 선생의 주장과 관련해서, 전하께서는 생존해 있는 우리 천문학자 중 가장 위대한 분의 고견을 꼭 경청하실 겁니다. 로마에 있는 교황청 대학 수석 천문학자, 크리스토프 클라비우스 신부[13]의 의견을 들으실 겁니다.

---

13) Christoph Clavius(1537년 Bamberg~1612년 Rome) : 수학자, 천문학자. 1555년 예수교단 에 입교, 교황청 대학 교수.

5

페스트가 만연한 가운데서도 갈릴레이 의연히 연구를 계속한다.

(이른 아침 갈릴레이는 망원경 앞에서 자신의 노트들을 굽어보고 있다. 비르지니아가 여행가방을 들고 등장.)

갈릴레아 : 비르지니아! 무슨 일이 났니?

비르지니아 : 성당 참사회에서 결정을 내렸어요. 우리더러 그냥 집으로 돌아가라는군요. 아르체트리[14]에만도 다섯 명의 페스트 환자가 발생했대요.

갈릴레이 : (큰 소리로 부른다.) 사르티 부인!

비르지니아 : 여기 시장 골목에도 지난 밤부터 빗장을 질러 막았어요. 구시가(舊市街)에서는 두 명이 사망했고 세 명은 죽어 가고 있대요.

갈릴레이 : 그자들이 또 마지막 순간까지 모든 걸 쉬쉬 했구나.

사르티 부인 : (들어서며) 여기서 뭘 하는 거지요?

---

14) 피렌체 교외. 갈릴레이는 여기서 태어났다.

비르지니아 : 페스트가 발생했어요.

사르티 부인 : 맙소사! 짐을 꾸려야겠네. (앉는다.)

갈릴레이 : 아무 짐도 꾸리지 말아요. 비르지니아랑 안드레아나 챙기시오! 내 노트들은 내가 챙겨갈 거요.

　　(그는 급히 자기 책상으로 돌아가 허겁지겁 기록들을 긁어모은다. 사르티 부인은 달려나온 안드레아에게 외투를 입히고 이부자리와 먹을 것을 가져 온다. 대공의 마부가 등장.)

마부 : 전하께서는 창궐하는 질병 때문에 이곳을 떠나 볼로냐 방향으로 가셨습니다. 그런 상황에서도 갈릴레이 선생이 안전한 곳으로 피신하시도록 편의를 제공하라고 신신당부하셨지요. 4인용 마차가 2분 뒤면 문 밖에 대기할 겁니다.

사르티 부인 : (비르지니아와 안드레아에게) 당장 밖으로 나가 봐라. 자 이것도 가져 가고.

안드레아 : 그렇지만 왜요? 그 이유를 말해 주지 않으면 난 안 가요.

사르티 부인 : 페스트가 발생했다, 얘야.

비르지니아 : 우린 아버지를 기다리고 있어요.

사르티 부인 : 갈릴레이 선생님, 준비가 다 되셨나요?

갈릴레이 : (망원경을 테이블보로 싸면서) 비르지니아랑 안드레아를 마차에 앉혀요. 곧 갈 테니까.

비르지니아 : 아뇨, 아버지가 안 가시면 우리도 안 가요. 이제 책을 챙기시는 걸 보니, 영 끝장이 안 나겠는걸요.

사르티 부인 : 마차가 왔어요.

갈릴레이 : 좀 똑똑히 굴어라, 비르지니아. 너희들이 마차에 올라타 있지 않으면 마부는 그냥 가 버릴 거야. 페스트란 건 결코 작은 일이 아니다.

비르지니아 : (사르티 부인이 자기와 안드레아를 끌고 나가는 동안 버티면서) 아줌마가 책 챙기는 걸 좀 도와 드리세요. 안 그러면 아버진 안 오실 거예요.

사르티 부인 : (현관에서 소리친다.) 갈릴레이 선생님! 마부가 기다리지 않겠답니다.

갈릴레이 : 사르티 부인, 난 떠날 생각이 없어요. 그럼 모든 것이 뒤죽박죽 된단 말이요. 석 달 동안 작성한 이 노트들, 이걸 하루나 이틀 더 계속하지 않으면 결국 쓰레기밖에 안 된단 말입니다. 게다가 이놈의 역병은 어차피 어디에나 있는 거요.

사르티 부인 : 갈릴레이 선생님! 당장 같이 가세요! 제정신이 아니시군요.

갈릴레이 : 부인은 비르지니아랑 안드레아를 데리고 어서 떠나요. 난 뒤따라가리다.

사르티 부인 : 한 시간 뒤면 여기서 떠날 사람도 없을 거예요. 가서야 해요! (귀를 기울인다.) 마차가 떠나요! 붙잡아야겠어요. (퇴장.)

(갈릴레이는 방 안을 서성인다. 사르티 부인, 아주 해쓱한 모습으로 보따리도 들지 않은 채 되돌아온다.)

갈릴레이 : 왜 떠나잖고 얼쩡거리시오? 애들을 태운 마차가 당신을 두고 떠나겠소.

사르티 부인 : 그 애들은 떠났어요. 비르지니아는 억지로 잡아 앉혔죠. 아이들은 볼로냐에서 사람들이 보살펴 줄 거예요. 그렇지만 선생님께 식사를 누가 갖다 드리죠?

갈릴레이 : 부인, 제정신이 아니구려. 식사 준비 따위로 시내에 남다니!……. (노트를 집어든다.) 나를 바보라고는 생각하지 말아요. 사르티 부인, 나는 이 관찰 기록을 팽개칠 수가 없소. 내겐 막강한 적들이 있으니, 그들의 몇 가지 주장에 대해 증거를 수집해야 한단 말이요.

사르티 부인 : 변명하실 필요는 없어요. 그렇지만 그건 분별 있는 행동은 아니에요.

(피렌체의 갈릴레이 집 앞. 갈릴레이가 문 밖에 나와 서서 길을 내려다본다. 두 명의 수녀들이 지나간다.)

갈릴레이 : (말을 건넨다.) 수녀님들, 우유를 어디서 살 수 있는지 말씀해 주실 수 있겠소? 오늘 새벽엔 우유 배달하는 부인도 안 왔고, 또 내 가정부도 가 버렸다오.

한 수녀 : 상점은 저 아래쪽 시내에만 열려 있어요.

다른 수녀 : 당신은 이 집에서 나오셨나요? (갈릴레이가 고개를 끄덕인다.) 여기가 그 골목이야!

(두 명의 수녀는 성호를 긋고 축원을 중얼대더니 서둘러 떠난다. 한 남자가 지나간다.)

갈릴레이 : (그에게 말을 건넨다.) 당신이 우리 집에 흰 빵을 배달하는 빵집 주인인가요? (남자는 고개를 끄덕인다.) 내 가정부 못 보셨소? 엊저녁에 나가 버린 게 분명해요. 오늘 새벽부터는 집 안에 없었고.

(남자는 고개를 가로 젓는다. 맞은편 집의 창문이 열리더니 한 부인이 내다본다.)

부인 : (큰 소리로) 도망치세요! 그쪽 집 사람들 페스트에 걸렸어요!

(남자는 기겁을 해서 도망친다.)

갈릴레이 : 당신은 내 가정부가 어떻게 됐는지 아시오?

부인 : 당신 가정부는 저 위 길가에 쓰러져 있어요. 자기도 알고 있었나 봐요. 그래서 도망을 친 거죠. 어쩌면 저렇게 무분별할 수가 있담! (그녀는 창문을 닫는다.)

(아이들이 거리를 내려온다. 애들은 갈릴레이를 보더니 비명을 지르며 도망친다. 갈릴레이는 몸을 돌린다. 그때 두 명의 병정이 완전무장을 하고 달려온다.)

병정들 : 당장 집 안으로 들어가시오!

(그들은 길다란 창으로 갈릴레이를 집 안으로 몰아넣는다. 그리고 갈릴레이의 등에 대고 현관 문에 빗장을 지른다.)

갈릴레이 : (창가에서) 내 가정부가 어떻게 됐는지 말해 줄 수 있겠소?

병정들 : 그 사람들은 무덤에 묻히는 거죠.

부인 : (다시 창가에 나타나) 저 아래쪽 골목은 몽땅 전염됐단 말예요. 왜 차단

하질 않지요?

(병정들은 길 위에 줄을 친다.)

부인 : 그렇지만 그렇게 해 놓으면 우리 집에까지 아무도 못 오잖아요? 여기
　　를 차단할 필요는 없단 말예요. 여긴 모두가 건강해요. 여보세요. 여봐요!
　　내 말 좀 들어요! 남편이 시내에 들어갔는데 다시 집에 돌아 수가 없잖아
　　요! 당신들은 짐승 같군요. 짐승 같은 놈들!

(집 안으로부터 그녀가 훌쩍이며 비명치는 소리가 들린다. 병정들 퇴장. 다른 창
문에서 한 노파의 얼굴이 나타난다.)

갈릴레이 : 저 아래쪽엔 불이 난 모양인데요.

노파 : 페스트 혐의가 있으면 불을 끄지 않는다오. 하나같이 페스트만 생각하
　　거든.

갈릴레이 : 그자들에겐 어쨌든 그것이 상관없는 것이죠. 그자들의 통치체계가
　　모두 그렇답니다. 그자들은 열매를 못 맺는 무화과나무의 병든 가지를 치
　　듯 우리를 베어 내고 있지요.

노파 : 그런 말하면 못써요. 당신은 다만 절망하고 있는 거라오.

갈릴레이 : 할머니께선 집 안에 혼자 계시오?

노파 : 그렇다오. 내 아들이 쪽지를 보냈지요. 천행으로 그 앤 저 뒤쪽 마을에
　　서 누가 병사한 걸 엊저녁에 이미 알고 집으로 돌아오지 않은 거라오. 이
　　구역에서만도 밤새 열한 건이 발생했다오.

갈릴레이 : 때 늦지 않게 내 가정부를 보내지 않았던 내가 잘못이지요. 나야 절
　　박한 일을 해야 했지만, 그 여자에겐 여기 남아 있을 아무런 이유가 없었
　　어요.

노파 : 하긴 우리는 이제 떠날 수도 없어요. 누가 우리를 받아 주겠어요? 그렇
　　게 자책하진 말아요. 나는 당신 가정부를 봤어요. 그 여자는 오늘 아침 일
　　찍 7시쯤에 나갔죠. 병에 걸려 있었어요. 문 밖에 나가 빵을 가지고 들어
　　오려는 나를 보더니, 나를 피해 빙 돌아간 걸 보면 그래요. 그 여자는 당

신 집 대문이 폐쇄되는 걸 원치 않았던 모양이지요. 그렇지만 사람들은 뭐든 탐지해 내지요.

(딸랑딸랑 소음이 들린다.)

갈릴레이 : 이게 무슨 소리지요?

노파 : 저 소음으로 페스트 병균이 들어 있는 구름을 몰아 내려는 거지요.

(갈릴레이 소리내어 웃는다.)

노파 : 당신은 어떻게 아직 웃을 수 있지요?

(한 남자가 거리를 내려와 금줄로 차단당해 있는 그들을 발견한다.)

갈릴레이 : 여봐요! 여긴 차단되었는데 집 안엔 먹을 것이 없어요.

(남자는 어느새 도망치고 없다.)

갈릴레이 : 이렇게 굶어 죽을 수는 없지 않겠소! 여봐요! 여보시오!

노파 : 뭘 가져다 주겠지요. 안 그러면 내가, 물론 밤이 되야겠지만, 우유를 한 항아리 현관 앞에 놓아 드릴게요. 당신이 꺼리지 않는다면.

갈릴레이 : 여봐요! 여보시오! 우리 얘기를 좀 들어 봐요!

(금줄이 쳐진 곳에 불쑥 안드레아가 나타난다. 눈물로 얼룩진 얼굴이다.)

갈릴레이 : 안드레아! 어떻게 네가 여길 왔지?

안드레아 : 벌써 새벽에 왔어요. 노크를 했지만 선생님이 문을 안 열어 주셨어요. 사람들이 말하기를…….

갈릴레이 : 그럼 넌 떠나지 않았더란 말이냐?

안드레아 : 떠났었죠. 그렇지만 도중에 뛰어내렸어요. 비르지니아는 그냥 타고 갔구요. 집에 들어가면 안 되요?

노파 : 안 된다. 그럴 수는 없다. 너는 우르술라 수녀원[15]으로 가야 해. 너의 어머니도 혹시나 거기 계실지 몰라.

안드레아 : 거기 가 봤어요. 그렇지만 사람들이 어머니 있는 데로 들여보내지

---

15) 16세기에 창립된 수녀회. 여성교육, 병자간호를 목표로 함.

않았어요. 어머니는 그만큼 중병에 걸린 거예요.

갈릴레이 : 그렇게 먼 길을 걸어온 거냐? 네가 떠난 지 벌써 사흘째인데.

안드레아 : 그렇게 오래 걸렸어요. 화내지 마세요, 한 번은 사람들이 날 가뒀어요.

갈릴레이 : (어쩔 줄 몰라하며) 이젠 울지 말아라. 저 말이다, 그 사이에 나는 온 갖 것을 발견했단다. 얘기해 주랴? (안드레아는 흐느끼며 고개를 끄덕인다.) 정신 차리고 들어라. 안 그러면 이해하질 못한단다. 내가 네게 금성을 보 여 주었던 걸 기억하니? 저 따위 소음에는 신경쓰지 말아라. 아무것도 아 니다. 기억나니? 내가 뭘 보았는지 아니? 금성은 달과 같은 거야! 나는 금 성이 공 모양인 것도 보고 낫 모양인 것도 보았단다. 어떻게 생각하니? 작 은 공 하나와 빛만 있으면 너한테 이 모든 걸 설명해 줄 수 있어. 이건, 이 혹성도 자체에서 빛을 발하지 않는다는 사실을 증명해 주는 거란다. 그리 고 이 별도 단순한 원을 그리면서 태양 주위를 돈단다. 신기하지 않니?

안드레아 : (흐느끼며) 그럼요, 그리고 이건 하나의 사실이에요.

갈릴레이 : (소리를 죽여) 내가 어머니를 못 가게 붙잡지는 않았단다.

　　　　　(안드레아 침묵)

갈릴레이 : 그렇지만 물론 내가 남아 있지 않았다면 이런 일은 안 생겼겠지.

안드레아 : 그 사람들이 이젠 선생님의 말씀을 믿을까요?

갈릴레이 : 지금 나는 모든 증거를 모아서 갖고 있어. 알겠니, 여기 이 소동이 지나가고 나면, 나는 로마로 가서 그것을 그곳 사람들에게 보일 거다.

　　　　　(두 명의 복면을 쓴 남자가 긴 막대와 통을 들고 길을 내려온다. 그들은 막대로 갈릴레이한테, 이어서 노파에게 빵을 창 안으로 건네 준다.)

노파 : 저 건너편에도 세 아이랑 부인이 한 사람 있어요. 거기도 뭘 좀 주세요.

갈릴레이 : 나한텐 마실 것도 없소. 집 안엔 물이 한 방울도 없어요. (두 남자는 어깨를 으쓱한다.) 내일도 오실 거요?

한 남자 : (수건으로 입을 막고 있어서, 숨이 막힌 듯한 목소리로) 내일 어떻게 될 지, 오늘 어떻게 압니까?

갈릴레이 : 만약 온다면 내 연구에 필요한 책을 한 권 가져다 주시겠소?

남자 : (피식 웃으며) 이 판국에 책 한 권이 무슨 중요한 것입니까? 빵이 생긴
거나 다행으로 아십시오.

갈릴레이 : 저기 있는 소년, 내 제자가 거기 가서 그 책을 당신들한테 전해 줄
거요. 그건 화성의 운행기가 기록된 지도란다, 안드레아. 내가 출판을 한
거야. 네가 그것을 학교에 가서 가져 오겠니?

(남자들은 벌써 가 버리고 없다.)

안드레아 : 아무렴요. 내가 가져 올게요, 갈릴레이 선생님. (퇴장)

(갈릴레이도 들어간다. 건너편 집에서 노파가 나와 항아리를 갈릴레이의 집 문
앞에 놓는다.)

6

1616년에 교황청 연구소 콜레기움 로마눔, 갈릴레이의 발견을 인정한다.

스승이 몸소 배우러 감은
세상에서 흔히 보지 못했던 일.
하느님의 종 클라비우스,
갈릴레이의 말이 옳음을 인정했네.

(로마에 있는 콜레기움 로마눔[16]의 강의실. 밤이다. 고위 성직자들, 사제들, 학자들이 무리지어 서 있다. 한쪽 옆으로 갈릴레이가 혼자 있다. 왁자지껄한 분위기. 장면이 시작되기 전에 요란한 폭소가 터진다.)

뚱뚱보 고위 성직자 : (배를 움켜잡고 웃으며) 오, 무지몽매한 일이지! 무지몽매한 일이야! 누구든 믿기지 않았던 문장을 하나 읊어 보시구려!

한 학자 : 이를테면 예하께서 만찬에 대해 참을 수 없는 혐오감을 느끼신다는 것!

뚱뚱보 고위 성직자 : 믿어지는 얘기야. 믿어지는 얘기요! 단지 분별 있는 것만이 믿어지지 않는단 말이오. 사탄이 존재한다는 사실은 의혹을 사고 있소. 그렇지만 지구가 개천의 구슬치기 돌처럼 돌고 있다는 사실은 믿겨진단

---

16) Collegium Romanum

말이오. 순진한 성자들이라니!¹⁷⁾

사제 : (코메디 연기를 한다.) 아유, 어지러워라, 지구가 너무 빨리 도는군. 실례
합니다만, 당신한테 기대야겠습니다, 교수님. (그는 비틀거리는 시늉을 하고
는 한 학자에게 의지한다.)

학자 : (같은 연기를 하며) 그렇소, 오늘 지구는 또 유난히 취해 있구려, 이 늙
은 할망구 같은 땅덩이가. (그는 다른 사람에게 기댄다.)

사제 : 그만, 그만! 우리가 미끄러져 떨어진다니까! 멈추란 말야!

둘째 학자 : 비너스¹⁸⁾가 벌써 삐딱하게 기울어졌소. 내 눈엔 엉덩짝이 절반 밖
에 안 보이는 걸, 사람 살려요!

(폭소판 속에 어울려 있던 한 무더기의 사제들이, 폭풍 속에서 기우는 배에서 떨
어지지 않으려는 듯한 자세를 취한다.)

둘째 사제 : 제발 저 달 위로 떨어지지 않았으면 좋으련만! 여보게들, 달에는
흉칙하게 날카로운 산봉우리들이 있다는구먼!

첫째 학자 : 떨어지지 않게 발로 힘껏 버티게.

첫째사제 : 그리고 아래를 내려다보지 말게. 나는 현기증이 난단 말일세.

뚱뚱보 고위 성직자 : (일부러 큰 소리로 갈릴레이 쪽을 향해) 있을 수 없는 일이
야. 콜레기움 로마눔 안에서 현기증¹⁹⁾이 나다니!

(요란한 웃음소리. 두 명의 콜레기움 천문학자가 문으로 들어선다. 조용해진다.)

사제 : 당신들은 아직도 검토 중이오? 불쾌한 일이오!

첫째 천문학자 : (화가 나서) 우리가 그러는 건 아니오!

둘째 천문학자 : 이 일이 어떻게 되겠습니까? 나는 저 클라비우스 신부²⁰⁾를 이

---

17) Sancta Simplicitas! Johannes Huβ(1370~1415년 체코 종교개혁가)가 화형당할 때, 형장에서
장작을 나르는 신앙심 두터운 노파를 보고 소리친 말.

18) 여기서는 여신상을 말하지만 금성을 빗대 놓고 있음.

19) 독일어로 현기증(Schwindel)에는 속임수라는 의미도 있음. 갈릴레이의 주장이 속임수라고 야
유하는 것임.

해할 수 없소이다……. 지난 50년 동안 있어 왔던 모든 주장을 쉽사리 곧
이 곧대로 믿어 버린다면! 1572년에는 맨 꼭대기의 수정 껍질층에, 즉 여
덟 번째 항성의 껍질층에 또 하나의 별이 나타났지요. 이웃한 별들보다 훨
씬 크고 빛나는 별이었소. 그런데 1년 반도 채 못 가서 그 별은 다시 사라
져 영영 없어졌습니다. 그러니 하늘의 영속성과 불가변성은 어떻게 된 것
인지, 의문을 제기해야 한다 이겁니다.

철학자 : 그것을 저들에게 허용만 한다면, 저들은 우리의 온 별하늘을 부숴뜨
리ㄹ거요.

첫째 천문학자 : 그렇소, 우린 어디로 가는 걸까요? 그로부터 5년 뒤에 덴마크
사람 티코 브라헤[21]는 한 혜성의 궤도를 확정했지요. 그 혜성의 궤도는
달 표면에서 시작되어 모든 수정 천구의 껍질을, 즉 움직이는 천체를 담고
있는 그릇들을 차례대로 관통해 가는 겁니다. 그 혜성은 아무런 저항에 부
딪치지도 않았고, 그 빛의 진로가 굴절되지도 않았어요. 그러니 수정 천구
들이 어디에 있는지, 의문을 제기해야 한다 이거죠.

철학자 : 그것은 있을 수 없는 일입니다! 이탈리아의 가장 위대한 천문학자이
며 교황청에 몸담은 크리스토프 클라비우스가 어떻게 그런 것들을 검토할
수 있단 말요!

뚱뚱보 고위 성직자 : 불쾌한 짓거리요!

첫째 천문학자 : 그래도 그는 조사를 하고 있습니다! 저 안에 앉아 그놈의 악마
같은 대롱을 통해 눈을 크게 뜨고 있단 말요!

---

20) 역사상의 클라비우스는 1612년에 사망한 것으로 기록되어 있다. 브레히트의 이 대본에 따르
면 교황청 교수단의 조사는 1616년에 있었는데, 이는 어느 한 편의 기록상 또는 그 확인상의
오류이든가, 아니면 극중 인물이 역사상의 클라비우스와 동일 인물로 일치할 필요는 없다는
작가의 원칙이 작용했을 수도 있다.

21) Tycho Brahe (1546~1601) : 1572년 Nova Cassiopaiae를 발견. 망원경 발명 이전의 저명한
천문학자. 그는 태양과 달은 중심에 고정된 지구를 돌며, 다른 항성은 태양을 돈다고 보는 자신
의 체계를 발표했다. 또한 혜성은 아리스토텔레스가 말하듯 지구의 대기현상이 아님을 입증했다.

둘째 천문학자 : (라틴어로) 장애의 시발점이오! 이 모든 것은 우리가 수년 이래 태양년의 길이며 일식 월식의 날짜, 천체의 위치 등등을 이단자인 코페르니쿠스의 도표에 따라 산정한 데서부터 비롯되었습니다.[22]

사제 : 제가 물어 보겠습니다. 달력에 기록된 것보다 월식을 사흘 늦게 체험하는 것과 영생을 잃는 것과 어느 편이 낫겠습니까?

말라깽이 사제 : (펼쳐진 성경을 들고 앞으로 나와 광적으로 한 대목에 손가락질을 하면서) 성경에 뭐라고 씌어 있는지 아십니까? "해야, 기브온 위에 머물러라. 달아, 너도 아얄론 골짜기에 멈추어라."[23] 이 이단자들의 주장처럼 태양이 아예 돌지 않는다면, 어떻게 태양이 멈춰 설 수 있단 말인가요? 성경이 거짓말을 하는 걸까요?

첫째 천문학자 : 그럴 리가 없지요. 그러니 우리가 가 보겠소.

둘째 천문학자 : 우리 천문학자들에게 곤혹을 주는 현상들이 엄연히 존재하긴 합니다. 그렇지만 인간이 꼭 모든 것을 알아야 할까요? (두 사람 퇴장)

말라깽이 사제 : 인류의 고향을 저들은 한낱 떠돌이별과 똑같다고 몰아붙입니다. 사람과 동물과 식물, 그리고 땅을 뭉뚱그려 하나의 수레에다 싣고는 텅 빈 하늘에서 뱅뱅 돌도록 모는 겁니다. 이들에 의하면 땅도 하늘도 없다는군요. 지구란 하늘의 한낱 별에 지나지 않으니까, 또 하늘은 별들로 이루어져 있으니까, 땅도 하늘도 없다는 겁니다. 우리가 무상하게 사라진다는 것, 그것은 우리가 알고 있는 사실이지요. 그런데 하늘 역시 무상하다고, 저자들이 지금 우리에게 말하고 있습니다. 해와 달, 별과 우리 인간은 지구를 중심으로 살고 있다고 알고 있으며, 또 성경에도 그렇게 씌어 있습니다. 그런데 저기 저자들에 의하면 지구 역시 한낱 별이라는 겁니다. 다만 별들만

---

22) 태양력으로의 개혁은 1582년에 있었음. 크리스토프 클라비우스가 이 개혁에 결정적 공헌을 한 것으로 알려져 있다.

23) 여호수아 10:12(공동 번역). 여호수아의 외침. 야훼께서 이스라엘 편에 서서 싸우셨다는 증거가 되는 말.

이 존재한다고요! 그들이 또 이런 말까지 하는 날이 곧 올 판입니다.— 인간과 짐승 역시 존재하지 않는다. 인간 자신은 한낱 짐승이고, 다만 짐승들만이 있을 뿐이라고!

첫째 학자 : (갈릴레이에게) 갈릴레이 선생, 뭔가 아래로 떨어뜨리셨군요.

갈릴레이 : (앞 장면이 진행되는 동안, 주머니에서 돌을 꺼내 가지고 놀다가 결국 바닥에 떨어뜨려 놓고는 이제 몸을 굽혀 돌을 집어들려고 한다.) 위로지요, 예하, 내게서 위를 향해 떨어졌습니다.

뚱뚱보 고위 성직자 : (몸을 돌려) 파렴치한 친구.

(아주 늙은 추기경, 한 사제의 부축을 받고 등장. 사람들은 공손하게 자리를 비켜 준다.)

아주 늙은 추기경 : 그 자들은 아직도 저 안에 있단 말요? 이 따위 사소한 일을 더 빨리 해치울 수 없단 말요? 클라비우스라는 친구는 자기가 공부하는 천문학이 뭔지 알아야겠구먼! 듣자 하니 이 갈릴레이라는 선생은 인간을 우주의 중심점에서 빼내어 저 변두리 어딘가로 옮겨 놨다고 하던데. 그러니 그 작자는 인류의 적인 것이 틀림없소! 그는 마땅히 적으로 취급되어야 하오. 인간이 만물의 영장이라는 것은 삼척동자라도 아는 사실인데, 인간은 하느님의 가장 큰 총애를 받는 지고의 피조물이란 말이오. 어떻게 그 작자는 이러한 기적을, 신의 노력의 산물을 끊임없이 떠돌아다니는 동떨어진 작은 별 위에다 앉혀 놓을 수 있단 말이오? 자기 아들을 그런 데로 보낼 수 있겠소? 구구표의 노예들한테 신뢰를 부여할 만큼 삐뚤어진 사람들이 어떻게 있을 수 있단 말이오! 어떤 하느님의 피조물이 그런 것을 시인하겠소?

뚱뚱보 고위 성직자 : (조그만 소리로) 그 선생이 여기 와 있습니다.

아주 늙은 추기경 : (갈릴레이에게) 그래요, 당신이오? 나는 벌써 시력이 나빠졌지만 말요. 어쨌든 당신이 지난날 우리가 화형했던 사람 — 그 사람 이름이 뭐였더라? — 과 놀랍게도 똑같다는 점은 알아보겠소.

사제 : 예하, 흥분하셔서는 안 됩니다. 의사가…….

아주 늙은 추기경 : (그를 뿌리치고 갈릴레이에게) 당신은 지구 위에서 살고 있고 지구로부터 모든 걸 받으면서도, 그 가치를 떨어뜨리려고 하고 있소. 당신은 당신 자신의 보금자리를 더럽히고 있단 말요! 어쨌든 나는 그런 일을 참을 수가 없소. (그는 사제를 밀쳐 내고 거드름 피우며 뚜벅뚜벅 걷기 시작한다.) 나는 잠시 동안 어디에선가 맴돌고 있는 별 볼일 없는 작은 별 위에 얹힌 여느 흔한 존재가 아니오. 나는 확고한 땅 위를 자신 있는 걸음걸이로 걷고 있소. 지구는 정지해 있고 만물의 중심이며, 나는 중심점 속에 있는 거요. 또 창조주의 눈은 나를, 오로지 나를 굽어보고 계시오. 나를 중심으로, 여덟 개의 수정 껍질층에 고정된 항성들이 돌고 있고 찬란한 태양이 돌고 있소. 내 주위를 밝혀 주기 위해 창조된 태양, 또한 하느님께서 나를 보시도록 나를 비춰 주는 태양이 말요. 이론의 여지없이 모든 것은 인간에게 달려 있는 것이오. 신의 노력의 산물이며 중심점인 피조물, 신과 같은 형상, 불멸이며…….(그는 쓰러진다.)

사제 : 예하께서 너무 무리를 하셨습니다!

(그 순간 뒷문이 열리고 천문학자들의 선두에 클라비우스가 등장. 그는 곁눈질도 않고 말없이 재빨리 홀 안을 가로질러 어느새 출구에 이르러 한 사제에게 말한다.)

클라비우스 : 그것은 맞네. (그는 퇴장한다. 그 뒤로 천문학자들이 뒤따른다. 뒤쪽 문은 열린 채이다. 쥐죽은듯한 정적. 아주 늙은 추기경, 제정신으로 돌아온다.)

아주 늙은 추기경 : 뭐라구? 결정이 내려졌나?

(아무도 그 말을 할 엄두를 못 낸다.)

사제 : 예하께서는 집으로 가셔야겠습니다.

(사람들이 늙은 추기경의 퇴장을 돕는다. 모두가 황망하게 홀을 떠난다. 클라비우스의 조사위원회 소속의 한 키 작은 사제가 갈릴레이 옆에 남아 서 있다.)

키 작은 사제 : (몰래) 갈릴레이 선생, 클라비우스 신부께서 나가시기 전에 말씀

하셨습니다. 이제 신학자들도 탈구된 천체의 운행을 정골(整骨)하는 모양을 볼 수 있을 거라구요! 선생이 이긴 겁니다. (퇴장)

갈릴레이 : (그를 붙잡으며) 이성(理性)의 승리요! 내가 아니라, 이성이 이긴 겁니다!

(키 작은 사제는 벌써 퇴장. 갈릴레이도 나간다. 문 있는 데서 그는 키가 큰 한 성직자를, 종교재판소의 추기경을 만난다. 한 천문학자가 그를 수행하고 있다. 갈릴레이는 절을 한다. 밖으로 나가기 전에 그는 문지기에게 귀엣말로 무엇인가 물어 본다.)

문지기 : (속삭임으로 대답하며) 종교재판소의 추기경 예하입니다.

(천문학자가 종교재판소 추기경을 망원경 있는 데로 안내한다.)

7

1616년 3월 5일, 그러나 종교재판소는 코페르니쿠스 학설을 금서로
판결한다.

로마에서 갈릴레이는
한 추기경 저택의 손님이었지.
사람들은 그에게 진수성찬과 포도주를 대접하며
오로지 한낱 천박한 소망을 품고 있었지.

(로마에 있는 추기경 벨라르민[24]의 집. 무도회가 벌어지고 있다. 두 명의 성직
서기가 장기를 두고 있으며, 손님들에 관해 기록 중인 현관 방에서는 갈릴레이
가 몇몇 가장(假裝)한 신사숙녀들에게 박수로 환영을 받고 있다. 그는 딸 비르
지니아와 그녀의 약혼자 루도비코 마르실리를 동반하고 있다.)

비르지니아 : 딴 사람하고는 춤도 안 출 거에요, 루도비코.
루도비코 : 어깨 장식이 풀어졌군.
갈릴레이 : "살짝 흘러내린 이 숄을 타이스[25]여,
　　　　　여미지 말구려. 때로는 흐트러짐이, 한결 깊은 무질서가

---

24) Robertus Bellarmin(1542~1621) : 1599년 추기경이 됨. 반 종교개혁의 주도자. 그의 저서
「대소 교리문답서」는 1598년에 로마 및 가톨릭 국가에서 교육용으로 채택되었고 이탈리아에
서는 오늘날까지 사용된다.
25) Thais : 알렉산더 대왕의 아시아 원정에 동반했던 후궁의 이름.

내겐 사랑스러워 보인다오.

또 다른 이들에게도. 붐비는 살롱의

촛불 속에서 그들은 생각해도 좋으리,

기다리고 있는 공원의 보다 으슥한 장소들을."

비르지니아 : 내 심장을 느껴 보세요.

갈릴레이 : (그녀의 가슴에 손을 얹는다.) 뛰고 있구나.

비르지니아 : 나는 아름답게 보이고 싶어요.

갈릴레이 : 그래야만 하지. 그러지 않으면 사람들은 즉각 '저 여자가 주저하고 있구나' 26)라고 다시 의심을 할 거다.

루도비코 : 그녀는 전혀 주저하지 않는답니다27).(갈릴레이는 웃는다.) 온 로마가 오로지 선생님에 대해 얘기하고 있지요. 오늘 밤부터는 선생님과 따님에 대해 화제삼을 겁니다.

갈릴레이 : 그러니까 로마의 봄날에는 아름답게 보이기가 쉽다는 얘기구나. 나까지도 살찐 아도니스 같다니까. (서기들에게) 추기경님을 여기서 기다리라는군요. (한 쌍에게) 가서 즐겁게 지내렴!

(뒤쪽 무도장으로 가기 전에 비르지니아가 다시 달려온다.)

비르지니아 : 아버지, 트리온포 거리에 있는 미용사가 내 머리를 맨 먼저 해 주면서 귀부인을 네 명이나 기다리게 했어요. 그 사람, 아버지 성함을 당장 알던데요. (퇴장.)

갈릴레이 : (장기를 두는 서기들에게) 어떻게 여전히 구식 장기를 두고 있소? 답답하군, 답답해. 요즈음 큼지막한 말들은 눈금들을 껑충 뛰어넘게 둔다오. 캐슬은 이렇게(시범을 보여 준다.), 또 비숍은 이렇게, 퀸은 이런 식으로. 이렇게 하면 숨통도 트이고 계획도 세울 수 있지.

---

26) 이 구절은 '지구는 돌고 있다'라고 해석할 수도 있음.

27) 이 구절 역시 '지구는 전혀 돌지 않는답니다.'라고 해석할 수 있음.

첫째 서기 : 그런 건 우리네 같은 박봉 신세에는 어울리지 않습니다. 우린 그저 이렇게 뛸 수밖에 없지요. (그는 작은 이동을 한다.)

갈릴레이 : 그 반대일세, 여보게. 반대라니까! 큼지막한 발을 가진 사람[28]한테 역시 제일 큰 장화를 조달해 준다네! 우리는 시대에 맞춰 가야 한다네, 여보게들. 해안을 따라 걸을 것이 아니라 한 번은 항해를 떠나야 한다네.

(앞의 장면의 아주 늙은 추기경이 사제의 안내를 받으며 무대를 가로질러 간다. 그는 갈릴레이를 알아보고 그냥 지나쳤다가 엉거주춤 돌아서서 인사를 한다. 갈릴레이는 의자에 앉는다. 무도장으로부터는 무상(無常)함에 대한 로렌초 데 메디치[29]의 유명한 시의 첫머리가 소년의 합창으로 들려 온다.)

"허나 장미꽃이 죽어 감을 보았을 때,

차가운 바닥 위에 빛바랜 채 시들어 간

장미꽃잎을 보았을 때, 나는 깨달았노라

젊은 날의 오만이 얼마나 헛된 것인지를."

갈릴레이 : 로마의 대축제인가?

첫째 서기 : 페스트 발병기가 지나고 처음 있는 카니발이죠. 이탈리아의 모든 훌륭한 가문들이 오늘밤 여기 모였습니다. 오르시니 가문, 빌라니 가문, 누콜리 가문, 솔다니에리 가문, 카네 가문, 레키 가문, 에스텐시 가문, 콜롬비니 가문……

둘째 서기 : (얘기를 중단시키고) 벨라르민 추기경과 바르베리니[30]추기경 예하입니다.

(추기경 벨라르민과 추기경 바르베리니 등장. 그들은 양(羊)과 비둘기의 가면을

---

28) 예전에 부자가 큰 신발을 신은 일에서, 호사스러운 생활을 하는 사람이라는 뜻이 있음.

29) Lorenzo de Medizi(1449~1492) : 피렌체 대공. 많은 예술가들(Leonardo da Vinci, Michelangelo, Botticelli 등)을 후원하여 피렌체에 르네쌍스 문화의 꽃을 피운 장본인. 시인, 외교관으로도 인기가 높았음.

30) Maffe Barberini(1568~1644) : 1623~1644년 동안 교황 우르바누스 8세.

막대에 붙여 얼굴 앞에 가리고 있다.)

바르베리니 : (갈릴레이를 집게 손가락으로 가리키며) "떴다 지는 해는 다시 떴던 곳으로 숨가삐 가고",[31] 이건 솔로몬의 말씀인데 갈릴레이는 어떻게 말씀 하고 있더라?

갈릴레이 : 예하, 제가 요렇게 꼬마였을 때, (그는 작은 키를 손짓으로 나타내 보인다.) 배를 타고 소리를 쳤지요. '해안이 떠나가고 있어요' 라고. 이제 나는 해안은 그대로 서 있고 배가 떠나가는 사실을 알고 있습니다.

바르베리니 : 약아, 약삭빨라. 벨라르민, 우리 눈에 보이는 것, 말하자면 천체가 돌고 있는 현상이 꼭 들어맞을 필요는 없다, 배와 해안을 보라, 이런 얘길세. 그렇지만 들어맞는 것, 말하자면 지구가 돈다는 사실을 우린 알아챌 수 없지 않은가! 약아. 그렇지만 저 친구가 주장하는 목성의 위성들은 우리 천문학자들한텐 난처한 문제 부스러기일세. 유감스럽게도 나도 한때 천문학을 좀 읽었네, 벨라르민. 그것이 옴딱지처럼 떨어지질 않네그려.

벨라르민 : 우리, 시류에 맞춰 가세, 바르베리니. 새로운 가설을 바탕으로 만들어진 성좌표가 우리 선원들의 항해를 쉽게 해 준다면, 그들더러 그 성좌표를 써먹으라지. 우리가 불쾌한 점은 단지 성경을 거짓으로 만들어 버리는 학설들이야.

(그는 무도장을 향해 인사하는 손짓을 보낸다.)

갈릴레이 : 성경말씀이오. "곡식을 뒤로 챙기는 자는 백성의 저주를 받을 것이다."[32] 솔로몬의 잠언이오.

바르베리니 : "속이 깊은 사람은 알고도 모른 체 한다." 솔로몬의 잠언이오.

갈릴레이 : "소가 있으면 외양간은 더럽다. 그러나 많은 소출(所出)은 황소의 힘을 빌어 생긴다."

---

31) 전도서 1:5

32) 차례대로 잠언 11:26, 12:23, 14:4, 25:28, 17:22, 21:28, 6:28을 참조할 것. 공동번역판을 참고하였고 문맥의 어감을 살리기 위해 직역한 부분도 있음.

바르베리니 : "제 성질을 다스리지 못하는 사람은 성벽이 뚫린 도시와 같다."

갈릴레이 : "정신이 꺾인 사람은 뼈도 앙상해진다." (잠시 후에) "진실한 증언은 힘이 있지 않느냐?"

바르베리니 : "숯불 위를 걸어가는데 어찌 그 발을 데지 않겠느냐? ─ 로마에 오신 것을 환영하오, 갈릴레이 형제여. 선생은 로마의 기원에 대해 아시오? 전해져 오는 얘기에 두 명의 갓난아이가 한 마리 암늑대한테서 젖을 받아 먹으며 자랐다오. 그때부터 모든 어린 것들은 이 암늑대한테 젖값을 내게 되어 있소. 그 대신 암늑대는 온갖 종류의 즐거움을 마련해 주지요. 천상적인 즐거움과 지상적인 즐거움을 말이오. 학식 높은 나의 친구 벨라르민과의 담소에서부터, 저 세계적 명성을 지닌 몇몇 귀부인들에 이르기까지, 내가 그 즐거움들을 구경시켜 드릴까요?

(그는 무도장을 보여 주며 갈릴레이를 뒤쪽으로 안내한다. 갈릴레이는 마지못해 뒤따른다.)

바르베리니 : 싫으시오? 이 친구는 진지한 화제쪽을 고집하는군. 좋소. 갈릴레이 선생. 당신네 천문학자들은 너무나 단순하게 스스로를 천문학에 꿰 맞추려 든다고 생각지 않으시오?

(그는 갈릴레이를 다시 무대 전면으로 끌고 온다.) 당신네들은 당신네 두뇌에 적합한 원이며 타원, 일정한 속도, 단순한 운동 안에서 사고(思考)하지요. 만약 하느님께서 당신의 성좌들을 이런 식으로 운행시키고 싶어하셨다면 어떻게 되겠소? (그는 손가락으로 허공에다 불규칙한 속도로 움직이는 극히 복잡한 궤도를 그린다.) 그렇다면 당신네들의 계산은 어떻게 되겠소?

갈릴레이 : 예하, 하느님이 세계를 이런 식으로 짜 맞추셨다면 (그는 바르베리니가 그린 궤도를 반복한다.) 우리의 두뇌도 이런 식으로 짜 맞추셨을 겁니다. (그는 똑같은 궤도를 반복한다.) 그래서 우리의 두뇌는 바로 이같은 궤도들을 가장 단순한 것으로 인식했을 것입니다. 저는 이성(理性)의 존재를 믿습니다.

바르베리니 : 나는 이성을 미흡한 것이라고 여기고 있소. 저 친구 침묵을 지키는군. 자기가 보기엔 나의 이성이 미흡한 것이라고 말하고 싶겠지. 그렇지만 그러기에는 예의가 바른 친구야.

(웃으면서 난간으로 되돌아간다.)

벨라르민 : 이성이란, 선생. 별로 힘을 미치는 것이 못 되오. 사방에서 우리 눈에 보이는 것이라곤 사악함과 범죄, 나약함뿐이오. 진실이 어디 있소?

갈릴레이 : (격분해서) 나는 이성의 존재를 믿습니다.

바르베리니 : (서기들에게) 기록하지 말게. 이건 친구들 간의 학술적 담소일세.

벨라르민 : 구역질나는 이런 세계에 뭔가 의미를 집어 넣으려고 초대교회 장로들과 그 후 수많은 이들이 치루어 온 엄청난 수고와 깊은 성찰을 좀 생각해 보시오. 저 캄파냐에서 자기 땅의 농작물 때문에 소작인들을 반쯤 벌거벗겨 놓고 매질하는 작자들의 야만성을 좀 생각해 보시오. 그런가 하면 그 농작물 때문에 그 자들의 발에다 입을 맞추는 가난뱅이들의 무지스러움도.

갈릴레이 : 치욕스런 일이오! 이리로 오는 여행길에 저는…….

벨라르민 : 우리는 우리로선 불가해한 이러한 일들 — (인생은 온통 그런 일들뿐이오) — 의 의미를 저 높은 존재에 책임을 전가하고 그로써 어떤 섭리가 수행되는 것이라고, 만사는 하나의 위대한 계획에 맞춰 일어나는 것이라고 역설해 왔소. 그렇다고 해서 절대적 위안이 들어섰다고도 할 수 없소. 그런데 지금 선생은 천체의 운행에 불명한 점이 있다고 지고의 존재를 탄핵하고 있단 말이오. 그러면서 선생 자신은 그걸 명백히 알고 있다고 말이오. 이게 분별 있는 짓이오?

갈릴레이 : (해명을 하려고 손짓을 하며) 저는 신앙심을 가진 교회의 자식…….

바르베리니 : 당신, 터무니 없는 데가 있군. 천진스럽게도 천문학상 가장 굵직한 하느님의 오류를 지적하려 든단 말씀이야! 성서를 펴내기 전에 하느님께서 천문학을 미리 충분히 면밀하게 검토하시지 않았겠나? 여보게!

벨라르민 : 당신이 창조해 낸 대상에 관해서도, 창조주 편이 피조물보다는 훨

씬 정통하리라는 것이 확률상 옳은 얘기가 아니겠소?

갈릴레이 : 그렇지만 여러분, 결국 인간은 천체의 운행뿐 아니라 성경말씀까지
　　　　　도 잘못 파악할 수 있다 이겁니다!

벨라르민 : 그렇지만 성경을 어떻게 파악하느냐 하는 문제는 궁극적으로 교회
　　　　　의 신학자들 소관이 아니겠소?

　　　　　(갈릴레이 침묵.)

벨라르민 : 보시오. 결국 당신도 입을 다무는구려. (그는 서기에게 신호를 보낸
　　　　　다.) 갈리레오 선생, 오늘 밤, 교황청에서는 태양이 세계의 중심인 붙박이
　　　　　별이며 지구는 세계의 중심도 아닐 뿐더러 떠돌아다니고 있다고 주장하는,
　　　　　코페르니쿠스의 학설을 어리석고 불합리하며 신앙의 측면에서 이단적이라
　　　　　고 결의했소. 나는 이 같은 의견을 포기하도록 당신에게 경고하라는 당부
　　　　　를 받았소이다. (서기에게) 이것을 다시 반복해 보게.

첫째 서기 : 벨라르민 추기경 예하께서 앞서 말한 갈릴레오 갈릴레이에게, 교황
　　　　　청에서는 오늘 밤, 태양이 세계의 중심인 붙박이별이며 지구는 세계의 중
　　　　　심도 아니고 움직이고 있다고 주장하는, 코페르니쿠스의 학설을 어리석고
　　　　　불합리하며 신앙의 측면에서 이단적이라고 결의했소. 나는 이 같은 의견을
　　　　　포기하도록 당신에게 경고하라는 당부를 받았소이다.

갈릴레이 : 그게 무슨 뜻입니까?

　　　　　(무도회장에서는 소년의 합창으로 앞선 시의 다음 연이 들려 온다)

　　　　　"나는 말했노라. 찬란한 계절은 유수같이 흐르는 법 :

　　　　　장미를 꺾으라 5월이 가기 전에."

　　　　　(바르베르니는 갈릴레오에게 노래가 계속되는 동안 입을 다물고 있으라는 시늉
　　　　　을 한다. 그들은 귀를 기울인다.)

갈릴레이 : 그렇지만 엄연한 사실은 어떻게 되는 겁니까? 본인이 이해한 바로
　　　　　는 이미 콜레기움 로마눔의 천문학자들께서 제 기록들을 인정하셨습니다.

벨라르민 : 심심한 만족을 드러내는 표현으로, 선생께는 명예가 되는 방식으로

그랬지요.

갈릴레이 : 그렇지만 목성의 위성들과, 금성의 위상은……

벨라르민 : 교황청 회의는 그런 소상한 대목은 모른 채로 결정을 내렸소.

갈릴레이 : 그렇다면 앞으로의 모든 학문적 연구는…….

벨라르민 : 전적으로 보장되지요, 갈릴레이 선생. 그것도, 우리 인간은 알 수는 없지만 구할 수는 있다는 교회의 견해에 맞는 범위에서. (그는 다시 무도장의 한 손님에게 인사를 보낸다.) 이 학설 역시, 수학적 가설 형태로 취급하는 것은 당신의 자유요. 학문은 교회가 가장 총애하는 합법적 딸이지요, 갈릴레이 선생. 우리 중의 누구도 선생께서 교회에 대한 신뢰를 전복하려 한다고는 진심으로 생각지 않소.

갈릴레이 : (격분해서) 신뢰란, 그것이 요청되기 때문에 고갈되어 버리는 겁니다.

바르베리니 : 그래요? (그는 소리내어 웃으면서 갈릴레이의 어깨를 두드린다. 그리고는 그를 날카롭게 바라보고 제법 친절하게 말한다.) 쇠뿔을 바로잡으려다 소를 통째 죽이지 마시오, 갈릴레이 선생. 우리도 그렇게는 안 하겠소. 우리는 선생을 필요로 하오. 선생 편에서 우리를 필요로 하는 것보다 더.

바르베리니 : 어서 빨리 이탈리아의 가장 위대한 수학자를 교황청 의원에게 소개해 드리고 싶소. 그분도 당신을 지극히 존경하고 있다오.

바르베리니 : (갈릴레이의 다른 팔을 붙잡으며) 이렇게 해서 이 친구도 한 마리 양으로 변하는 거지. 선생, 당신도 스콜라 학파의 착실한 박사 차림으로 나타나는 게 좋았을 걸 그랬소. 이건 오늘 나한테 약간의 자유를 허용해 줄 가면이오. 이런 차림을 하고서라면 이렇게 중얼거릴 수도 있을 테지요. '하느님이 없으면, 날조라도 해야지' 라고 말이오. 자, 우린 가면을 쓰도록 합시다. 저 딱한 갈릴레이한텐 가면이 없군.

(그들은 갈릴레이를 가운데 세우고 무도장으로 안내한다.)

첫째 서기 : 마지막 구절을 적었나?

둘째 서기 : 적고 있는 중이야. (그들은 열심히 기록한다.) 그 사람이 이성을 믿

는다고 말한 대목을 적어 뒀나?

(종교재판소 추기경 등장)

종교재판관 : 담화가 있었나?

첫째 서기 : (기계적으로) 먼저 갈릴레이 선생이 따님과 함께 오셨습니다. 따님
은 오늘 약혼을 했는데 약혼자는……. (종교재판관 거절의 손짓을 한다.) 이
어서 갈릴레이 선생은 우리에게 장기 놀음의 새로운 방식을 가르쳐 주셨
습니다. 장기 말들이 일체의 경기규칙에 아랑곳없이 장기판의 눈을 껑충
뛰며 움직일 수 있는 방식입니다.

종교재판관 : (거절한다.) 기록을 보세.

(한 서기가 그에게 기록을 건네 준다. 추기경은 앉아 기록을 훑어 본다. 두 명
의 젊은 귀부인이 가면을 쓰고 무대를 횡단한다. 그들은 추기경 앞에서 무릎을
꺾으며 인사한다.)

한 귀부인 : 누구지요?

다른 귀부인 : 종교재판소 추기경이에요.

(그들은 킬킬대며 퇴장. 비르지니아가 들어와서 뭔가 찾노라 둘러본다.)

종교재판관 : (자기가 앉은 구석자리에서) 자, 아가씨?

비르지니아 : (그를 보지 못했으므로 흠칫 놀란다.) 오, 예하!

(종교재판관은 시선을 들지도 않고 그녀에게 오른손을 내민다. 그녀는 다가가
무릎을 꿇으며 그의 반지에 입을 맞춘다.)

종교재판관 : 성대한 밤이오! 아가씨의 약혼을 축하하오. 약혼자께선 훌륭한 가
문 출신이더군. 여기 로마에 머물거요?

비르지니아 : 당장은 아닙니다, 예하. 결혼을 하려니까 준비할 것이 너무나 많
습니다.

종교재판관 : 그러니까, 아가씨는 부친을 따라 다시 피렌체로 가시겠군. 그 소
리를 들으니 나도 기쁘오. 부친께서 아가씨를 필요로 하실 것 같소. 수학
이란 냉철한 동반자가 아니겠소? 피와 살을 가진 인간이 한 사람 있으면,

그런 분위기도 달라질 거요. 별의 세계 속에서 길을 잃기 쉬운 법이오. 특히나 위대한 사람에겐 별의 세계가 엄청나게 확장되어 있으니 말요.

비르지니아 : (숨차하며) 예하께선 퍽 친절하십니다. 저는 정말로 그런 것들을 전혀 모릅니다.

종교재판관 : 모른다구? (그는 웃는다.) 어부의 집안에선 물고기를 안 먹는다, 이 건가? 아가씨가 알고 있는 성좌계의 지식이 결국 내게서 들은 것이라는 걸 알면, 부친께선 재미있어하실 거요. (기록을 넘기면서) 여기 기록된 걸 보면, 우리의 개혁가들은, 온 세계가 인정하는 그 지도자가 바로 아가씨의 부친이라오, 훌륭한 학자이며 가장 위대한 인물의 한 사람이지요. 그러니까 우리의 개혁가들은, 현존하는 우리의 표상이 사랑하는 우리 지구의 중요성을 꽤나 과장하고 있다고 보고 있소. 고대의 현자 프톨레마이오스 시대로부터 오늘에 이르기까지 사람들은 온 우주의 크기가, 말하자면 지구를 중심으로 한 전체 수정 천구가, 대략 지구 직경의 2천 배라고 생각해 왔다오. 엄청난 공간이지. 그렇지만 개혁가들이 보기엔 그건 너무나 턱도 없이 작단 말이오. 이자들이 하는 말을 들으면, 천구는 상상도 할 수 없이 멀리까지 뻗어 있어서 태양에서 지구까지의 거리가,— 우리가 늘 보아 온 대로라도 엄청나게 굉장한 거리인데 — 그 가장 바깥의 껍질층에 고정된 항성에서부터 우리의 초라한 지구까지의 거리에 비하면, 형편없이 짧은, 아예 계산에 넣을 필요도 없이 미미한 거리라는군! 그러니 이 개혁가들은 넓은 지반을 딛고 살고 있지 못한다[33]고 말해야겠지.

(비르지니아 웃는다. 종교재판관도 웃는다.)

종교재판관 : 그들이 말하는 세계상에 비하면 지금껏 우리가 품어 온 세계상이란 젊은 처녀의 매혹적인 목에다 걸 정도의 작은 그림에 불과하지. 그런데 사실 바로 좀 전에 교황청의 몇몇 어른들이 그 엄청난 세계상을 거의 막

---

33) 동시에 '호사스런 생활을 하고 있지 못한다'라고도 번역될 수 있음.

아 버렸다오. 그토록 엄청난 거리선상에서는 고위 성직자라도, 심지어 추기경까지도 쉽사리 행방불명될까 걱정을 한 거요. 교황까지도 전능하신 하느님의 시야에서 소실되어 버릴지 모르니까. 그렇소, 참 웃기는 얘기요. 어쨌거나 나는 아가씨가 앞으로 계속 위대하신 부친 곁에 있게 된 것을 기쁘게 생각하오. 우리 모두가 존경하는 부친이오, 아가씨. 혹시 아가씨의 고해 신부가 알 만한 사람인지…….

비르지니아 : 성 우르술라의 크리스토포루스 신부님입니다.

종교재판관 : 정말로, 아가씨가 부친을 동반하게 되어 기쁘오. 부친은 아가씨를 필요로 할 거요. 아가씨야 지금으로선 상상할 수 없겠지만, 그렇게 될 거요. 아가씨는 아직 젊고 진정으로 살과 피를 가진 인간이오. 그런데 위대함이란 하느님으로부터 그것을 부여받은 자로서는 항상 짊어지고 있기가 쉽지 않다오. 죽어 갈 운명을 지닌 인간들 가운데는 기도(祈禱) 안에 갇히지 않아도 될 만큼 위대한 자가 한 사람도 없는 거요. 아가씨, 내가 공연히 붙들고 있어서 약혼자를 질투하게 만들었는지 모르겠소. 어쩌면 부친한테까지도 — 따님에게 낡아빠졌을지 모르는 천체 지식을 떠들었다고 해서 말이오. 얼른 춤추러 가요. 그리고 크리스토포루스 신부에게 내 안부 전하는 것 잊지 말도록.

(비르지니아 깍듯이 절을 하고 서둘러 퇴장.)

8

어느 대화

갈릴레이가 시구를 읽고 있는데
한 젊은 사제가 찾아 왔네.
그는 가난한 농부의 아들,
어떻게 지식을 찾을지 알고자 했네.
진정 알고자 했네, 알고자 했네.

(로마에 있는 피렌체 대사의 궁전에서 갈릴레이는 키 작은 사제의 말에 귀를 기울이고 있다. 콜레기움 로마눔의 회의가 있는 후에 교황청 천문학자들의 발언을 갈릴레이에게 귀엣말로 해 주었던 바로 그 사제이다.)

갈릴레이 : 말씀하십시오, 말씀하시오! 당신이 걸치고 있는 법의가 당신의 뜻대로 무엇이든 말할 권리를 주지 않습니까?

키 작은 사제 : 저는 수학 공부를 했습니다, 갈릴레이 선생님.

갈릴레이 : 그것이 당신으로 하여금 둘 곱하기 둘은 왕왕 넷이 된다는 사실을 인정하게 했다면, 도움이 될 수도 있겠군요.

키 작은 사제 : 갈릴레이 선생님, 사흘 동안 저는 한잠도 잘 수가 없었습니다. 제가 읽어 온 교황청의 법령과 저의 눈으로 본 목성의 위성들을 어떻게 조화시켜야 할지 알 수가 없었어요. 그래서 오늘 아침 일찍 미사를 올리고 선생님을 방문하기로 결심했지요.

갈릴레이 : 목성은 위성을 갖고 있지 않다고 전달하기 위해선가요?

키 작은 사제 : 아닙니다. 저는 법령의 지혜를 알아 내는 데 이르렀습니다. 그것
　　은 억제를 모르는 지나친 연구 안에 도사린, 인류에 미치는 위험을 벗겨
　　보여 주었지요. 그래서 저는 천문학을 그만두기로 결심했습니다. 그렇지
　　만 한 천문학자로 하여금 특정 학설을 진척 확장시키는 일에서 등을 돌리
　　게 한 동기만은 선생님께 꼭 말씀드리고 싶습니다.

갈릴레이 : 그런 동기들이야 나도 익히 알고 있다고 말씀드려야겠소.

키 작은 사제 : 선생님의 신랄한 비판을 이해합니다. 교회의 저 엄청난 권력수
　　단을 염두에 두고 계시는 것이겠죠.

갈릴레이 : 맘 놓고 고문(拷問) 기구라 말하시오.

키 작은 사제 : 그렇지만 저는 다른 이유들을 말씀드리고 싶습니다. 제 개인의
　　얘기를 해서 죄송합니다. 저는 캄파냐에 있는 농부의 아들로 자라났지요.
　　그곳 농부들은 소박한 사람들입니다. 그들은 올리브 나무에 관해선 모르
　　는 게 없지만 그 밖에는 정말 별로 아는 것이 없습니다.

　　금성의 위상을 관측하면서 저는, 누이동생들과 난롯가에 앉아 치즈 조각을
　　먹는 저의 부모님들을 눈앞에 떠올렸습니다. 수백 년 동안 연기로 새까맣
　　게 그을려진 그들 머리 위의 대들보며, 밭일로 쭈굴쭈굴해진 그들의 손, 그
　　안에 쥐어진 작은 차순갈까지 똑똑히 그릴 수 있습니다. 그들은 유복하진
　　않지만, 불행 속에서도 일정한 질서가 감추어져 있지요. 거기에는 여러 가
　　지의 주기적인 운행이 있습니다. 마루바닥을 닦는 일에서부터 올리브 밭에
　　서의 계절에 따른 운행을 거쳐 세금을 지불하는 시기에 이르기까지. 그들
　　에게 내리 떨어지는 재난의 형태도 규칙적입니다. 나의 부친의 등은 갑자
　　기 굽은 것이 아니라, 봄이 올 때마다 올리브 밭에서 조금씩 굽었지요. 마
　　찬가지로 나의 모친의 여성다움을 빼앗아 간 출산 역시 아주 일정한 간격
　　을 두고 있어 왔습니다. 땀방울을 떨어뜨리며 바구니를 끌고 돌길을 올라
　　가는 힘을, 또 어린애를 낳는 힘을, 그리고 먹는 힘까지, 그들은 어디서 그

런 힘을 퍼내는지 아십니까?

마루바닥을 볼 때, 해마다 새로이 푸르러지는 나무들을 볼 때, 작은 교회를 볼 때, 일요일마다 성경말씀에 귀기울일 때, 그들은 이 세계가 영원하고 필연적이라고 느끼면서 힘을 얻습니다. 배려하면서 보살피는 하느님의 시선이 자신들 머리 위에 머물러 있다는 확신이 그들에게 있는 겁니다. 또한 세계 극장은 자기네를 중심으로 세워져 있어서, 크든 작든 맡을 수 있는 역이 자기들에겐 보장되어 있다고 생각합니다. 만약 제가, 그들이 서 있는 곳은 허공에서 다른 별 주위를 끊임없이 돌고 있는 한낱 작은 돌덩어리 위라고, 수많은 별들 중의 하나, 실로 아무것도 아닌 별 위라고 말한다면, 제 가족들은 뭐라고 할까요? 이제와서 궁핍 속에서의 그 엄청난 인내와 화해가 뭣 때문에 필요하고 유용하겠습니까? 땀과 인내, 배고픔과 복종 등 모든 것을 해명해 주며 필연적인 것이라고 뒷받침해 주던 성서가 무슨 소용이 있겠습니까? 그것이 온통 오류투성이라고 인정된다면? 안 됩니다. 그들의 눈초리가 맥이 풀려 돌아가고 그들이 수저를 부뚜막에 떨어뜨리는 광경을, 배반당하고 속았다는 느낌에 사로잡힌 그들의 모습을 저는 눈앞에서 보는 듯 합니다. 그러니까 '우리를 굽어보는 눈길은 없구나'라고 그들은 말하겠지요. '우리는 무식하고 늙고 착취당한 있는 그대로의 우리 모습을 인정해야 한단 말인가? 주위를 도는 별을 갖지도 못하고, 전혀 홀로 서 있지 못한 작은 별 위에서 비참하고 세속적인 일을 하는 것말고는 아무도 우리에게 어떤 역을 부과하지 않았던 말인가? 우리의 곤궁에는 아무 의미가 없다, 굶주림이란 바로 먹을 것이 없다는 것뿐, 힘의 시험이 아니다, 안간힘 쓰며 하는 일도 등을 굽히고 수레를 끄는 동작일 뿐, 아무런 공적이 못 된다' 이렇게 말하겠지요. 제가 교황청의 법령에서 일종의 어머니 같은 고귀한 긍휼을, 위대한 자비심을 읽어 낸 연유를 이제 아시겠습니까?

갈릴레이 : 자비심이라! 보아 하니 당신은, '그들이 가진 것은 아무것도 없다, 포도주도 떨어졌고 그들의 입술은 말랐다. 그런데도 그들더러는 신부의 법

복에 입맞춤이나 해라' 이런 생각이시군요! 그렇다면 도대체 왜 그들에겐 아무것도 없습니까? 왜 이 땅에서의 질서는 텅 빈 금고의 질서뿐이며, 이 땅에서의 필연성은 죽도록 일하는 것뿐입니까? 무성한 포도원의 틈바구니에서, 밀밭을 바로 옆에 두고서! 자비심 깊은 예수의 대리인이 스페인과 독일에서 벌이고 있는 전쟁 비용은 당신의 캄파냐 농사꾼들이 치루고 있습니다. 왜 그 대리인께서 지구를 우주의 중심점에다 갖다 놓겠습니까? 베드로의 교권이 지구의 중심점에 있도록 하기 위해서요! 문제는 베드로의 교권인 거요. 하지만 역시 당신 말이 옳아요. 문제는 별들이 아니라, 캄파냐의 농부들입니다. 그런데 당신은 시대가 도금(塗金)해 놓은 그럴싸한 현상들을 들고 내게 온 것이오.

진주 조개가 어떻게 진주를 만드는지 아시오? 목숨을 위협하는 병을 앓으면서 참을 수 없는 이질물을, 이를테면 모래알 같은 것을 점액낭 속에 품고 있으면서라오. 진주조개는 진주가 형성되는 동안 거의 죽어 간단 말입니다. 빌어먹을 놈의 진주요. 나는 차라리 건강한 조개편을 택하겠소이다. 여보시오, 미덕이란 곤궁과 묶여 있는 게 아니오. 당신의 농부들이 유복하고 행복하다면, 유복과 행복의 미덕을 펼칠 수 있을 것이오. 피폐한 자들의 이러한 미덕은 바로 황폐한 전답에서 나오는 것이라오. 나는 그런 미덕을 사양하겠소. 보시오, 내가 만들어 낸 새로운 양수기가 농부들의 우스꽝스럽고 초인적인 고통보다는 더 많은 기적을 행할 수 있단 말요.― "자식을 낳고 번성하여라."[34]― 그도 그럴 것이 전답은 비옥하지 못하고 수많은 전쟁이 그대들을 대량 학살하고 있으니까. 내가 당신의 가족들을 속여야 하겠소?

키 작은 사제 : (격앙되어) 우리에게 침묵을 강요하는 더 없이 숭고한 동기가 있

---

34) 창세기 1:28. 하느님이 태초에 인간을 창조하고 한 첫 마디. '자식을 낳고'는 '비옥하고'로 해석할 수도 있음.

습니다. 그것은 불행한 자들의 영혼의 평안이지요!

갈릴레이 : 벨라르민 추기경의 마부가 오늘 아침 여기에 갖다 놓은 첼리니[35]의
시계를 좀 보시겠소? 여보시오, 이를테면 내가 당신의 선량하신 부모님께
영혼의 평안을 내드리는 대가로 교황청에서는 내게 포도주를 제공하고 있
습니다. 그것은 당신의 부모님이, 아시다시피 하느님과 같은 형상으로 만
들어진 그 얼굴에 땀을 흘리며 짜낸 바로 그 포도주란 말이오. 혹시나 내
게 침묵을 강요하는 동기가 있다면 그건 의심의 여지없이 천박한 동기이
라오. 나 자신의 안락한 생활, 박해를 받지 않는 것 따위의…….

키 작은 사제 : 갈릴레이 선생, 저는 성직에 몸담고 있습니다.

갈릴레이 : 또한 과학자이기도 하지요. 그리고 당신은 금성이 여러 위상을 갖
고 있음을 알고 있습니다. 자, 저 밖을 보시오! (그는 창밖을 가리킨다.) 저
기 분수가 월계수 곁에 서 있는 작은 생식(生殖)의 신상(神像)이 보이지
요? 정원과 새와 비둘기의 신, 저속하고 음탕한 2천 살짜리의 신이오! 저
신이 아마 덜 거짓말을 했을 거요. 그 얘긴 그만둡시다. 자, 나 역시 교회
의 아들이오. 헌데 당신은 호라티우스[36]의 여덟 번째 풍자시를 아십니까?
요즈음 나는 그것을 다시 읽고 있소. 그건 얼마간 평정을 가져다 준다오.
(그는 작은 책을 집어 든다.) 이 시인은 바로 이 생식의 신, 에스퀼리노[37] 정
원에 세워진 작은 신상의 입을 빌어 이렇게 말하고 있소.

　　"지난날 목수가
　　생식의 신을 깎을지 아니면 신상을 세워 둘
　　발판을 깎을지 망설이고 있었던 그때,
　　나는 한낱 무화과 나루터기, 별로 쓸모없는 나무 토막이었다오……."

---

35) Benbenuto Cellini(1500~1571) : 피렌체 태생의 유명한 금속 세공가이며 조각가.
36) Quintus Horatius Flaccus(BC 65~BC 8) : 로마의 시인. 창작 초기의 풍자시들은
　　'Sermones' (담화)라는 제목으로 나왔는데 주로 로마의 시사적 내용을 담고 있다.
37) 로마 시에 있는 일곱 개의 언덕 중 하나.

이를테면 호라티우스에게 시구 안에 '발판'은 금지시키고 '테이블'을 박아 넣게 할 수 있다고 여기시오? 보시오, 만약 나의 세계상 안의 금성이 여러 위상을 갖고 있지 않은 채로라면, 나의 심미 감각 역시 마비되어 있는 것이오! 만약에 우리가, 눈앞에 놓인 가장 거대한 메카니즘을, 곧 천체의 메카니즘을 연구할 수 없다면, 강물에서 물을 끌어올리는 기계장치도 발명해 낼 수 없단 말이오. 삼각형의 내각의 합은 교황청의 요청에 맞춰 변경될 수 없는 법이지요. 날으는 천체의 궤도들을 나는, 마치 마녀가 빗자루를 타고 달리는 것을 설명하듯, 그런 식으로 측정해 낼 수는 없소.

키작은 사제 : 그렇다면 선생님께서는 진실이라는 것이, 그것이 진실일 경우, 우리의 힘 없이도 관철될 수 있다고는 여기지 않으십니까?

갈릴레이 : 아니, 아니, 그렇게는 안 되오. 진실은 우리가 관철해 내는 그만큼만 관철된다오. 이성의 승리는 오로지 이성적 인간의 승리일 뿐이오. 당신들은 당신네 캄파냐 농부들을 흡사 그들이 사는 오두막에 낀 이끼처럼 묘사하고 있구려! 삼각형의 내각의 합이 그들 농부들이 필요한 것들과 어긋나리라고 어떻게 생각할 수 있단 말이오? 그들은 스스로가 움직이고 사고하는 것을 배우지 않는다면, 아무리 훌륭한 양수시설이라도 그들에겐 쓸모가 없단 말이오. 제기랄, 나는 당신네 농부들의 거룩한 참을성은 알고 있소. 하지만 그들의 거룩한 분노는 대체 어디로 갔단 말입니까?

키 작은 사제 : 그들은 지쳤습니다!

갈릴레이 : (그에게 한 꾸러미 원고를 던진다.) 당신은 과학자라구요? 여기에 왜 바다에는 썰물과 밀물이 있는지, 그 이유가 적혀 있소. 하기야 꼭 읽으실 필요는 없소, 아시겠소? 아, 벌써 읽기 시작했구려. 역시 당신은 과학자이구료.

(키 작은 사제는 원고 읽기에 깊이 빠져 있다.)

갈릴레이 : 인식의 나무에서 떨어진 한 알의 사과로군! 그는 어느새 사과를 쑤셔 넣고 있단 말야. 이로써 영겁의 벌을 받겠지만, 그는 그것을 쑤셔 넣을

수밖에 없지, 불행한 탐식가여! 나는 종종 이런 생각을 하곤 하지.— 한 줄기 빛도 새들어 오지 않는 열 길 깊은 땅 밑 감옥 속에 나를 가두는 거야, 그렇지만 그 대가로 알게 되는 것이 있지, 바로 빛이라는 것의 존재 말야. 그리고 가장 고약한 것은, 내가 알고 있는 사실을 계속해서 알려야 한다는 점이지. 사랑에 빠진 사내처럼, 주정뱅이처럼, 배반자처럼, 이건 심지어는 일종의 악덕이고 불행을 향해 치닫는 일이지. 대체 얼마나 더 오래 이 난로 속에 대고 내가 소리를 지를 수 있을지 — 그것이 문제란 말야.

키 작은 사제 : (원고의 한 대목을 가리키며) 이 구절은 이해할 수가 없습니다.

갈릴레이 : 내가 설명해 주겠소, 내가 설명해 주겠소.

9

8년간의 침묵 후, 갈릴레이는 과학자이기도 한 새 교황의 즉위에 용기를 얻어 금지된 분야 즉, 태양의 흑점 연구를 다시 전개한다.

진실을 자루 속에 넣은 채
헛바닥은 뺨 속에 가둔 채,
그는 8년 동안 침묵했네. 실로 기나긴 세월이었지.
진실이여, 너의 길을 갈지어다.

(피렌체에 있는 갈릴레이의 집. 갈릴레이의 제자들 — 페데르초니와 키 작은 사제, 그리고 이젠 청년이 된 안드레아가 실험 강의를 들으려고 모여 있다. 갈릴레이 자신은 서서 책을 읽고 있다. 비르지니아와 사르티 부인은 신부 혼수를 바느질하고 있다.)

비르지니아 : 혼수 바느질은 즐거운 일이에요. 이건 길다란 손님용 식탁에 덮을 거지요. 루도비코는 손님 오시는 걸 좋아하거든요. 아주 잘 만들어야 돼요. 그이 어머니는 바늘 뜸 하나하나를 살펴보시니까요. 그분은 아버지의 저술들에는 동의하시지 않아요. 크리스토포루스 신부님도 그렇구요.
사르티 부인 : 아버지께선 몇 년째 책을 한 권도 쓰시지 않았는걸요.
비르지니아 : 제 생각엔 아버지도 자신이 잘못 생각했다는 점을 들여다보신 것 같아요. 로마에 갔을 때 아주 높으신 성직자 한 분이 내게 천문학에 관해 많은 걸 설명해 주셨어요. 너무나 동떨어진 얘기들이었어요.

안드레아 : (그날의 과제를 칠판에다 쓰면서) '목요일 오후. 부유하는 물체.' — 다시 얼음, 물이 담긴 통, 저울, 쇠바늘, 아리스토텔레스. (그는 그런 물건들을 꺼낸다. 다른 이들은 책에 열중하고 있다. 필립포 무치우스, 중년의 학자, 등장. 그는 약간 당황한 모습을 하고 있다.)

무치우스 : 갈릴레이 선생께 저를 만나시도록 말씀드려 주시겠소? 선생께선 내 말은 듣지도 않고 날 쫓아내시는구려.

사르티 부인 : 그렇지만 선생님께선 당신을 만나지 않겠다고 그러시는대요.

무치우스 : 제발 만나게만 해 주신다면 은혜는 잊지 않겠소이다. 나는 그분을 만나야 해요.

비르지니아 : (층계로 간다.) 아버지!

갈릴레이 : 무슨 일이냐?

비르지니아 : 무치우스 씨가 왔어요!

갈릴레이 : (무뚝뚝하게 쳐다보며, 제자들을 등지고 층계로 간다.) 무슨 일이시오?

무치우스 : 갈릴레이 선생님, 제가 쓴 책의 한 대목을 해명해 주셨으면 합니다. 코페르니쿠스의 지동설을 반대한다는 대목이지요. 저는…….

갈릴레이 : 뭘 해명해 주길 바라시오? 당신은 1616년 교황청 칙령에 동의하고 있는 거요. 당신 말은 전적으로 옳소. 당신이 여기서 수학 공부를 하긴 했습니다만, 그렇다고 우리가 당신더러, 둘 곱하기 둘은 넷이라고 말하라고 할 권리를 갖고 있진 못하오. 당신은 얼마든지, 이 돌이 (그는 작은 돌맹이를 하나 주머니에서 꺼내 복도로 떨어뜨린다.) 지금 위로, 지붕으로 날아갔다고 말할 권리를 갖고 있소.

무치우스 : 갈릴레이 선생님, 저는…….

갈릴레이 : 난처한 점에 관해선 입닥치시오! 나는 관측 기록을 계속하기 위해서 페스트도 피하지 않았소.

무치우스 : 갈릴레이 선생님, 페스트가 최악의 것은 아닙니다.

갈릴레이 : 내 말을 들으시오. 진실을 모르는 자는 단지 한낱 바보에 그치지요.

그렇지만 진실을 알고도 그것을 거짓이라고 칭하는 자는 범죄자란 말요! 내 집에서 꺼지시오!

무치우스 : (맥없이) 선생님 말씀이 옳습니다.

(그는 퇴장한다. 갈릴레이는 다시 서재로 돌아간다.)

페데르초니 : 유감스럽게도 그 모양이군요. 그 사람 결코 대단한 위인이 못 되지요. 만약 선생님 제자가 아니었더라면 별 볼일 없는 존재였겠죠. 그렇지만 이제 사람들은 당연히 떠들겠지요. "저 사람은 갈릴레이가 가르쳐 준 것을 모두 들은 사람이다. 그런데 그 사람까지도 모든 것이 틀렸다고 인정하는구나" 라구요.

사르티 부인 : 그 손님이 안됐군요.

비르지니아 : 아버지는 그 사람을 참 좋아하셨어요.

사르티 부인 : 나는 아가씨랑 결혼에 관해 기꺼이 얘기하고 싶었답니다. 비르지니아 아씨. 아씨는 아직 한창 젊은 나이인데 어머니는 안 계시지요. 게다가 아버지께선 저놈의 얼음 조각만 물에다 띄우고 계시니 말예요. 어쨌거나 아가씨 결혼과 상관있는 문제를 아버지께 여쭤 보라고 권하지는 않겠어요. 그분은 아마 일 주일 내내, 식사 시간까지도 젊은이들이 있는 자리에서 흉하기 짝이 없는 소리를 늘어놓으실 테니까요. 원래 반 푼어치의 수치심도 갖고 계시지 않은 분이니까요. 옛날에도 그랬어요. 내 말은 비단 그런 일뿐 아니라, 앞날이 어떻게 될지, 그게 문제예요. 나도 알 수 없지요. 나야 무식한 여자니까. 그렇지만 결혼처럼 중대한 일에 맹목으로 뛰어들어서는 안 돼요! 진심으로 하는 말인데, 대학에 계시는 정식 천문학자께 가 보세요. 별점을 봐 달라고 하세요. 그럼 아씨께서 어떤 상태에 있는지 알 것 아녜요? 왜 웃는 거죠?

비르지니아 : 실은 거기 가 봤으니까요.

사르티 부인 : (궁금해 못 견디겠다는 듯) 뭐라고 그래요?

비르지니아 : 석 달 동안 조심해야 된대요. 태양이 산양좌 속에 숨어 들어가 있

대나요. 그렇지만 그 후엔 아주 유리한 조상을 한 분 만난대요. 그리고 구름은 풀어진대요. 목성한테서 눈을 떼지만 않으면, 나는 어디든 여행을 해도 좋대요. 내가 바로 산양좌이기 때문이라나요.

사르티 부인 : 그리고 루도비코는?

비르지니아 : 그 이는 사자좌예요. (잠시 후) 그이는 관능적이래요.

　(사이.)

비르지니아 : 이 발자국 소리는 내가 알아요. 대학 총장, 가포네 선생이에요.

　(대학 총장 가포네 씨 등장.)

가포네 : 내가 온 것은 단지, 부친께 흥미가 있을 듯한 책을 한 권 전하기 위해서라오. 제발, 갈릴레이 선생을 방해하진 말아요. 이 위대한 분에게서 훔치는 시간은 단 일 분이라도 이탈리아의 시간을 훔치는 것 같은 느낌이 늘 든단 말씀이오. 이 책을 당신한테 슬쩍 맡기고 가겠소. 발꿈치로 걸어서.

　(퇴장, 비르지니아는 그 책을 페데르초니에게 준다.)

갈릴레이 : 무슨 책인가?

페데르초니 : 모르겠는걸요. (스펠링을 말한다.) "데 마쿨리스 인 솔레."

안드레아 : 태양의 흑점에 관한 것이로군요. 또 하나가 나왔어요!

　(페데르초니는 화가 나서 그 책을 안드레아에게 건네 준다.)

안드레아 : 헌사를 들어 봐요! "생존한 과학자 중 가장 위대하신 갈릴레오 갈릴레이 존하."

　(갈릴레이는 다시 보던 책에 몰두한다.)

안드레아 : 저는 네덜란드 사람 파브리치우스[38]가 쓴 흑점에 관한 논문을 읽었어요. 그 사람은 지구와 태양 사이를 이동하는 별들의 무리가 있다고 믿고

---

38) Johannes Christian Fabricius(1587~1615) : 동 프리즐란트(네덜란드 북부) 사람으로 천문학자 다세드 파브리치우스의 아들. 1610년 말경 갈릴레이와는 별도로 태양의 흑점을 발견(갈릴레이는 그 해 8월경). 1611년에 비텐베르크(네덜란드)에서 '태양에서 볼 수 있는 반점에 관하여'를 간행했다.

있어요.

키 작은 사제 : 그건 미심쩍은 판단이 아닙니까, 갈릴레이 선생님?

(갈릴레이, 대답이 없다.)

안드레아 : 파리와 프라하에서는 그것이 태양의 운무라고 생각한답니다.

페데르초니 : 흠.

안드레아 : 페데르초니는 그 점을 의심하고 있군.

페데르초니 : 나를 제발 끼워넣지 말게. 난 다만 "흠" 했을 뿐, 그뿐이야. 나는 렌즈 연마공이라서 렌즈를 갈 뿐이고, 당신네들은 렌즈를 통해서 하늘을 관측하지. 그리고 당신네들이 보는 것은 흑점이 아니라 '마쿨리스' 란 말일 세. 어떻게 내가 뭘 의심하겠나? 내가 책을 읽을 수 없다는 것을 몇 번이 나 반복해야겠나? 그건 라틴어로 되어 있네. (그는 저울을 든 채 화가 난 몸 짓을 한다. 저울 접시 한쪽이 바닥에 떨어진다. 갈릴레이가 가서 접시를 말 없 이 집어든다.)

키 작은 사제 : 여기에 의혹 가운데 희열이 있군. 왜?

안드레아 : 이 주일 전부터 저는, 햇볕이 나는 날이면 날마다 지붕 밑 방으로 기어 올라 갔었죠. 죽데기로 이은 지붕 밑으로요. 죽데기들 사이의 가는 틈 서리로는 한 가닥 가느다란 광선이 떨어집니다. 그래서 종이 위에 태양의 경상(鏡像)을 잡을 수가 있지요. 거기서 저는 파리만한 크기의 구름 조각 처럼 희미한 얼룩을 보았어요. 그 얼룩은 돌아다니더군요. 왜 우리는 그 반 점들을 조사하지 않습니까, 갈릴레이 선생님?

갈릴레이 : 우리는 지금 부유하는 물체에 관해 연구하고 있으니까.

안드레아 : 어머니는 빨래 바구니 가득 편지를 담아 두고 있어요. 전 유럽이 선 생님의 견해를 묻고 있습니다. 선생님의 명망은, 선생님께서 더 이상 침묵 할 수 없을 만큼 커져 있어요.

갈릴레이 : 내가 침묵해 온 대가로 로마가 내 명망을 키워 준 거지.

페데르초니 : 그렇지만 이제 선생님께서 더 오래 버티고 침묵하실 수는 없습니다.

갈릴레이 : 사람들이 나를 장작불 위에 올려놓고 바베큐를 만드는 것 역시 나는 버틸 수가 없네.

안드레아 : 그렇다면 선생님께선 저 흑점들이 그 문제와 상관이 있다고 보십니까?

(갈릴레이 대답하지 않는다.)

안드레아 : 좋아요, 우린 얼음 조각에나 매달리지요. 그건 선생님을 해칠 리가 없으니까요.

갈리레이 : 맞는 말이야. 우리의 명제는, 안드레아!

안드레아 : 물에 뜨는 사실에 관한 한 우리는, 그것이 물체의 형태에 달려 있지 않고 물체가 물보다 가벼우냐 또는 무거우냐에 달려 있다고 본다.

갈릴레이 : 아리스토텔레스는 뭐라고 했나?

키 작은 사제 : "디스쿠스 라투스 플라티크……."

갈릴레이 : 번역해서, 번역해서!

키 작은 사제 : "넓적하고 평평한 얼음판은 물 위에 뜰 수 있다. 그러나 쇠바늘은 가라앉는다."

갈릴레이 : 아리스토텔레스에 의하면 왜 얼음은 가라앉지 않는가?

키 작은 사제 : 그것이 넓적하고 평평하기 때문에 물을 세분할 수 없기 때문이지요.

갈릴레이 : 좋아. (그는 얼음 조각을 하나 받아 통 속에 넣는다.) 이제 내가 이 얼음을 힘껏 통바닥 위로 누르겠네. 그리고는 내 손의 압력을 제거하겠네. 어떻게 되었나?

키 작은 사제 : 다시 위로 떠올랐습니다.

갈릴레이 : 맞아. 얼음 조각이 솟아 올라올 때에는 물을 세분할 수 있는 것 같군. 풀간치오!

키 작은 사제 : 그렇지만 어째서 도대체 그것이 떠 있는 겁니까? 얼음은 몰보다 무겁겠죠. 그건 압축된 물이니까.

갈릴레이 : 그것이 희석된 물이라면?

안드레아 : 그건 물보다 가벼울 것이 틀림없습니다. 그렇잖다면 아예 뜨지 않을 겁니다.

갈릴레이 : 아하.

안드레아 : 쇠바늘이 뜨지 않는 것과 마찬가지로요. 물보다 가벼운 것은 모두 뜨고 더 무거운 것은 모두 가라앉지요. 증명된 것이 바로 그겁니다.

갈릴레이 : 안드레아, 용의주도하게 생각하는 것을 좀 배우라고. 쇠바늘을 하나 주게. 종이 한 장이랑. 철이 물보다 무거운가?

안드레아 : 그렇습니다.

　　　(갈릴레이는 바늘을 한 장의 종이 위에 놓고 그것을 물 위에 띄운다. 사이.)

갈릴레이 : 어떻게 되었나?

페데르초니 : 바늘이 떠 있습니다! 아리스토텔레스여 맙소사, 그들은 아리스토텔레스의 말을 재검한 적조차 없군요!

　　　(그들은 웃는다.)

갈릴레이 : 학문상 빈곤의 주 원인은 대체로 풍요를 망상하는 것에 있다네. 무한한 지혜의 문을 여는 것이 학문의 목표는 아닐세. 그것의 목표는 무한한 오류에다 경계선을 긋는 것일 뿐. 노트를 해 두게.

비르지니아 : 무슨 일이죠?

사르티 부인 : 저들이 웃을 때마다 나는 흠칫 공포를 느낀답니다. '뭣 때문에 웃을까'라고 생각하지요.

비르지니아 : 아버지가 말씀하셨어요. 신학자들은 종소리를 갖고 있고, 과학자들은 웃음을 갖고 있다고요.

사르티 부인 : 그렇지만 아버지가 이제는 그렇게 자주 망원경을 들여다보시지 않는 것이 그나마 마음이 놓여요. 그것은 더 고약했지요.

비르지니아 : 지금은 단지 얼음 조각을 물에다 띄울 뿐이네요. 이런 일로는 별로 나쁜 일이 생기지 않을 거에요.

사르티 부인 : 그야 알 수 없지요.

　　(루도비코 마르실리, 여행 차림으로 등장. 그 뒤로 짐을 든 하인이 들어온다. 비
　　르지니아는 그를 향해 달려가 포옹한다.)

비르지니아 : 왜 오신다고 편지를 쓰시지 않았어요?

루도비코 : 나는 아주 가까운 곳에 있었거든. 부키올레에 있는 우리 포도원을
　　살펴보느라고. 그래서 몸을 뺄 수가 없었지.

갈릴레이 : (근시안처럼) 누구지?

비르지니아 : 루도비코예요.

키 작은 사제 : 저 친구를 못 알아보시겠습니까?

갈릴레이 : 오, 그래 루도비코로군. (그에게 다가간다.) 말(馬)들은 어떤가?

루도비코 : 잘 있습니다, 선생님.

갈릴레이 : 사르티 부인, 우리 축하합시다. 시실리 포도주 중의 한 항아리를 꺼
　　내 와요, 묵은 것 중에서!

　　(사르티 부인 안드레아와 퇴장.)

루도비코 : (비르지니아에게) 창백해 보이는군. 시골생활이 당신한테 좋을 거야.
　　어머니는 9월에 당신이 오길 기다리고 계셔.

비르지니아 : 잠깐만요, 내 신부복을 보여 줄게요! (뛰어나간다.)

갈릴레이 : 앉게나.

루도비코 : 소문에는 대학의 선생님 강의에 천 명도 넘는 학생이 듣는다구요.
　　현재는 무슨 연구를 하십니까?

갈릴레이 : 매일처럼 똑같은 짓이지. 로마를 거쳐 오는 길인가?

루도비코 : 그렇습니다. 잊기 전에 말씀드려야죠. 최근 네덜란드 사람들이 요란
　　스럽게 떠들어대는 태양 흑점에 관해 선생님께서 취하신 감탄스러운 분별
　　을 어머님이 치하하신답니다.

갈릴레이 : (냉담하게) 고맙군.

　　(사르티 부인과 안드레아, 포도주와 잔을 가져온다. 사람들은 테이블 주변에 모

여든다.)

루도비코 : 로마에는 다시금 2월의 화제가 생겼지요. 크리스토프 클라비우스 님
　　　　　께서는, 이 태양의 흑점으로 인해 지동설이 새삼스럽게 거론되리라는 우려
　　　　　를 표명하셨습니다.

안드레아 : 걱정하지 마십시오.

갈릴레이 : 내가 새로운 죄악을 저지르기를 희망하는 것말고는 로마교황청으로
　　　　　부터의 뉴스는 없는가?

루도비코 : 여러분들은 물론, 교황께서 임종에 가까우시다는 사실을 아시겠지
　　　　　요?

키 작은 사제 : 오.

갈릴레이 : 후계자로 누가 지명되겠나?

루도비코 : 십중팔구 바르베리니죠.

갈릴레이 : 바르베리니라.

안드레아 : 갈릴레이 선생님은 바르베리니를 알고 계시지요.

키 작은 사제 : 바르베리니 추기경은 수학자이십니다.

페데르초니 : 성직에 앉은 과학자라니!

　　　　　(사이.)

갈릴레이 : 그렇군, 그들은 이제 바르베리니처럼 수학을 좀 배운 인물들을 필
　　　　　요로 하는 거야! 이제아 일이 진척되기 시작하는군, 페데르초니, 이제 우
　　　　　리는 둘 곱하기 둘은 넷이라고 말하면서 더 이상은 범죄자처럼 주위를 휙
　　　　　둘러볼 필요가 없는 그런 시대를 좀 경험할 수도 있는 모양일세. (루도비
　　　　　코에게) 포도주가 내겐 맛있군, 루도비코. 자네가 맛보기엔 어떤가?

루도비코 : 훌륭합니다.

갈릴레이 : 나는 포도원을 알고 있네. 언덕은 가파르고 돌투성이인데, 포도알은
　　　　　사뭇 하늘빛이지. 나는 포도주를 좋아하네.

루도비코 : 그렇군요, 선생님.

갈릴레이 : 포도주엔 작은 그림자가 깃들여 있네. 그리고 거의 달콤하지. 그렇지만 '거의'라는 정도에 머물 만큼만. 안드레아, 이 물건들을 치우게, 얼음, 통, 바늘. 나는 육체의 위안을 중요시 하네. 약질 운운하는 비겁한 영혼을 가진 자들을 참을 수가 없어. 즐기는 것은 일종의 과업이란 말일세.

키 작은 사제 : 어떻게 하시려는 겁니까?

페데르초니 : 우리는 다시 태양 중심 지동설을 시작하는 걸세.

안드레아 : (입 속으로 흥얼거리며)

성서는 말하네, 지구는 정지해 있노라고. 박사님들도

입증하네, 그것이 정지해 있음을, 여전히, 여전히.

교황은 박사님들을 움켜잡고

꽉 붙들어매고 있지. 그래도 지구는 돌고 있는 것을.

(안드레아, 페데르초니, 키 작은 사제는 실험 테이블로 서둘러 가서 정리를 한다.)

안드레아 : 우리는 어쩌면 태양 역시 돌고 있다는 사실을 알아 낼 수도 있을 겁니다. 그렇다면 그것이 당신의 마음에 들까요, 마르실리?

루도비코 : 왜들 이렇게 흥분하지요?

사르티 부인 : 설마 다시 저놈의 망령된 대롱으로 일을 다시 시작하시는 것은 아니겠죠, 갈릴레이 선생님?

갈릴레이 : 이제 알겠네, 왜 자네 모친이 자네를 우리 집에 보냈는지. 바르베리니가 등극한다! 지식은 일종의 열정이 될 테고 연구는 일종의 욕정으로 화하겠지. 클라비우스 말이 옳아, 이 태양 흑점은 내게 흥미로운 것이지. 내 포도주가 맛있나, 루도비코?

루도비코 : 아까 말씀드렸습니다, 선생님.

갈릴레이 : 진정으로 맛이 있나?

루도비코 : (뻣뻣하게) 맛있습니다.

갈릴레이 : 자네는 한 장부더러 그의 직업을 그만두라고 요구하지 않은 채로, 그 장부의 포도주나 딸을 받아들일 수가 있겠는가? 나의 천문학이 내 딸

과 무슨 상관이 있겠나? 금성의 변화들이 내 딸의 엉덩이를 변화시키지는 않는데.

사르티 부인 : 그렇게 천박스러운 말씀은 마세요. 당장 비르지니아를 데려 오겠습니다.

루도비코 : (사르티 부인을 붙잡는다.) 저의 가문 같은 집안의 결혼은, 단지 성적(性的) 관점에 따라 결정되지는 않습니다.

갈릴레이 : 내가 시험 기간을 완료하기까지, 자네 가정에서는 내 딸과 결혼하려는 자네를 8년 동안이나 붙들어 두지 않았던가?

루도비코 : 나의 아내가 될 사람은 우리 마을의 교회당에 앉아서도 훌륭하게 보여야 할 겁니다.

갈릴레이 : 자네의 소작인들이 소작료를 지불하느냐 안느냐 하는 것이 영주 안사람의 신앙심에 달렸다는 말인가?

루도비코 : 어떤 면에서는.

갈릴레이 : 안드레아, 풀칸치오, 놋쇠 거울과 스크린을 가져오게! 거기에다 태양의 상을 비춰 보도록 하세, 우리 눈으로 보도록. 이건 자네의 방법일세, 안드레아.

(안드레아와 키 작은 사제는 거울과 차광판을 가져온다.)

루도비코 : 선생님께서는 지난날 로마에서 다시는 태양 중심 지동설의 문제에 개입하지 않겠노라고 서명하셨습니다.

갈릴레이 : 아, 그랬지! 그때 우리는 뒷걸음치는 교황을 모시고 있었으니까!

사르티 부인 : 모시고 있었다니요? 교황께선 아직 돌아가시지도 않았단 말씀이에요!

갈릴레이 : 거의, 거의! 사각형의 그물을 차양판 위에 씌우게. 조직적으로 일을 진행시키게. 그리고 나면 우린 사람들의 편지에 대답할 수도 있지 않겠나, 안드레아?

사르티 부인 : '거의' 라니! 작은 얼음 조각의 무게는 쉰 번 씩이나 달아 보시면

126

서, 당신 사정에 맞는 일이 닥치면 장님처럼 믿으신다니까!

(차양판이 세워진다.)

루도비코 : 설혹 교황께서 서거하신다 해도 갈릴레이 선생님, 그게 누구이든, 그가 학문에 대해 얼마나 큰 사랑을 지니고 있든 간에, 차기 교황 역시 염두에 두어야 할 것이 있습니다. 이 땅의 지체 높은 가문들이 교황을 향해 품고 있는 사랑이 엄청나게 크다는 것을.

키 작은 사제 : 하느님은 물리적 세계를 만드신 동시에, 루도비코, 또 인간의 두뇌를 만드셨다네. 하느님은 물리학을 허용하실 걸세.

사르티 부인 : 갈릴레이 선생님, 이제 제가 몇 말씀드려야겠어요. 저는 제 아들이 '실험'이니 '이론'이니 '관측'이니 하는 것들을 위해서 죄악에 빠지는 것을 보아 왔으면서 어쩔 도리가 없었습니다. 선생님께선 상부 당국에 맞서 항거하셨고, 그들은 이미 선생님께 경고를 했었지요. 거물급 추기경님들께서 마치 병든 망아지를 달래 듯 선생님을 타이르셨지요. 그것이 상당기간 도움이 되었죠. 그런데 두 달 전부터인가, 성모 마리아의 수태절 직후부터 선생님께서 몰래 그놈의 '관측'을 시작하시다가 저한테 들키셨지요. 지붕 밑 방에서요! 저는 아무 말 안 했지만 사정을 알았죠. 그래서 도망처 나와 성(聖) 요셉에게 촛불을 하나 바쳤어요. 나와 단 둘이 있게 되면, 선생님은 제법 분별 있는 기색을 보이면서 내게 말씀하시죠 "아시잖소, 이 말을 하면 안 돼요, 위험하니까"라구요. 그렇지만 이틀만 실험이 계속되면 선생님은 여느 때와 다름없이 엉망이 된다니까요. 제가 이단자의 편을 들었기 때문에 제 영생을 잃는다면 그건 제 문제예요. 그렇지만 선생님께선 그 큼지막한 발로 따님의 행복을 짓밟을 권리까지는 갖고 있지 않아요!

갈릴레이 : (심술궂게) 망원경을 가져오게!

루도비코 : 쥬세페, 짐을 마차에 다시 실어라.

(하인 퇴장.)

사르티 부인 : 아가씨는 이 일을 못 견뎌 내실 거예요. 아가씨한테 직접 말씀하
시라구요!

(술 항아리를 두 손에 쥔 채 달려나간다.)

루도비코 : 이미 준비를 하고 계셨군요. 갈릴레이 선생님, 어머니와 저는 1년의
4분의 3을 캄파냐 영지에서 지냅니다. 그래서 우리 농부들이 목성의 위성
에 대한 선생님의 논문 따위로 흔들리지는 않는다는 점을 장담할 수 있지
요. 그렇지만 만약 성스러운 교리를 경박하게 공격한 행위가 처벌되지 않
은 것을 알게 된다면, 그들의 마음도 혼란스러워질 것입니다. 짐승 같은 상
태에 있는 그들이 갖게 되는 이 같은 유감은 만사를 뒤죽박죽으로 만든다
는 점을 잊지 마십시오. 그들은 정말 짐승입니다. 선생님은 상상도 못 하
실 테지요. 사과나무에 배가 달린 것을 보았다는 소문만 들어도 그들은 밭
일을 팽개치고 도망치지요. 그 소문에 대해 수다를 떨려고 말입니다.

갈릴레이 : (흥미를 보이며) 그런가?

루도비코 : 짐승들이라니까요. 그들이 사소한 일을 갖고 불평을 늘어놓으려고
장원으로 몰려오면, 어머니는 그들 눈앞에서 개 한 마리를 채찍질하도록
시키지 않을 수 없지요. 그것만이 그들에게 규율과 질서, 예절을 상기시키
는 방법이랍니다. 갈릴레이 선생님, 선생님께서야 어쩌다가 여행길에 마차
속에서 만발한 옥수수 밭을 내다보는 게 고작이고, 별 생각 없이 우리가
경작해 낸 옥수수와 치즈를 드십니다. 그러면서 그것을 경작해 내는데 얼
마나 큰 수고를 치루었는지 상상조차 못 하십니다. 얼마나 힘들게 감독을
해야 하는지!

갈릴레이 : 여보게 젊은이, 나는 내 올리브를 별 생각 없이 먹지 않는다네. (거칠
게) 자네가 내 일을 방해하는군. (밖을 향해 소리친다.) 차양판을 준비했나?

안드레아 : 예, 오실 겁니까?

갈릴레이 : 그들을 다스리기 위해서, 자네들은 개들만 채찍질 하는 게 아닐 테
지, 마르실리?

루도비코 : 갈릴레이 선생님, 선생님의 머리는 참 묘하게 돌아가십니다. 유감이
　　　군요.

키 작은 사제 : (놀라워하며) 저 친구가 선생님을 협박하고 있군요.

갈릴레이 : 그래, 내가 자기의 농부를 교란시켜 다른 생각을 품게 할 수도 있다
　　　는 말이군. 또 자기의 하인이며 지배인들까지.

페데르초니 : 뭐라구요? 그런 사람들 중의 누구도 라틴어를 읽을 줄 모르는 걸요.

갈릴레이 : 하기야 나도 민중의 언어로, 소수만이 읽는 라틴어 대신 다수를 위
　　　한 말로 저술할 수 있을 테지. 새로운 생각을 위해, 우리는 손을 써서 일
　　　하는 사람들을 필요로 하네. 그들말고 누가 사물의 원인을 제대로 알기 원
　　　한단 말인가? 식탁에 올라온 빵만 보는 사람들은 빵이 어떻게 구워졌는지
　　　는 알려 하지 않는다네. 그같이 어리석은 자들은 빵제조업자한테보다는 차
　　　라리 신에게 감사하지. 그렇지만 빵을 만드는 이들은, 손을 대지 않은 것
　　　은 그 어느 것도 움직이지 않는다는 사실을 이해할 걸세. 올리브를 압착하
　　　는 자네의 누이는, 풀간치오, 태양이 금빛 귀족 휘장이 아니라 일종의 지
　　　렛대라는 소리를 들으면, 의아하게 생각하기는커녕 아마 웃음을 터뜨릴 걸
　　　세. 지구는 태양이 그것을 작동시키기 때문에 움직인다네.

루도비코 : 선생님께선 영원히 열정에 사로잡힌 노예 상태를 못 벗어나겠군요.
　　　비르지니아한테 저를 잘 말씀드려 주십시오. 지금은 그녀를 안 보는 게 나
　　　을 것 같군요.

갈릴레이 : 혼수는 자네 재량껏 하게, 언제라도.

루도비코 : 안녕히 계십시오. (퇴장.)

안드레아 : 그럼 마르실리 가문 전체한테 우리 안부를 전해 주시지!

페데르초니 : 자기네들이 쌓은 누각을 무너뜨리지 않으려고 지구를 향해 정지
　　　해 있으라고 명령하는 작자들에게!

안드레아 : 그리고 첸치 가문과 빌라니 가문에도!

페데르초니 : 체르빌리 가문에도!

안드레아 : 레치 가문에도!

페데르초니 : 피를레오니 가문에도!

안드레아 : 교황이 민중을 짓밟을 때도, 교황의 바로 그 발에다 입맞춤만 하려
　　　　　드는 작자들에게!

키 작은 사제 : (망원경 앞에 앉은 채로) 새로운 교황은 계몽된 사람일 겁니다.

갈릴레이 : 자, 이젠 태양의 흑점이나 관찰토록 하세. 이 흑점들이 우리에게 주
　　　　　는 이해관계를 따지자면, 우리 자신들의 위험이 기다리고 있을 뿐, 신임 교
　　　　　황의 보호 같은 것엔 크게 기대할 수 없을 테지만.

안드레아 : (말을 중단시키며) 그렇지만 파브리치우스의 별 그림자며 프라하와
　　　　　파리의 태양과 운무를 몰아 내고 태양의 주기를 입증하겠다는 철저한 신
　　　　　념을 갖고 임하는 겁니다.

갈릴레이 : 약간의 신념을 갖고 태양의 주기를 입증하기 위해서지. 내 의도는
　　　　　지금껏 내 생각이 옳았다는 것을 입증하려는 게 아니라 과연 그런가를 알
　　　　　아 내는 것이라네. 제발 일체의 희망은 버려야 하네. 관측에 임하는 자네
　　　　　들 입장에서는 어쩌면 그것은 운무일 수도 있고 또 어쩌면 반점일 수도 있
　　　　　네. 그렇지만 우리 기분에 맞는 흑점이라고 추정하기 전에, 우선 그것이 물
　　　　　고기 꼬리라고 가정해 두는 편이 나을 걸세. 그렇지, 우리는 모든 것을, 일
　　　　　체를 다시 한 번 의심해 보는 거야. 그리고 7마일 장화[39]를 신고 앞으로
　　　　　나아갈 것이 아니라, 달팽이 걸음을 걷도록 하세. 그리고 오늘 발견한 것
　　　　　을 내일은 도표에서 삭제해 버리고, 같은 것을 다시 발견한 다음에야 기록
　　　　　하도록 하세. 또 우리가 발견하길 원하는 것에 관해선, 발견된 뒤에도 각
　　　　　별한 불신을 품고 들여다보는 걸세. 그러니까 우리는 지구의 정지상태를
　　　　　증명해 보겠다는 철두철미한 결심을 하고 태양 관측에 임하세!
　　　　　그리고 우리가 거기서 실패한다면, 그때 가서 완전히 절망적인 패배감으로
　　　　　상처를 핥으면서 더없이 처절한 기분으로 비로소 다시 묻기 시작하세, 그
　　　　　래도 역시 우리가 옳지 않았는가, 지구는 돌고 있는가를! (눈을 껌뻑이면서)

그리고 나서 이 전제말고는 모든 다른 전제들이 손바닥 사이로 새어 나가 버린다면, 그때에는 연구도 하지 않고 떠들기만 하는 작자들을 용서하지 않는 걸세. 망원경에서 덮개를 벗기고 그것을 태양에다 맞추게!

(그는 놋쇠거울을 맞춰 놓는다.)

키 작은 사제 : 선생님께선 이 일을 시작하신 걸 저는 벌써 알았습니다. 마르실리 씨를 못 알아보실 때 깨달았죠.

(그들은 말없이 조사를 시작한다. 어른거리는 태양의 영상이 차양판에 나타났을 때, 비르지니아가 신부복 차림으로 들어온다.)

비르지니아 : 아버지께서 그이를 되돌려 보냈군요?

(그녀는 기절한다. 안드레아와 키 작은 사제가 그녀에게로 달려간다.)

갈릴레이 : 이렇게 될 줄 알았다.

---

39) 그림 동화에 나오는 한 걸음에 7마일을 가는 장화.

10

그 후 10년 동안 갈릴레이의 학설이 민중 사이에 널리 유포된다. 팜플렛들과 담시 가수들이 도처에서 이 새로운 생각에 갑작이 관심을 갖기 시작한다. 1632년 사육제 기간 동안 이탈리아의 여러 도시에서는 길드의 사육제 행렬를 주제로 천문학을 택한다.

(아사지경에 이른 듯 보이는 거리악사 부부가 다섯 살짜리 여자아이와 젖먹이를 데리고 장터에 나온다. 그곳에 한 무리의 사람들이 사육제 행렬을 기다리고 있고 더러는 가장(假裝)을 하고 있다. 부부는 보퉁이와 북 하나, 그 밖에 가재도구를 들고 있다.)

담시 가수 : (북을 치며) 경애하는 시민 여러분, 신사 숙녀 여러분! 길드의 사육제 대행렬이 시작되기 전에, 피렌체의 최신 노래를 들려 드릴까 합니다. 북부 이탈리아 전역에서 유행하는 노래인데 우리가 비싼 값을 치루고 수입했답니다. 제목은 궁중 과학자 갈릴레오 갈릴레이 선생의 맹랑한 학설과 견해, 또는 미래에 대한 예감입니다. (노래한다)

전능하신 하느님께서 저 위대한 '있으라' [40]를 말씀하셨을 때
해를 보고 외치셨지요. 내 분부에 따라 나를 위해

어린 하녀가 되어 램프를 들고
정해진 궤도를 따라 지구를 맴돌지어다, 라고.
하느님은 그때부터 누구든
자기보다 나은 것의 주변을 맴돌기를 희망하셨던 거랍니다.

그리하여 맴돌기가 시작되었답니다.
거물의 주위를 소인배들이
앞선 것의 주위를 뒤진 것들이
하늘에서도, 또 땅 위에서도.
또 교황의 주변을 추기경들이 맴돌구요.
또 추기경들의 주변을 주교들이 맴돌지요.
또 주교들의 주변을 서기들이 맴돌구요.
또 서기들의 주변을 시(市) 배심원들이 맴돌지요.
또 시 배심원들의 주변을 수공업자들이 맴돌구요.
또 수공업자들의 주변을 하인들이 맴돌지요.
또 하인들의 주변을 개와 닭, 거지들이 맴돈답니다.

여러분, 이것이 신학하시는 어르신네들의 말씀대로
위대한 질서, 오르도 오르디움[41]이요, 레귤라 아에 테르니스, 법칙 중의 법
칙이랍니다. 그런데 여러분, 무슨 일이 일어난 줄 아십니까? (노래한다.)

갈릴레이 박사께서 일어나
(성경책을 던지고 망원경을 후딱 대놓고, 우주에다 일별을 던지셨죠.)

---

40) 창세기 1:3, 창조. "하느님께서 가라사대 빛이 있으라 하니, 빛이 있고……"
41) 라틴어로 Ordo ordonum(질서 중의 질서), regula aeternis(영속하는 법칙).

그리고 해를 향해 '멈추어라!' 라고 말씀하셨다는군요.

이제부턴 하느님의 모든 피조물이

다른 식으로 맴돈다는 얘기입니다.

이제부턴 여주인께서, 원!

하녀의 주변을 맴돈다는 얘기입니다.

어쨌든 이런 맴돎도 여러 가지겠지요? 여러분, 이건 농담이 아니라구요!

하인놈들이 어느 틈에 날이면 날마다 건방져 간다 이겁니다!

그럴 것이 한 가지만은 진실이니까요. 농담이란 실로 드문 법. 또 가슴에 손을 얹고 말해 보시구려.

한 번쯤 자기도 자신을 부리는 주인이 되고 싶지 않은 사람이 어디에 있겠소?

경애하는 시민들, 이런 학설이란 실로 터무니없는 것이지요. (그는 노래한다.)

종놈들은 게을러지고, 계집종은 뻔뻔해질 테지요.

도살견은 살이 찌고

미사 복사는 미사에 나타나지도 않으며

도제(徒弟)는 잠자리에 뻗어 있겠지요.

아니, 아니, 아니오! 여러분, 성경책을 야유하지 마시오!

우리 목덜미에 감긴 올가미를 조이지 않을 때면, 그들은 그 올가미를 잡아 당긴다오!

그럴 것이 한 가지만은 진실이니까요. 농담이란 실로 드문 법. 또 가슴에 손을 얹고 말해 보시구려.

한 번쯤 자기도 자신을 부리는 주인이 되고 싶지 않은 사람이 어디에 있겠소?

여러분 해박하신 갈릴레오 갈릴레이 박사님께서 예언하신 미래에다 눈길을 던져 보십시오. (그는 노래한다.)

두 명의 아낙네가 저 바깥 생선 시장에서
어찌할 바를 모르고 서 있는데,
생선 가게 여편네는 뾰죽한 롤빵을 꺼내
생선을 혼자 처먹고 있답니다.
미장이는 집터를 파헤쳐
집주인의 주춧돌을 빼냅니다.
그리고 집이 일단 완성되면,
자기가 그 집으로 들어가 산답니다!
자, 이래서 되겠습니까? 아니, 아니, 아니오, 이건 농담이 아니라니까요!
우리 목덜미에 감긴 올가미를 조이지 않을 때면 그들은 올가미를 잡아
당긴다오!
그럴 것이 한 가지만은 진실이니까요. 농담이란 실로 드문 법, 또 가슴
에 손을 얹고 말해 보시구려.
한 번쯤 자기도 자신을 부리는 주인이 되고 싶지 않은 사람이 어디에
있겠소?

소작인은 이제 파렴치하게
영주의 엉덩이를 걷어 차고
소작인 마누라는 아이들에게
종놈이 받아 냈던 우유를 먹입니다.
아니, 아니오, 여러분! 성경책을 야유하지 마시오!
우리 목덜미에 감긴 올가미를 조이지 않을 때면 그들은 그 올가미를 잡
아 당긴다오!

그럴 것이 한 가지만은 진실이니까요. 농담이란 실로 드문 법. 또 가슴에 손을 얹고 말해 보시구려.

한 번쯤 자기도 자신을 부리는 주인이 되고 싶지 않은 사람이 어디에 있겠소?

가수의 아내 : 최근에 저는 가락에 맞지 않게 춤을 췄지요.

그러면서 남편에게 말했어요. 당신이 할 수 있는 것을 혹시나 다른 붙박이별이 더 훌륭하게 할 수 있을 지 살펴보겠노라고요.

담시 가수 : 아니, 아니, 아니, 아니, 아니, 아니오! 이제 그만, 갈릴레이, 그만두시오!

미친 개에게서 입 마개를 떼어 버리면 그놈은 달려들어 물고 만답니다.

물론 이건 진실이지요. 농담은 실로 드물고 응당 될 것은 되고 마는 법.

한 번쯤 자기도 자기를 부리는 주인이 되고 싶지 않은 사람이 어디에 있겠소?

두 사람 : 비탄과 한숨 속에서 이 땅 위에 살고 있는 여러분,

일어나 당신네의 허약한 정기(精氣)를 모으시오.

그리고 저 훌륭한 갈릴레이 씨한테서

지상의 행복을 위한 위대한 ABC를 배우시오.

일찍이 인간이 짊어진 십자가는 복종이었지요!

허나 누구인들 한 번쯤 자신을 부리는 주인이 되고 싶지 않겠소?

담시 가수 : 경애하는 시민들이여, 갈릴레오 갈릴레이의 괄목할 만한 발견을 보시오. 지구는 태양을 맴돌고 있답니다!

(그는 요란하게 북을 친다. 마누라와 아이가 앞으로 등장. 여자는 거칠게 스케치한 해의 복사물을 들고 있고 아이는 지구의 흉내로 호박을 하나 머리에 얹고 여자를 맴돈다. 가수는 북소리가 날 때마다 움찔거리며 걸음을 떼는 아이를, 아슬아슬한 공중제비 놀음이라도 구경하듯 열광적으로 가리킨다. 이어서 북소리는 뒤쪽에서 들려 온다.)

낮은 목소리 : (외친다) 행렬이다!

　(두 남자가 누더기 차림으로 유모차를 하나 끌고 나온다. 우스꽝스러운 옥좌 위에 '피렌체의 대공'이 앉아 있다. 마분지 왕관에 푸대자루 옷을 입은 인물로, 지금 망원경을 들여다보고 있다. 옥좌 위로 '고해(苦海)를 보시라'라고 씌어진 팻말 가장을 한 네 명의 남자가 커다란 성긴 삼베 조각을 들고 행진해 들어온다. 그들은 걸음을 멈추고 추기경을 나타낸 인형을 하나 공중에 던진다. 한 난장이가 '새로운 시대'라고 씌어진 팻말을 들고 한쪽 옆에 서 있다. 군중들 틈에서 한 거지가 양쪽에 목발을 짚고 일어나 춤을 추며 발을 쾅쾅 내딛다가 쿵하고 쓰러진다. 실물보다도 더 큰 갈릴레오 갈릴레이 형상의 꼭두각시가 나와 관객 앞에 인사를 한다. 그 앞에 한 아이가 가위표가 그어진 페이지를 펼친 채 커다란 성경책을 들고 있다.)

담시 가수 : 갈릴레오 갈릴레이, 성경을 파괴한 자입니다!

　(군중의 폭소.)

11

1633년, 종교 재판소는 세계적 명성의 학자를 로마로 소환한다.

낮은 곳은 뜨겁고, 높은 곳은 싸늘하군.
골목들은 시끄럽고, 궁중은 고요하네.

(피렌체에 있는 메디치 궁전의 접견실과 층계. 갈릴레이와 그의 딸이 대공의 알
현 윤허를 기다리고 있다.)

비르지니아 : 오래 걸리는군요.

갈릴레이 : 그래.

비르지니아 : 우리를 여기까지 좇아왔던 저 사람이 여기 또 와 있네요.

　　　　(그녀는 그들을 거들떠 보지도 않고 지나가는 한 인물을 가리킨다.)

갈릴레이 : (눈병 때문에) 누구인지 나는 모르는 사람이야.

비르지니아 : 요즈음에 와서 자주 눈에 띄었어요. 기분 나쁜 인상을 주는 사람
　　　　이에요.

갈릴레이 : 말도 안 되는 소리. 우리는 지금 피렌체에 있지 코르시카 섬의 도
　　　　둑들 틈에 있는 게 아니다.

비르지니아 : 저기 가포네 학장님이 오시네요.

갈릴레이 : 저 친구라면 겁이 난다. 저 멍청이가 또 몇 시간씩 나를 붙들고 얘기를 늘어놓을 테지.

(대학 학장 가포네 씨가 층계를 내려온다. 그는 갈릴레이를 보자 눈에 띄게 흠칫 놀란다. 그리고 경련이 인 듯 고개를 돌리고 두 사람을 지나 인사도 하는 둥 마는 둥 가 버린다.)

갈릴레이 : 저 친구한테 무슨 일이 있나? 오늘 또 시력이 좋지 않구나. 저 사람 인사는 한 거냐?

비르지니아 : 했다고 할 수 없어요. 아버지의 책 안에 무슨 말이 씌어 있나요? 그 책을 이단(異端)이라고 볼 수가 있는 건가요?

갈릴레이 : 너는 지나치게 교회에 매달리는구나. 일찍 일어나 미사를 보러 다니는 일이 네 안색을 망가뜨리고 있어. 나를 위해 기도하는 거냐?

비르지니아 : 저기 바니 씨가 와요. 아버지가 용광로를 설계해 줬던 주철업자예요. 메추라기에 대해 감사하는 말을 잊지 마세요.

(한 남자가 층계를 내려온다.)

바니 : 제가 보내 드린 메추라기가 맛이 있었습니까, 갈릴레이 선생님?

갈릴레이 : 메추라기는 썩 훌륭했소, 바니 사장, 다시 한 번 감사하오.

바니 : 저 위에서는 선생님에 대해 거론하고 있습죠. 요새 도처에서 팔고 있는 성경에 반대하는 팜플렛이 선생님의 책임이라는군요.

갈릴레이 : 팜플렛에 관해서 나는 아는 바가 없소. 성경과 호머는 내가 애독하는 책이지.

바니 : 또 설사 일이 잘못되더라도, 생산업에 종사하는 우리들은 선생님 편이라는 것을 이 기회에 분명히 말씀드리겠습니다. 저 같은 사람이야 천체의 운행 같은 것은 잘 모릅니다만, 제가 보기엔 선생님은 새로운 것들을 가르칠 자유를 위해 싸우는 투사이십니다. 선생님께서 제게 설명해 주셨던 저 독일에서 나온 기계 경작기를 취급해 보십시오. 지난 한 해 동안에 런던에선 농업에 관한 책 한 권만 수중에 넣어도 고마울 판인데요. 선생님을 난

처하게 만드는 저 동아리들은 볼로냐의 의사들이 연구 목적으로 시체 해부하는 것도 금지하고 있어요.

갈릴레이 : 당신 목소리가 효력이 있을 거요, 바니.

바니 : 그러길 바랍니다. 암스테르담과 런던에는 금융시장이 있다는 걸 아십니까? 실업 학교도 있구요. 또 뉴스가 실린 정기 간행 신문이 나오구요. 여기 우리들은 돈을 만들어 낼 자유조차 갖고 있지 못한 판이지요. 철 주조를 반대하고 있거든요. 한 장소에 너무 많은 노동자가 모여 있으면 패덕(悖德)을 촉진시킨다나요? 갈릴레이 선생님, 저는 선생님 같은 사람과 같이 살고 죽겠습니다. 언제고 사람들이 선생님을 적으로 몰아 세우려 들면 모든 산업 분야에 선생님의 친구들이 있다는 점을 기억하십시오. 선생님의 등 뒤에는 북부 이탈리아 도시들이 버티고 있습니다.

갈릴레이 : 내가 알고 있는 한 누구도 나를 적으로 몰아 세울 생각은 하지 않소.

바니 : 그런가요?

갈릴레이 : 그렇소.

바니 : 제 생각에는 선생님께서 베네치아에 계셨더라면 더 잘 보호받았을 것 같군요. 새까만 법복들이 적으니까요. 거기서라면 싸움을 벌일 수도 있으실 겁니다. 제게 여행마차가 있습니다, 갈릴레이 선생님.

갈릴레이 : 나는 도망자 노릇을 할 수는 없소. 나는 내가 한 일을 높이 산다오.

바니 : 암, 그래야죠. 그렇지만 저 위에서 들은 얘기에 따르면 일이 급하게 되었습니다. 사람들은 지금 당장 선생님께서 차라리 피렌체에서 사라지기를 바라는 인상이었습니다.

갈릴레이 : 말도 안 되는 소리. 대공은 나의 제자요. 게다가 교황 자신도, 어떤 이유로든 내게 올가미를 씌우려는 일체의 시도에 대해 단호하게 거부할 거요.

바니 : 친구와 적을 구별하지 못하시는군요, 갈릴레이 선생님.

갈릴레이 : 나는 권력과 무력(武力)을 구별할 줄 안다오. (그는 급하게 자리를 떠난다.)

바니 : 좋습니다. 행운을 빌겠습니다. (퇴장.)

갈릴레이 : (비르지니아에게로 돌아와) 이 땅에서 어떤 식으로든 불평을 품은 어중이 떠중이가 나를 대변인으로 선택하려 드는구나. 특히나 하필 나한텐 아무런 소용도 없는 분야의 작자들이 말이다. 나는 우주의 메카니즘에 관한 책을 한 권 썼고, 그게 전부다. 책이 어떤 결과를 낳고 말고는 나와는 상관없는 일이야.

비르지니아 : (큰 소리로) 정말, 지난 번 사육제 때 도처에서 벌어진 소동에 대해 아버지 자신이 얼마나 못마땅해하셨는지, 제발 사람들이 알아주었으면 좋겠어요.

갈릴레이 : 그래. 곰한테 꿀을 줘 봐라. 그놈이 굶주린 놈이라면 넌 당장 팔뚝 하나를 잃을 거다.

비르지니아 : (조그만 소리로) 대공께서 아버지를 오늘 오시라고 하시긴 했나요?

갈릴레이 : 아니, 그렇지만 내가 방문하겠다는 전갈을 냈지. 대공은 이 책을 갖고 싶어하신다. 이 책이 나오기까지 돈을 대주셨고. 저 궁중관리한테 가서 물어 보고 왜 이렇게 기다리게 하는지 불평 좀 해봐라.

비르지니아 : (한 사무원한테 말을 건다. 그녀의 뒤로 앞서의 누군가가 뒤따른다.) 민치오 씨, 전하께서는 제 아버지가 뵙기를 원하신다는 것을 알고 계시나요?

사무직원 : 그걸 내가 어떻게 알겠소?

비르지니아 : 그건 대답이 아녜요.

사무직원 : 아니라구?

비르지니아 : 좀 예의바르게 구시라구요.

(사무원은 그녀에게서 반 쯤 어깨를 돌리고 앞서의 왠 인물을 보며 하품을 한다.)

비르지니아 : (되돌아와서) 대공께선 아직 바쁘시다는데요.

갈릴레이 : 네가 예의니 뭐니 하는 것 같던데 무슨 소리냐?

비르지니아 : 예의바르게 알려 줘서 고맙다고 했을 뿐이에요. 책을 여기 맡겨

놓고 가면 안 될까요? 시간 낭비 같아요.

갈릴레이 : 이놈의 시간이라는 게 무슨 가치가 있는지, 나도 생각해 볼 참이다. 몇 주일 파도바로 오라는 사그레도의 초대를 받아들이는 것도 좋겠지. 내 건강이 썩 좋은 상태는 아니거든.

비르지니아 : 아버지는 아버지의 책 없이는 못 사실 거예요.

갈릴레이 : 시실리 산 포도주나 두어 상자 마차에 싣고 가면 될 테지.

비르지니아 : 포도주는 옮기기가 나쁘다고 늘 말씀하셨잖아요. 또 궁정에서 받을 봉급도 석달 치나 밀렸구요. 그들이 그걸 후송해 주진 않을 거예요.

갈릴레이 : 그건 맞는 말이다.

　　(종교재판소 추기경이 계단을 내려온다.)

비르지니아 : 종교재판소 추기경이에요.

　　(지나가며 그는 갈릴레이에게 공손히 절한다.)

비르지니아 : 종교재판소 추기경이 피렌체에서 무슨 볼일이 있는 거죠, 아버지?

갈릴레이 : 모르겠다. 그 사람 예의 없이 굴진 않았어. 피렌체로 와서 수년 동안 입을 다물고 지냈던 것은, 나대로 의식하고 한 행동이었지. 이제껏 그 사람들이 나를 한껏 추켜세워 놓았기 때문에 지금은 있는 그대로 나를 인정하지 않을 수 없을 거야.

사무직원 : (소리친다.) 대공 전하!

　　(코시모 데 메디치가 층계를 내려온다. 갈릴레이가 그를 향해 다가간다. 코시모는 약간 당황하며 멈춰 선다.)

갈릴레이 : 소인은 대공 전하께 저의 양대 세계 체계에 관한 대화를······.

코시모 : 아하, 아하. 선생의 눈은 좀 어떻소?

갈릴레이 : 그저 그렇습니다. 전하. 전하께서 허락하신다면 소인은 이 책을······.

코시모 : 선생의 시력을 생각하니 불안하오. 정말 불안하오. 선생께서 그 탁월한 망원경을 좀 심하게 이용해 먹어서 그런게 아니오?

(그는 책을 받지 않고 계속 지나간다.)

갈릴레이 : 대공이 이 책을 받지 않다니, 왜?

비르지니아 : 아버지, 걱정이 돼요.

갈릴레이 : (목소리를 낮추어 단호하게) 아무런 감정도 드러내지 말아라. 우리는
　　　지금 곧장 집으로 가는 게 아니라 렌즈 연마사인 볼피한테 가는 거다. 그
　　　사람에게 빈 술통을 실은 마차 한 대를 포도주 주점과 맞붙어 있는 마당에
　　　대기시키라고 했단다. 그 마차를 타고 이 도시를 빠져 나갈 수 있을 거다.

비르지니아 : 아버진 그럼 아시고…….

갈릴레이 : 돌아보지 말아라.

　　(그들은 떠나려 한다.)

한 고급 관리 : (층계를 내려온다.) 갈릴레이 선생, 선생을 로마에서 신문하겠다
　　　는 종교재판소의 요청에 피렌체 궁정이 더 이상 버틸 수 없다는 사실을
　　　선생께 알려 드리라는 당부를 받았소이다. 종교재판소의 마차가 당신을
　　　기다리고 있소, 갈릴레이 선생.

12

교황

(바티칸의 내실. 교황 우르바누스 8세 (지난날 추기경 바르베리니)가 종교재판소 추기경을 맞고 있다. 접견 중에 그는 옷을 갈아입는 시중을 받고 있다. 밖에서는 수많은 발자국 소리가 들린다.)

교황 : (큰 소리로) 아니! 아니! 안 돼오!

종교재판관 : 그렇다면 성하(聖下)께서는 성서에 쓰인 하느님의 말씀을 순진하게 믿으며 그 믿음에 대한 성하의 확증을 들으려고 모여든 온 학부의 박사들과 교단과 전 성직자 대표들에게 성서는 이제 진실이 아니라고 통고하시려는 겁니까?

교황 : 나는 구구표를 파괴시키지는 않겠소. 안 돼오!

종교재판관 : 그것은 단지 구구표일 뿐, 거부와 의혹의 정신이 아니라고, 그자들 역시 말합니다. 그렇지만 그건 단지 구구표에 그치지 않습니다. 무시무시한 동요가 일어난 겁니다. 그것은 우선 그들 자신의 머리 속에 일어난 동요이며 그 동요가 그들에 의해 이 확고한 지구상에 전파되고 있습니다. 그자들은 숫자가 우리를 굴복시킨다고 외치지요! 하지만 그들이 말하는 숫자가 어디서 오는 겁니까? 그것은 회의에서 나온다는 것을 누구나 압니다. 그들은 만사를 의심합니다. 우리가 이 인간 사회를 믿음이 아닌 회의

를 토대로 세워도 된다는 말씀입니까? 당신은 저의 주(主)이십니다. 그러나 그것이 좋은 것인지 아닌지는 의심스럽습니다. 이것은 당신의 집이요, 아내입니다. 그렇지만 이것들이 나의 것이 안 된다는 법을 저는 의심하고 있습니다. 그런가 하면 예술에 대한 성하의 애호심은 — 그 덕분에 우리가 그토록 아름다운 예술품을 수집하고 소장했습니다만 — 모욕을 받고 있습니다. 로마 시정의 담벼락 도처에 이런 낙서들이 새겨져 있지요. '바바리안[42] 들이 로마에 남겨 놓은 것을 지금 바르베리니 집안이 로마한테서 도둑질하고 있다' 그리고 외국에서는 어떤 줄 아십니까? 하느님은 성직에 무거운 시련을 주셨습니다.

성하의 스페인 정책은 통찰력을 갖지 못한 사람들의 이해를 얻지 못하고 있습니다. 그들은 황제와의 알력을 유감스러워하고 있지요. 15년 전부터 독일은 푸줏간의 도마가 되어 있어서 사람들은 성경 구절들을 갈기갈기 찢어 입에 올립니다. 또한 페스트며 전쟁, 종교개혁을 치루며 기독교계가 몇 개의 덩어리로 나눠지는 이 판국에 성하께서 루터계의 스웨덴과 비밀동맹을 맺고 가톨릭계의 황제 세력을 약화시키려 한다는 소문이 유럽을 휩쓸고 있습니다. 이런 판에 이놈의 벌레 같은 수학자들이 망원경을 하늘에다 대놓고, 누구도 이제껏 성하를 향해서 이론을 제기한 적 없는 이 단 하나의 영역에 관해 성하의 지식도 잘못 박혀 있노라고 세상에 대고 떠들고 있는 겁니다. 천문학처럼 후진 학문에 왜 갑자기 이런 관심을 돌리는지 알 수 없단 말입니다! 둥근 공 모양의 천체들이 어떻게 돌아간들 상관없는 일이 아니겠습니까?

하기야 저 밑바닥의 마부에 이르기까지 모든 이탈리안들이 문제의 피렌체인의 고약한 예에 따라 금성의 위상에 관해 떠든다 해도 그 중의 누구도 실로 번거롭기 짝이 없는 문제들, 학계와 기타 여러 곳에서 불가침이라고

---

42) 비(非) 희랍인을 총칭. 야만인.

공표한 여러 문제들을 당장에 염두에 두지야 않겠지요. 이들은 육체에 약하고 방종에 휩쓸리기 쉬운 족속들이니까요. 그러나 이들 모두가 그 미치광이가 유일한 심급이라고 단언한 자신들의 이성을 믿게 되는 날이면 대체 어떤 일이 생기겠습니까! 그들도 마침내 과연 해가 기브온에 정지해 있는가를 의심하면서 헌금이며 예배 의식에 대해 더러운 의혹을 행사할지 모른단 말입니다. 바다를 항해한 이후로 ― 그걸 반대하진 않습니다.― 그들은 나침반이라고 부르는 놋쇠공(球)을 신뢰할 뿐 이미 하느님을 신뢰하진 않게 되었습니다. 갈릴레이라는 이자는 이미 청년 시절에 기계류에 관한 글을 썼지요. 그들은 기계들을 이용해서 기적을 행하려는 겁니다. 어쨌거나 그들은 이를 위해 하느님을 더 이상 필요로 하진 않습니다. 대체 그게 어떤 기적이겠습니까? 이를테면 이제 위와 아래가 없어진다는 얘기입니다. 그들은 이제 그런 것을 필요하지 않는단 말입니다. 그들은 어떤 때는 한 마리 죽은 개처럼 여기던 아리스토텔레스의 말을 인용하여 이런 소리를 합니다. 직조공의 북이 저절로 실을 짜고 기타의 줄이 저절로 연주하게 된다면 결국 장인(匠人)은 도제를, 주인은 하인을 필요로 하지 않게 된다나요. 이런 지경에까지 이르렀습니다. 그 고약한 자는 자기 천문학 논문을 의식적으로 라틴어가 아닌 생선 파는 아낙이나 털실장수의 말투로 작성하고 있답니다.

교황 : 그건 참 고약한 취미로군. 내 그 사람한테 말하리다.

종교재판관 : 그 작자는 이 사람 저 사람을 선동하여 매수하고 있습니다. 북부 이탈리아 도시들에서는 갈릴레이 선생의 항해용 성좌표를 갈수록 절박하게 요구하고 있습니다. 우린 그들에게 양보해야 할 판에 와 있지요. 그것은 물질적 이해(利害)와 직결되는 문제니까요.

교황 : 그렇지만 그 성좌표라는 것이 바로 그 사람의 이단적 주장에 바탕을 두고 있단 말이오. 그것은 바로 저 특정한 성좌들의 운행과 관계있는 것인데, 우리가 그의 학설을 부인한다면 특정한 별의 운행도 일어날 수 없단

말이오. 그 학설을 못 박아 둔 채 성좌표만 가질 수는 없지요.

종교재판관 : 왜 안 됩니까? 딴 도리가 없습니다.

교황 : 저놈의 발자국소리가 신경을 곤두세우는군. 자꾸만 귀가 그리로 가서 미안하오.

종교재판관 : 어쩌면 저보다도 저 발자국 소리가 성하께 더 많은 말을 할 수 있는 듯싶습니다. 이들 모두를 가슴에 의혹을 품은 채 그냥 돌려보내야 할까요?

교황 : 어쨌거나 결국 그 사람은 이 시대의 가장 위대한 과학자요, 이탈리아의 영광이지 여느 허튼 정신병자가 아니라오. 또 그 사람에겐 친구들도 있소. 베르사이유 궁전도 있고 비인의 궁전도 있소. 그들은 교회를 썩어 빠진 편견의 수채구멍이라고 부를 거요. 그 사람에게서 손을 떼시오!

종교재판관 : 실제로 보면 그 사람의 경우엔 극단에까지 몰고 가지 않아도 될 겁니다. 그 사람도 육체를 가진 사내니까요. 아마 곧 숙이고 들어올 겁니다.

교황 : 그는 내가 아는 어떤 사람보다도 즐기기를 좋아하오. 그 사람은 감성으로 사고하는 셈이지. 새로운 사상이나 묵은 포도주 앞에서는 거절할 줄 모를 거요. 나는 물리적 사실들에 대해 유죄 선고를 내리길 원치 않소. '여기 교회를' 이미 '여기 이성을!' 따위의 함성을 원치 않소. 나는 그에게, 학문 아닌 종교가 최종적 단안을 내린다는 견해를 결론으로 싣는 경우, 책을 내도록 허용했지요. 그리고 그 사람은 그 약속을 지켰소.

종교재판관 : 그렇지만 어떻습니까? 그의 책에는 물론 아리스토텔레스 견해를 대표하는 한 멍청이와 역시 당연히 갈릴레이 선생을 대표하는 한 똑똑한 인물이 논쟁을 벌이지요. 그런데 성하, 결론은 누가 내리는지 아십니까?

교황 : 그게 또 무슨 소리요? 그렇다면 누가 우리의 견해를 말하지요?

종교재판관 : 똑똑한 인물은 아닙니다.

교황 : 물론 그것은 뻔뻔스런 짓이오. 복도에서 나는 저놈의 발자국 소리가 참을 수 없소이다. 대체 온 세상 사람들이 몰려온 거요?

종교재판관 : 온 세상 사람은 아니지만 그 중 가장 훌륭한 일부입니다.

    (침묵. 교황은 이제 법복으로 성장(盛裝)을 끝낸다.)

교황 : 최악의 경우, 그에게 고문 기구들을 보이는 정도로 하지요.

종교재판관 : 그것으로 족할 것입니다, 성하. 갈릴레이 선생은 기구들이 뭔질 알
    고 있으니까요.

13

1633년 6월 22일, 종교재판에서 갈릴레오 갈릴레이는 지동설을 철회한다.

쏜살같이 흘러간 6월의 어느 날,
그날은 네게도 내게도 중요한 날이었지.
암흑으로부터 이성이 솟아 나와
하루 종일 문 앞에 서 있었지.

(로마에 있는 피렌체 사절의 궁전 안. 갈릴레이 제자들이 소식을 기다린다. 키 작은 사제와 페데르초니는 눈금을 껑충 뛰며 신식 장기를 두고 있다. 한쪽 구석에서 비르지니아가 무릎을 꿇고 천사 축사를 올리고 있다.)

키 작은 사제 : 교황께서 선생님을 맞아들이지도 않았네. 학문적 토론은 아예 없었지.

페데르초니 : 교황이 선생님의 마지막 희망이었는데. 수년 전 교황이 아직 추기경 바르베리니 시절에 그는 로마에서 말한 적이 있었지 "우리는 당신을 필요로 하오"라고. 지금 그들이 선생을 수중에 쥐고 있네.

안드레아 : 그들은 선생님을 죽일 거야. 『디스코르시』는 끝까지 씌어지지 못할 것야.

페데르초니 : (그를 훔쳐 보다.) 그렇게 생각하나?

안드레아 : 선생님은 결코 철회하지 않으실 테니까.

(사이.)

키 작은 사제 : 밤중에 잠이 안 와 눈을 뜨고 누워 있으면 별별 쓸데없는 생각 들이 몰려온단 말야. 이를테면 지난 밤 나는 줄곧 생각했지, 선생님께서 베네치아 공화국을 아예 떠나지 않으셨더라면 하고.

안드레아 : 거기선 선생님께서 책을 쓰실 수가 없었어요.

페데르초니 : 그런데 피렌체에서는 그 책을 발표할 수 없었잖아.

(사이.)

키 작은 사제 : 그리고 또 혹시 저들이 선생님께서 늘 주머니에 넣고 다니는 작 은 돌멩이를 그냥 두었는지 어쨌는지 그런 생각도 했다네. 선생님의 증거 석 말일세.

페데르초니 : 그자들이 선생님을 끌고 가는 그곳에는 호주머니 따위는 딸려 가 지도 않아.

안드레아 : (큰 소리로 외치며) 그자들은 감히 그럴 수 없을 거야! 또 설사 저들 이 그런 짓을 한다해도 선생님은 철회하지 않으실 겁니다. "진실을 모르는 자는 단지 한낱 바보에 그치지요. 그렇지만 진실을 알고도 그것을 거짓이 라고 칭하는 자는 범죄자란 말요."

페데르초니 : 나도 그렇게는 생각지 않아. 만약 선생께서 그러신다면 난 살고 싶지도 않으리. 하지만 저자들은 폭력을 쥐고 있는 걸.

안드레아 : 폭력이 모든 것을 해내지는 못 해요.

페데르초니 : 그럴지도 모르지.

키 작은 사제 : (조그만 소리로) 선생님이 감옥에 들어간 지 벌써 23일째. 어제 대신문이 있었고 오늘 회의가 열리고 있더군. (안드레아가 귀기울여 듣자 목청을 높여) 지난날 칙령이 발표되고 이틀 뒤에 내가 여기로 선생님을 찾 아 왔을 때, 우리는 같이 저쪽에 앉아 있었다네. 그때 선생님은 정원의 해 시계 곁에 서 있는 작은 생식의 신상을 가리키셨지. 여기서도 보일 걸세. 그러면서 자신의 일과 한 구절도 바꿔 넣을 수 없는 호라티우스의 시(詩)

를 비교하셨다네. 진실을 추구하게끔 자신을 몰아세우는 심미적 감각에 관해 말씀하신 거지. 그리고 이런 모토로 말씀하셨어.— (라틴어로) 겨울에나, 여름에나, 가깝거나, 멀거나, 살아서나 그 이후에 이르기까지. 선생님이 염두에 두신 건 바로 진실이었다네.

안드레아 : (키 작은 사제에게) 콜레기움 로마눔에서 그들이 망원경으로 관측하고 있는 동안 선생님께서 어떤 모습으로 서 계셨는지 페데르초니씨에게 들려 드렸나요? 얘기 좀 해 보세요! (키 작은 사제, 고개를 가로젓는다.) 선생님은 보통 때와 똑같은 태도이셨지요. 두 손을 허벅지에 얹고 배를 쑥 내민 채 말씀하셨어요. "여러분, 이성을 가지시기를 간청합니다!"라구요. (그는 웃으며 갈릴레이 흉내를 낸다.)

(사이.)

안드레아 : (비르지니아에 대해) 따님께선 부친이 철회하시기를 기원하고 있군요.

페데르초니 : 내버려두게. 그자들과 얘기를 나눈 후에 제정신이 아니니까. 그들은 피렌체에 있는 아가씨의 고해 신부까지 이리로 소환했다네.

(피렌체 대공의 궁전에서 보이던 수상한 인물이 등장.)

인물 : 갈릴레이 선생께선 곧 이리로 오실 겁니다. 잠자리가 필요할 겁니다.

페데르초니 : 석방되신 거요?

인물 : 5시에 종교재판회의 석상에서 갈릴레이 선생의 철회 성명 발표가 있기를 모두 기다리고 있습니다. 성 마르코 교회의 큰 종이 울리고 철회 취지가 공식 발표될 겁니다.

안드레아 : 그렇지 않을 겁니다.

인물 : 골목마다 사람들이 운집해 있기 때문에 갈릴레이 선생은 궁정 뒤쪽 이곳 후문으로 이송될 겁니다. (퇴장.)

안드레아 : (갑자기 큰 소리로) 달은 한낱 땅덩이이고 자체의 빛을 갖고 있지 않습니다. 그리고 금성도 자체의 빛을 갖고 있지 않고 지구와 똑같이 태양의 주위를 돌지요. 또 목성은 항성들 가운데 가장 위쪽에 위치하며 어떤 껍질

층에도 고착되어 있지 않으며 그 주위에는 4개의 위성이 돕니다. 또 태양
은 세계의 중심이며 제자리에 고정되어 있습니다. 그런가 하면 지구는 중
심이 아니며, 움직이고 있습니다. 그리고 선생님은 이것을 우리에게 보여
주신 분입니다.

키 작은 사제 : 이미 보인 것을 폭력이 안 보이게 만들 수는 없지요.

　　(사이.)

페데르초니 : (정원의 해시계를 내다 본다.) 5시로군.

　　(비르지니아 더 큰 소리로 기도를 올린다.)

안드레아 : 더 이상 참을 수 없어요! 저자들이 진실을 처형하고 있단 말입니다!

　　(그는 두 귀를 막는다. 키 작은 사제도 마찬가지. 그러나 종은 울리지 않는다.
　　비르지니아의 중얼대는 기도 소리만 들리는 잠시의 시간이 흘러간 뒤 페데르초
　　니는 아니라는 시늉으로 고개를 가로젖는다. 다른 두 사람 손을 내린다.)

페데르초니 : (쉰 소리로) 아무 소리도 안 나, 다섯 시가 3분이나 지났는데.

안드레아 : 선생님은 항거하시는 겁니다.

키 작은 사제 : 철회하시지 않는 거요!

페데르초니 : 그렇다오. 아, 얼마나 잘된 일인지!

　　(그들은 포옹한다. 모두 기뻐 들떠 있다.)

안드레아 : 그러니까 폭력으로 안 된 겁니다! 폭력이 모든 걸 해낼 수는 없습
　　니다! 그러니까, 어리석음이 굴복당한 겁니다. 그것은 불가항력의 것이 아
　　니에요! 그러니까, 인간은 죽음을 두려워하지 않는 겁니다!

페데르초니 : 이제야말로 지식의 시대가 시작되는 것이네. 지금은 그 태동기이
　　지. 선생님께서 철회하셨더라면 어떻게 되었겠나 생각해 보게!

키 작은 사제 : 그렇게 말하진 않았소. 다만 너무 염려스러웠지. 내가 믿음이 부
　　족한 탓이야!

안드레아 : 그렇지만 저는 이렇게 될 줄 알았어요.

페데르초니 : 마치 해가 뜨자 깜깜해진 그런 느낌이었네.

안드레아 : 마치 산이 "나는 물이다"라고 말한 것 같았어요.

키 작은 사제 : (눈물을 흘리며 무릎을 꿇는다.) 주여, 감사합니다.

안드레아 : 이제 오늘로서 모든 것이 변했어요! 핍박받은 인간이 고개를 들고 나는 살 수 있다고 말하는 겁니다. 단 한 사람이라도 일어서서 "아니오"라고 말한다면 그만큼 이긴 겁니다!

(그때 성 마르코의 종이 요란하게 울리기 시작한다. 모두가 얼어붙어 서 있다.)

비르지니아 : (일어서며) 성 마르코의 종소리다! 아버지는 형을 받지 않으셨어!

(거리로부터 전령사가 갈릴레이의 철회를 낭독하는 소리가 들려 온다.)

전령사의 목소리 : "피렌체의 수학 및 물리학 교수인 나 갈릴레오 갈릴레이는 태양이 세계의 중심으로 한 지점에 붙박혀 있으며 지구는 중심도 아니고 붙박이도 아니라는 본인의 지금까지 학설을 맹세코 부인합니다. 본인은 진심으로, 가식 없는 믿음으로 이 모든 오류와 이단 행위를, 요컨대 교회를 거역하는 일체의 다른 오류와 다른 의견을 부인하고 저주합니다."

(어두워진다.)

(다시 밝아지면서 종소리는 여전히 울리다가 사라진다. 비르지니아는 퇴장하여 없고 갈릴레이의 제자들은 그냥 있다.)

페데르초니 : 그는 너의 노고에 대해 제대로 지불하지도 않았지. 바지 하나 살 수도, 자기 책을 출판할 수도 없었어. '학문을 위해 일했다'는 이유로 그런 고통을 겪어 온 거야!

안드레아 : (큰 소리로) 영웅을 갖지 못한 불행한 이 나라여!

(소송절차 때문에 알아볼 수 없을 정도로 완전히 변한 모습의 갈릴레이 등장. 그는 안드레아의 말을 들었다. 얼마 동안 그는 문 주변에 서서 인사를 기다린다. 그러나 아무 반응이 없자 제자들은 그를 보고 피해 물러난다. 그는 나쁜 시력 때문에 천천히 불안정하게 앞쪽으로 걸어나와 발판을 하나 발견하고 거기에 주저 앉는다.)

안드레아 : 나는 그 사람을 볼 수 없어요. 나가라고 그러세요.

페데르초니 : 진정하게.

안드레아 : (갈릴레이를 향해 소리친다.) 술고래! 달팽이나 먹는 식도락가! 당신은 그래 그 잘난 목숨을 건졌나요? (앉는다.) 기분이 매우 언짢아요.

갈릴레이 : (냉담하게) 그에게 물 한 잔 주게나!

　(키 작은 사제가 밖으로 나가 안드레아에게 물 한 잔을 가져다 준다. 다른 이들은 귀를 모으고 발판에 앉아 있는 갈릴레이를 아랑곳하지 않는다. 멀리서 다시 전령사의 목소리가 들려온다.)

안드레아 : 조금만 거들어 주시면, 다시 걸을 수 있어요.

　(그들은 안드레아를 문 주변으로 안내한다. 그 순간 갈릴레이가 입을 뗀다.)

갈릴레이 : 영웅을 필요로 하는 불행한 이 나라여!

(커튼 앞에서 낭독.)

여섯 자나 여덟 자 높이에서 추락한 말은 다리를 부러뜨리리라는 것, 그런가 하면 그것이 개라면 전혀 다치지 않으며 고양이라면 열여섯 자나 스무 자 높이에서도 까딱없고 여차하면 심지어 탑 꼭대기에서 떨어져도, 개미라면 달에서 떨어져도 다치지 않으리라는 것은 명백하지 않은가? 작은 동물들이 큰 동물보다 비교적 더 강인한 것처럼 작은 식물들은 더 잘 견뎌 낸다. — 4백 자 높이의 떡갈나무는 작은 떡갈나무에 정비례로 많은 가지를 유지할 수 없을 것이다. 또한 스무 마리 부피의 말이나 스무 배 크기의 거인이 존재하려면 자연은 모든 사지 골격의 비례를 변화시키지 않으면 안 될 것이다. 특히 비례상의 크기를 훨씬 능가하도록 뼈대가 강화되지 않으면 안 될 것이다.— 큰 기구들과 작은 기구들이 동일하게 지속되리라는 공통의 가정은 명백히 오류이다.

갈릴레이, 『디스코르시』

14

1633~1642년, 갈릴레오 갈릴레이가 죽을 때까지 종교재판소 포로로
서 피렌체 교외의 한 별장에서 살다. 『디스코르시』

> 1633년에서
> 1642년까지
> 갈리레오 갈릴레이는 임종할 때까지
> 교황청 포로로 지냈다.

(테이블, 가죽의자, 지구본이 있는 큰 방. 이젠 늙고 반쯤 눈이 먼 갈릴레이가
휘어진 목재 선로 위에서 작은 나무공을 갖고 조심스럽게 실험을 하고 있다. 현
관에서는 한 사제가 보초를 서고 있다. 대문 두드리는 소리. 사제가 문을 열자
한 농부가 두 마리의 털이 벗겨진 거위를 들고 등장. 비르지니아가 부엌에서 나
온다. 지금 그녀는 40세쯤 되었다.)

농부 : 이걸 전해 드리랍니다.
비르지니아 : 누가요? 난 거위를 주문한 적이 없어요.
농부 : 지나가는 어떤 과객이 보내는 거랍니다.

(퇴장. 비르지니아는 놀라서 거위를 뚫어지게 본다. 사제가 그녀의 손에서 거위
를 받아 의심스럽게 살펴본다. 그리고는 안심한 듯 다시 그녀에게 되돌려준다.
그녀는 거위의 모가지를 잡아 들고 큰 방에 있는 갈릴레이에게 간다.)

비르지니아 : 지나가는 어떤 과객이 이 선물을 보내 왔어요.

갈릴레이 : 그게 뭐냐?

비르지니아 : 이게 안 보이세요?

갈릴레이 : 안 보인다. (그는 가까이 간다.) 거위로구나. 거기 이름이 붙어 있냐?

비르지니아 : 아니오.

갈릴레이 : (그녀의 손에서 거위를 받아 들며) 묵직하구나. 이제 거위 요리를 먹었으면 좋겠구나.

비르지니아 : 벌써 시장하실 리가 없는데요. 조금 전에 저녁 식사를 드셨잖아요? 그리고 또, 눈이 어떻게 되셨지요? 이 정도는 테이블에서도 보이실 텐데.

갈릴레이 : 네가 그늘 속에 묻혀 서 있잖니.

비르지니아 : 전 그늘 속에 서 있지 않아요. (그녀는 거위를 들고 퇴장.)

갈릴레이 : 백리향(百里香)이랑 사과도 곁들여라.

비르지니아 : (사제에게) 안과 의사한테 가시게 해야겠어요. 아버지는 테이블 앞에서 거위를 알아보시지도 못해요.

사제 : 우선 카르풀라 예하의 허락을 맡아야 한답니다. 이번에도 손수 글을 쓰셨나요?

비르지니아 : 아니요. 저술 내용을 내게 받아 쓰게 하신 걸 아시잖아요. 당신이 131페이지에서 132페이지까지 갖고 계시죠. 그것이 마지막 페이지예요.

사제 : 선생은 늙은 여우거든.

비르지니아 : 아버지는 규정에 어긋나는 행동은 일체 안 하십니다. 진정으로 참회를 하고 계시구요. 제가 아버지를 주의 깊게 지켜보고 있는 걸요. (그녀는 사제에게 거위를 준다.) 사과랑 양파를 넣고 간을 구우라고 주방에 말해 주세요. (그녀는 큰 방으로 되돌아간다.) 자 이젠 아버지의 눈을 생각해요. 그 쓸데없는 실험일랑 당장 그만두시고, 대주교에게 매주일 보내는 편지나 좀더 말씀해 주세요.

갈릴레이 : 지금 기분이 별로 좋지 않아. 호라티우스나 좀 읽어다오.

비르지니아 : 바로 지난 주에도 카르풀라 예하께서 말씀하시더군요. 우린 그분에게 많은 신세를 지고 있어요. 얼마 전에도 또 야채를 보내 주셨지요. 예하 말씀이 대주교께서 번번이 물어 보신다나요. 아버지에게 보낸 당신의 질문과 인용문이 아버지의 마음에 드시느냐구요. (그녀는 받아 쓰려고 앉아 있다.)

갈릴레이 : 어디까지였냐?

비르지니아 : 제4절 — 베네치아 병기창에서 일어난 소요에 대해 교회가 취한 태도와 관련하여 본인은 새끼 꼬는 노동자들의 폭동에 대처했던 슈포레티 추기경의 태도에 동의합니다……

갈릴레이 : 알았다. (구술한다.) 새끼 꼬는 노동자들의 폭동에 대처했던 슈포레티 추기경의 태도에 동의합니다. 다시 말하면, 그들의 선박용, 종각용 밧줄 값을 비싸게 지불해 주는 편보다는, 기독교적 박애의 이름으로 그들에게 고깃국을 나눠 주는 편이 낫다는 것입니다. 그들에겐 소유욕 대신 신앙심을 강화하는 것이 한층 현명한 듯싶습니다. 사도 바울로는 말하고 있습니다. "자선은 결코 실패하는 법이 없다"고.— 어떠냐?

비르지니아 : 아주 훌륭해요, 아버지.

갈릴레이 : 한 가닥 비꼬는 기색이 끼여들어 간 것 같지는 않냐?

비르지니아 : 아니에요. 대주교님은 좋아하실 거예요. 아주 실질적인 분이니까요.

갈릴레이 : 너의 판단을 믿어 보마. 다음 차례가 뭐냐?

비르지니아 : 아주 훌륭한 성서의 한 구절이에요. "내가 약해졌을 때 오히려 나는 강하기 때문입니다."[43]

갈릴레이 : 아무 할 말이 없다.

비르지니아 : 왜요?

---

43) 고린도 후서 12:10. 나는 그리스도를 위해서 약해지는 것을 만족하게 여기며, 모욕과 빈곤과 박해와 곤궁을 달게 받습니다. 그것은 내가 약해졌을 때 오히려 나는 강하기 때문입니다.

갈릴레이 : 다음 번은 무엇이냐?

비르지니아 : "인간의 모든 지식을 초월한 그리스도의 사랑을 알 수 있게 되기를 바랍니다." 바울로가 에베소에 보낸 편지(에베소서 3장 19절)예요.

갈릴레이 : 에베소서의 이 훌륭한 인용에 대해 예하께 특별히 감사드립니다. 이에 자극받아 소인은 흉내 낼 수 없는 우리의 모조품 속에서 다음 귀절을 찾아 냈습니다. (외어서 인용한다.) "영원한 말씀을 듣는 자는 수많은 의혹에서 벗어납니다." 이 기회에 저 자신의 문제를 말씀드려도 될지요? 소인은 지난 날 천체에 관해 시정의 언어로 책을 썼다 하여 줄곧 질책을 받아 왔습니다. 그렇다고 해서 소인은 더 중요한 것을 대상으로 다루는 수많은 저술들, 예컨대 신학서 같은 것이 국수장수의 상투어로 씌어지기를 제안하거나 시인할 의도를 가진 것은 아니었습니다. 그러나 라틴어 예배를 옹호하는 주장, 즉 라틴어가 지닌 보편성 때문에 모든 민족들이 같은 식으로 미사를 올릴 수 있다는 주장은 별로 타당치 않은 듯싶습니다. 왜냐하면 항시 버티고 있는 조롱가들이 어떤 민족[44]도 그 원전을 이해하지 못하노라고 비판할 수 있기 때문입니다. 소인의 입장이라면 성스러운 것을 값싸게 이해하기를 기꺼이 포기하겠습니다. 설교단에서 라틴어는 무지한 자들의 호기심에 맞서 교회의 영원한 진실을 보호해 주는 것입니다. 나아가서 그것을 하류계층 출신 사제들이 그 지방 사투리의 액센트로 말한다면 더욱 신뢰감을 불러 일으키지요. 아니, 이 부분을 지워버려라.

비르지니아 : 전부요?

갈릴레이 : 국수장수 얘기 다음 것은 전부.

(대문 두드리는 소리. 비르지니아가 현관으로 나간다. 사제가 문을 여니 안드레아 사르티가 서 있다. 그는 이제 중년의 남자가 되어 있다.)

안드레아 : 안녕하십니까? 저는 네덜란드로 학문 연구차 이탈리아를 떠날 참입니

---

44) '대중'으로도 번역가능함.

158

다. 그래서 갈릴레이 선생의 근황을 알아보도록 여행길에 선생을 찾아보라
는 부탁을 받았지요.

비르지니아 : 아버지께서 당신을 만나려 하실지 모르겠어요. 그 동안 한 번도
오신 적이 없잖아요.

안드레아 : 여쭤 보십시오. (갈릴레이는 그 목소리를 알아들었다. 그리고도 꼼짝않
고 앉아 있다. 비르지니아가 들어와 그에게 간다.)

갈릴레이 : 안드레아인가?

비르지니아 : 그래요. 돌려 보낼까요?

갈릴레이 : (잠시 후) 들여보내렴.

(비르지니아, 안드레아를 안내해 들어온다.)

비르지니아 : (사제에게) 이자는 무해무탈한 사람이에요. 아버지의 제자였죠. 그
래서 지금은 적이 되었어요.

갈릴레이 : 그와 단 둘이만 있게 해다오, 비르지니아.

비르지니아 : 그 사람 얘기를 나도 같이 듣겠어요. (앉는다.)

안드레아 : (싸늘하게) 어떻게 지내십니까?

갈릴레이 : 좀 더 가까이 오게. 뭘 하고 지내나? 자네 연구에 관해 들려 주게.
듣자 하니 수력학(水力學)에 관한 것이라던데.

안드레아 : 암스테르담의 파브리치우스[45] 선생께서 선생님의 동태를 알아보라
고 제게 부탁하셨습니다.

(사이.)

갈릴레이 : 나는 잘 지내네. 모두들 극진히 보살펴 주고 있어.

안드레아 : 편히 계신다고 전할 수 있어서 기쁘군요.

갈릴레이 : 파브리치우스도 그 얘길 들으면 좋아할 걸세. 내가 적당히 편안하게

---

45) 태양의 혹점을 발견한 파브리치우스는 역사상 1615년에 사망한 것으로 기록에 나와 있다. 클
라비우스의 경우처럼 이 어긋남은 문학 작품이 역사적 사실에 반드시 일치할 필요는 없다고
보는 작가의 자유 행사로 해석될 수 있다.

살고 있다고 전해도 좋을 테지. 깊은 회오의 기색을 내보인 덕분에 나는 상부의 은혜를 받았지. 말하자면 성직의 감시 아래에서 상당한 분량의 학문 연구를 허락받을 수 있었다네.

안드레아 : 그러시겠죠. 교회측에서 선생님에 대해 만족하고 있다는 얘기를 우리도 들었습니다. 선생님의 완전한 굴복이 효력을 미친 것이죠. 선생님께서 굴복하신 뒤로 이탈리아에서는 새로운 주장을 담은 책이 발표될 수 없음을 상부에서는 흡족하게 확인한 셈입니다.

갈릴레이 : (귀를 기울이며) 유감스럽게도 교회 감독권 바깥에 있는 나라들이 있지. 선고를 받은 학설들이 그곳에서 계속 진척될까 걱정이네.

안드레아 : 선생님의 철회 덕분에 그곳에서도 교회측으로 보면 만족스러운 안전 밸브가 채워졌습니다.

갈릴레이 : 사실인가? (침묵.) 데카르트의 새로운 이론이 없나? 파리에서도?

안드레아 : 있기야 하죠. 선생님의 철회 소식을 접하고 나서 그는 빛의 성질에 관한 자신의 논문을 서랍에 처넣었답니다.

(긴 침묵.)

갈릴레이 : 내가 그릇된 길로 안내했던 몇몇 학문상의 친구들 때문에 마음이 걸리네. 그들이 내 철회를 통해 배운 바가 있나?

안드레아 : 학문의 길을 걷기 위해 저는 네덜란드로 갈 계획입니다. 쥬피터가 스스로에게 허용치 않은 것을 거세된 황소한테 허용할 리 없지요.

갈릴레이 : 이해하네.

안드레아 : 페데르초니는 밀라노의 어느 상점에서 다시 렌즈를 연마합니다.

갈릴레이 : (웃으며) 그 사람은 라틴어를 모르지.

(사이.)

안드레아 : 우리의 키 작은 사제, 풀간치오는 연구를 집어치우고 수도원으로 되돌아갔지요.

갈릴레이 : 그래. (사이.)

갈릴레이 : 상부의 사제들은 내 영혼의 회복까지도 기대하고 있지. 기대했던 것
    보다는 썩 큰 진전을 보고 있네.

안드레아 : 그렇군요.

비르지니아 : 하느님의 덕분이에요.

갈릴레이 : (무뚝뚝하게) 거위 요리나 살펴봐라, 비르지니아.

    (비르지니아 화가 나서 퇴장. 지나치는데 사제가 말을 건다.)

사제 : 저 사람은 내 마음에 안 드는군.

비르지니아 : 그이는 무해무탈한 사람이에요. 당신도 듣고 있잖아요. (나가면서)
    우린 신선한 염소젖 치즈를 받았어요.

    (사제도 그녀를 따라 나간다.)

안드레아 : 내일 새벽 국경을 건너가려면 밤새도록 마차로 달려가야 합니다. 이
    제 가도 되겠습니까?

갈릴레이 : 자네가 왜 왔는지 모르겠군, 사르티. 내 속을 헤집어 놓으려고? 여
    기 있게 되면서부터 나는 조심스럽게 살고 있고, 조심스럽게 생각하네. 안
    그래도 내겐 전과가 있거든.

안드레아 : 선생님을 동요시키고 싶진 않습니다, 갈릴레이 선생님.

갈릴레이 : 바르베리니는 그것(학문)을 옴딱지라고 불렀었지. 그 사람 자신도 완
    전히 그것에서 자유롭진 못했네. 나는 다시 저술을 했네.

안드레아 : 그렇군요.

갈릴레이 : 나는 『디스코르시』를 완성했네.

안드레아 : 뭐라구요? '새로운 학문의 두 방향 — 기계학과 낙하의 법칙에 관한
    대화' 말씀인가요? 여기서요?

갈릴레이 : 오, 저자들은 내게 종이와 펜을 준다네. 상부 인사들은 멍청이가 아
    니야. 그자들은 뿌리박힌 악덕이 오늘에 의해 내일까지 단절될 수는 없다
    는 것을 알고 있다네. 그들은 페이지마다 거둬 잠궈 놓고 있어. 그래서 결
    국, 난처한 결과가 안 일어나도록 나를 감호하는 셈이지.

안드레아 : 맙소사!

갈릴레이 : 뭐라고 했나?

안드레아 : 그들이 선생님한테 헛가래질을 시켰단 말입니다! 종이와 펜을 주어 안정을 시킨거죠! 그런 시력을 갖고 대체 어떻게 글을 쓸 수 있었다는 겁니까?

갈릴레이 : 나는 습관의 노예라네.

안드레아 : 『디스코르시』가 사제들의 수중에 있다니! 암스테르담과 런던, 프라하에서는 그것을 갈망해마지 않는 판에!

갈릴레이 : 파브리치우스가 뚱뚱한 살덩이를 과시하며 암스테르담에 안전하게 앉아 비명지르는 소리가 들리는 것 같군.

안드레아 : 새로운 과학의 양대 체계는 없어진 거나 다름없어요!

갈릴레이 : 나는 여섯 달 동안이나 밝은 밤이면 아무도 몰래, 마지막 가닥의 빛을 이용해 복사본 하나를 만들었네. 안일을 택했던 내 생의 비참한 여생을 거기다가 걸은 셈이지. 만약 이런 얘기를 들으면, 그 친구를 비롯한 몇몇 다른 학자들한테 분명 용기를 주겠지.

안드레아 : 사본을 갖고 계시다구요?

갈릴레이 : 내 허영심이 지금껏 그걸 없애지 못하게 나를 말렸다네.

안드레아 : 어디 있지요?

갈릴레이 : "그대의 눈이 그대를 성가시게 하면, 그것을 뽑아 버릴지어다"— 이런 글을 쓴 사람이 누구였더라. 아무튼 그 사람은 나보다는 안일에 대해 더 많이 안 셈이네. 이 사본을 넘겨 주는 것은 어리석음의 극치라는 생각이 드는군. 내가 끝내 학문 연구를 멀리할 수 없었던 덕분에, 자네들이 이렇게 그 사본을 가질 수 있는 거네. 사본은 지구본 안에 있네. 자네가 그것을 네덜란드로 들고 갈 생각이라면, 물론 모든 책임은 자네가 짊어져야 하네. 들키는 경우에는, 원본을 접할 수 있었던 교황청의 어떤 자한테서 샀다고 둘러대게나.

(안드레아는 지구본 있는 데로 가서 사본을 꺼낸다.)

안드레아 : 『디스코르시』! (그는 원고를 넘기며 읽는다.) "나의 의도는, 극히 오래된 연구 대상, 즉 운동에 관해 취급하면서 아주 새로운 학문을 정립하는 것이다. 여러 실험을 통하여 나는 알 만한 가치가 있는 운동의 특성들 중 몇 가지를 발견했다."

갈릴레이 : 내게 주어진 시간을 갖고 뭔가 시작하지 않을 수 없었네.

안드레아 : 이것은 새로운 물리학의 토대가 될 겁니다.

갈릴레이 : 그걸 윗도리 밑에 집어 넣게.

안드레아 : 그런데 우린 선생님께서 변절했다고 생각했어요! 제 목소리가 선생님을 반대하는 가장 큰 소리였어요!

갈릴레이 : 그건 당연해. 나는 자네한테 학문을 가르쳤는데, 그리고 나서 진실을 부인했거든.

안드레아 : 이것이 모든 것을 바꿀 겁니다. 모든 것을.

갈릴레이 : 그런가?

안드레아 : 선생님께선 진실을 감춰 두고 계셨습니다. 적 앞에서. 윤리학 분야에서도 선생님은 수백 년 우리보다 앞서 계셨어요.

갈릴레이 : 그 말을 설명해 보게, 안드레아.

안드레아 : 시정의 필부와 우린 말했었지요. "선생님은 죽으면 죽었지, 결코 철회하시진 않을 것이오"라고. 선생님은 돌아오셨습니다. "나는 철회했네. 그렇지만 살아갈 걸세"라고 하시면서. "선생님의 손은 더럽혀졌습니다"라고 우리는 말했지요. 선생님은 지금, 빈손보다는 얼룩진 손이 낫다고 말씀하고 계시는 겁니다.

갈릴레이 : 빈손보다 얼룩진 손이 낫다고. 현실적으로 들리는군. 나다운 소리야. 새로운 학문에 새로운 윤리학이군.

안드레아 : 그 누구보다도 제가 그걸 알았어야 했단 말입니다! 선생님께서 다른 사람이 만든 망원경을 베네치아 시 의회에 팔아 넘기셨을 때, 저는 열

한 살이었죠. 그리고 저는 선생님께서 그 기구를 불멸의 용도로 사용하시는 걸 보았습니다. 선생님께서 피렌체의 어린 대공에게 고개 숙였을 때 친구분들은 고개를 가로저었지요. 그런데 학문이 대중을 얻었습니다. 선생님께서는 늘 영웅에 관해서 비웃으셨지요. "여보게들 시달림을 받는 사람은 나를 권태롭게 한다네"라고 말씀하셨습니다. "불행이란 결함 있는 계산에서 나오는 걸세." 또 "장애물이 있으면 두 점 사이의 최단 선도 곡선일 수 있다"라든가.

갈릴레이 : 생각나는군.

안드레아 : 그리고 33년에 선생님의 학설 중 통속적인 요점을 철회하는 쪽을 택하셨을 때, 선생님께서는 오로지 학문의 본래 과업을 계속 추진하기 위해 희망 없는 정치적 폭력에서 퇴각하셨을 뿐이라는 것을 그때 이미 저는 깨달았어야 했어요.

갈릴레이 : 학문의 본래 과업은…….

안드레아 : 운동의 특성을 연구하는 데 있지요. 운동이란 기계의 어머니이고, 기계란 하늘이 제거되더라도 이 지구를 살 만한 장소로 만들 유일한 것입니다.

갈릴레이 : 아하.

안드레아 : 선생님께서는 오로지 당신만이 쓸 수 있었던 학술 저서를 완성하기 위해 여가를 얻으셨던 겁니다. 만약 선생님께서 화형의 장작더미 위의 영광스런 불꽃 속에서 종말을 맞았다면, 다른 이들이 승리자가 되었겠지요.

갈릴레이 : 그 다른 자들은 승리자일세. 오직 한 사람만이 쓸 수 있는 학술 저서란 없다네.

안드레아 : 그렇다면 왜 철회를 하셨나요?

갈릴레이 : 나는 육체적 고통이 겁이 나서 철회한 걸세.

안드레아 : 아닙니다!

갈리레이 : 그자들이 내게 고문 도구들을 보여 줬지.

안드레아 : 그렇다면 계획을 품으셨던 게 아니구요?

갈릴레이 : 계획이란 없었네.

　(사이.)

안드레아 : (큰 소리로) 학문에는 다만 하나의 계명이 있을 뿐입니다. 학문적 공
　　　헌이지요.

갈릴레이 : 그리고 그 공헌을 나는 전수했네. 학문의 형제여, 배반의 사촌이여,
　　　이 시궁창에 온 걸 환영하오! 자네 생선을 먹나? 나한텐 생선이 있네. 악
　　　취나는 건 내 생선이 아니라 나 자신일세. 나는 떨이로 팔아 치우는 장사
　　　꾼, 자네는 사들이는 고객일세. 이 거룩한 상품, 이 책을 안 보고는 못 견
　　　딜 겁니다! 입엔 군침이 고이고 험담들이 침 속에 잠겨듭니다. 위대한 바
　　　빌론 제품이여, 살인적 짐승이여, 진홍색 물건이여, 넙적다리를 열어 보이
　　　라, 그러면 만사가 달라지리니! 죽음을 두려워하며, 결백을 주장하며 부정
　　　거래를 벌이는 우리의 결합이여, 거룩할지어다.

안드레아 : 죽음을 두려워하는 것은 인간적인 모습이지요! 인간적 약점은 학문
　　　과는 무관한 겁니다.

갈릴레이 : 무관하다구?! 친애하는 사르티, 지금 같은 상황에 처해 있긴 하지
　　　만 나는 자네에게 자네가 몸을 맡긴 학문이라는 것이 만사와 어떤 관계에
　　　있는지 몇 가지 알려 줄 수 있을 것 같네.

　(얼마 간 침묵.)

갈릴레이 : (두손을 배 위에 모으고 학술적으로) 나는 충분히 주어진 자유로운 시
　　　간에 내 경우를 철저히 검토해 보고, 또 이미 나 자신 그 속에 속했다고
　　　할 수 없는 학문의 세계가 내 경우를 어떻게 판단할 것인지 곰곰 생각해
　　　보았네. 하다못해 털실장수라 해도 싸게 구입하여 비싸게 팔아 치우는 원
　　　칙말고도, 털실 매매가 방해받지 않고 이루워질 수 있을지를 걱정해야 하
　　　네. 이렇게 볼 때 학문을 수행하는 일이야말로 각별한 용기를 필요로 한다
　　　고 나는 생각하네. 학문이 취급하는 상품은 회의(懷疑)를 통해 획득된 지

식이지. 학문은 만인을 위한 만물에 대한 지식을 조달하면서, 동시에 만인을 회의하는 사람으로 만들려고 진력을 다하네. 그런데 실제로 모든 인구의 대다수는 제후며 영주, 성직자들이 만들어낸 미신과 낡은 주문의 현란한 운무 속에 갇혀 있는 거야. 저들의 간계를 은폐해 주는 운무 말일세. 다수의 불행은 산맥처럼 구태의연하고 설교단과 강단에서는 그것이 산맥이나 마찬가지로 근절될 수 없다고 내리 공표하고 있네. 그런데 회의를 하는 우리의 새로운 기술이 대중을 매혹시켰단 말일세. 대중들은 우리 손에서 망원경을 뽑아가서 그것을 자신들을 박해하는 제후며 영주, 사제들한테다 조준했단 말일세. 그와 동시에 학문의 결실들을 탐욕스럽게 이용해 온 이들 가해자들, 이기적이며 폭력적인 이 사내들은 학문의 냉정한 시선이 수천 년 묵은, 그러나 인위적인 재난에 맞춰져 있음을 느꼈지. 그것은 가해자인 자기들이 없어져야만 제거될 수 있는 재난임이 명백했다네. 그들은 우리에게 공갈과 매수를 퍼부었지. 나약한 사람으로선 버틸 수가 없게끔. 그렇지만 우리가 대중을 거부하고서도 과학자로 남아 있을 수 있겠나? 천체의 운행들은 어느 정도 개관할 수 있게 되었지만, 대중들에겐 그들의 통치자의 움직임이 여전히 예측할 수 없는 것일세. 하늘의 관측을 둘러싼 투쟁은 회의에 힘입어 이겼지만, 우유값을 둘러싼 로마 시정의 가정부의 투쟁은 맹신(盲信) 때문에 번번이 실패할 수밖에 없지. 사르티, 학문이란 이 양쪽 투쟁 모두와 관계가 있다네.

미신과 낡은 글귀들의 현란한 운무 속을 비틀거리며 가고 있는 인류, 너무나 무지하기 때문에 자신이 지닌 힘조차 완전히 펼칠 수 없는 인간들이 그들 앞에 드러난 자연의 힘을 계발시킬 수는 없단 말이네. 자네들은 무엇 때문에 일하나? 학문의 유일한 목표는 인간 현존의 노고를 덜어 주는 데에 있다고 나는 생각하네. 만약 과학자들이 이기적인 권력자 앞에서 위축되어 오로지 지식을 위한 지식을 쌓는 데만 만족한다면 학문은 절름발이가 되고 말테고 자네들이 만든 새로운 기계들도 단지 새로운 액물일 따름이네. 자네들은 시간이 감에 따라 발견 가능한 모든 것을 발견해 낼 수 있겠지만, 자네들의 진보는 인류로부터 떨어져 나가 앞으로 나아가는 것이 될 걸세. 자네들과 인류 사이의 틈은 언젠가는 너무나 엄청나게 벌어져서 어떤 새로운 것을 획득한 것에 대한 자네들의 기쁨의 환성이 인류 전체가 경악하는 함성으로 응답될 수도 있을 거란 말이네. 과학자로서 나는 유일무이한 기회를 가졌었지. 나의 시대에 천문학이 시정(市井)의 광장에까지 퍼져 나갔네. 이런 비상한 상황에서라면 한 장부의 의연함이 커다란 격동을 불러 일으킬 수도 있었을 걸세. 내가 만약 저항을 했더라면, 자연과학자들도 의사들의 히포크라테스 선서 같은 것을 발전시킬 수 있었을 테지. 자신들의 지식을 오로지 인류의 복지를 위해서만 적용한다는 맹세 말일세! 사정이 이러하니, 우리가 기대할 수 있는 것은 기껏해야 무슨 일에든 고용될 수 있는, 발명에 재간을 지닌 난쟁이들 족속뿐이라네. 게다가 분명코 나는 한 번도 진정한 위험에는 들어서지 않았다네, 사르티. 몇 해 동안 나는 상부 당국 못지않게 막강했지. 그리고 결국 나는 내 지식을 권력자들에게 양도했네. 완전히 그들의 목적이 맞게끔, 그 지식을 사용하든 말든, 또는 잘못 사용하라고 말일세.

(비르지니아가 접시를 하나 들고 들어와 서 있다.)

갈릴레이 : 나는 내 천직을 배반했네. 나와 같은 행위를 하는 인간은 학문 대열에서는 용납될 수 없어.

비르지니아 : 아버지는 신앙인들의 대열에 받아들여졌어요.

(그녀는 걸어가 접시를 테이블 위에 놓는다.)

갈릴레이 : 옳은 말이야. 이제 나는 식사를 해야겠네.

(안드레아가 그에게 손을 내민다. 갈릴레이는 그 손을 보고 악수하지 않는다.)

갈릴레이 : 이제 자네 스스로가 스승이네. 나 같은 놈의 손을 잡을 처지라고 생각하나? (그는 테이블로 간다.) 이곳을 지나가는 어떤 과객이 내게 거위를 보냈군. 나는 여전히 먹는 것을 즐긴다네.

안드레아 : 그렇다면 선생님께서는 새로운 시대가 동터 오고 있다는 생각을 이젠 갖고 계시지 않나요?

갈릴레이 : 그렇지 않네. '진실'을 윗도리 밑에 넣고 독일을 통과할 때 조심하게나.

안드레아 : (떠나지를 못하고) 우리가 화제삼았던 그 책의 저자에 대한 선생님의 평가와 관련해서 저는 뭐라고 대답할지 모르겠습니다. 그렇지만 선생님의 가차 없는 분석이 결론이 된다고는 상상할 수 없습니다.

갈릴레이 : 고맙군, 선생. (그는 먹기 시작한다.)

비르지니아 : (안드레아를 밖으로 배웅하며) 지난날의 손님이 오는 것이 우리한텐 반갑지 않아요. 아버지가 흥분하시거든요.

(안드레아 퇴장. 비르지니아는 다시 들어온다.)

갈릴레이 : 이 거위를 누가 보냈는지 짐작이 가니?

비르지니아 : 안드레아는 아니에요.

갈릴레이 : 아닐 수도 있지. 밤하늘이 어떠냐?

비르지니아 : (창가에서) 밝아요.

15

1637년 갈릴레이의 저서 『디스코르시』, 이탈리아 국경을 넘어가다.

여러분, 결말을 생각해 보시오.
지식이 국경을 넘어 피난을 갔다오.
지식에 목마른 우리들,
그와 나 우리들은 뒤쳐져 남았다오.
이제 그대들이 학문의 빛을 지키시오.
빛을 사용하되 오용하지 마시오.
그것이 하나의 불덩어리로 추락하여,
언제고 우리 모두를 살라 버리지 않도록.
그렇다오, 우리 모두를 살라 버리지 않도록.

(이른 아침 이탈리아의 작은 국경 도시. 국경 초소의 빗장 곁에서 아이들이 놀고 있다. 안드레아는 한 마부 옆에서 국경 감시원들이 자기의 서류를 조사하기를 기다리고 있다. 그는 작은 궤짝 위에 앉아 갈릴레이의 원고를 읽는 중이다. 빗장 저편에 마차가 서 있다.)

어린이들 : (노래한다.)
마리아가 댓돌 위에 앉아 있었네.
그애는 장미빛 속옷을 하나 갖고 있는데,
거기엔 똥이 묻어 있었지.
하지만 추운 겨울이 닥치고
그 속옷이 그 애를 감쌌을 때도,
묻은 똥은 떨려 나가지 않았네.
국경 감시인 : 당신은 왜 이탈리아를 떠나십니까?

안드레아 : 나는 학자입니다.

국경 감시인 : (서기에게) '출국 이유' 란에 학자라고 쓰시오. 짐을 조사해 봐야
     겠습니다.

　　　(그는 조사한다.)

첫째 소년 : (안드레아에게) 여기 앉으면 안 돼요.

　　　(소년은 안드레아가 앉아 있는 바로 뒤 오두막을 가리킨다.)

　　　저 집 안에는 마녀가 살고 있거든요.

둘째 소년 : 그 늙은 마리나는 마녀가 아니라니까.

첫째 소년 : 네 손을 비틀어 줘야겠니?

셋째 소년 : 그 여자는 어쨌든 마녀야. 밤이 되면 공중을 날아 가는걸.

첫째 소년 : 또 마녀가 아니라면 어째서 그 여자는 마을 아무 데서도 우유 한
     통 얻지 못하지?

둘째 소년 : 대체 어떻게 그 여자가 공중을 날겠어? 그건 아무도 할 수 없어.
     (안드레아에게) 그럴 수 있나요?

첫째 소년 : (둘째 소년에 대해) 저 애는 쥬세페예요. 저 녀석 도무지 아무것도
     몰라요. 멀쩡한 바지가 하나도 없어서, 학교엘 못 다니기 때문이죠.

국경 감시인 : 그건 무슨 책입니까?

안드레아 : (쳐다 보지도 않고) 이건 위대한 철인 아리스토텔레스의 저서요.

국경 감시인 : (의심스러운 듯) 그 사람이 어떤 사람이지요?

안드레아 : 벌써 죽었소.

　　　(소년들은 책을 읽는 안드레아를 놀리려고, 걸으면서 자기네도 책을 읽는 것처
     럼 돌아다닌다.)

국경 감시인 : (서기에게) 이 안에 종교에 관한 것이 씌어 있는지 살펴보시오.

서기 : (뒤적이며) 나로선 한 구절도 찾을 수 없군요.

국경 감시인 : 하긴 몽땅 뒤져 본다 한들 별 소용이 없지. 감춰야 할 것을 이렇
     게 공공연하게 우리한테 내미는 사람은 아무도 없을 거요. (안드레아에게)

우리가 모든 걸 조사했다고 서명하십시오.

(안드레아는 멈칫거리며 일어나, 계속 책을 읽으며 국경 감시인들과 함께 건물 안으로 들어간다.)

셋째 소년 : (서기에게 궤짝을 가리키며) 저기 또 짐이 있어요, 아시나요?

서기 : 아까까지는 여기 없었니?

셋째 소년 : 악마가 여기다 갖다 놨어요. 궤짝이에요.

둘째 소년 : 아냐, 그건 저 낯선 아저씨 것이야.

셋째 소년 : 나 같으면 가지 않겠어. 마녀는 마부 파씨 아저씨의 말들도 홀려 놨는걸. 말들이 기침하는 것을, 눈보라에 찢겨진 지붕 구멍을 통해 내 눈으로 직접 보고 들었단 말야.

서기 : (거의 궤짝 가까이 다가가 망설이다가 되돌아온다.) 악마의 물건이라구? 허기야, 우리가 모든 것을 조사할 수는 없지. 그러다가 어디까지 가겠어?

(안드레아는 우유 항아리를 하나 들고 돌아온다. 그리고 다시 궤짝 위에 앉아 읽기를 계속한다.)

국경 감시인 : (서류를 들고 그의 뒤를 따라 들어와) 짐짝들을 다시 닫아요. 이제 다 됐나?

서기 : 됐습니다.

둘째 소년 : (안드레아에게) 아저씨는 그러니까 학자이시라구요. 직접 말씀해 주세요. 사람이 공중을 날 수 있나요?

안드레아 : 잠깐 기다려라.

국경 감시인 : 이제 통과하셔도 좋습니다.

(짐을 마부가 받는다. 안드레아는 궤짝을 집어 들고 기다린다.)

국경 감시인 : 잠깐만! 그건 무슨 궤짝입니까?

안드레아 : (다시 그의 책을 움켜쥐고서) 이건 책들이오.

첫째 소년 : 그건 마녀의 궤짝이에요.

국경 감시인 : 얼토당토 않은 소리. 마녀가 어떻게 궤짝을 요술로 만들어 낸단

말이냐?

셋째 소년 : 악마의 도움을 받으면 되거든요!

국경 감시인 : (웃으며) 여기선 그런 게 통용되지 않아. (서기에게) 열어 보시오.
    (그는 궤짝을 연다.)

국경 감시인 : (불쾌하게) 몇 권이나 됩니까?

안드레아 : 서른네 권이오.

국경 감시인 : (서기에게) 이걸 조사하려면 얼마나 걸리겠소?

서기 : (대충 궤짝을 뒤적이기 시작하며) 전부 인쇄된 것입니다. 이걸 보려면 어
    쨌든 아침 식사는 포기해야 합니다. 또 이 책들을 모조리 뒤져 보는 경우,
    언제 마부 파씨한테 달려가 그가 집 경매 때에 미뤄 났던 통행관세를 거
    둬들인단 말입니까?

국경 감시인 : 물론, 우리는 그 돈을 받아야 하오. (그는 발로 책들을 찬다.) 허기
    야, 이 안에 뭐 대단한 게 씌어 있을라구! (마부에게) 출발!
    (안드레아는 궤짝을 짊어진 마부와 함께 국경을 넘어 선다. 저편에서 그는 갈릴
    레이의 원고를 여행 가방에 넣는다.)

셋째 소년 : (안드레아가 놓아 둔 항아리를 가리키고) 이것 봐!

첫째 소년 : 그리고 궤짝이 없어졌잖아! 그것 봐, 악마가 한 짓이잖아?

안드레아 : (돌아보며) 아냐, 그것은 내가 한 짓이란다. 넌 눈을 뜨는 것을 연습
    해야겠구나. 우유값은 지불했고, 그건 항아리야. 그 노파한테 갖다 줘라.
    그건 그렇고, 네 질문에 아직 대답을 못 했구나, 쥬세페. 지팡이를 타고는
    공중을 날 수 없단다. 최소한 거기에 기계를 하나 붙여야 할 거다. 그렇지
    만 그런 기계는 아직은 없단다. 어쩌면 그런 기계는 영영 없을지도 몰라,
    사람이 너무 무거우니까. 그렇지만 물론, 아무도 그걸 알 수 없단다. 우리
    가 아무리 해도 끝내 다 알 수는 없거든, 쥬세페. 정말로 우리는 이제 겨
    우 출발점에 서 있는 거란다.

물리학자들

●프리드리히 뒤렌마트

"우리는 앞장서서 싸워 왔는데, 아무도 뒤를 따라오지 않고
우리는 허공에 부딪쳤소. 우리의 학문은 끔찍해졌고 우리의 연구는
위험해졌으며, 우리의 인식은 치명적이 되었소. 우리 물리학자들에게
남은 길은 단지 현실 앞에서의 굴복뿐이라오. 현실은 우리를
감당하지 못하오. 현실은 우리에게 부딪쳐 몰락해 간단 말이오.
우리는 우리의 지식을 철회해야만 하오.
그리고 나는 그것을 철회했소. 다른 해결이란 없소."

등장인물

마틸데 폰 찬트 박사(정신병원 여의사)

마르타 볼(수간호사)

모니카 슈테틀러(간호사)

우베 지베르스(수간호인)

맥아더(남자 간호인)

무릴로(남자 간호인)

헤르베르트 게오르그 보이틀러, 자칭 뉴턴(환자)

에른스트 하인리히 에르네스트, 자칭 아인슈타인(환자)

요한 빌헬름 뫼비우스(환자)

오스카 로제(선교사)

리나 로제(선교사 부인)

아돌프 프리드리히(그녀의 아이들)

빌프리이트 카스파르(그녀의 아이들)

외르크 루카스(그녀의 아이들)

리하르트 보스(범죄수사관)

굴(경찰관)

블로허(법정의사)

1

—

장소

사설 요양소 '르 세리지에르(Lerisiers)' [1]의 좀 낡긴 했어도 설비는 훌륭한 한 빌라의 살롱.

인접한 환경

처음엔 자연 그대로의 호수가였는데, 들어서는 건축물로 조망이 막혀 가다가 결국은 제법 규모 있는 중소도시를 이룬 곳. 한때는 성채와 구시가로 이뤄진 예쁜 보금자리였던 이곳에 지금은 보험회사들의 흉한 건물들이 들어서 있다. 이 지역의 주된 시설로는 확장된 신학부와 여름 어학과정이 포함된 소박한 종합대학이 하나 있고, 그 외에 상업학교와 치과기공 기술학교가 하나씩, 또 몇몇 여자 기숙학교와 이렇다 할 이름도 없는 경공업 업체 하나가 고작이다.

따라서 이 지역 자체가 이미 분방해진 산업생활권과는 동떨어져 있다. 게다가 주변의 풍경까지도 마음을 안정시키기에 좋은 환경이 되고 있다. 어쨌든 푸른 산줄기와 친근감을 주는 수풀 우거진 등성이들, 괄목할 만한 호

---

1) 불어로 버찌나무라는 뜻.

수가 하나, 여기에 연이어 저녁이면 연기가 피어오르는 널따란 평원,— 한 때 음산한 소택지였던 — 이 평원엔 지금은 관개수로가 들어와 있어 비옥한 땅을 이루고 있다. 아울러 평원 어디엔가 자리잡은 교도소와 거기 딸린 대농장에서, 말없이 그림자처럼 크고 작은 무리를 지어 곡괭이질과 삽질을 하는 죄수들의 모습이 보인다.

그러나 어떤 장소인가는 근본적으로 중요하지 않다. 다만 엄밀함을 기하기 위해 언급되었을 뿐. 어쨌든 우리는 정신병원(이제 결국 이 말이 나왔다.)의 빌라를 결코 떠나지 않게 된다. 더 자세히 말하자면 그곳의 살롱을 떠나지 않고, 공간과 시간, 사건의 일치를 엄격히 지키기로 작정했다. 정신병자들 사이에 벌어지는 사건은 고전적 형식으로만 파악될 수 있을 것 같아서이다. 본론으로 돌아가자. 이 빌라로 말할 것 같으면, 지난날 그 안에는 이 요양 업체의 창설자이자 명예 의학박사인 마틸데 폰 찬트 박사의 환자 전부가 이곳에서 묵었다. 그 여의사의 환자로는 이젠 통치하지 않는 영락한 귀족들, 동맥경화에 걸린 정객들, 정신 박약한 백만장자, 정신병에 걸린 작가, 조울증의 대기업인 등등, 요컨대 유럽 반쪽에 살며 정신적으로 혼란을 일으킨 엘리트들이 모두 묵고 있었다. 그도 그럴 것이 이 처녀 의사는 여러 면에서 유명했기 때문이다.

늘 의사가운을 걸친 이 꼽추 처녀는 그 지방의 유력한 가문 출신일 뿐 아니라, 박애주의자요, 정신과 의사로서도 실로 세계적으로도 큰 명성을 얻고 있었기 때문이다. (C. G. 융[2]과 그녀의 서간집이 바로 얼마 전에 출간되었다.) 그런데 이 저명하면서도 항상 즐겁지는 못한 그녀의 환자들은 벌써 오래 전에 우아하고 양지 바른 신축 병동으로 옮겨져 있었다.

여기서는 엄청난 입원비 덕분에 아무리 심한 악성의 과거도 순수한 즐거움으로 되어 버린다. 신축 병동은 넓은 정원의 남쪽에 서로 다른 모양의

---

2) C. G. Jung(1875~1961) : 프로이트의 영향을 받은 스위스의 신경정신과 의사.

정자(亭子)(예배당에는 에르니[3]의 스테인드글라스 그림이 있다.)가 평원을 향해 흩어져 있고, 한편 빌라로부터 큰 수목들과 잔디가 호수 쪽으로 내리뻗어 있다. 호변을 따라서는 돌담이 처져 있다.

이제는 환자로 붐비지 않게 된 빌라의 살롱에는 대체로 세 명의 환자가 묵고 있는데, 우연히도 모두 물리학자이다. 아니면 완전히 우연만은 아니라고 할 수 있다. 인도적 원칙을 적용해서 유유상종하게 배려해 준 것이니까. 그들은 각기 자신들이 망상하는 세계 속에 틀어박혀서 제각기 따로 살아간다. 다만 이따금 살롱에서 같이 식사를 하고, 자기네 학문에 대해 토론을 벌이거나 멍청히 앞을 내다보기도 한다. 그들은 무해무탈하고 호감이 가는 정신병자들로서 상대하기 쉽게 말을 잘 듣고 까다롭지 않다. 요컨대 만약 최근에 와서 심상찮은 사건, 실로 끔찍한 사건만 벌어지지 않았다면, 이들은 참으로 모범적인 환자라고 할 수 있었을 것이다. 그런데 그들 중 한 사람이 석 달 전에 어떤 간호사를 교살한 일이 벌어졌고, 지금 같은 사건이 또 발생한 것이다. 그래서 이 집 안에는 또다시 경찰이 와 있다. 따라서 살롱은 다른 때보다 사람들이 북적대는 편이다. 간호사는 비극적이며 결연한 자세로 쪽마루의 약간 뒤쪽, 배경 쪽으로 누워 있다. 관객을 필요 이상으로 놀라게 하지 않으려는 의도이다. 그러나 여기에서 싸움이 벌어졌다는 흔적은 빼놓을 수 없다. 가구들이 눈에 띄게 뒤죽박죽되어 있다. 전기 스탠드 하나와 안락의자 둘이 바닥에 뒹굴어져 있고, 왼쪽 전면으로는 둥근 테이블의 다리 쪽이 관객을 향해 뒤집혀져 있다.

아울러 정신병원으로 개조한(이 빌라는 지난날 찬트 가문의 여름 별장이었다.) 쓰디쓴 흔적들이 살롱 안에 남아 있다. 사방 벽들에는 사람 키 높이만큼 깨끗한 빛깔의 도료가 칠해져 있는데, 그 밑에 발라진 회칠이 드러나 있고 부분적으로는 아직 남아 있는 장식 채색도 보인다. 작은 홀로부터

---

3) Hans Erni(1909~) : 스위스 초현실주의 화가.

물리학자들의 병실로 통하는 배경 쪽에 있는 세 개의 문은 푹신푹신한 검정 가죽으로 싸여 있다. 그 밖에도 문들에는 1에서 3까지 번호가 매겨져 있다. 홀 왼쪽 옆으로는 보기 흉한의 라디에이터, 오른쪽으로는 수건이 여럿 걸린 수건걸이와 세면대가 하나 있다.

2호실(가운데 방)로부터는 피아노 반주에 바이올린 연주소리가 새어 나온다. 베토벤의 크로이체르 소나타. 왼쪽에는 높은 곳에서 바닥에까지 창문이 달린 베란다, 바닥에는 리노륨이 깔려 있다. 창 전면의 좌우로 묵직한 커튼. 날개문이 테라스로 통하는데, 정원과 비교적 양지 바른 11월 날씨를 배경으로 하여 테라스의 돌난간이 두드러져 보인다. 오후 4시 반이 조금 지난 시간. 오른편으로 지금은 쓰지 않는 벽난로(그 앞에 격자 무늬가 쳐져 있다.) 위로는 뾰족한 수염을 기른 한 노인의 초상화가 무거운 금빛 액자에 담겨 걸려 있다. 오른편 앞쪽으로는 육중한 상수리나무 문. 갈색의 우물 정(井) 자 무늬의 천정으로부터 육중한 샹들리에가 흔들리고 있다.

가구들

둥근 테이블 주변에 있는 (살롱은 정돈되었다.) 세 개의 의자는 테이블과 마찬가지로 흰 페인트칠이 되어 있다. 나머지 가구들은 약간 낡았고, 여러 시대의 것이다. 오른편으로는 작은 탁자와 소파, 그 양쪽으로 두 개의 안락의자가 호위하고 있다. 전기 스탠드는 원래 소파 뒤에 놓여 있다. 따라서 이 방 안에는 결코 많은 세간이 들어차 있지는 않다. 고대 작품들과는 반대로 사티로스 극[4]이 비극에 선행하는 지금의 무대 장치에는 별로 이렇다 할 것이 없다. 우리는 이제 공연을 시작할 수 있다.

시체를 둘러싸고 형사들이 일을 하고 있다. 사복 차림의 침착하고 다소곳한 젊은이들, 벌써 자기네 몫의 백포도주를 마시고 술 냄새를 풍긴다. 그

---

4) Satyrspiel : 고대 그리스 3부작 비극에 첨가된 후극(後劇). 반인반수의 사티로스가 코러스를 형성.

들은 자로 재고 지문을 찍고, 시체의 윤곽을 따라 분필로 긋는 등 분주하다. 살롱 한가운데 형사 수사과장 리하르트 보스가 외투를 입고 모자를 쓴 채 서 있고, 왼쪽에 수간호사 마르타 볼, 그녀는 이름이나 성품처럼 보기에도 과단성 있는 모습이다. 오른편 안락의자에 경찰 한 사람이 앉아 속기하고 있다. 수사과장은 갈색 담배 케이스에서 담배를 꺼낸다.

수사과장 : 담배 좀 피워도 되겠습니까?

수간호사 : 그건 안 됩니다.

수사과장 : 죄송합니다. (그는 담배를 다시 넣는다.)

수간호사 : 차라도 한 잔?

수사과장 : 차라리 소주를.

수간호사 : 당신은 지금 요양소에 계십니다.

수사과장 : 그럼 아무것도 안 하겠습니다. 블로허, 사진 찍어도 좋아.

블로허 : 알았습니다, 수사과장님.

　　(사진을 찍는다. 라이트가 터진다.)

수사과장 : 저 간호사 이름이 무엇이지요?

수간호사 : 이레네 슈트라우프

수사과장 : 나이는?

수간호사 : 스물둘. 코올방 출신.

수사과장 : 가족은?

수간호사 : 동 스위스에 사는 오빠가 한 사람 있어요.

수사과장 : 알렸나요?

수간호사 : 전화로요.

수사과장 : 살인자는?

수간호사 : 저, 수사과장님 — 그 가엾은 사람은 환자인걸요.

수사과장 : 그렇다면 좋습니다, 범행자는?

수간호사 : 에른스트 하인리히 에르네스티. 우리는 그를 아인슈타인이라고 부릅니다.

수사과장 : 왜요?

수간호사 : 그 사람은 자신이 아인슈타인인 줄 알고 있으니까요.

수사과장 : 그렇군요. (속기 중인 경찰관에게) 수간호사의 진술을 적고 있나, 굴?

굴 : 물론이죠, 수사과장님.

수사과장 : 역시 교살인가요, 의사 선생님?

법정의사 : 명백합니다. 전기 스탠드 코드로. 정신병자들은 흔히 거인 같은 힘을 발휘하지요. 어딘가 엄청난 데가 있어요.

수사과장 : 그렇군요. 그렇게 보시는군요. 그렇다면, 이런 정신병자들을 여자 간호사들한테 맡겨 놓는 것이 무책임하다는 생각이 드는데요. 이건 벌써 두 번째 살인인데…….

수간호사 : 아니, 수사과장님.

수사과장 : '르 세리지에르' 요양소에서 석 달 사이에 일어난 두 번째의 불상사란 말이오. (그는 메모첩을 꺼낸다.) 8월 12일에 위대한 물리학자 뉴턴을 자처하는 헤르베르트 게오르크 보이틀러라는 자가 간호사 도로테아 모저를 교살했지요. (그는 메모첩을 다시 넣는다.) 역시 이 살롱에서. 남자 간호사를 뒀더라면 그런 일은 결코 안 일어났을 것이오.

수간호사 : 그렇게 생각하세요? 간호사 도로테아 모저는 여자 레슬링 연맹의 회원이고, 간호사 이레네 슈트라우프는 국내 유도연맹의 챔피언입니다.

수사과장 : 그럼 당신은?

수간호사 : 역도를 합니다.

수사과장 : 지금 그 살인자를…….

수간호사 : 아니, 수사과장님.

수사과장 : 그 범행자를 만나 볼 수 있겠소?

수간호사 : 그 사람은 바이올린을 켜고 있습니다.

수사과장 : 그 사람이 바이올린을 켜다니, 무슨 말입니까?

수간호사 : 지금 연주 소리가 들리잖아요.

수사과장 : 그렇다면 이제 그만 하라고 말해 주시오. (수간호사의 반응이 없자) 그 사람을 신문해야겠소.

수간호사 : 안 돼요.

수사과장 : 왜 안 된단 말입니까?

수간호사 : 우리는 의학적 입장에서 당신의 말을 따를 수 없습니다. 에르네스티 씨는 지금 바이올린을 켜야 합니다.

수사과장 : 그 녀석은 뭐니뭐니해도 간호사 한 사람을 교살했단 말이오!

수간호사 : 수사과장님. 문제는 그 사람이 단순한 '그 녀석'이 아니라, 안정을 취해야 하는 환자라는 점입니다. 그리고 그는 자신이 아인슈타인인 줄 알고 있기 때문에 바이올린을 켜야만 진정되지요.

수사과장 : 그렇다면 애당초 내가 제정신이 아니란 말이오?

수간호사 : 그렇지 않아요.

수사과장 : 뒤죽박죽 갈피를 잡을 수 없군. (그는 진땀을 닦는다.) 여기는 덥군요.

수간호사 : 전혀 그렇지 않습니다.

수사과장 : 마르타 수간호사. 부탁이니 병원장을 데려 오시오.

수간호사 : 그것도 안 됩니다. 박사님께선 아인슈타인의 피아노 반주를 하고 계십니다. 아인슈타인은 박사님이 반주를 해야만 안정을 찾거든요.

수사과장 : 석 달 전에도 여 박사께서는 뉴턴과 장기를 두어야 했지요. 그 자의 안정을 찾게 한답시고. 이제 더 이상 그런 것에 동의할 수 없소이다, 마르타 수간호사. 병원장과 꼭 얘기를 해야겠습니다.

수간호사 : 그러시지요, 그렇다면 그냥 기다리십시오.

수사과장 : 저 바이올린 연주는 얼마나 더 계속될 거요?

수간호사 : 15분, 한 시간. 그때그때 따라서.

수사과장 : (자제를 하고) 좋습니다. 기다리겠소. (고함을 친다.) 기다리겠소!

블로허 : 우리 일은 끝난 것 같습니다, 수사과장님.

수사과장 : (먹먹한 소리로) 그런데 나는 녹초가 됐소.

(침묵. 수사과장은 땀을 닦는다.)

수사과장 : 그 시체는 밖으로 치워도 되네.

블로허 : 알았습니다, 수사과장님.

수간호사 : 공원을 지나 예배당으로 통하는 길을 형사님들께 안내하지요. (그녀는 날개문을 연다. 시체는 밖으로 실려 나간다. 기재들 역시. 수사과장은 모자를 벗고 소파 왼편의 안락의자에 녹초가 되어 주저앉는다. 여전히 바이올린 켜는 소리, 피아노 반주. 그때 3호실에서 헤르베르트 게오르크 보이틀러가 18세기 초의 의상을 입은 채 가발을 쓰고 나온다.)

뉴턴 : 아이작 뉴턴 경이오.

수사과장 : 수사과장 리하르트 보스입니다. (그는 앉은 채로 있다.)

뉴턴 : 반갑소, 아주 반갑소. 진심이오. 쿵쾅거리는 소리, 신음소리, 그르렁거리는 소리가 들리더니, 사람들이 왔다 가는 소리가 났는데. 여기 무슨 일이 벌어졌나요?

수사과장 : 간호사 이레네 슈트라우프가 교살됐지요.

뉴턴 : 국내 유도연맹의 여자 챔피언이?

수사과장 : 그 여자 챔피언이.

뉴턴 : 끔찍하오.

수사과장 : 에른스트 하인리히 에르네스티가 그랬지요.

뉴턴 : 그렇지만 그는 지금 바이올린을 켜고 있지 않소?

수사과장 : 그자는 자신을 진정시켜야만 한다는군요.

뉴턴 : 격투하느라 필시 그 사람 잔뜩 긴장했을 거요. 그 친구, 생각보다 허약하군. 무엇으로 그가?

수사과장 : 전기 스탠드 코드로.

뉴턴 : 전기 스탠드 코드로. 그것도 하나의 가능성이로군. 에르네스티라는 친

구. 안됐군요. 말도 못 하게. 또 유도 챔피언도 안됐구려. 용서하시오. 여기 정돈을 좀 해야겠소.

수사과장 : 그러시지요. 증거는 촬영했습니다.

　　(뉴턴은 테이블과, 의자들을 똑바로 세워 놓는다.)

뉴턴 : 나는 무질서를 참지 못하오. 원래 나는 질서를 사랑하기 때문에 물리학자가 되었다오. (그는 전기 스탠드를 세운다.) 자연의 피상적인 무질서를 한 층 높은 질서로 환원시키기 위해서. (그는 퀄런을 피워 문다.) 담배를 피우면 방해가 되겠소?

수사과장 : (반가워서) 그 반대요. 나도. (그는 담배 케이스에서 담배를 한 대 꺼내려 한다.)

뉴턴 : 미안하오만 우리가 마침 질서에 대해 얘기했던 참이니 말이오, 여기서는 오직 환자만이 담배를 피울 수 있지, 방문객에겐 금지되어 있소. 방문객마저 그랬다간 당장 살롱 전체가 오염될 거요.

수사과장 : 알겠소. (그는 담배 케이스를 다시 집어 넣는다.)

뉴턴 : 내가 코냑을 한 잔 마시면 당신한테 방해가 되겠소?

수사과장 : 전혀 그렇지 않소.

　　(뉴턴은 벽난로 격자 뒤에서 꼬냑 병과 유리잔을 하나 꺼낸다.)

뉴턴 : 에르네스티란 친구. 나로선 전혀 갈피를 잡을 수 없소. 어떻게 사람이 간호사를 교살할 수 있단 말이오! (그는 소파에 앉아 꼬냑을 따른다.)

수사과장 : 당신도 실은 간호사를 한 사람 교살했지요.

뉴턴 : 내가?

수사과장 : 간호사 도로테아 모저를.

뉴턴 : 그 여자 레슬링 선수를?

수사과장 : 8월 12일에. 커튼 끈으로.

뉴턴 : 그렇지만, 그건 전혀 다른 얘기요, 수사과장. 궁극적으로 나는 미친 사람은 아니란 말이오. 당신의 건강을 위해!

수사과장 : 당신의 건강을 위해!

(뉴턴은 꼬냑을 마신다.)

뉴턴 : 간호사 도로테아 모저. 돌이켜 생각해 보니 그녀는 밀짚 빛깔의 금발이 었소. 엄청난 장사였지. 우람한 몸집을 가졌는데도 유연했지. 그녀는 날 사 랑했고 나도 그녀를 사랑했지요. 그 딜레마는 단지 커튼 끈을 써서 풀 수밖 에 없었소.

수사과장 : 딜레마라니?

뉴턴 : 나의 사명은 지구의 중력에 대해 생각하는 것이지 여자를 사랑하는 데 있지 않소.

수사과장 : 알겠소.

뉴턴 : 게다가 엄청나게 나이 차이가 났거든.

수사과장 : 물론이겠죠. 당신은 2백 살도 훨씬 넘었을 테니까.

뉴턴 : (어리둥절해서 그를 응시한다) 어째서요?

수사과장 : 보시오, 당신이 뉴턴이라면…….

뉴턴 : 멍청이가 되셨소, 수사과장? 아니면 그런 척하고 있는 거요?

수사과장 : 내 말 좀…….

뉴턴 : 당신은 정말로 내가 뉴턴이라고 믿나요?

수사과장 : 당신 스스로 그렇게 믿고 있지 않소.

(뉴턴은 의심스럽게 주변을 둘러본다.)

뉴턴 : 한 가지 비밀을 털어놓아도 좋을까요, 수사과장님?

수사과장 : 물론이죠.

뉴턴 : 나는 아이작 경이 아니랍니다. 나는 단지 뉴턴이라고 자칭하고 있을 뿐 이랍니다.

수사과장 : 그렇다면 왜?

뉴턴 : 에르네스티를 당황하지 않게 하려구요.

수사과장 : 무슨 소린지 모르겠소.

뉴턴 : 나와는 달리 에르네스티는 진짜 환자랍니다. 그 사람은 자기가 알베르트 아인슈타인이라고 망상하고 있지요.

수사과장 : 그것이 당신하고 무슨 상관이오?

뉴턴 : 실제로 내가 알베르트 아인슈타인이라는 걸 에르네스티가 알게 되면 끔찍한 일이 벌어질 겁니다.

수사과장 : 그렇다면 당신은?

뉴턴 : 그렇습니다. 상대성원리를 세운 저명한 물리학자가 바로 나란 말입니다. 1879년 3월 14일 울름에서 태어났지요.

(수사과장은 얼떨떨해져서 일어선다.)

수사과장 : 뵙게 되어 영광입니다.

(뉴턴 역시 일어선다.)

뉴턴 : 나를 그냥 알베르트라고 불러 주시오.

수사과장 : 당신은 나를 리하르트라고 부르시오.

(그들은 악수를 한다.)

뉴턴 : 나는 에른스트 하인리히 에르네스티보다는 훨씬 감동적인 선율로 크로이체르 소나타를 켤 수 있다고 장담할 수 있소. 저 친구는 안단테를 마냥 거칠게 켜고 있단 말야.

수사과장 : 나는 음악에 문외한이오.

뉴턴 : 우리 앉읍시다.

(뉴턴은 수사과장을 소파 위에 끌어 앉힌다. 그리고 수사과장의 어깨를 감싸 안는다.)

뉴턴 : 리하르트.

수사과장 : 알베르트.

뉴턴 : 나를 체포할 수 없어서 당신은 화가 나 있지 않은가요?

수사과장 : 원, 알베르트.

뉴턴 : 당신은 나를 간호사 교살죄로 체포하고 싶나요, 아니면 내가 원자탄의

가능성을 조장했다고 체포하고 싶은 건가요?

수사과장 : 원, 알베르트.

뉴턴 : 저 문 옆의 스위치를 돌리면 어떻게 되지요, 리하르트?

수사과장 : 불이 켜지겠지요.

뉴턴 : 당신은 전기를 접속시킨 것이지요. 전기에 관해 뭘 좀 아시나요, 리하르트?

수사과장 : 나는 물리학자가 아니오.

뉴턴 : 나 역시 그것에 관해 별로 아는 게 없습니다. 다만 자연을 고찰한 것을 토대로 그것에 대한 이론을 하나 정립하지요. 나는 이 이론을 수학의 언어로 작성하고 여러 가지 공식을 얻어 냅니다. 여기에 기술자들이 뒤따르지요. 그들은 단지 공식에만 관심을 갖지요. 그들은 마치 포주가 창녀를 다루듯 전기를 취급합니다. 전기를 한껏 이용하는 것이지요. 그들은 기계류를 생산해 냅니다. 그리고 기계란, 그것의 발명을 초래한 인식에서부터 독립해 떨어져 나갈 때에야 비로소 사용할 수 있지요. 그래서 오늘날엔 어떤 멍청이라도 전구를 켤 수 있고, 원자탄 같은 것을 폭발시킬 수도 있지요. (그는 수사과장의 어깨를 두들긴다.) 그런데 당신은 지금 그것 때문에 나를 체포하려 하는군요, 리하르트. 그것은 공평치가 못해요.

수사과장 : 나는 당신을 체포할 생각이 전혀 아닌데요, 알베르트.

뉴턴 : 그거야 단지 당신이 나를 미쳤다고 생각하기 때문이지요. 그렇지만 전기에 관해 아무것도 모른다면서, 왜 당신은 전깃불을 켜요? 여기에서는 당신이 범죄자인 거요, 리하르트. 어쨌거나 이제 난 꼬냑을 감춰야겠소, 안 그랬다간 수간호사 마르타 볼이 미쳐 날뛸 거요. (뉴턴은 꼬냑 병을 다시 벽난로 철책 뒤에 감춰 놓는다. 그러나 잔은 그대로 둔다.) 잘 지내시오.

수사과장 : 잘 지내시오, 알베르트.

뉴턴 : 당신은 자신을 체포했어야 하오, 리하르트!(그는 다시 3호실로 사라진다.)

수사과장 : 이제 무조건 담배나 피워야겠다.

(그는 단호히 담배 케이스에서 시가를 한 대 꺼내고 불을 붙여 피운다. 날개문으로 블로허 등장.)

블로허 : 우린 떠날 준비가 끝났습니다. 수사과장님.

(수사과장 바닥을 구른다.)

수사과장 : 난 기다리고 있는 중이네! 여 병원장을!

블로허 : 알았습니다. 수사과장님.

(수사과장은 진정하고 투덜댄다.)

수사과장 : 일행을 데리고 시내로 돌아가게, 블로허. 나는 나중에 뒤따라가지.

블로허 : 명령대로 하겠습니다. 수사과장님. (퇴장.)

(수사과장은 멍하니 담배 연기를 뿜어대며 뻣뻣하게 방안을 서성대다가 벽난로 위에 걸린 초상화 앞에 멈춰 서서 그것을 관찰한다. 그러는 사이에 바이올린과 피아노 반주 소리가 멈춘다. 2호실 문이 열리고 마틸데 폰 찬트 여 박사가 나온다. 꼽추에다, 55세 가량, 흰 의사가운, 청진기를 들고 있다.)

여의사 : 나의 부친은 추밀고문관 아우구스트 폰 찬트지요. 내가 이 빌라를 요양소로 바꾸기 전에 아버지는 여기 사셨지요. 위대한 남자, 참된 인간이었답니다. 나는 아버지의 유일한 육친이지요. 아버지는 나를 역병처럼 싫어했어요. 도대체 모든 인간을 역병처럼 싫어하셨지요. 어쩌면 아버지가 옳았을 겁니다. 재계의 거물인 아버지의 눈에는 우리 정신병 의사한텐 영원히 안 보이는 인간의 나락(奈落)이 그대로 드러나 보였을 테니까요. 우리 정신병 의사들이란 결국 속절없이 낭만적 박애주의자로 머물러 있는 거지요.

수사과장 : 석 달 전엔 여기 다른 초상화가 걸려 있었는데.

여의사 : 나의 아저씨, 정치가였죠. 요아힘 폰 찬트 재상이에요. (그녀는 악보를 소파 앞의 작은 탁자 위에 놓는다.) 자, 에르네스티가 진정되었어요. 침대에 누워 잠이 들었죠. 행복한 사내아이처럼. 이제 마음이 놓이는군요. 그가 브람스 소나타 3번을 또 켤까 봐 걱정을 했는데. (그녀는 소파 왼편의 안락의

자에 앉는다.)

수사과장 : 용서하시오, 찬트 박사. 금연인 줄 알지만 여기서 담배를 피우고 있
　　　　소. 그렇지만…….

여의사 : 마음놓고 피우세요, 수사과장님. 나도 당장 담배를 피워야겠어요. 수
　　　　간호사 마르타가 뭐라든 간에. 불 좀 빌려 주세요.

　　　　(그는 그녀에게 불을 준다. 그녀는 담배를 피운다.)

여의사 : 끔찍한 일이죠. 가엾은 이레네 간호사. 깔끔한 처녀였는데. (그녀는 컵
　　　　을 발견한다.) 뉴턴이?

수사과장 : 재미있었소.

여의사 : 컵을 치우는 게 좋겠군요.

　　　　(수사과장이 먼저 일어나 유리컵을 벽난로 철책 뒤에 놓는다.)

여의사 : 수간호사 때문이지요.

수사과장 : 알겠소.

여의사 : 뉴턴이랑 얘기를 나누셨나요?

수사과장 : 뭘 좀 알아 냈지요. (그는 소파에 앉는다.)

여의사 : 축하합니다.

수사과장 : 뉴턴은 실제로는 자기가 아인슈타인이라고 생각하고 있다는군요.

여의사 : 그 소리를 그는 누구한테나 하지요. 그렇지만 정말로 자기를 뉴턴이
　　　　라고 여기고 있답니다.

수사과장 : (아연해 하며) 확신하십니까?

여의사 : 내 환자들이 스스로를 누구라고 여기는가 하는 건 내가 결정합니다.
　　　　그들이 자신에 대해 아는 것보다 내가 그들을 훨씬 더 많이 알지요.

수사과장 : 그럴 수도 있지요. 그렇다면 우리를 좀 도와 주셔야겠군요, 박사님.
　　　　정부측에서 이의를 신청하고 있습니다.

여의사 : 검사가요?

수사과장 : 노발대발입니다.

여의사 : 그건 내게 맡기는 게 어떨까요, 보스 씨?

수사과장 : 두 건의 살인 —

여의사 : 아니, 수사과장.

수사과장 : 두 건의 불상사가 일어났어요. 석 달 사이에. 당신 요양소 안에 안전조치가 미흡하다는 점을 인정하셔야죠.

여의사 : 안전조처라니, 어떤 상상을 하시는 겁니까? 수사과장. 나는 요양소를 경영하고 있지, 교도소를 관리하는 게 아닙니다. 결국, 당신네들이라 해도 아무리 살인자라지만 그들이 살인을 저지르기 전에는 미리 가둘 수 없을 겁니다.

수사과장 : 문제는 이들이 살인자가 아니라 정신병자라는 사실입니다. 그리고 정신병자는 언제라도 살인을 할 수 있지요.

여의사 : 건강한 사람들도 살인을 합니다. 그것도 눈에 띄게 매우 빈번히. 원수(元帥)를 지냈던 나의 조부 레오니다스 폰 찬트가 겪었던 패전만을 생각해 봐도 그렇죠. 대체 우리가 어떤 세기에 살고 있나요? 의학의 진보를 보십시오, 아닌가요? 아무리 미쳐 날뛰는 자라도 온순한 양으로 만드는 약제들을 자기 마음대로 구사할 수 있지 않습니까? 어쩌면 지난날처럼 환자들을 다시 독방 안에다, 권투장갑을 써서 그물 속에다 가둬 놔야 되겠습니까? 마치 우리가 위험한 환자와 위험하지 않은 환자를 구별할 줄도 모른다는 말씀인 것 같군요.

수사과장 : 이 구별 능력이 어쨌든 보이틀러와 에르네스티의 경우엔 명백한 실패였습니다.

여의사 : 유감이지요. 그것은 나를 불안하게 하는 일이지, 노발대발한 당신네 검사를 불안케 하는 일이 아닙니다.

(2호실에서 아인슈타인이 바이올린을 들고 나온다. 마른 몸집에 밀짚 같은 긴 백발, 코밑 수염.)

아인슈타인 : 이제 일어났습니다.

여의사 : 아니, 교수님.

아인슈타인 : 내 연주가 괜찮았나요?

여의사 : 훌륭했어요, 교수님.

아인슈타인 : 간호사 이레네 슈트라우프 —

여의사 : 이제 그 문제는 생각하지 마십시오, 교수님.

아인슈타인 : 다시 자러 가야겠습니다.

여의사 : 잘 생각하셨습니다, 교수님.

　　(아인슈타인은 다시 자기 방으로 되돌아간다. 수사과장 벌떡 일어서 있다.)

수사과장 : 그러니까 저 작자군!

여의사 : 에른스트 하인리히 에르네스티입니다.

수사과장 : 살인자 —

여의사 : 아니, 수사과장.

수사과장 : 아인슈타인을 자처하는 그 범행자로군. 저 사람 언제 입원했습니까?

여의사 : 2년 전이에요.

수사과정 : 그리고 뉴턴은?

여의사 : 1년 전이죠. 두 사람 다 회복이 불가능한 환자입니다. 보스 씨, 모르
긴 해도 나는 이 직업의 초년생은 아닙니다. 그 점은 당신이나 검사나 다
아는 일이에요. 검사는 내 진단서를 항상 높이 평가했지요. 내 요양소는 세
계적으로 이름나 있고 그만큼 비쌉니다. 나는 과실 같은 걸 저지를 처지도
아니고, 또 경찰을 끌어들이는 이런 갑작스런 일을 당할 처지는 더욱 아니
지요. 여기서 누구든 실패했다면, 그것은 의학의 실패이지 나의 실패는 아
닙니다. 이 불상사는 예견할 수 없는 것이었어요. 당신이나 나도 마찬가지
로 간호사를 살해했을 수 있는 겁니다. 이 변사에 대해서는 의학상으로는
아무런 해명이 있을 수 없어요. 그렇잖다면…….

　　(그녀는 다시 담배를 물었다. 수사과장이 불을 켜 준다.)

여의사 : 수사과장, 당신한테 눈에 띄는 점이 없습니까?

수사과장 : 어떤 면으로?

여의사 : 두 환자를 생각해 보십시오.

수사과장 : 그런데?

여의사 : 둘 다 물리학자이죠. 핵물리학자요.

수사과장 : 그래서요?

여의사 : 당신은 정말로 아무런 의심도 품을 줄 모르는 사람이군요, 수사과장.

수사과장 : (생각에 잠긴다.) 박사님.

여의사 : 보스 씨?

수사과장 : 당신 생각은?

여의사 : 두 사람은 방사성 물질을 연구했답니다.

수사과장 : 그게 무슨 연관이라도 있다고 추측하십니까?

여의사 : 다만 확인하고 있을 뿐입니다. 두 사람 다 미쳐 버렸으며, 병이 악화
　　　　일로에 있고 매우 위험해져서, 둘 다 간호사를 교살했다는 점이죠.

수사과장 : 일종의 방사능으로 인해 뇌에 어떤 변화가 일어났다고 생각하시는
　　　　겁니까?

여의사 : 유감스럽지만 그런 가능성을 눈앞에 보고 있습니다.

수사과장 : (주변을 돌아보며) 이 문은 어디로 통합니까?

여의사 : 위층 초록빛 살롱인 홀로요.

수사과장 : 여기에 있는 환자는 몇 명입니까?

여의사 : 세 명입니다.

수사과장 : 그뿐인가요?

여의사 : 나머지 환자들은 지난번 불상사가 있고 난 직후에 신축 건물로 옮겼
　　　　지요. 다행히도 신축 건물 공사를 때맞춰 끝낼 수 있었거든요. 돈 많은 환
　　　　자들과 나의 친지들이 기부금을 냈습니다. 그들 대개는 여기서 세상을 떠
　　　　났지요. 그럴 경우 나는 유일한 상속자였지요. 운명이라는 거죠, 보스 씨.
　　　　나는 항상 단독 상속인이랍니다. 우리 가문은 사실 너무나 늙어 버렸어요.

그래서 내 자신의 정신 상태를 볼 때 비교적 정상적이라고 여겨질 수 있다는 것만 해도 의학상으로 하나의 작은 기적에 비견될 지경이랍니다.

수사과장 : (생각에 잠겨) 세 번째 환자는요?

여의사 : 똑같이 물리학자입니다.

수사과장 : 이상스럽군요. 그렇지 않습니까?

여의사 : 전혀 그렇지 않아요. 나는 분류합니다. 작가는 작가들끼리, 대기업가는 대기업가들끼리, 여류 백만장자는 여류 백만장자끼리, 그리고 물리학자는 물리학자들끼리.

수사과장 : 이름은?

여의사 : 요한 빌헬름 뫼비우스.

수사과장 : 그 사람도 방사능하고 관계가 있나요?

여의사 : 전혀 그렇지 않습니다.

수사과장 : 그 사람도 혹시?

여의사 : 그 사람은 15년째 여기 있는데, 무해무탈합니다. 또 그의 상태도 변동이 없어요.

수사과장 : 박사님. 검사는 이곳의 물리학자들에게 반드시 남자 간호인을 배치하라고 요구하고 있습니다. 그것 때문에 당신이 사람들 입에 오르내리지는 않을 겁니다.

여의사 : 그렇게 하겠다고 전하시죠.

수사과장 : (모자를 집으며) 잘 됐군요. 당신이 그 점을 인정하니 기쁘군요. 내가 '르 세리지에르'에 온 것이 이번이 두 번째였지요, 찬트 박사. 다시는 나타나고 싶지 않소이다.

(그는 모자를 쓰고 왼쪽 날개문을 통해 테라스로 나가 공원으로 멀어져 간다. 마틸데 폰 찬트 박사는 생각에 잠겨 그의 뒷모습을 바라본다. 오른편에서 수간호사 마르타 볼이 깜짝 놀라며 숨을 몰아쉬면서 등장. 손에는 병력일지를 들고 있다.)

수간호사 : 저, 박사님.

여의사 : 오, 미안. (그녀는 담배를 비벼 끈다.) 간호사 이레네 슈트라우프는 안치되었나?

수간호사 : 오르간 아래쪽이에요.

여의사 : 촛불들이랑 화환을 그녀 둘레에다 놓도록 해요.

수간호사 : 포이츠 화원에다 벌써 전화로 주문을 했습니다.

여의사 : 나의 아주머니 젠타는 어떤 상태인가?

수간호사 : 불안해하고 있습니다.

여의사 : 복용량을 두 배로. 사촌 울리히는?

수간호사 : 그대로입니다.

여의사 : 마르타 볼 수간호사, 유감이지만 '르 세리지에르'의 한 가지 전통을 이젠 끝장내야겠소. 이제껏 나는 여자 간호사만 고용했는데, 내일부터는 남자 간호사가 이 빌라를 맡게 될 것이오.

수간호사 : 마틸데 폰 짜인트 박사님. 저는 제 환자인 세 명의 물리학자를 빼앗기고 싶지 않습니다. 그들은 내게 가장 흥미로운 환자들이에요.

여의사 : 내 결심엔 변동이 없어요.

수간호사 : 박사님께서 어디서 남자 간호사들을 데려오실지 궁금하군요. 요즘 같은 구인난(求人難)에.

여의사 : 그거야 내가 걱정할 문제지. 뫼비우스 가족들이 도착했나요?

수간호사 : 초록빛 살롱에서 기다리고 있습니다.

여의사 : 들어오게 해요.

수간호사 : 뫼비우스의 병력(病歷)입니다.

여의사 : 고맙군요.

(수간호사는 그녀에게 서류를 넘겨 주고 오른쪽 문으로 나가다가 다시 한 번 되돌아선다.)

수간호사 : 그렇지만…….

여의사 : 그만둬요, 마르타 수간호사, 그만 됐어요.

(수간호사 퇴장. 찬트 박사는 차트를 펼치고 둥근 테이블 앞에서 그것을 검토한
다. 오른편에서 수간호사가 로제 부인과 열네 살, 열다섯 살, 열여섯 살의 소년
들을 안내해 들어온다. 제일 나이 많은 소년은 가방을 메고 있다. 끝으로 선교
사 로제. 여의사는 일어선다.)

여의사 : 친애하는 뫼비우스 부인.

로제 부인 : 로제입니다. 로제 선교사 부인. 깜짝 놀라시겠지만, 박사님, 3주일
전에 저는 로제 선교사와 결혼했지요. 어쩌면 너무 서둘렀는지 몰라요. 우
린 9월에 어느 집회에서 알게 되었거든요. (그녀는 얼굴을 붉히며 좀 어색하
게 새 남편을 가리킨다.) 오스카는 홀아비였죠.

여의사 : (그녀의 손을 잡아 흔들며) 축하합니다, 로제 부인, 진심으로 축하해요.
그리고 당신에게도, 선교사님, 만사가 형통하시기를. (그녀는 선교사에게 고
개를 숙여 인사한다.)

로제 부인 : 박사님은 우리들의 결혼을 이해하시겠지요?

여의사 : 물론이에요, 로제 부인. 인생은 마땅히 꽃피어야 하니까요.

로제 선교사 : 여기는 이렇게 조용할 수가 없군요! 너무나 친절하시고. 이 집 안
이야말로 참된 하느님의 평화가 지배하고 있군요. 그야말로 시편의 한 구
절처럼.

로제 부인 : 오스카는 사실 훌륭한 설교자랍니다, 박사님. (그녀는 얼굴을 붉힌
다.) 저의 아이들이에요.

여의사 : 안녕, 얘들아.

세 소년 : 안녕하세요, 박사님.

(제일 어린 소년이 바닥에서 뭔가 집어 들었다.)

외르크 루카스 : 전기 스탠드의 코드예요, 박사님. 바닥에 떨어져 있었어요.

여의사 : 고맙다, 애야. 영리한 소년이군요, 로제 부인. 확신을 갖고 앞날을 기
대하셔도 되겠군요.

(로제 선교사 부인은 오른편으로 소파에 앉고 여의사는 왼쪽 테이블 앞에 앉는다. 소파 뒤쪽으로 세 소년이 서 있고, 오른편 바깥 안락의자에 선교사 로제가 앉는다.)

로제 부인 : 박사님, 아이들을 이리로 데려 온 데는 이유가 있습니다. 오스카는 서태평양 섬의 선교사직을 맡았거든요.

로제 선교사 : 태평양에 말입니다.

로제 부인 : 그래서 저는 아이들이 떠나기 전에 친아빠를 아는 게 옳다는 생각을 했어요. 처음이자 마지막으로. 애들 아빠가 병이 났을 때 아이들은 아주 어렸거든요. 그리고 어쩌면 이것이 영 이별이 될지도 모르고요.

여의사 : 로제 부인, 의사의 관점으로 보면 몇 가지 염려스러운 점이 있긴 합니다만, 인간적으로 저 역시 부인의 소망을 이해합니다. 그래서 이 가족 상봉을 기꺼이 허락하겠습니다.

로제 부인 : 우리 요한 빌헬름은 좀 어떤가요?

여의사 : (차트를 뒤적이며) 우리 뫼비우스의 병세는 호전되지도 악화되지도 않고 있습니다, 로제 부인. 그 사람은 자기의 세계 속에 틀어박혀 있지요.

로제 부인 : 아직도 여전히, 솔로몬 왕이 자기 앞에 나타난다고 주장하나요?

여의사 : 여전히.

로제 선교사 : 슬프고 딱한 망상이군요.

여의사 : 당신의 편협한 판단이 나로선 약간 놀랍군요, 로제 선교사님. 신학자로서 당신은 어쨌든지 기적의 가능성을 인정하셔야 할 텐데요.

로제 선교사 : 물론이죠. 그렇지만 정신질환자의 경우엔 다릅니다.

여의사 : 로제 선교사님, 정신질환자들이 지각하는 현상들이 실재하느냐 아니냐에 대해서는 정신의학도 결정할 수가 없습니다. 정신의학은 오로지 정서와 신경 상태에만 관여해야 하지요. 그런데 우리 착실한 뫼비우스의 경우엔 비록 병세가 심해지지는 않더라도, 상황은 충분히 딱합니다. 도와 준다구요? 맙소사! 인슐린요법 정도는 다시 한 번 하려고도 했지요. 그렇지만

다른 요법들이 아무 성과가 없었기 때문에 그것도 그만두었습니다. 유감스럽게도 나는 마술을 부릴 줄 모릅니다. 로제 부인. 그래서 우리의 뫼비우스를 건강하게 치료할 수가 없지요. 그렇지만 그를 괴롭히고 싶지는 않답니다.

로제 부인 : 그 사람이 알고 있나요, 내가—내 말은, 이혼에 대해 알고 있나요?

여의사 : 알려 주었어요.

로제 부인 : 알아들었나요?

여의사 : 그 사람은 바깥 세상에 대해서는 거의 관심이 없어요.

로제 부인 : 박사님, 저를 올바로 이해해 주십세요. 나는 그이를 열다섯 살 고등학생 때 친정 집에서 알게 되었어요. 그이는 친정집 다락방에 세들어 있었어요. 그이는 고아인데다 찢어지게 가난했어요. 나는 그이가 고등학교를 졸업하게 해 주었고, 나중엔 물리학 공부를 하게 도와 주었지요. 그이의 스무번째 생일날 우리는 결혼을 했답니다. 친정 부모님의 반대를 무릅쓰고. 우리는 밤낮으로 일했어요. 그이는 학위 논문을 썼고, 나는 어떤 운수회사에 일자리를 얻었지요. 4년 뒤에 아돌프 프리드리히가 태어났죠. 우리의 맏아들이에요. 이어서 다른 두 아이도. 마침내 교수 자리가 눈앞에 보였고 우리는 이제 한숨 돌릴 수 있겠다고 생각했죠. 그때 요한 빌헬름이 발병한 겁니다. 그리고 그의 병세는 엄청난 돈을 집어 삼켰어요. 나는 가족을 부양하기 위해 초콜렛 공장에 들어갔죠. 토블러 초콜렛 회사였지요. (그녀는 말없이 눈물을 닦는다.) 나로선 평생 동안 전력을 다해 살아왔어요.

(그녀의 말에 모두가 감동한다.)

여의사 : 로제 부인, 당신은 용기 있는 아내입니다.

로제 선교사 : 그리고 훌륭한 어머니고요.

로제 부인 : 박사님. 지금껏 저는 요한 빌헬름이 선생님 요양소에 머물 수 있도록 돈을 조달해 왔습니다. 그 비용은 제 재력으로는 어림없이 큰 것이었지만 항상 하느님이 도와 주셨지요. 그런데 이젠 제 경제력도 바닥이 났어

요. 추가될 비용을 더 이상 댈 수가 없습니다.

여의사 : 이해합니다. 로제 부인.

로제 부인 : 박사님께선 혹시, 제가 단지 요한 빌헬름에 대한 책임을 벗어나기 위해 오스카와 결혼했다고 여기실지도 모르겠군요. 그렇지만 그건 아니에요. 지금부터 저는 더 힘든 생활을 할 거예요. 오스카는 결혼하면서 여섯 명의 아이를 데리고 왔어요.

여의사 : 여섯이라고요?

로제 선교사 : 여섯이오.

로제 부인 : 여섯이요. 오스카는 아주 열성적인 아버지랍니다. 그렇지만 이제부턴 아홉 명의 아이를 먹여야 할 판입니다. 게다가 오스카는 결코 건장한 몸집도 갖고 있지 못하고, 보수도 쥐꼬리만해요. (그녀는 운다.)

여의사 : 그만, 로제 부인, 그러지 마십시오. 울지 마십시오.

로제 부인 : 가엾은 빌헬름을 팽개쳐 버린 저 자신이 이렇게 원망스러울 수가 없어요.

여의사 : 로제 부인! 그렇게 한탄하실 필요가 없습니다.

로제 부인 : 틀림없이, 요한 빌헬름은 이제 국립 요양원에 억류되겠지요.

여의사 : 아닙니다, 로제 부인. 우리의 뫼비우스는 여기 이 빌라에 그냥 있게 됩니다. 맹세하지요. 그 사람은 이곳 생활에 익숙해졌고, 아주 좋은 친구들도 사귀었어요. 결국 나도 인간입니다.

로제 부인 : 어쩌면 그렇게도 저에게 잘해 주십니까, 박사님.

여의사 : 전혀, 로제 부인, 전혀 그렇지 않아요. 후원재단들이 있으니까요. 병든 과학자들을 후원하는 오펠 재단, 또 슈타이네만 박사 재단. 돈은 짚푸라기처럼 널려 있지요. 당신의 요한 빌헬름을 위해 그 중의 얼마를 떼어서 메우는 것은 의사로서 내 의무랍니다. 당신은 마땅히 아무런 양심의 가책 없이 서태평양 군도로 떠나셔도 됩니다. 그렇지만 지금은 우리의 뫼비우스를 이리 오도록 하지요.

(그녀는 배경을 향해 걸어가 1호실 문을 연다. 로제 부인은 흥분해서 일어난다.)

여의사 : 친애하는 뫼비우스. 손님들이 와 있어요. 당신의 물리학자 골방을 빠져 나와 이리 오십시오.

(1호실에서 요한 빌헬름 뫼비우스가 나온다. 40세의 약간 어수룩한 남자. 그는 불안하게 방안을 둘러보고 로제 부인을 찬찬히 보더니 다음엔 소년들을, 마침내 선교사 로제를 본다. 그러나 아무것도 모르는 듯 침묵한다.)

로제 부인 : 요한 빌헬름.

소년들 : 아빠.

(뫼비우스 침묵.)

여의사 : 뫼비우스, 제발 당신의 아내만은 알아봤으면 좋겠군요.

뫼비우스 : (로제 부인을 뚫어지게 보며) 리나?

여의사 : 기억이 살아나는군요, 뫼비우스. 물론 당신의 리나예요.

뫼비우스 : 안녕, 리나.

로제 부인 : 요한 빌헬름, 나의 사랑하는, 사랑하는 요한 빌헬름.

여의사 : 자, 이제 된 것 같군. 로제 부인, 선교사님, 나와 면담하실 사항이 남아 있다면 저쪽 신축 건물에서 대기하고 있겠습니다. (그녀는 날개문을 통해 왼쪽으로 퇴장.)

로제 부인 : 당신의 아이들이에요, 요한 빌헬름.

뫼비우스 : (놀라며) 셋이나?

로제 부인 : 물론이죠, 요한 빌헬름. 셋이죠. (그녀는 뫼비우스에게 아이들을 소개한다.) 아돌프 프리드리히, 당신의 큰아들예요.

(뫼비우스와 악수를 한다.)

뫼비우스 : 반갑구나, 아돌프 프리드리히, 나의 큰아들.

아돌프 프리드리히 : 안녕, 아빠.

뫼비우스 : 넌 몇 살이나 됐지, 아돌프 프리드리히?

아돌프 프리드리히 : 열여섯이에요, 아빠.

뫼비우스 : 넌 뭐가 되고 싶으냐?

아돌프 프리드리히 : 목사요, 아빠.

뫼비우스 : 생각나는구나. 언젠가 네 손목을 잡고 성 요제프 광장을 가로질러 갔었지. 햇빛이 눈부시게 빛나고 있었고, 그림자들이 깎아놓은 듯이 선명했지. (다음 소년에게로 향한다.) 그리고 너 — 너는?

빌프리트 카스파르 : 나는 빌프리트 카스파르예요, 아빠.

뫼비우스 : 열네 살?

빌프리트 카스파르 : 열다섯이에요. 난 철학 공부를 하고 싶어요.

뫼비우스 : 철학이라구?

로제 부인 : 아주 조숙한 아이에요.

빌프리트 카스파르 : 나는 쇼펜하우어와 니체를 읽었어요.

로제 부인 : 당신의 막내, 외르크 루카스예요. 열네 살.

외르크 루카스 : 안녕, 아빠.

뫼비우스 : 안녕, 외르크 루카스, 나의 막내.

로제 부인 : 이 애는 가장 당신을 닮았어요.

외르크 루카스 : 나는 물리학자가 되겠어요, 아빠.

뫼비우스 : (막내를 깜짝 놀라 응시한다.) 물리학자라고?

외르크 루카스 : 그래요, 아빠.

뫼비우스 : 그래서는 안 된다, 외르크 루카스. 절대로. 그런 생각을 버려라. 나는 — 나는 네가 그것을 못 하게 할거야.

외르크 루카스 : (당황해서) 그렇지만 아빠도 물리학자가 되셨잖아요, 아빠 —

뫼비우스 : 분명 그렇게 되지 말았어야 좋았을 거다, 외르크 루카스. 결코. 그것만 아니었다면, 지금 나는 정신병원에 와 있지도 않았을 거다.

로제 부인 : 아니, 요한 빌헬름, 그건 잘못이에요. 당신은 요양소에 와 있는 거지 정신병원에 있는 게 아니에요. 당신의 신경이 단지 쇠약해져 있을 뿐, 그뿐이에요.

200

뫼비우스 : (고개를 가로 흔들며) 아니오, 리나. 사람들은 나를 미쳤다고 생각하고 있소. 모두가, 당신까지도. 또 내 아이들까지도. 내게 솔로몬 왕이 나타난다는 이유로.

(모두 당황해서 입을 다문다. 로제 부인이 선교사 로제를 소개한다.)

로제 부인 : 당신한테 여기 오스카 로제를 소개할게요, 요한 빌헬름. 나의 남편이에요. 선교사지요.

뫼비우스 : 당신 남편이라고? 그렇지만 내가 당신 남편인걸.

로제 부인 : 이젠 아니에요, 요한 빌헬름. (그녀는 얼굴을 붉힌다.) 우리는 이혼했잖아요.

뫼비우스 : 이혼했다구?

로제 부인 : 당신도 아시잖아요.

뫼비우스 : 모르오.

로제 부인 : 찬트 박사께서 당신한테 알렸어요. 분명해요.

뫼비우스 : 그랬을 수도 있겠지.

로제 부인 : 그리고 나서 나는 바로 오스카랑 결혼했어요. 이이한텐 여섯 명의 아이가 있어요. 이이는 구타넨에서 목사로 일했는데, 이제 서태평양 군도의 선교사직을 받아들였어요.

로제 선교사 : 태평양에 있죠.

로제 부인 : 우리는 모레 브레멘에서 배를 타요.

(뫼비우스는 말이 없다. 다른 이들은 당황해한다.)

로제 부인 : 그래요. 그렇게 됐어요.

뫼비우스 : (로제 선교사에게 고개를 숙여 보이고) 내 아이들의 새아버지를 알게 되어 기쁩니다, 선교사님.

로제 선교사 : 아이들 셋 모두가 제 마음에 썩 듭니다, 뫼비우스 씨. 하느님이 우리를 도와 주실 겁니다, 시편의 말씀대로. 하느님은 나의 목자이시니 내게 부족함이 없으리로다.[5]

로제 부인 : 오스카는 시편을 모두 외우고 있어요. 다윗의 시편들, 솔로몬의 시
　　　편들을요.

뫼비우스 : 아이들이 유능한 아버지를 갖게 되어 기쁘군요. 나는 모자라는 아
　　　버지였죠.

로제 부인 : 아니, 요한 빌헬름.

뫼비우스 : 진심으로 축하하오.

로제 부인 : 우리는 곧 떠나야 해요.

뫼비우스 : 태평양 군도로.

로제 부인 : 작별을 해야겠어요.

뫼비우스 : 영원히.

로제 부인 : 당신의 아이들은 특기할 만하게 음악에 재능을 갖고 있어요. 요한
　　　빌헬름. 아이들은 매우 훌륭하게 플루트를 연주해요. 얘들아, 아빠에게 작
　　　별 인사로 뭘 연주하려무나.

소년들 : 알았어요, 엄마.

　　　(아돌프 프리드리히는 가방을 열고, 플루트를 나누어 준다.)

로제 부인 : 앉으세요, 요한 빌헬름.

　　　(뫼비우스는 원탁 앞에 앉고 로제 부인과 선교사 로제는 소파에 앉는다. 소년들
　　　은 살롱 한가운데 선다.)

외르크 루카스 : 북스테후데[6]의 작품이에요.

아돌프 프리드리히 :하나, 둘, 셋.

　　　(소년들 플루트를 연주한다.)

로제 부인 : 진심으로, 얘들아, 진심에서 우러나도록.

　　　(소년들은 더욱 진지하게 연주한다. 뫼비우스 벌떡 일어난다.)

---

5) 시편 23편 1절
6) Dietrich Buxtehude(1637~1707) : 독일 오르간 연주자, 작곡가.

뫼비우스 : 그만둬! 제발, 집어쳐!

    (소년들은 당황하여 연주를 중단한다.)

뫼비우스 : 연주를 집어쳐라. 제발. 솔로몬을 위해서. 연주를 그만둬.

로제 부인 : 그렇지만 요한 빌헬름!

뫼비우스 : 제발, 더 이상 하지 말아라. 더 이상 하지 마. 제발 부탁이다.

로제 선교사 : 뫼비우스 씨, 바로 솔로몬 왕이야말로 이 천진한 소년들의 플루
    트 연주를 듣고 기뻐할 겁니다. 생각해 보십시오. 시편을 쓴 시인 솔로몬
    을, 아가(雅歌)를 노래한 솔로몬을!

뫼비우스 : 선교사님. 나는 솔로몬과 얼굴을 맞대고 만나 봐서 알고 있습니다.
    그는 이제 술라미스나 백합 꽃밭에서 풀을 뜯는 쌍둥이 노루를[7] 노래하는
    위대한 황금의 왕이 아니란 말입니다. 그는 자주빛 어의(御衣)를 벗어 던
    졌단 말이오.

    (뫼비우스는 깜짝 놀란 가족들을 단숨에 스쳐 지나, 뒤쪽 자기 방으로 가서 문
    을 활짝 열어젖힌다.)

뫼비우스 : 그는 지금 헐벗고 악취를 풍기는 초라한 진실의 왕이 되어 내 방 안
    에 웅크리고 있지요. 그의 시편들도 소름이 끼칩니다. 잘 들어 보십시오,
    선교사 양반. 당신은 시편 구절을 좋아하더군요, 시편의 구구절절을 알고
    암송까지 하신다고요.

    (그는 왼편 원탁으로 가서 그것을 뒤집어 놓고 그 안에 들어가 앉는다.)

뫼비우스 :

    우주 여행사들에게 노래하는 솔로몬의 시편이라오.

    우리는 우주 속을 칼질하며 들이쳤다오.

    저 달의 황량한 벌판을 향해. 그리고 그 벌판 먼지 속에 묻혀 버렸소.

    벌써 여럿이 그곳에서

---

7) 솔로몬 아가 4:5. 7:1. 비교.

소리 없이 뒈져 갔지. 그뿐인가, 더 많은 이들이 수성의 아연 증기 속에서

증발해 갔고, 금성의 기름 웅덩이에

녹아 없어졌다오, 그런가하면

화성에서까지 태양은 우리를 집어삼켰지,

노랗게, 방사성으로, 굉음을 내며.

로제 부인 : 아니, 요한 빌헬름 —

뫼비우스 :

목성은 구린내를 피웠지,

쏜살같이 회전하는 멀컹한 메탄 덩어리,

그놈이 어찌나 묵직하게 짓누르며 걸려 있는지,

우리는 가니메데[8]를 끼워 넣을 수밖에 없었다오.

로제 선교사 : 뫼비우스 씨 —

뫼비우스 :

토성한테 우리는 온갖 저주를 붙여 주었지.

그 다음에 온 것은 별로 말할 값도 없는 것,

녹회색으로 얼어붙은

천왕성, 해왕성,

명왕성과 초명왕성에 대해선, 마지막으로

야비한 농담들이 난무했지.

소년들 : 아빠 —

뫼비우스 :

허나 일찍이 우리는 태양을 시리우스(天狼星)와 헷갈렸고,

시리우스 성좌를 카노푸스 성좌와 혼동하여,

정처 없이 표류하다, 저 심연 속으로 떠밀려 올라갔지,

---

8) 목성의 가장 큰 위성.

몇 점 새하얀 별들을 향해,

그럼에도 끝내 그곳에 도달하진 못했다오.

로제 부인 : 요한 빌헬름! 사랑하는 요한 빌헬름!

뫼비우스 :

벌써 오래 전에 우리의 우주선들엔,

똥딱지 앉은 미라들

(수간호사가 모니카 간호사와 오른편으로 등장.)

수간호사 : 원, 뫼비우스 씨.

뫼비우스 :

그 낯짝들에선 영 찾아볼 수 없네,

숨쉬고 있는 지구에 대한 기억을.

(그는 멍하니 가면 같은 얼굴로, 뒤집힌 탁자 속에 앉아 있다.)

로제 부인 : 요한 빌헬름.

뫼비우스 : 당신네들은 이제 서태평양섬으로 꺼지기나 하라구!

소년들 : 아빠 ―

뫼비우스 : 꺼져 버려! 당장! 서태평양 군도로! (그는 위협적으로 일어선다.)

(로제 가족들 얼떨떨해 있다.)

수간호사 : 갑시다, 로제 부인. 가자 얘들아, 그리고 선교사님. 이분은 안정을
취하셔야 해요. 그뿐이에요.

뫼비우스 : 나가! 나가라구!

수간호사 : 가벼운 발작입니다. 모니카 간호사가 이분 곁에서 안정을 취하도록
도와 줄 거예요. 가벼운 발작이죠.

뫼비우스 : 썩 물러가! 영원히! 저 태평양 바다로!

외르크 루카스 : 안녕, 아빠! 안녕!

(수간호사는, 당황해서 눈물을 흘리는 가족들을 오른편으로 안내해서 퇴장. 뫼
비우스가 그들의 등에 대고 사정없이 소리친다.)

뫼비우스 : 나는 너희들을 다시는 보지 않겠어! 너희들은 솔로몬 왕을 모독했
　　　거든! 너희들은 저주를 받아야 해! 서태평양 군도와 함께 서태평양 시궁창
　　　에 빠져 죽으라구! 1만 천 미터 깊은 곳으로. 바다 속 시커먼 동굴에서 썩
　　　어 문드러져서, 하느님과 인간의 기억에서 없어지라구!

모니카 간호사 : 우리만 남았어요. 당신 가족들은 당신의 소리를 못 들어요.

　　　(뫼비우스는 어리둥절한 표정으로 모니카 간호사를 응시하더니, 마침내 정신을
　　　차린 듯 보인다.)

뫼비우스 : 아, 그렇군. 물론이지.

　　　(모니카 간호사는 입을 다물고 있다. 그는 약간 열적어한다.)

뫼비우스 : 내가 혹시 너무 흥분했나?

모니카 간호사 : 상당히.

뫼비우스 : 나는 진실로 말하지 않을 수 없었소.

모니카 간호사 : 그럼요.

뫼비우스 : 흥분했었소.

모니카 간호사 : 당신은 그런 척 위장했어요.

뫼비우스 : 나를 꿰뚫어 본단 말이오?

모니카 간호사 : 벌써 2년째 당신을 간호하는 걸요.

뫼비우스 : (서성대다가 멈춰 선다.) 좋아. 그 점을 시인하지. 나는 정신병자 놀
　　　이를 했던 것이오.

모니카 간호사 : 왜요?

뫼비우스 : 내 아내랑 작별하기 위해, 그리고 내 아이들과도. 영원한 이별을 하
　　　려고.

모니카 간호사 : 그렇게 끔찍한 식으로요?

뫼비우스 : 그렇게 인간적인 방식으로. 이미 정신병원에 들어앉은 한, 과거를
　　　지울 수 있는 최선의 길은 미치광이 행동이라오. 내 가족은 이제 아무런
　　　가책 없이 나를 잊을 수 있겠지. 내가 벌인 장면을 보고 나를 다시 찾을

마음이 싹 가셨겠지. 내 곁에 남는 것은 중요치 않아요. 다만 요양소 바깥 생활이 중요한 것이지.

정신병이란 돈이 많이 드는 병이라오. 15년 동안이나 내 착한 리나는 엄청난 거액을 지불했지. 이젠 종지부를 찍을 때가 된 거요. 시기가 유리하게 맞아 떨어졌지. 솔로몬은 드러날 수 있는 모든 것을 내게 제시해 주었다오. 덕분에 가능한 모든 발견의 체계가 완성되었소. 마지막 페이지까지 구술했으니까. 그런데다 내 아내는 새 남편인 독실한 선교사 로제를 만났으니, 안심해도 좋아요, 모니카 양. 만사가 제대로 되었소. (그는 퇴장하려 한다.)

모니카 간호사 : 당신은 계획에 맞춰 행동하는군요.

뫼비우스 : 나는 물리학자요. (그는 자기 방으로 향한다.)

모니카 간호사 : 뫼비우스 씨.

뫼비우스 : (멈춰서서) 모니카 양?

모니카 간호사 : 드릴 말씀이 있는데요.

뫼비우스 : 하시지요.

모니카 간호사 : 우리 두 사람에 관계되는 얘기예요.

뫼비우스 : 앉읍시다.

　(그들은 앉는다. 여자는 소파에, 남자는 그 왼편 안락의자에 앉는다.)

모니카 간호사 : 우리도 작별을 해야겠어요. 역시 영원히.

뫼비우스 : (놀라며) 당신이 날 떠난다고?

모니카 간호사 : 명령이에요.

뫼비우스 : 무슨 일이 있었소?

모니카 간호사 : 저를 본관으로 이동시켰어요. 내일부터 이곳은 남자 간호인들이 감시를 해요. 여자 간호사들은 이 빌라에 출입금지예요.

뫼비우스 : 뉴턴과 아인슈타인 때문에?

모니카 간호사 : 검사의 요청에 따라서 병원장께서 곤란한 사태를 염려해서 양보했어요.

(침묵.)

뫼비우스 : (의기소침하여) 모니카 양, 나는 서투른 사람이오. 감정을 표현하는
  법을 잊어버렸소. 같이 살고 있는 저 두 명의 환자랑 전공에 관계된 시시
  한 소리를 나누긴 하지만 그건 대화라고 이름붙일 수도 없지요. 나는 벙어
  리가 되었소. 진심으로 겁이 난단 말이요. 그렇지만 당신을 알고 난 다음
  부터는 내게 있어 만사가 달라졌다는 점을 말해야겠소. 좀 쉽게 견딜 수
  있게 되었지. 그런데 이것도 지나갔구려. 어느 때보다 조금은 행복했던 2
  년의 세월이. 모니카 양, 나는 당신을 통해, 단절과 — 정신병자로서의 —
  내 운명을 받아들일 용기를 얻을 수 있었다오. 잘 살길 바라오.

(그는 일어서서 그녀에게 손을 내밀려 한다.)

모니카 간호사 : 뫼비우스 씨, 나는 당신이 미쳤다고 생각하지 않아요.

뫼비우스 : (웃으며 앉는다.) 나도 그렇게 생각하지 않아요. 그렇다고 그것이 내
  상황을 바꾸지는 않지요. 운 나쁘게도 내겐 솔로몬 왕이 나타나거든요. 과
  학의 왕국에서는 기적보다 더 불쾌한 것은 없단 말이오.

모니카 간호사 : 뫼비우스 씨, 나는 그 기적을 믿어요.

뫼비우스 : (어찌할 줄 모르며 그녀를 응시한다.) 믿는다고?

모니카 간호사 : 솔로몬 왕의 존재를.

뫼비우스 : 그가 내게 나타난다는 것을?

모니카 간호사 : 그가 당신에게 나타난다는 것을.

뫼비우스 : 매일같이 밤낮으로?

모니카 간호사 : 매일같이 밤낮으로.

뫼비우스 : 그가 내게 자연의 비밀을 말해 준다는 것을? 만물의 연관을? 가능
  한 모든 발견의 체계를?

모니카 간호사 : 나는 그것을 믿어요. 그리고 설사 다윗 왕까지 시종들을 거느
  리고 당신에게 나타난다고 해도, 나는 당신의 그 말을 믿을 거예요. 나는
  무엇보다 당신이 환자가 아니라는 사실을 알고 있거든요. 그것을 느끼고

있어요.

(침묵. 잠시 후 뫼비우스 벌떡 일어난다.)

뫼비우스 : 모니카 양! 나가시오!

모니카 간호사 : (앉은 채) 있겠어요.

뫼비우스 : 당신을 다시는 보고 싶지 않소.

모니카 간호사 : 당신에겐 내가 필요해요. 나말고는 세상에 아무도 없으니까요.
단 한 사람도.

뫼비우스 : 솔로몬 왕의 존재를 믿다니, 그것은 치명적인 일이오.

모니카 간호사 : 당신을 사랑해요.

(뫼비우스는 어쩔 줄 몰라하며 모니카 간호사를 응시하다가 다시 앉는다. 침묵.)

뫼비우스 : (조그만 목소리로 의기소침하여) 당신은 지금 파멸을 향해 달리고 있소.

모니카 간호사 : 나는 내 걱정은 안 해요. 당신이 걱정돼요. 뉴턴과 아인슈타인
은 위험해요.

뫼비우스 : 나는 그들과 사이좋게 지내고 있소.

모니카 간호사 : 도로테아 간호사와 이레네 간호사도 그들과 사이좋게 지냈어요.
그런데도 그들은 죽었어요.

뫼비우스 : 모니카 양. 당신은 내게 믿음과 사랑을 고백했소. 당신은 나 역시 진
실을 털어놓게끔 강요하는구려. 나 역시 당신을 사랑하고 있소, 모니카.

(그녀는 그를 뚫어지게 바라본다.)

뫼비우스 : 내 생명보다 더 사랑하오. 그렇기 때문에 당신은 위험에 처해 있단
말이오. 우리가 서로 사랑하기 때문에 말이오.

(2호실에서 아인슈타인이 나와 파이프를 피운다.)

아인슈타인 : 다시 잠에서 깨어났소.

모니카 간호사 : 그렇지만 교수님.

아인슈타인 : 갑자기 기억나더군.

모니카 간호사 : 아니, 교수님.

아인슈타인 : 내가 이레네 간호사를 교살했단 말이오.

모니카 간호사 : 그 생각은 이제 하지 마세요, 교수님.

아인슈타인 : (자기 두 손을 들여다보며) 앞으로도 여전히 바이올린을 켤 수 있을까?

(뫼비우스는 모니카를 보호하려는 듯 일어난다.)

뫼비우스 : 당신은 벌써 바이올린을 켰다오.

아인슈타인 : 들을 만했나요?

뫼비우스 : 크로이체르 소나타. 경찰이 와 있는 동안에.

아인슈타인 : 크로이체르 소나타라. 감사한 일이군. (그의 표정이 밝아졌다가 다시 어두워진다.) 그래도 나는 바이올린을 결코 즐겨서 켜는 게 아니야, 또 파이프도 즐겨 피우는 게 아니야. 이놈의 맛은 끔찍스럽거든.

뫼비우스 : 그럼 그만두시지 그래.

아인슈타인 : 그럴 수가 없다오. 알베르트 아인슈타인으로서. (그는 두 사람을 날카롭게 쳐다본다.) 당신들은 서로 사랑하나?

모니카 간호사 : 우린 서로 사랑해요.

(아인슈타인은 생각에 잠겨 살해된 간호사가 누워 있던 배경 쪽으로 걸어간다. 그리고 바닥의 분필 윤곽을 눈여겨본다.)

아인슈타인 : 이레네 간호사와 나도 서로 사랑했지. 그녀는 나를 위해 무엇이든 하려고 했다오. 이레네 간호사 말이오. 나는 그녀에게 경고했지. 그녀는 내게 악을 썼소. 그리고 나는 그녀를 한 마리 개처럼 대했소, 또 도망치라고 간청도 했지. 소용없는 짓이었소. 그녀는 머물렀지. 나랑 함께 시골로 가고 싶어했다오. 코올방으로. 나랑 결혼하길 원했지. 벌써 허가서까지 얻어 갖고 있었소. 찬트 박사한테서 말이오. 그래서 나는 그녀를 교살해 버린 거라오. 가엾은 이레네 간호사. 여자들이 자기를 희생하는 미치광이 짓보다 더한 넌센스는 세상에 없을 거요.

모니카 간호사 : (그에게 가서) 다시 가서 누우세요, 교수님.

아인슈타인 : 나를 알베르트라고 불러도 좋아요.

모니카 간호사 : 이성을 찾으세요, 알베르트.

아인슈타인 : 이성을 찾으시오, 모니카 간호사. 당신 애인의 말을 듣고 도망치
시오! 안 그러면 당신은 끝장이오. (그는 다시 2호실로 향한다.) 다시 자러
가겠소. (그는 2호실로 사라진다.)

모니카 간호사 : 가엾게도 돌아 버린 사람이에요.

뫼비우스 : 그가 결국 당신한테 확신시켜 주었군. 나를 사랑하는 것이 불가능
하다는 것을.

모니카 간호사 : 당신은 정신병자가 아니에요.

뫼비우스 : 당신으로서는 나를 정신병자 취급하는 편이 한결 현명한 일이오. 도
망치구려! 당장 떠나요! 꺼지라니까! 안 그러면 나 역시 당신을 개처럼 취
급할 수밖에 없소.

모니카 간호사 : 그보다는 나를 애인으로 취급해 주세요.

뫼비우스 : 이리 와요, 모니카. (그는 그녀를 안락의자로 끌고 가 마주 앉아 그녀
의 두 손을 잡는다.) 내 말 들어요. 나는 엄청난 잘못을 저질렀소. 내 비밀
을 털어놓은 것이오. 솔로몬 왕의 출현을 감추고 있지 못했소. 그 때문에
왕은 내게 벌을 줄 것이오. 종신형으로. 좋소. 그러나 당신까지 그 때문에
벌을 받아서는 안 돼요. 세상의 눈으로 보면 당신은 지금 한낱 정신병자를
사랑하고 있다오. 단지 불행을 짊어질 뿐이오. 이 요양소를 떠나 나를 잊
으시오. 그것이 우리들에겐 최선책이오.

모니카 간호사 : 나를 갖기를 원하시나요?

뫼비우스 : 왜 그런 식으로 내게 말하는 거요?

모니카 간호사 : 나는 당신과 함께 자고 싶고 당신의 아이를 갖고 싶어요. 지금
내가 부끄러움도 모르고 말하고 있다는 것도 알고 있어요. 그렇지만 왜 당
신은 나를 바로 쳐다보지 않으세요? 내가 마음에 안 드시나요? 하긴 이 간
호사 제복이 흉측하지요. (그녀는 간호모를 휙 벗어 버린다.) 나는 내 직업이

싫단 말예요! 5년 동안이나 환자를 돌봐 왔어요. 이웃사랑이라는 명목으로. 이 길에서 한 번도 한눈판 적이 없었어요. 모든 사람을 위해 있으면서 나를 희생해 왔지요.

그렇지만 이제 나는 누구인가 한 사람만을 위해 나를 바치고 싶어요. 누구인가 한 사람만을 위해 존재하고 싶지, 늘 타인을 위해 있고 싶진 않단 말예요. 내가 사랑하는 이를 위해 살고 싶어요. 당신을 위해. 당신이 시키는 일이면 뭐든지 하겠어요. 당신을 위해 밤낮으로 일할게요. 다만 나를 보내지는 마세요! 내게도 당신 밖에는 세상에 아무도 없단 말예요! 나도 외톨이란 말예요!

뫼비우스 : 모니카, 나는 당신을 보내야겠소.

모니카 간호사 : (절망적으로) 그렇담. 당신은 나를 전혀 사랑하시지 않는군요?

뫼비우스 : 난 당신을 사랑하오, 모니카. 맙소사, 난 당신을 사랑하오, 그야말로 미친 짓이오.

모니카 간호사 : 그렇다면 대체 왜 나를 배반하시는 거죠? 나뿐만이 아니죠. 당신은 솔로몬 왕이 당신한테 나타난다고 주장하고 계세요. 왜 당신은 솔로몬 왕까지 배반⁹⁾하는 거죠?

뫼비우스 : (잔뜩 흥분하여 그녀를 잡는다.) 모니카! 당신은 나에 관해 어떤 억측을 해도 좋고 나를 약골이라 여겨도 좋소. 그거야 당신의 권리요. 나는 당신의 사랑을 받을 자격이 없는 놈이오. 그렇지만 솔로몬 왕에게만은 충직을 지켜 왔소. 그는 내 현존 속으로 틈입해 들어왔지요. 느닷없이, 부르지도 않았는데. 그는 나를 잘못 부려먹고 내 인생을 망가뜨려 버렸소. 그렇긴 해도 지금껏 나는 그를 배반하지 않았소.

모니카 간호사 : 확실한가요?

뫼비우스 : 의심스럽소?

---

9) 누설로 번역할 수도 있음.

모니카 간호사 : 당신은, 그의 출현에 대해 입을 다물고 있지 않았다는 이유로 벌을 받으리라고 생각하고 계시지요. 그렇지만 아마 당신은 그의 계시를 위해 진력을 다하지 않았다는 이유로 벌을 받게 되는지 몰라요.

뫼비우스 : (그녀를 놓아 주며) 나는 당신의 말을 이해 못 하겠소.

모니카 간호사 : 그는 당신에게 가능한 모든 발견의 체계를 말해 주지요. 당신은 그 체계를 인정받기 위해 투쟁을 하고 계시나요?

뫼비우스 : 어쨌든 사람들은 나를 정신병자로 취급하오.

모니카 간호사 : 왜 그렇게 용기가 없으세요?

뫼비우스 : 용기란 내 경우엔 일종의 범죄라오.

모니카 간호사 : 요한 빌헬름. 나는 찬트 박사와 상의를 했어요.

뫼비우스 : (그녀를 뚫어지게 본다.) 상의를 했다구?

모니카 간호사 : 당신은 자유의 몸이에요.

뫼비우스 : 자유롭다구?

모니카 간호사 : 우리는 결혼할 수 있어요.

뫼비우스 : 맙소사.

모니카 간호사 : 찬트 박사님께서 이미 모든 일을 처리해 놓으셨어요. 박사님은 당신을 환자라고 여기긴 하지만, 그래도 무해(無害)하다고 보고 있어요. 또 유전성도 없구요. 자기 자신이 당신보다 더 정신병자라고 설명하면서 웃으시던걸요.

뫼비우스 : 참 좋은 분이죠.

모니카 간호사 : 정말 근사한 인물이잖아요?

뫼비우스 : 암.

모니카 간호사 : 요한 빌헬름! 나는 블루멘슈타인의 교구에 간호사 자리를 하나 얻었어요. 저축도 했구요. 우린 걱정할 필요가 없어요. 그냥 서로 사랑하기만 하면 돼요.

(뫼비우스는 일어선다. 방안이 점차 어두워진다.)

모니카 간호사 : 멋지지 않아요?

뫼비우스 : 물론.

모니카 간호사 : 당신은 기뻐하지 않는군요.

뫼비우스 : 너무 뜻밖의 일이라.

모니카 간호사 : 나는 또 다른 일도 했어요.

뫼비우스 : 어떤?

모니카 간호사 : 저명한 물리학자 세르베르트 교수와 상담을 했지요.

뫼비우스 : 나의 스승이었소.

모니카 간호사 : 그분은 상세히 기억하고 계셨어요. 당신이 수제자였다구요.

뫼비우스 : 그런데 그 사람과 무엇을 상의했소?

모니카 간호사 : 그분은 당신 원고를 공정하게 검토해 주겠다고 약속하셨어요.

뫼비우스 : 그럼 그 원고가 솔로몬한테서 나온 것이라는 점도 그에게 설명했단
말이오?

모니카 간호사 : 물론이죠.

뫼비우스 : 그랬더니?

모니카 간호사 : 웃으셨어요. 당신은 항상 대단한 익살꾼이었다나요. 요한 빌헬
름! 우리는 비단 우리들 생각만 해서는 안 돼요. 당신은 선택된 인간이에
요. 솔로몬 왕이 당신에게 나타나 광채에 싸인 자신을 드러내 보여 주었어
요. 천상의 지혜가 당신에게 부여된 것이지요. 이제 당신은 기적이 명하는
길을 흔들림 없이 걸어가야 하는 거예요. 비록 그 길이 조롱과 조소, 불신
과 의혹을 뚫고 가야 하는 길일지라도. 그렇지만 그 길은 우리를 이 요양
소 밖으로 안내해 주고 있어요. 요한 빌헬름, 그 길은 세상으로 통하지, 독
거(獨居)로 통하는 길이 아니에요. 그것은 투쟁으로 통하는 길이에요. 나
는 당신을 도와 주기 위해, 당신과 함께 싸우려고 여기 있어요. 솔로몬을
당신께 보낸 하늘은 나도 당신께 보냈답니다.

(뫼비우스는 창 밖을 내다본다.)

모니카 간호사 : 사랑하는 요한 빌헬름.

뫼비우스 : 사랑하는 모니카, 왜?

모니카 간호사 : 기쁘지 않으세요?

뫼비우스 : 무척.

모니카 간호사 : 이제 당신 짐을 꾸려야겠어요. 8시 20분에 기차가 떠나요. 불루
멘슈타인으로. (그녀는 1호실로 들어간다.)

뫼비우스 : (혼잣말로) 그게 대수로울 것도 없지.

　　　(1호실에서 모니카가 원고 뭉치를 들고 나온다.)

모니카 간호사 : 당신 원고예요. (그녀는 원고를 테이블 위에 놓는다.) 어두워졌군요.

뫼비우스 : 이제 해가 일찍 저무는군.

모니카 간호사 : 전등불을 켤게요. 그리고 당신 짐을 챙길게요.

뫼비우스 : 잠깐만. 이리로 와요.

　　　(그녀는 그에게 간다. 두 사람의 실루엣만 보인다.)

모니카 간호사 : 울고 계시는군요.

뫼비우스 : 당신도 그렇군.

모니카 간호사 : 기뻐서 그래요.

　　　(그는 커튼을 잡아 끌어내려 그녀를 덮는다. 잠시 엉겨붙어 싸우는 모습. 실루
엣은 이제 보이지 않는다. 이어서 정적. 3호실 문이 열린다. 한 줄기 빛이 방 안
으로 비쳐든다. 뉴턴이 당대의 의상을 입은 채 방문 안에 서 있다. 뫼비우스는
테이블로 가서 원고를 집어든다.)

뉴턴 : 무슨 일이 있었나?

뫼비우스 : (자기 방으로 가며) 내가 모니카 슈테틀러 간호사를 교살했네.

　　　(2호실에서는 아인슈타인의 바이올린 연주가 들려온다.)

뉴턴 : 아인슈타인이 또 바이올린을 켜는군, 크라이슬러. 아름다운 로즈마리.

　　　(그는 벽난로로 가서 꼬냑을 꺼낸다.)

2

(1시간 뒤, 같은 방. 바깥은 밤이다. 다시 경찰이 와 있다. 다시 재 보고 스케치를 하고 사진을 찍는다. 다만 지금은 관객에게는 안 보이는 모니카 슈테틀러의 시체가 배경 오른쪽 창 아래에 누어 있다. 살롱에는 전등불이 켜 있다. 샹들리에와 전기 스탠드가 빛을 발한다. 소파에는 마틸데 폰 찬트 여박사가 침울하게 생각에 잠긴 채 앉아 있다. 그녀 앞의 작은 탁자 위에는 담배 케이스, 오른편 안락의자에는 굴이 속기 노트를 들고 앉아 있다. 수사과장 보스는 모자를 쓰고 외투차림으로 시체를 떠나 앞쪽으로 나온다.)

여의사 : 하바나를 피우시겠어요?
수사과장 : 고맙지만, 사양하겠소.
여의사 : 술은?
수사과장 : 나중에.
　(침묵.)
수사과장 : 블로허, 이제 사진을 찍어도 되네.
블로허 : 알았습니다, 수사과장님.
　(사진을 찍는다. 마그네슘 섬광.)
수사과장 : 간호사 이름이 뭐였지요?

여의사 : 모니카 슈테틀러.

수사과장 : 나이는?

여의사 : 스물다섯. 블루멘슈타인 출신.

수사과장 : 가족은?

여의사 : 없습니다.

수사과장 : 진술을 적고 있나, 굴?

굴 : 물론입니다, 수사과장님.

수사과장 : 이번에도 교살인가요, 박사님?

법정의사 : 명백합니다. 이번에도 무서운 힘으로. 다만 이번에는 커튼 고리를 사용했지요.

수사과장 : 석 달 전하고 똑같이. (그는 피곤한 듯 앞쪽 오른편 안락의자에 앉는다.)

여의사 : 지금 살인자를······.

수사과장 : 아니, 박사님.

여의사 : 내 말은 범행자를 보시겠습니까?

수사과장 : 그럴 생각이 없소.

여의사 : 그렇지만······.

수사과장 : 찬트 박사. 나는 내 의무를 이행할 뿐이오, 기록을 작성하고 시체를 검시(檢屍)하고 사진 촬영을 하게 하고, 법정의사한테 검안(檢案)을 시킬 뿐이라오. 그렇지만 뫼비우스는 조사하지 않겠소. 그자는 당신한테 맡기리다. 영원히. 방사능에 관계된 다른 물리학자들과 함께.

여의사 : 검사께선?

수사과장 : 이젠 전혀 노발대발하지 않아요. 생각에 잠겨 있죠.

여의사 : (땀을 닦는다.) 여긴 덥군요.

수사과장 : 전혀 그렇지 않은데.

여의사 : 이 세 번째 살인을······.

수사과장 : 아니, 박사.

여의사 : 이 세 번째 불상사로서 '르 세리지에르'에서의 내 일은 끝장난 셈입
    니다. 나는 사직을 해야 할 거예요. 모니카 슈테틀러는 나의 가장 우수한
    간호사이었죠. 환자를 이해했어요. 환자의 아픔을 함께 느낄 줄을 알았어
    요. 나는 그녀를 딸처럼 사랑했지요. 하긴 그녀의 죽음만이 최악의 것도 아
    니에요. 의사로서의 내 명성도 사라졌지요.

수사과장 : 그 명성은 다시 찾아올 겁니다. 블로허, 사진을 한 장 더, 위에서부
    터 찍게.

블로허 : 알았습니다, 수사과장님.

    (오른쪽에서 두 명의 거인 같은 남자 간호인이 식기와 음식이 실린 수레를 밀고
    등장. 간호인 중의 한 사람은 흑인이다. 그들은 역시 거인 같은 수간호인을 따
    라 들어온다.)

수간호인 : 환자들의 저녁 식사입니다, 박사님.

수사과장 : (벌떡 일어나서) 우베 지베르스.

수간호인 : 맞습니다, 수사과장님. 우베 지베르스입니다. 헤비급 권투 전(全) 유
    럽 챔피언. 지금은 '르 세리지에르'의 수간호인이죠.

수사과장 : 그리고 다른 두 명의 거인들은?

수간호인 : 무릴로, 남미 챔피언이죠, 역시 헤비급입니다. 그리고 맥아더, (그는
    흑인을 가리킨다.) 북미 챔피언, 미들급입니다. 식탁을 갖다 놓게, 맥아더.

    (맥아더가 식탁을 놓는다.)

수간호인 : 식탁보를, 무릴로.

    (무릴로, 새하얀 식탁보를 깐다.)

수간호인 : 마이센 도자기를, 맥아더.

    (맥아더는 식기를 분배해 놓는다.)

수간호인 : 은수저를, 무릴로.

    (무릴로는 수저를 분배해 놓는다.)

수간호인 : 수프 그릇을 한가운데로, 맥아더.

(맥아더는 수프 그릇을 식탁 위에 놓는다.)

수사 과장 : 환자들이 대체 무엇을 먹지요? (그는 수프 그릇의 뚜껑을 들어 올린
　　　　다.) 간완자 수프로군.

수간호인 : 영계 꼬치구이, 치즈와 햄이든 스테이크죠.

수사과장 : 기막히게 고급이군.

수간호인 : 일급입니다.

수사과장 : 14급짜리 관리인 나 같은 사람의 집에선 이런 요리는 어림도 없소.

수간호인 : 준비 완료되었습니다, 박사님.

여의사 : 이제 가도 돼요, 지베르스. 환자들은 셀프서비스를 하니까.

수간호인 : 수사과장님, 만나 뵙게 되어 영광입니다.

　　　(세 간호인은 절을 하고 오른쪽으로 퇴장.)

수사과장 : (그들 뒷모습을 보며) 빌어먹을.

여의사 : 만족하세요?

수사과장 : 샘이 나는 걸. 저자들을 우리 경찰이 데리고 있다면…….

여의사 : 보수가 천문학적 숫자예요.

수사과장 : 대기업주 귀족들, 억만장자들을 환자로 거느린 당신으로서야 그런
　　　　보수를 감당할 수 있겠지요. 저 친구들이라면 검사도 안심할 겁니다. 저 손
　　　　아귀에서 아무도 빠져 나가지 못할 테니.

　　　(2호실에서 아인슈타인의 바이올린 연주가 들려온다.)

여의사 : 다시 크로이체르 소나타군요.

수사과장 : 알고 있소. 안단테요.

블로허 : 끝났습니다, 수사과장님.

수사과장 : 그럼 이번에도 시체를 밖으로 치우게.

　　　(두 경찰관은 시체를 높이 든다. 그때 뫼비우스가 1호실에서 뛰쳐나온다.)

뫼비우스 : 모니카! 내 사랑!

　　　(시체를 든 경찰관들이 멈춰 선다. 여의사는 위엄을 갖추고 일어선다.)

여의사 : 뫼비우스! 어떻게 그런 일을 저지를 수 있어요? 당신은 가장 우수한 내 간호사를 죽였어요. 제일 온순하고 귀여운 간호사를!

뫼비우스 : 저도 가슴이 찢어질 듯 아픕니다, 박사님.

여의사 : 아프다구?

뫼비우스 : 솔로몬 왕이 그렇게 명령했기 때문이오.

여의사 : 솔로몬 왕이… (그녀는 다시 주저앉는다. 우울하게 창백한 모습으로) 폐하께서 살인을 교사했다구요.

뫼비우스 : 나는 창가에 서서 어두운 밤을 내다보고 있었지요. 그때 솔로몬 왕이 저 공원에서부터 테라스를 지나 내게 다가오더니 유리창을 통해 속삭이며 명령을 내렸답니다.

여의사 : 실례합니다, 보스 씨. 신경이 피로해서.

수사과장 : 괜찮습니다.

여의사 : 요양소는 사람을 지치게 하지요.

수사과장 : 이해가 갑니다.

여의사 : 물러가겠어요. (그녀는 일어선다.) 보스 수사과장님. 내 요양소에서 일어난 사건에 대해 나도 유감스러워한다고 검사님께 전해 주십시오. 이젠 만사가 제대로 되었다고 확인해 주십시오. 법정의사 선생님, 여러분 물러갑니다.

(그녀는 먼저 왼편 배경 쪽으로 가서 엄숙하게 시체 앞에서 절을 하고는 뫼비우스를 바라보더니 오른쪽으로 퇴장.)

수사과장 : 음. 이제 자네들은 시체를 아주 예배당으로 옮겨도 좋네. 이레네 간호사 곁으로.

뫼비우스 : 모니카!

(두 경찰관은 시체를 들고, 나머지는 기구들을 들고 정원 쪽의 문으로 퇴장. 법정의사가 뒤따른다.)

뫼비우스 : 사랑하는 모니카.

수사과장 : (소파 곁의 작은 탁자로 다가가) 이제 하바나를 한 대 피워야겠군. 내 겐 그럴 만한 자격이 있지. (그는 케이스에서 길다란 시가를 꺼내 찬찬히 들 여다본다.) 훌륭한 품질이야. (시가를 물고 불을 붙인다.) 친애하는 뫼비우스, 저 벽난로 격자 뒤에 아이작 뉴턴 경의 꼬냑이 감추어져 있소.

뫼비우스 : 갖다 드리죠, 수사과장님.

　　　(수사과장은 시가를 뿜어대고 있고, 뫼비우스는 꼬냑 병과 유리잔을 꺼내 온다.)

뫼비우스 : 따로 드릴까요?

수사과장 : 그러시지요. (그는 유리잔을 들고 마신다.)

뫼비우스 : 한 잔 더?

수사과장 : 한 잔 더.

뫼비우스 : (술을 따른다.) 수사과장님, 부탁인데, 저를 체포해 주십시오.

수사과장 : 대체 왜 그러시오, 뫼비우스 씨?

뫼비우스 : 내가 어쨌든 모니카 간호사를…….

수사과장 : 당신 자신의 고백에 따르면, 당신은 솔로몬 왕의 명령에 따라 행동 한 것뿐이오. 솔로몬 왕을 체포할 수 없는 한, 당신은 자유요.

뫼비우스 : 그렇지만…….

수사과장 : ‘그렇지만’이라는 건 있을 수 없소. 내게 술이나 한 잔 더 따라 주시오.

뫼비우스 : 그러지요, 수사과장님.

수사과장 : 그리고 꼬냑을 다시 제자리에 감춰 놓으시오. 안 그러면 간호인들 이 다 마셔 버릴 테니까.

뫼비우스 : 알았습니다, 수사과장님. (그는 꼬냑을 제자리에 갖다 놓는다.)

수사과장 : 앉으시오.

뫼비우스 : 알았습니다, 수사과장님. (소파에 앉는다.)

수사과장 : 이리로. (긴 안락의자를 가리킨다.)

뫼비우스 : 알았습니다, 수사과장님. (그는 안락의자 위에 앉는다.)

수사과장 : 보시오, 나는 해마다 이 도시와 주변에서 몇 명씩 살인자를 체포하

지요. 많지는 않아요. 반 다스가 될까 말까? 어떤 이들은 즐거운 마음으로 체포하지만, 어떤 이들을 체포할 땐 마음에 걸린다오. 그런데도 체포해야 하지요. 그런데 이번엔 당신과 당신의 동료들이 걸려들었소. 처음엔 내가 개입할 수 없는 게 화가 났지요. 그렇지만 지금은? 갑자기 즐거운 기분이 되었소. 환호성이라도 치고 싶구려. 전혀 양심의 가책 없이, 내 손으로 체포하지 않아도 되는 세 살인자를 찾아 낸 것이오. 정의(正義)라는 것이 생전 처음 휴가를 맞았소. 참 기막힌 느낌이오. 여보시오, 정의란 말하자면 엄청나게 힘을 빼는 것이라오. 정의를 지키는 일을 하다 보면 스스로가 망가지지요, 건강상으로나 도덕적으로나. 아무튼 내겐 휴식이 필요하오. 여보시오, 당신 덕분에 나는 이 휴가를 즐기고 있소. 잘 살기 바라오. 뉴턴과 아인슈타인에게도 심심한 인사를 전해 주고 솔로몬 왕에게도 내 안부를 전해 주시오.

뫼비우스 : 알았습니다, 수사과장님.

(수사과장 퇴장. 뫼비우스는 혼자 있다. 그는 소파에 앉아 양손으로 정수리를 누른다. 3호실에서 뉴턴이 나온다.)

뉴턴 : 대체 뭐가 있나?

(뫼비우스, 말이 없다.)

뉴턴 : (수프 그릇을 연다.) 간완자 수프로군. (수레에 놓인 다른 요리도 열어 본다.) 영계 꼬치구이, 치즈 햄 스테이크 이상하군. 다른 땐 저녁 식사를 가볍고 소박하게 했는데. 다른 환자들이 신관으로 옮긴 다음부터는. (그는 수프를 뜬다.) 배고프지 않나?

(뫼비우스 침묵.)

뉴턴 : 알 만해. 내 간호사를 살해한 뒤에 나도 입맛을 잃었지.

(그는 앉아 간완자 수프를 먹기 시작한다. 뫼비우스는 일어나 자기 방으로 가려 한다.)

뉴턴 : 그냥 있게.

222

뫼비우스 : 아이작 경, 왜?

뉴턴 : 당신과 할 말이 있소, 뫼비우스.

뫼비우스 : (멈춰 서서) 그래서?

뉴턴 : (식사를 가리키며) 아무튼 이 간완자 수프를 시식해 보지 않겠소? 기막
히게 훌륭한 맛이오.

뫼비우스 : 아니.

뉴턴 : 친애하는 뫼비우스, 우린 이제 간호사들의 보살핌을 받지 않는다오. 거
인 같은 장정인 남자 간호사들의 감시를 받게 되어 있소.

뫼비우스 : 그거야 아무려나 상관없소.

뉴턴 : 아마 당신한텐 그럴 테지, 뫼비우스. 당신이야 분명코 평생 동안 정신
병원 안에서 보내기를 원하고 있으니까. 그렇지만 나한텐 그것이 문제가
되오. 말하자면 나는 나가고 싶으니까. (그는 간완자 수프를 다 먹었다.) 자,
이젠 영계 꼬치구이로 넘어갈까. (그는 손수 음식을 담는다.) 이 남자 간호
사들의 등장은 내게 행동하기를 강요하고 있소. 오늘 중으로.

뫼비우스 : 그거야 당신의 문제지.

뉴턴 : 완전히 그렇지만은 않소. 고백을 하나 하겠소, 뫼비우스. 나는 정신병자
가 아니오.

뫼비우스 : 물론 아니지요, 아이작 경.

뉴턴 : 나는 아이작 뉴턴 경이 아니오.

뫼비우스 : 알고 있소. 알베르트 아인슈타인이지.

뉴턴 : 멍청한 소리. 여기서 사람들이 알고 있듯 헤르베르트 게오르크 보이틀
러도 아니오. 내 진짜 이름은 킬톤이라네, 여보게.

뫼비우스 : (깜짝 놀라 그를 응시한다.) 알렉 야스퍼 킬톤?

뉴턴 : 맞았어.

뫼비우스 : 상응론(相應論)을 세운 사람?

뉴턴 : 그래.

뫼비우스 : (식탁으로 가서) 당신은 몰래 이곳으로 잠입해 들어왔군?

뉴턴 : 정신병자를 가장해서.

뫼비우스 : 나를 염탐하려고?

뉴턴 : 당신이 정신병에 걸린 이유를 캐내려고. 나무랄 데 없는 내 독일어는 우리 비밀첩보부 진영에서 주입식 교육을 받은 덕분이지, 끔찍스런 고역이었어.

뫼비우스 : 그런데 저 가엾은 도로테아 간호사가 진실을 알아 냈기 때문에, 자네는…….

뉴턴 : 그렇지. 그 불상사는 나로서도 너무나 가슴 아픈 일이야.

뫼비우스 : 알겠소.

뉴턴 : 명령은 명령이니까.

뫼비우스 : 당연하지.

뉴턴 : 나는 달리 행동해선 안 되었소.

뫼비우스 : 물론 그랬겠지.

뉴톤 : 내 사명이 위태로워졌단 말이오. 우리 첩보부의 가장 큰 기밀사업이. 의심을 벗어나려면 죽일 수밖에 없었지. 도로테아 간호사는 나를 이미 정신병자가 아닌 것으로 취급했고 여자 병원장께선 다만 적당히 병들어 있다고 보는 판이고. 살인을 통해서라도 내 광기를 결정적으로 입증할 필요를 느꼈었지. 여보게, 영계 꼬치구이 맛이 정말로 근사하다네.

(2호실에서 아인슈타인의 바이올린 연주가 들린다.)

뫼비우스 : 아인슈타인이 또 연주를 하는군.

뉴턴 : 바하의 가보트로군.

뫼비우스 : 저 친구 음식이 식겠어.

뉴턴 : 저 미치광이는 그냥 깽깽이나 켜게 내버려두시오.

뫼비우스 : 협박이오?

뉴톤 : 나는 당신을 무한히 존경하고 있소이다. 강압적으로 나갈 수밖에 없다

면, 나로선 유감일 테지요.

뫼비우스 : 당신은 나를 납치하라는 임무를 띠고 있는 거요?

뉴턴 : 우리 첩보부에서 품고 있는 혐의점이 입증되는 경우에는.

뫼비우스 : 그것이 무엇인데?

뉴톤 : 첩보기관측에서는 우연히도 당신을 현존하는 가장 천재적 물리학자라 고 여기고 있소이다.

뫼비우스 : 나는 한낱 중증의 정신병자일 뿐이오, 킬톤.

뉴턴 : 그 점에 대해 우리 첩보부에선 다른 의견을 갖고 있소.

뫼비우스 : 그럼 당신은 나를 어떻게 생각하시오?

뉴턴 : 한 마디로, 당신이야말로 시대를 막론하고 가장 위대한 물리학자라고 여기고 있소.

뫼비우스 : 그렇다면 당신네 첩보부에선 어떻게 나를 추적했소?

뉴턴 : 나를 통해서지요. 우연히도 나는 새로운 물리학의 토대에 관한 당신의 학위 논문을 읽었지요. 처음엔 그 논문을 우습게 여겼소. 그리고 나서 갑 자기 눈이 번쩍 띄었어요. 그것이 새로운 물리학의 가장 천재적 기록이라 는 것을 깨달았던 거요. 나는 논문의 저자를 추적하기 시작했지만 알아 낼 수 없었소. 그래서 첩보부에 알렸고, 첩보부측이 계속 추적했소.

아인슈타인 : 그 논문의 독자가 당신 한 사람만이 아니오, 킬톤. (그는 겨드랑이 에 바이올린을 끼고 활을 든 채 몰래 2호실에서 나와 있다.) 솔직히 말하자면 나 역시 정신병자가 아니라오. 나를 소개하지요. 나 역시 물리학자요. 어 떤 비밀첩보부의 요원이오. 그렇지만 전혀 다른 곳의. 내 이름은 요제프 아 이슬러요.

뫼비우스 : 아이슬러-효과의 발견자?

아인슈타인 : 그렇소.

뉴턴 : 1950년에 실종된.

아인슈타인 : 자발적으로 사라졌지요.

뉴턴 : (갑자기 권총을 뽑아 든다.) 아이슬러, 얼굴을 벽에 대고 서지 않겠나?

아인슈타인 : 물론. (그는 유유하게 벽난로로 어슬렁거리고 가서 바이올린을 벽난로
의 돌출부 위에 놓고, 권총을 쥔 채 느닷없이 돌아선다.) 친애하는 킬톤. 짐작
컨대 우리 둘 다 총 쏘는 솜씨가 보통이 아닐 텐데, 어쨌든 결투만은 되도
록 피해야 한다고 생각지 않으시오? 당신이 콜트를 치운다면, 나도 기꺼
이 내 브라우닝을 치우겠소.

뉴턴 : 동의하겠소.

아인슈타인 : 꼬냑이 있는 벽난로 격자 뒤에다 치우시오. 갑자기 간호인들이 닥
칠 경우에 대비해서.

뉴턴 : 좋소.

　　(두 사람은 그들의 권총을 벽난로 격자 뒤에 놓는다.)

아인슈타인 : 당신이 내 계획을 뒤죽박죽으로 만들었소, 킬톤. 난 당신이 정말
로 미쳤다고 여겼지.

뉴턴 : 안심하시오, 나 역시 당신을 그렇게 여겼으니.

아인슈타인 : 요컨대 여러 가지가 뒤틀렸어. 이를테면 오늘 오후 이레네 간호사
의 일만 해도 그렇지. 그 여자는 의심을 품기 시작했고, 그래서 사형선고
를 받은 셈이오. 그 불상사는 나로서는 말할 수 없이 가슴 아프다오.

뫼비우스 : 알 만하오.

아인슈타인 : 명령은 명령이니까.

뫼비우스 : 당연하지.

아인슈타인 : 나는 달리 행동할 수 없었소.

뫼비우스 : 물론 그랬겠지.

아인슈타인 : 또한 내 사명도 위태로워졌소. 역시 우리 첩보부의 가장 큰 기밀
사업이. 우리 앉도록 하지.

뉴턴 : 앉읍시다.

　　(그는 식탁의 왼편에 ,아인슈타인은 오른편에 앉는다.)

뫼비우스 : 내 생각에는, 아이슬러, 당신도 나를 억지로……

아인슈타인 : 아니 뫼비우스.

뫼비우스 : 나를 움직여서 당신 나라로 데려가려 하는군.

아인슈타인 : 우리도 결국 당신을 모든 물리학자 중 가장 위대한 자로 여기고
있소. 하지만 지금은 저녁 식사를 몹시 하고 싶소. 순전히 처형 전의 만찬
이지. (그는 수프를 뜬다.) 여전히 식욕이 안 나시오, 뫼비우스?

뫼비우스 : 웬걸. 갑자기 식욕이 나는군. 자네들의 정체를 알고 난 지금.

(그는 두 사람 사이 식탁에 앉아, 역시 수프를 뜬다.)

뉴턴 : 부르군트 산(産) 포도주를 하시겠소, 뫼비우스?

뫼비우스 : 따뤄 주시오.

뉴턴 : (따른다.) 나는 치즈 햄 스테이크를 먹어야겠어.

뫼비우스 : 마음껏 드시지요.

뉴턴 : 맛있게 드시오.

아인슈타인 : 맛있게 드시오.

뫼비우스 : 맛있게 드시오.

(그들은 식사를 한다. 오른편에서 세 명의 간호인이 온다. 수간호인은 메모첩을
들고 있다.)

수간호인 : 환자 보이틀러!

뉴턴 : 예

수간호인 : 환자 에르네스티!

아인슈타인 : 예

수간호인 : 환자 뫼비우스!

뫼비우스 : 예

수간호인 : 수간호인 지베르스요. 간호인 무릴로, 간호인 맥아더요. (그는 메모
첩을 집어 넣는다.) 당국의 요청에 따라 특정한 안전조처가 취해졌습니다.
무릴로, 철책을 내리도록.

(무릴로는 창문에다 철책을 내리친다. 방안은 갑자기 감옥 같은 느낌을 준다.)

수간호인 : 맥아더, 자물쇠를 채우게.

    (맥아더는 철책에 자물쇠를 채운다.)

수간호인 : 밤새에 무슨 희망사항이 있으신가요? 환자 보이틀러?

뉴턴 : 없습니다.

수간호인 : 환자 에르네스티?

아인슈타인 : 없습니다.

수간호인 : 환자 뫼비우스?

뫼비우스 : 없습니다.

수간호인 : 여러분. 우리는 물러갑니다. 안녕히 주무십시오.

    (세 명의 간호인 퇴장. 정적)

아인슈타인 : 개새끼들.

뉴턴 : 공원에는 또 다른 덩치들이 도사리고 있소이다. 아까부터 내 방 창문에
    서 그놈들을 보았지.

아인슈타인 : (일어서서 철책을 살펴본다.) 단단하군. 특수 자물쇠를 썼고.

뉴턴 : (자기 방으로 가서 문을 열고 안을 들여다본다.) 내 방의 창문에도 느닷없
    이 창살이 쳐졌군요. 요술을 부린 것같이.

    (그는 배경에 있는 다른 두 개의 방문도 열어 본다.)

뉴턴 : 아이슬러의 방에도. 또 뫼비우스의 방에도. (그는 오른편 방으로 간다.)
    격리 수용되었군.

    (그는 다시 앉는다. 아인슈타인도.)

아인슈타인 : 갇혔어.

뉴턴 : 논리적으로 맞지요. 간호사들을 살해한 우리들로서는.

아인슈타인 : 이젠 우리가 공동으로 행동해야만 그나마 정신병원을 탈출할 수
    있을 거요.

뫼비우스 : 나는 전혀 도망칠 생각이 없소.

아인슈타인 : 뫼비우스…….

뫼비우스 : 그럴 이유가 눈곱만큼도 없소. 오히려 반대요. 나는 내 운명에 만족하오.

(침묵.)

뉴턴 : 그렇지만 나는 거기에 만족할 수 없소. 실로 위기일발의 상황이라고 생각지 않으시오? 당신의 개인적 감정은 존중하오만, 당신은 천재요, 그로써 이미 공중의 자산이지요. 당신은 물리학의 새로운 영역을 개척해 들어갔어요. 그렇지만 당신이 과학을 점유한 건 아니오. 당신은 천재가 못 되는 우리들에게도 문을 열어 줄 의무가 있소. 나와 함께 갑시다. 1년 뒤면 우리는 당신에게 연미복을 입혀 스톡홀름으로 보내 드리겠소, 그리고 노벨상을 받는 거요.

뫼비우스 : 당신네 첩보부는 제법 고매하군요.

뉴턴 : 무엇보다 당신이 중력의 문제를 해결했으리라는 추측이 우리 첩보부의 관심을 끌고 있다는 점을 털어 놓지요.

뫼비우스 : 맞았소.

(정적.)

아인슈타인 : 그 사실을 그토록 느긋하게 말하다니?

뫼비우스 : 그렇담 어떻게 말해야겠소?

아인슈타인 : 우리측 첩보부에선, 당신이 소립자(素粒子)의 통일원리를…….

뫼비우스 : 당신 첩보부를 안심시킬 수 있소. 통일된 장(場)의 이론도 발견되었소.

뉴턴 : (내프킨으로 이마의 땀을 닦으며) 세계 공식이로군.

아인슈타인 : 어이가 없군. 거대한 국립 연구소들에서 한 무더기의 물리학자들이 돈을 잔뜩 받으며 수 년째 애를 써도 진척을 못 본 것을, 당신은 정신병원 책상에서 해결해 버리다니. (그는 역시 내프킨으로 이마의 땀을 닦는다.)

뉴턴 : 그럼 가능한 모든 발견의 체계는, 뫼비우스?

뫼비우스 : 그것도 있소. 호기심에서 그 체계를 정립했지요. 나의 이론적 업적

에 대한 실질적인 개요로서. 내가 순진한 놈처럼 연기를 해야겠소? 우리의 사고(思考)에는 그 결과가 있기 마련이오. 나의 장(場)의 이론과 중력론이 가져올 영향에 대해 연구, 검토하는 것은 나의 의무이기도 했소. 그런데 그 결과라는 것이 엄청나게 파괴적인 것이었소. 나의 연구가 인간의 수중으로 들어갈 경우, 상상할 수도 없는 새로운 에너지가 방출되어 어떠한 상상도 웃음거리로 만드는 무서운 기술을 가능하게 한단 말이오.

아인슈타인 : 그것은 피할 수 없을 거요.

뉴턴 : 문제는, 누가 먼저 그 기술에 접근하느냐 하는 것이지요.

뫼비우스 : (웃으며) 당신은 이 행운을 당신네 첩보부가, 그리고 그 배후의 참모들이 잡기를 원하는 거요, 킬톤?

뉴턴 : 왜 아니겠소. 온 시대의 가장 위대한 물리학자를 물리학자들의 공동체로 환원시키기 위해서는 어떤 참모부라도 내겐 상관없소.

아인슈타인 : 내게는 오로지 나의 참모부만이 중요하오. 우리 물리학자들은 인류에게 막대한 권력수단을 제공하고 있소. 그것이 우리에게 조건을 제시할 권리를 부여하는 거요. 우리는 누구의 이익을 위해 우리의 학문을 적용할지 결정해야 하오. 그리고 나는 결정을 했소.

뉴턴 : 넌센스요, 아이슬러. 중요한 것은 우리 학문의 자유이지, 그 밖의 것은 없소. 우리는 선구자적 업적을 쌓으면 됐지, 그 밖의 것은 필요 없소. 우리가 개척한 길을 인류가 걸어갈 줄 아느냐 아니냐 하는 것은 그들의 소관이지 우리가 알 바 아니오.

아인슈타인 : 당신은 참 딱한 유미주의자로군, 킬톤. 오로지 학문의 자유만이 당신에게 중요하다면 왜 우리에게로 오지는 않소? 우리측 역시 이미 오래 전부터 물리학자들을 감독할 처지에 있지 못하오. 우리 역시 성과를 필요로 하오. 우리 정치체제 역시 학문에 대해 비굴할 수밖에 없다오.

뉴턴 : 우리 양 정치체제는, 그러니까 아이슬러, 지금 무엇보다 뫼비우스에 대해 비굴할 수밖에 없단 말이군.

아인슈타인 : 그 반대요. 그가 우리에게 복종해야만 할 거요. 결국 우리는 그를 막다른 골목으로 몰 테니까.

뉴턴 : 정말 그럴까? 어쩌면 우리는 서로를 막다른 골목으로 모는지도 모르오. 우리의 첩보부들은 유감스럽게도 똑같은 발상을 했소. 뫼비우스가 당신과 함께 간다면, 나로서는 어쩔 도리가 없지요, 당신이 방해할 테니까. 또 혹시 뫼비우스가 내 편으로 결정을 내린다면, 당신도 어쩔 도리가 없을 거요. 여기서 선택권은 뫼비우스가 가졌지 우리가 아니오.

아인슈타인 : (엄숙하게 일어선다.) 권총을 꺼내 옵시다.

뉴턴 : (역시 일어서며) 결투를 합시다.

　　(뉴턴은 벽난로 격자 뒤에서 권총 두 자루를 꺼내, 아인슈타인에게 그의 것을 건네 준다.)

아인슈타인 : 이 일이 유혈극으로 끝나게 되어 유감이오. 그래도 우린 쏠 수밖에 없소, 서로를. 그리고 저 감시인들은 말할 것도 없고, 부득이 하면 뫼비우스까지도. 그 사람은 세상에서 가장 중요한 인물이지만, 더 중요한 것은 그의 원고니까.

뫼비우스 : 내 원고라고? 나는 그것을 태워 버렸소.

　　(죽음 같은 정적.)

아인슈타인 : 태웠다고?

뫼비우스 : (열적게) 아까. 경찰이 다시 오기 전에. 안전을 위해.

아인슈타인 : (절망적인 웃음을 터뜨린다.) 태웠다는군.

뉴턴 : (화가 나서 소리친다.) 15년 동안의 업적을!

아인슈타인 : 정말 미칠 것 같군.

뉴턴 : 공식적으로는 우리는 벌써 미쳐 있는 걸.

　　(그들은 권총을 집어 넣고, 의기소침하여 소파에 앉는다.)

아인슈타인 : 이로써 우린 결정적으로 당신 손아귀에 떨어진 셈이오, 뫼비우스.

뉴턴 : 그리고 이 꼴이 되자고 나는 독일어를 배우고 간호사까지 교살했단 말

이오.

아인슈타인 : 또 나는 바이올린을 억지로 배웠소. 그건 음악에는 백지인 사람한텐 일종의 고문이었소.

뫼비우스 : 식사를 계속하지 않겠소?

뉴턴 : 입맛이 싹 달아나 버렸소.

아인슈타인 : 치즈 햄 스테이크가 유감이로군.

뫼비우스 : (일어서서) 우리는 세 명의 물리학자이지요. 우리가 내려야 할 결정은 물리학자들 사이의 결정입니다. 우리는 과학적으로 앞으로 나아가야 합니다. 비과학적인 의견들에 좌우되어서는 안 되며, 논리적 귀결에 따라야 합니다. 이성적인 것을 찾으려고 애써야 하지요. 우린 결코 사고(思考)의 오류를 범해선 안 됩니다. 왜냐하면 그릇된 결론은 파국으로 치달을 테니까. 우리 세 사람은 모두 같은 목표를 눈앞에 두고 있습니다. 그런데 책략은 각각이지요. 우리의 목표란 물리학의 발전입니다. 킬톤, 당신은 물리학의 자유를 보존하겠다면서 그것의 책임은 부인하고 있소이다. 또, 아이슬러, 당신은 반대로 책임이라는 명목으로 물리학을 특정 국가의 권력정책에 봉사하게 하고 있구려. 그런데, 현실은 어떤 모습인가요? 그 점에 대해 정보를 주시오, 그래야 내가 결정을 내리겠소.

뉴턴 : 몇몇 저명한 물리학자가 당신을 기다리고 있소. 보수와 숙식은 이상적이고, 주변 경치는 삭막하지만 기후는 아주 좋지요.

뫼비우스 : 그 물리학자들은 자유로운가요?

뉴턴 : 친해하는 뫼비우스. 이 물리학자들은 국토방위에 결정적인 과학적 문제들을 풀겠다는 입장을 표명하고 있소. 그러니까 당신도 이해해야만 하오.

뫼비우스 : 그러니까 자유롭지 못하군요. (그는 아인슈타인을 향한다.) 요제프 아이슬러. 당신은 권력자의 정책을 좇고 있소. 거기엔 어쨌든 권력이라는 게 속해 있지요. 그럼 당신은 그 권력을 가졌나요?

아인슈타인 : 내 말을 잘못 이해하고 있군요, 뫼비우스. 우리의 권력정책은 바

로 당의 이득을 위해 개인의 권력을 포기한 점에 있소이다.

뫼비우스 : 당신이 뜻하는 책임에 준하여, 당신은 그 당을 움직일 수 있나요, 아니면 당신이 당의 조종을 받는 위험에 처해 있나요?

아인슈타인 : 뫼비우스! 그건 웃기는 얘기요. 물론 나는 당이 나의 제안을 따라주기를 희망할 수는 있지요, 그 이상은 아닙니다. 희망이 없다면, 정치적 태도라는 것도 존재할 수 없는 법이오.

뫼비우스 : 최소한 당신네 물리학자들은 자유로운가요?

아인슈타인 : 그들 역시 국토방위를 위해서…….

뫼비우스 : 이상하군요. 제가끔 내게 다른 이론을 선전하는데도, 제시되는 현실은 똑같은 것 ─ 곧 하나의 감옥이란 말이오. 그런 판이니, 나는 차라리 내 정신병원 쪽을 택하겠소. 이곳은 최소한 정객들한테 이용당하지 않도록 내게 보장해 주니까 말이오.

아인슈타인 : 결국 얼마간의 모험은 감행해야지요.

뫼비우스 : 우리가 결코 감행해선 안 될 모험들이 있소. 인류의 몰락이 그런 것이오. 우리는 이 세계가 이미 존재하는 무기들을 갖고 벌이는 판을 알고 있고, 또한 내가 앞으로 있을 수 있는 무기들을 사용해서 야기될 세계도 상상할 수 있지요. 나는 이 같은 통찰에 따라 내 행동을 결정했소. 지난날 나는 가난했지요. 아내와 세 아들도 있었어요. 대학에서는 명예가 손짓하고, 산업체에서는 돈이 추파를 던졌지요. 두 길 모두가 너무나 위험했어요. 아마 나는 내 논문들을 발표하지 않을 수 없었을 테고, 그 결과는 학문의 몰락과 경제구조의 붕괴였을 거요. 책임의식이 나로 하여금 다른 길을 가도록 강요했소. 나는 학자로서의 출세길을 버렸고, 내 가족은 그들의 운명에 맡겨 버렸소. 그리고 어릿광대의 모자를 쓰는 쪽을 택했지요. 나는 솔로몬 왕이 내게 나타난다고 사칭했소. 그러자 곧 나를 정신병원에 가뒀다오.

뉴턴 : 그건 결코 해결책이 아니었소!

뫼비우스 : 이성(理性)이 이 길을 요구했소. 우리는 우리의 학문 분야에서 인식 가능한 것의 한계에 부딪쳤소. 우리는 정확히 포착할 수 있는 몇 가지 법칙과 불가해한 현상들 간의 몇 가지 기본관계를 알지만, 그것이 전부요. 엄청나게 많은 그 나머지는 비밀로 머물러 있고, 우리의 두뇌로는 접근할 수가 없소. 우리는 우리 길의 막다른 골목에 도달한 것이라오. 그렇지만 인류는 아직 거기까지도 못 미쳤소. 우리는 앞장서서 싸워 왔는데, 아무도 뒤를 따라오지 않고 우리는 허공에 부딪쳤소. 우리의 학문은 끔찍해졌고 우리의 연구는 위험해졌고, 우리의 인식은 치명적이 되었소. 우리 물리학자들에게 남은 길은 단지 현실 앞에서의 굴복뿐이라오. 현실은 우리를 감당하지 못하오. 현실은 우리에게 부딪쳐 몰락해 간단 말이오. 우리는 우리의 지식을 철회해야만 하오. 그리고 나는 그것을 철회했소. 다른 해결이란 없소. 당신네들에게도 마찬가지요.

아인슈타인 : 무슨 뜻으로 그런 말을 하시오?

뫼비우스 : 당신네들은 비밀송신기를 가졌겠지!

아인슈타인 : 그래서?

뫼비우스 : 당신네들에게 지령을 내린 사람들에게 보고하시오. 당신네들이 잘못 알았노라고. 나는 진짜 미치광이라고.

아인슈타인 : 그렇게 되면 우리는 여기 종신토록 갇혀 있는 거요.

뫼비우스 : 물론.

아인슈타인 : 실패한 첩보원들을 누가 거들떠보겠소?

뫼비우스 : 그렇고말고.

뉴턴 : 그래서?

뫼비우스 : 당신들은 나와 함께 정신병원에 머무는 것이오.

뉴턴 : 우리가?

뫼비우스 : 당신들 둘 다.

(침묵.)

뉴턴 : 뫼비우스! 우리한테 그렇게 요구할 수 없소, 우리가 영원히⋯⋯.

뫼비우스 : 내가 그나마 노출되지 않고 머물 수는 있는 유일한 기회요. 오로지 정신병원 안에서만 우리는 그나마 자유롭다오. 오로지 정신병원 안에서만 우리는 사고를 해도 좋지요. 바깥에 나가면 우리의 사고는 폭발물이오.

뉴턴 : 그래도 결국 우리는 정신병자가 아니란 말이오.

뫼비우스 : 그렇지만 살인자들이오.

　　(그들은 당황해서 뫼비우스를 응시한다.)

뉴턴 : 나는 그 말에 동의하지 않소!

아인슈타인 : 그런 말을 하지 말았어야 하오, 뫼비우스!

뫼비우스 : 사람을 죽인 자는 살인자요. 그리고 우리는 살인을 했소. 우리는 각기 어떤 소명을 갖고 이 요양소로 들어왔지요. 우리는 각기 어떤 목적을 위해 간호사를 죽였소. 당신들은 당신네 비밀 임무를 안전하게 하려고, 또 나는 모니카 간호사가 나의 존재를 믿고 있었기 때문이오. 그녀는 나를 인정받지 못한 천재로 알고 있었소. 오늘날에는 인정받지 못한 채 묻혀 있는 것이 천재의 의무라는 사실을 그녀는 이해하지 못했소. 사람을 죽인다는 건 끔찍한 일이오. 나는 살인을 했소. 더욱 끔찍스런 학살이 일어나지 않도록 하기 위해서. 그런데 당신들이 나타났군. 당신네들까지 내가 제거할 수는 없소. 그렇지만 혹시 설득할 수 있을지는? 우리의 살인이 무의미한 것으로 되어야겠소? 우리가 스스로를 희생한 것이냐, 아니면 살인을 한 것이냐. 우리가 정신병원에 머무느냐, 아니면 세계 전체가 정신병원으로 되느냐. 우리가 사람들의 기억에서 사라지느냐, 아니면 인류가 사라지느냐, 그런 양자택일이오.

　　(침묵.)

뉴턴 : 뫼비우스!

뫼비우스 : 킬톤?

뉴턴 : 이 요양소. 흉측한 감시인들. 곱사등이 여의사!

뫼비우스 : 그래서?

아인슈타인 : 그들은 우리를 야생동물처럼 가두고 있단 말이오!

뫼비우스 : 우리는 사나운 짐승들이오. 우리를 인류를 향해 풀어 놓아선 안 된
　　　　　다오.

　　　　　(침묵.)

뉴턴 : 다른 방도가 정말로 없겠소?

뫼비우스 : 없소.

　　　　　(침묵.)

아인슈타인 : 요한 빌헬름 뫼비우스. 나는 착실한 인간이오. 여기 머물겠소.

　　　　　(침묵.)

뉴턴 : 나도 머물겠소. 영원히.

　　　　　(침묵.)

뫼비우스 : 고맙소. 세계가 구사일생으로 살아남기 위해 그나마 남아 있는 작
　　　　　은 기회를 위해서. (그는 술잔을 추켜든다.) 우리 간호사들의 명복을 빌며!

　　　　　(그들은 엄숙하게 일어선다.)

뉴턴 : 이 잔을 도로테아 모저를 위해.

나머지 두 사람 : 도로테아 간호사를 위해!

뉴턴 : 도로테아! 나는 당신을 희생시킬 수밖에 없었소. 당신의 사랑에 대한 보
　　　　　답으로 죽음을 주었지! 이제는 당신한테 부끄럽지 않은 나를 보여 주겠소!

아인슈타인 : 나의 잔은 이레네 슈트라우프를 위해.

나머지 두 사람 : 이레네 간호사를 위해!

아인슈타인 : 이레네! 나는 당신을 희생시킬 수밖에 없었소. 당신을 기리고 당
　　　　　신의 헌신을 찬양하기 위해, 이젠 분별 있게 행동하리다.

뫼비우스 : 나의 잔은 모니카 슈테틀러를 위해.

나머지 두 사람 : 모니카 간호사를 위해!

뫼비우스 : 모니카! 나는 당신을 희생시킬 수밖에 없었소. 우리 세 물리학자가

당신의 이름으로 맺은 우정을 그대의 사랑으로 축복해 주시오. 우리로 하여금 바보가 되게 하여 우리의 학문의 비밀을 충실히 지킬 힘을 갖게 해주시오.

(그들은 마시고 술잔들을 식탁 위에 놓는다.)

뉴턴 : 우리 다시 정신병자로 변신합시다. 뉴턴이 되어 유령처럼 떠돌아다닙시다.

아인슈타인 : 다시 클라이슬러와 베토벤을 깡깽이로 켭시다.

뫼비우스 : 솔로몬 왕을 다시 나타나게 합시다.

뉴턴 : 미쳤지만, 현명하게.

아인슈타인 : 갇혔지만, 자유롭게.

뫼비우스 : 물리학자이지만, 죄를 짓지 않고.

(세 사람, 서로 손짓을 하며 자신들의 방으로 간다. 무대는 비어 있다. 오른편에서 맥아더와 무릴로 등장. 두 사람은 지금은 까만 제복 차림에 모자를 쓰고 권총을 차고 있다. 그들은 식탁을 치운다. 맥아더가 식기를 실은 수레를 끌고 오른쪽으로 나가고, 무릴로는 창문 오른편으로 원탁을 갖다 놓고 식당청소를 하듯 그 위에 의자들을 뒤집어 놓는다. 그리고 무릴로도 오른편으로 퇴장. 방안은 다시 비어 있다. 이어서 오른편에서 마틸데 폰 찬트 박사 등장. 언제나처럼 흰 의사가운에 청진기. 그녀는 주변을 둘러본다. 끝으로 지베르스 등장, 역시 까만 제복을 입고 있다.)

수간호인 : 원장님.

여의사 : 지베르스. 초상화를 바꾸어 걸도록.

(맥아더와 무릴로가 묵직한 금빛 액자의 커다란 초상화를 가지고 들어온다. 장군의 초상화이다. 지베르스는 먼저 걸렸던 초상화를 떼고 새 것을 건다.)

여의사 : 레오니다스 폰 찬트 장군은 여자들 틈에서보다 여기서 더 잘 대우를 받을 거야. 언제 봐도 당당한 모습이거든. 바제도병을 앓긴 했어도 노련한 노투사였지. 그 분은 영웅적인 죽음을 사랑했어. 그런데 그런 죽음이 이 집

안에서도 일어났다오. (그녀는 자기 부친의 초상화를 유심히 바라본다.) 그 대신 추밀 고문관께서는 여류 백만장자들이 모인 여환자 병동으로 가는 거야. 잠시 동안 그분을 복도에 모시도록.

(맥아더와 무릴로가 초상화를 갖고 오른편으로 퇴장.)

여의사 : 프뢰벤 총재와 참모들이 도착하였나?

수간호인 : 초록빛 살롱에서 기다리고 계십니다. 샴페인과 철갑 상어알을 준비할까요?

여의사 : 그 거물들께선 만찬을 들러 오신 게 아니라 일하러 오셨어.

(그녀는 소파에 앉는다. 맥아더와 무릴로가 오른편에서 다시 등장.)

여의사 : 세 환자를 데려오게, 지베르스.

수간호인 : 알았습니다, 원장님. (그는 1호실로 가서 문을 연다.) 뫼비우스, 나오시오!

(맥아더와 무릴로는 2호실 및 3호실 문을 연다.)

무릴로 : 뉴턴, 나오시오!

맥아더 : 아인슈타인, 나오시오!

(뉴턴, 아인슈타인, 뫼비우스가 나온다. 모두가 환한 모습이다.)

뉴턴 : 신비스러운 밤이로군. 그윽하고 거룩한 밤이야. 내 방의 창살 사이로 목성과 토성이 반짝이며 만물의 법칙을 계시해 주고 있네.

아인슈타인 : 행복한 밤이야. 위안을 주는 포근한 밤. 수수께끼들은 침묵을 지키고 의문들은 입을 다무네. 바이올린을 끝없이 켜고 싶군.

뫼비우스 : 성스러운 밤이로군. 암청색의 경건한 밤. 막강하신 왕의 밤. 왕의 하얀 그림자가 벽에서 떨어져 나오네. 그의 눈빛이 광채를 내며 번득이네.

(침묵.)

여의사 : 뫼비우스. 검사의 지시에 따라, 나는 단지 감시인의 입회 하에서만 당신과 얘기를 할 수 있소.

뫼비우스 : 알겠습니다, 박사님.

여의사 : 그렇지만 내가 지금 하고자 하는 말은 당신 동료들한테도 상관되오,
　　　 알렉 야스퍼 킬톤과, 요제프 아이슬러한테도.

　　　(두 사람, 놀라서 그녀를 응시한다.)

뉴턴 : 당신은 알고 있나요?

　　　(두 사람, 권총을 빼어 들려고 한다. 그러나 무릴로와 맥아더에게 무기를 빼앗
　　　긴다.)

여의사 : 여러분, 당신들의 대화는 도청당했소. 벌써 오래 전부터 의심을 품어
　　　 왔지. 킬톤과 아이슬러의 비밀송신기를 가져오게. 맥아더, 무릴로.

수간호인 : 두 손을 등 뒤로, 너희 셋 다!

　　　(뫼비우스, 아인슈타인, 뉴턴, 손을 등 뒤로 돌린다. 맥아더와 무릴로 2호실과 3
　　　호실로 간다.)

뉴턴 : 묘하게 됐군! (웃는다. 혼자 유령처럼)

아인슈타인 : 어떻게 된 영문인지…….

뉴턴 : 웃기는군! (다시 웃는다. 그러다 입을 다문다.)

　　　(맥아더와 무릴로가 비밀송신기들을 갖고 돌아온다.)

수간호인 : 손 내려!

　　　(물리학자들, 복종한다. 침묵.)

여의사 : 스포트라이트를, 지베르스.

수간호인 : 오케이, 대장님.

　　　(그는 손을 들어 보인다. 밖으로부터 스포트라이트가 눈부시게 물리학자들을 비
　　　춘다. 동시에 지베르스는 방안의 불을 꺼 버린다.)

여의사 : 이 빌라는 감시원들이 포위하고 있소. 도망친들 소용 없소. (간호인들
　　　에게) 당신들 셋은 꺼지라구!

　　　(세 간호인, 권총과 송신기재를 들고 퇴장. 침묵.)

여의사 : 당신네들에게 내 비밀을 알려 주겠소. 당신들이 안다 한들 아무런 소
　　　용이 없을 테니까.

(침묵.)

여의사 : (엄숙하게) 나한테 역시 황금의 왕 솔로몬이 나타났지요.

(세 사람, 어안이 벙벙하여 그녀를 응시.)

뫼비우스 : 솔로몬이?

여의사 : 수 년 동안 내내.

(뉴턴이 조그만 소리로 웃는다.)

여의사 : (의연하게) 맨 처음엔 내 서재에 나타났지요. 어느 여름밤이었지. 바깥에는 아직 햇살이 비치고 공원에선 딱따구리가 딱딱거리는데, 그때 홀연히 황금의 왕이 둥둥 떠서 다가왔다오. 위풍당당한 천사 같은 모습으로.

아인슈타인 : 저 여자가 미쳤군.

여의사 : 그분은 나를 바라보고 입을 열었지요. 당신의 여종과 말하기 시작한 것이지요. 그 분은 죽은 자들 가운데서 다시 살아나, 지난날 이 땅에서 당신이 부렸던 권세를 다시 인수하려고 했다오. 그분은 벌써 당신이 지닌 지혜를 활짝 열어 보이셨지요. 그래서 솔로몬의 이름으로 뫼비우스로 하여금 이 세상을 지배하게 하려고 하셨지요.

아인슈타인 : 저 여자를 가둬야 해. 정신병원에 집어 넣어야 해.

여의사 : 그런데 뫼비우스가 그분을 배반했답니다. 뫼비우스는 침묵될 수 없는 것을 침묵하려고 했거든요. 그에게 계시되었던 것은 이미 비밀이랄 수 없는 것이기 때문이지요. 그것은 사고(思考) 가능한 것이니까. 사고 가능한 것은 무엇이든, 언젠가는 사고하게 된답니다. 지금이든 장차든. 솔로몬이 발견해 냈던 것은 언젠가 다른 누구에 의해서도 발견될 수 있단 말입니다. 그러니까 불변으로 남아 있어야 할 것은 황금의 왕의 치적, 즉 그가 성스러운 세계 왕국을 이룩했던 수단이란 말입니다. 그래서 왕께선 나를, 당신의 보잘것없는 여종으로 찾았지요.

아인슈타인 : (열심히) 당신은 정신이 나갔어요. 이봐요, 당신은 미쳤다니까요.

여의사 : 황금의 왕께서는 내게 뫼비우스를 밀어 내고 그 자리에서 통치하라는

명령을 내렸지요. 나는 복종했어요. 나는 의사이고, 뫼비우스는 환자, 그러니까 내 뜻대로 그를 마음대로 다룰 수 있었답니다. 나는 몇 년 동안 반복해서 그를 마비시키고, 솔로몬 왕의 수기를 복사해 두었답니다. 이제 그 마지막 페이지까지 수중에 넣었지요.

뉴턴 : 당신은 실성했어요![10] 완전히! 제발 사정을 알아보시라구요! (나직이) 우리 모두가 실성했지요.

여의사 : 나는 용의주도하게 일을 추진했답니다. 처음에는 필요한 자산을 모으기 위해 몇 안 되는 발명품들만 착취했지요. 이어서 거대한 기업을 세웠고 공장이 차례로 생겨났지요. 그리고 이제 엄청난 기업체를 세웠답니다. 이제부터 가능한 모든 발명의 체계를 써먹을 참입니다. 여러분.

뫼비우스 : (열을 내며) 마틸데 폰 찬트 박사님, 당신은 환자입니다. 솔로몬 왕은 실재하지 않아요. 한 번도 내게 나타난 적이 없다구요.

여의사 : 거짓말을 하는군요.

뫼비우스 : 나는 단지 내 발견들을 숨기기 위해 솔로몬을 날조해 냈을 뿐입니다.

여의사 : 당신은 솔로몬의 존재를 부인하는군.

뫼비우스 : 이성을 찾으십시오. 당신이 정신병자라는 점을 인정하십시오.

여의사 : 당신이 정신병자가 아니듯, 나도 아니오.

뫼비우스 : 그렇다면 나는 세상에 대고 진실을 외쳐야겠소이다. 당신은 수년 동안 나를 착취했소. 염치도 없이. 심지어는 내 가엾은 아내한테까지 돈을 받아먹었소.

여의사 : 당신은 무력합니다. 뫼비우스. 설혹 당신의 목소리가 세상으로 퍼져 나간다 해도 사람들은 당신의 말을 믿지 않을 것입니다. 왜냐하면 세상의 편에서 보면 당신은 위험천만한 정신병자에 지나지 않으니까요. 당신이 저

---

10) '자물쇠가 벗겨졌어요.'로도 번역 가능. 정체가 드러났다는 의미.

지른 살인 때문에.

(세 사람은 진실을 예감한다.)

뫼비우스 : 모니카?

아인슈타인 : 이레네?

뉴턴 : 도로테아?

여의사 : 나는 단지 하나의 기회를 포착했을 뿐이에요. 솔로몬의 지식은 확보될 필요가 있었고, 당신네들의 배반은 처벌되어야 했지요. 나는 당신들이 지닌 위험스런 요소를 제거하지 않을 수 없었어요. 당신들의 살인을 통해. 그래서 세 명의 간호사들을 부추겨 당신들에게 달려들도록 몰았지요. 당신들이 어떻게 행동하리라는 것은 빤히 예측할 수 있었어요. 당신들은 자동 인형처럼 조종 가능했고, 형리처럼 살인을 한 거랍니다.

(뫼비우스는 그녀에게 달려들려 한다. 아인슈타인이 그를 말린다.)

여의사 : 덤벼 봤자 소용 없어요, 뫼비우스. 이미 내 수중에 들어와 있는 원고를 태운 일이 헛수고였던 것처럼.

(뫼비우스는 몸을 돌린다.)

여의사 : 당신들을 둘러싸고 있는 것은 이미 요양소의 담벼락이 아닙니다. 이 건물은 내 기업체의 보물창고이지요. 이 건물은 나 이외에 유일하게 진실을 알고 있는 세 명의 물리학자를 포함하고 있지요. 당신들을 지키고 있는 장정들은 단순한 정신병자 감시인들이 아니랍니다. 지베르스는 나의 세계 경찰의 우두머리지요. 당신들은 자신들의 감옥으로 도망쳐 온 셈입니다. 솔로몬은 지금껏 당신들을 통해 사고하고 당신들을 통해 행동해 왔지만, 이제 그는 당신들을 제거하고 있습니다. 나를 통해서.

(침묵. 여의사는 모든 말을 조용히 엄숙하게 이어 간다.)

여의사 : 그렇지만 내가 솔로몬의 권세를 떠맡을 겁니다. 나는 겁나지 않아요. 나의 요양소는 장신구와 훈장을 주렁주렁 단 미치광이 친척들로 만원입니다. 나는 우리 가문의 마지막 정상인이지요. 끝인 겁니다. 임신도 할 수 없

고 다만 이웃 사랑의 소질만 갖고 있는. 그래서 솔로몬 왕이 나를 긍휼히 여긴 거랍니다. 수천 명의 여자를 거느린 그분이 바로 나를 선택했어요. 이제 나는 나의 선조들보다 더욱 막강해질 겁니다. 내 기업체는 지배할 거예요. 여러 나라, 대륙들을 정복하고 태양계를 활용할 것이며, 안드로메다 성운(星雲)을 향해 우주 여행을 할 겁니다. 계산은 맞아떨어졌어요. 세상에 유리하게가 아니라, 한 늙은 곱사등이 처녀에게 유리하게. (그녀는 작은 종을 울린다.)

(오른편에서 수간호인 등장.)

수간호사 : 대장님, 부르셨습니까?

여의사 : 가세, 지베르스. 이사진(理事陣)들이 기다리고 있어. 세계 기업이 시작되고, 생산이 굴러가는 거야. (그녀는 수간호사와 함께 오른편으로 퇴장.)

(세 물리학자들만 남는다. 모든 놀이는 끝났다. 침묵.)

뉴턴 : 끝났어. (그는 소파에 앉는다.)

아인슈타인 : 세계가 한 미치광이 정신병 여의사의 수중에 떨어졌군. (그는 뉴턴 곁에 앉는다.)

뫼비우스 : 일단 사고된 것은 이미 철회될 수가 없는 거야. (그는 소파 왼편의 안락의자에 앉는다.)

(침묵. 그들은 멍하니 앞을 보고 있다. 이어서 아주 침착하고 자연스럽게 관객을 향해 자신들을 소개한다.)

뉴턴 : 나는 뉴턴입니다. 아이작 뉴턴 경. 1643년 1월 4일 그랜덤의 울즈소프 출생. 나는 왕립협회의 의장입니다. 그렇다고 기립하실 필요는 없어요. 나는 자연과학의 수학적 토대를 저술했지요. 또 나는 가설을 만들지 않는다는 말을 했습니다. 실험 광학과 이론 기계학, 그리고 고등 수학에서의 나의 업적은 혁혁하지요. 그렇지만 중력의 본질에 대한 문제는 미제로 남겨둘 수밖에 없었습니다. 나는 또 신학에 관한 저술도 했습니다. 예언자 다니엘과 요한계시록에 대한 해설이지요. 나는 뉴턴입니다. 아이작 뉴턴 경.

나는 왕립협회의 의장입니다. (그는 일어나 자기 방으로 간다.)

아인슈타인 : 나는 아인슈타인입니다. 알베르트 아인슈타인 교수. 1879년 3월 14
일 울름 태생. 1902년에 나는 베른 시(市)의 연방 특허국 전문가가 되었습
니다. 그곳에서 물리학을 바꿔 놓은 특수 상대성이론을 정립했지요. 그리
고 나서 프러시아 과학학술회의 회원이 되었습니다. 나중에는 망명자가 되
었지요. 유태인이었기 때문이죠. 내게서 공식 $E=mc^2$이 나왔습니다. 물질
을 에너지로 변화시키는 열쇠이지요. 나는 인간을 사랑하고 나의 바이올린
을 사랑합니다. 그런데 내가 발견한 이론에 따라 세인들은 원자탄을 만들
었지요. 나는 아인슈타인입니다. 알베르트 아인슈타인 교수. 1879년 3월 14
일 울름 태생. (그는 일어나 자기 방으로 간다. 이어서 그의 바이올린 연주가
들린다. 크라이슬러. 사랑의 슬픔.)

뫼비우스 : 나는 솔로몬입니다. 나는 가엾은 솔로몬 왕이지요. 한때 나는 엄청
나게 부귀를 누렸고, 지혜롭고, 하느님을 섬겼습니다. 나의 권세 앞에서는
힘센 자들도 부들부들 떨었지요. 나는 평화와 정의의 제왕이었습니다. 그
런데 나의 지혜가 신에 대한 나의 경배심을 파괴했습니다. 신을 경외하는
마음을 잃고 나자, 나의 지혜는 내 부귀를 파괴했습니다. 지금 내가 통치
하는 고을들은 죽었고 내게 위탁했던 왕국은 비어 있습니다. 푸르스름한
황무지랍니다. 그리고 어디에선가 노란빛의 이름 없는 작은 별 주위를 방
사성의 지구가 무의미하게 늘상 돌고 있습니다. 나는 솔로몬입니다. 가엾
은 솔로몬 왕입니다. (그는 자기 방으로 간다.)

(이제 살롱은 비어 있다. 아인슈타인의 바이올린 연주 소리만 여전히 들려온다.)

『물리학자들』에 부치는 21요점

1. 나는 어떤 명제에서 출발하지 않고 하나의 이야기에서 출발한다.

2. 이야기에서 출발하는 경우, 그 이야기는 끝까지 사고되어야 한다.

3. 이야기는, 그것이 최악의 가능한 전환을 취하면 끝까지 사고된 것이다.

4. 최악의 가능한 전환은 예견할 수 없다. 그것은 우연에 의해 들어선다.

5. 극작가의 기술은 사건 진행 속에 그 우연을 가능한 한 효과적으로 삽입하는 데에 있다.

6. 희곡의 사건 진행을 운반하는 자는 인간이다.

7. 희곡의 사건 진행에서 우연은, 언제 어디서 누가 우연히 누구를 만나는가 하는 데에 있다.

8. 인간들이 계획적으로 일을 추진하면 할수록, 더욱 효과적으로 우연은 그들을 적중시킬 수 있다.

9. 계획에 맞춰 행동하는 인간들은 특정한 목표에 도달하려고 한다. 우연이 그런 인간들을 최악으로 적중시키는 경우란, 그들이 우연에 의해 자신들의 목표의 반대편, 즉 그들이 두려워하고 피하고자 했던 것에(예컨대 외디푸스)이르게 되는 경우이다.

10. 그런 이야기는 그로테스크하긴 하지만 불합리하지는(사리에 어긋나지는) 않다.

11. 그런 이야기는 패러독시컬하다. 논리학자들 못지않게 극작가들도 패러독스를 피할 수 없다.

13. 논리학자들 못지않게 물리학자들도 패러독스를 피할 수 없다.

14. 물리학자들에 관한 희곡은 패러독시컬할 수 밖에 없다.

15. 그런 희곡은 물리학의 내용을 목표로 할 수는 없고 단지 물리학의 영향력을 목표로 할 수 있을 뿐이다.

16. 물리학의 내용은 물리학자들과 상관 있지만, 그 영향력은 모든 인간에게 관련있다.

17. 모두에게 관계 있는 일은 오로지 모두가 함께 해결할 수 있다.

18. 모두에게 관계 있는 일을 혼자서 해결하려는 개인의 시도는 번번이 좌초될 수 밖에 없다.

19. 패러독스들 안에서 현실이 드러난다.

20. 패러독스와 마주하고 있는 자는 현실에 자신을 내맡긴 셈이다.

21. 극작은 관객으로 하여금 현실에 자신들을 내맡기도록 책략을 써서 유인할 수는 있지만, 현실에 저항하거나 현실을 극복하도록 강요할 수는 없다.

J. 로버트 오펜하이머 사건에서

● 하이나르 키파르트

"오늘날에는 핵물리학의 기본 연구조차 극비에 부쳐진 상황에서
우리의 연구소들은 군대 고위기관에 의해 운영되고 전쟁 목표물처럼
감시받고 있습니다. 이와 같은 경우에 코페르니쿠스의 착상이나
뉴턴의 발견은 어떻게 되었을까를 생각할 때 나는 자문하게 됩니다.
'우리가 결과를 생각치 않고 연구작업을 군대에게 떠맡겼을 때,
그때 이미 우리는 진정으로 과학의 정신을 배반했던 게 아닐까' 하고."

등장인물

J. 로버트 오펜하이머(물리학자)

고든 그레이(공안위원회 의장)

워어드 V. 에반즈(공안위원)

토머스 A. 모건(공안위원)

로저 롭(원자력위원회측 변호인)

C. A. 롤랜더(롭의 동료, 보안전문가)

로이드 K. 개리슨(오펜하이머측 변호인)

허버트 S. 막스(오펜하이머측 변호인)

보리스 T. 패쉬(첩보기관 요원)

존 렌즈데일(변호사, 전(前) 첩보기관 요원)

에드워드 텔러(물리학자)

한스 베테(물리학자)

데이비드 트레슬 그리그스(공군의 수석 과학자, 지구물리학자)

아이자도르 아이작 라비(물리학자)

1

(무대는 열려 있다. 아래에서 비추는 강한 직접 조명. 장면 무대는 흰색 휘장으로 객석과 경계가 쳐져 있는데, 휘장은 다음 기록 필름들을 영사시키기에 충분히 높아야 한다.

과학자들 – 그들은 군인 같은 전투복 차림으로 실험폭발을 위해 영어, 러시아어, 불어로 4-3-2-1-0의 카운트다운을 하고 있다.

구름 형상들 – 각종 원자폭발이 일으키는 자욱한 구름 형상들이 현란하게 전개되고, 과학자들이 그 장면을 유색필터로 관찰한다.

X선 실루엣 – 히로시마 원자폭발 희생자 몇몇의 X선 실루엣이 어느 건물 담벼락에 비추인다.)

(휘장이 열린다.)

1-1

(흰색 페인트가 칠해진 판자벽으로 이루어진 보기 흉한 작은 사무실. 이 공간은 신문을 목적으로 임시로 설치된 것이다.

방의 정면에 위치한 단(壇) 위에 테이블 하나와 공안위원회 위원들이 앉을 검정 가죽 의자가 셋 놓여 있다. 그 뒤쪽 벽에는 미합중국 국기가 걸려 있고, 단의 앞쪽 지면에 속기사들이 속기도구를 들고 앉아 있다.

오른편으로는 원자력위원회측 변호인 롭과 롤랜더가 사건의 기록 뭉치를 검토 중이다. 그들 맞은편 단 위에 오펜하이머측 변호인들이 앉을 의자와 테이블들, 그 앞쪽 지면에 낡고 작은 가죽 소파가 있다.

J. 로버트 오펜하이머가 오른편 옆문으로 2022호실을 들어선다. 두 변호인이 그를 대동하고 있다. 그는 습관대로 약간 앞으로 몸을 굽히고 고개를 갸우뚱하게 한 채 걷는다. 한 관리가 방안을 가로질러 가죽 소파로 그를 안내한다. 그의 변호인들은 자료를 펼쳐 놓는다. 오펜하이머는 흡연도구들을 꺼내 놓고 무대 앞쪽 가장자리로 나온다.)

오펜하이머 : 1954년 4월 12일, 10시 조금 전, 전직 로스 알라모스 원자 무기연구소 소장이었고, 원자문제 정부 고문을 지냈던 프린스턴 대학 물리학 교수 J. 로버트 오펜하이머가 비애국적이라는 혐의를 받고 있는 그의 행동과 인간관계, 견해에 대한 공안위원회측 질문에 답변하기 위해, 워싱턴에 있는 원자력위원회 T3관 2022호실로 들어섰습니다. 심리가 시작되기 전날 밤, 매카시 상원의원[1]은 한 텔레비전 인터뷰에서 다음과 같이 공언했습니다. (장면 무대의 뒤쪽에 내리걸린 흰색 스크린에는 매카시 상원의원의 사진이 아주 커다랗게 환등으로 비춘다. 오펜하이머 역을 맡는 배우는 가죽 소파로 가서 파이프에 담배를 채운다. 확성기에서 흥분해서 떨리는 음성이 새어나온다.)

매카시의 목소리 : 만약 우리 정부 내부에 공산주의자들이 앉아 있지 않다면, 왜 우리가 수소폭탄 제조를 18개월이나 미뤄 온 것일까요? 우리의 국방당국

---

1) Joseph Raymond McCarthy(1909~1957) : 1946년에 위스콘신 주 공화당 상원의원(1950~54)에 당선되었다. 조사위원회 위원장으로서 특히 정부관리와 지식인을 겨누어 공산세력을 추방하는 데 앞장섰던 인물(매카시즘). 그가 주장했던 매카시즘은 동서 냉전의 정점을 이뤘다. 지나친 그의 방법이 상원의 불신임(1954년 12월)을 유발, 인기를 폭락시켰다.

이 매일처럼, 러시아인들은 열이 나서 수소탄을 추진하고 있다고 보고하고 있는 상황에서 말입니다. 이제 수소탄이 등장했습니다! 이제 우리의 주도권은 무너진 것입니다! 오늘 밤 본인은 미국을 향하여, 우리나라는 이제 멸망해 갈 가능성이 짙어졌다고 말하고 있습니다. 미국이 멸망한다면 그것은 바로 18개월 동안의 망설임 때문입니다. 여러분께 묻겠습니다. 누구에게 그 책임이 있습니까? 일찍이 원자탄의 영웅으로 칭송을 받고는 우리 정부에 고의적으로 그릇된 조언을 해 온 자들이 과연 충성스런 미국인이라고 할 수 있겠습니까, 아니면 배반자이겠습니까? 그들의 범죄는 마침내 조사를 받아야 마땅합니다.

(정면에 나 있는 작은 문으로 공안위원회 위원들이 들어선다. 잠시 좌중의 인물들 기립, 그리고 모두 다시 앉는다.)

그레이 : 미합중국 원자력위원회의 임명을 받은 본 공안위원회는 J. 로버트 오펜하이머 박사에게 앞으로도 공안상의 신임을 부여할 수 있는지 여부를 조사하기 위해서, 토머스 A. 모건 위원, 워어드 V. 에반즈 위원과 의장인 본인 고든 그레이로 조사위원을 구성하였습니다. 원자력위원회측 변호인은 로저 롭과 C. A. 롤랜더가 나와 있습니다. 자신의 사건의 증인으로 오펜하이머 박사와 그의 변호인인 로이드 K. 개리슨과 허버트 S. 막스가 나와 있습니다. 이 심리는 정식 재판 절차는 아니며, 철저히 비공개리에 진행되도록 되어 있습니다.

막스 : 의장, 혹시 위원회측에서 어제 밤 매카시 상원의원의 인터뷰를 보신 분이 있으십니까?

그레이 : 나는 보지 못했습니다. 모건 씨는 보셨나요?

모건 : (잠시 자기가 보던 기록에서 시선을 떼고) 매카시? 못 보았습니다.

에반즈 : 나는 라디오로 들었습니다. 깜짝 놀랐습니다. 즉각 오펜하이머를 연상했지요.

막스 : 당신은 그 인터뷰를 들었나요, 롭 씨?

롭 : 못 들었습니다. 만약 매카시 상원의원이 우리의 심리를 암시한 것이라면, 그분은 천리안을 가졌음에 틀림없습니다.

막스 : 매카시를 인터뷰한 사람은 루이스 펄튼 2세더군요. 롭 씨, 당신이 그 사람을 몇 번 소송에서 변호한 적이 있는 줄로 아는데요.

그레이 : 오펜하이머 박사, 당신은 매카시의 발언을 자신과 관련시켜 들으셨나요?

오펜하이머 : 저는 대 여섯 통의 전화를 받았습니다. 아인슈타인이 이렇게 말하더군요 "만약 다시 선택할 수만 있다면, 나는 함석쟁이나 행상이 되겠소. 얼마 안 되는 것이나마 최소한 독립성을 누리며 살기 위해서 말이요"라고.

막스 : 의장, 본인이 그 인터뷰에 관해 언급한 것은, 우리의 이 절차가 과연 기밀에 부쳐질 수 있을지 의심이 갔기 때문입니다.

그레이 : 우리는 그렇게 하도록 애쓸 것입니다. 직책상 묻겠습니다. 오펜하이머 박사. 당신은 이 공안위원회의 구성에 동의하십니까?

오펜하이머 : 동의합니다. 한 가지 일반적인 조건을 제외하고는.

그레이 : 어떤 조건입니까?

오펜하이머 : 이 위원회는 이 시대를 사는 우리 물리학자들의 어려운 의무를 다루게 될 텐데, 따라서 그 구성원이 과학자들이었으면 좋았겠다는 생각입니다. 에반즈 교수만이 학문의 길을 걸어오신 줄로 아는데요.

에반즈 : 나 역시 핵물리학에 관한 한 문외한입니다. 다행스럽게도……. 당신도 아시리라 짐작합니다만, 우리는 이 일을 자진해서 맡은 게 아닙니다. 임명된 것이지요. 자진해서라면 이런 일을 택하지 않았을 겁니다.

오펜하이머 : 나라도 그랬을 겁니다.

막스 : 혹시 위원들의 직업을 기록해 둘 수 있을지요.

그레이 : 그러십시오, 막스 씨. 워어드 V. 에반즈 ―

에반즈 : 시카고 대학 화학 교수.

그레이 : 토머스 A. 모건 ―

모건 : 스페리 자이로스코프 주식회사[2] 사장, 원자장비 생산 회사이지요.
　　　이른바 대기업 교주 중의 한 사람입니다.
　　　(그는 웃는다.)

그레이 : 고든 그레이, 신문 발행인, 여러 라디오 방송국 경영, 전직 육군성
　　　장관.

모건 : 수입 상황은 알고 싶지 않으십니까?

막스 : 그건 당신 편에서 우리에게 밝히고 싶지 않으실 텐데요, 모건 씨.
　　　(약간 웃는다.)

그레이 : 오펜하이머 박사, 선서를 하고 진술하시겠습니까?

오펜하이머 : 그러겠습니다.

그레이 : 꼭 그럴 의무는 없습니다.

오펜하이머 : 알고 있습니다. (그는 일어선다.)

그레이 : 줄리어스 로버트 오펜하이머, 당신은 이 위원회 앞에서 진실을 말할
　　　것을, 오로지 진실만을, 진실 이외에는 아무것도 말하지 않을 것을 하느님
　　　에게 맹세코 선서하시겠습니까?

오펜하이머 : 맹세합니다.

그레이 : 신문을 시작해도 좋습니다. 증인석으로 나오십시오. 롭 씨, 시작하시
　　　지요.
　　　(오펜하이머, 위원회 맞은편 회전의자로 간다. 그는 앉아서 파이프에 불을 붙
　　　인다.)

롭 : 박사님, 당신은 '원자탄의 아버지' 라고 불리지요?

오펜하이머 : 주간 잡지들에서 그랬지요.

---

2) Sperry Gyroscope Company : 미국의 발명가 Sperry(1860~1930)가 1910년에 설립한 자이
　로컴퍼스 제작회사. 오늘날은 전자 전기산업의 다국적 기업으로 확대되어 이른바 Sperry회사는
　미국의 3번째 큰 컴퓨터 기업이 되었다. 전자 계산기 외에도 항공·선박·군용의 제어 시스템
　등을 생산한다.

롭 : 스스로는 그렇게 칭하지 않겠습니까?

오펜하이머 : 원자탄은 별로 잘난 자식이 못 됩니다. 그리고 그 원리 연구까지
　　도 포함한다면 그놈은 수백 명의 아버지를 가진 셈이지요, 여러 나라에.

롭 : 그렇지만 그 아이[3]는 결국 로스 알라모스에서 세상으로 나왔습니다. 당
　　신이 창설했고 1943년부터 1945년까지 소장으로 일했던 그곳, 연구실에서
　　말입니다.

오펜하이머 : 그렇지요, 우리기 그 특허 장난감을 만들어 냈습니다.

롭 : 그 점에 이의가 없으시군요, 박사님.(오펜하이머 웃는다.) 당신은 그것을
　　고무적으로 단시일에 만들어 내 테스트를 거쳐 결국 일본에 투하했습니다.
　　그렇지 않습니까?

오펜하이머 : 안 그렇습니다.

롭 : 아니라구요?

오펜하이머 : 히로시마의 원자탄 투하는 엄연히 정치적인 결정이지, 나의 결정
　　은 아닙니다.

롭 : 그렇지만 당신은 일본에 원자탄 투하를 뒷받침하지 않았나요? 그것이 아
　　닌가요?

오펜하이머 : '뒷받침' 이라는 게 무슨 뜻입니까?

롭 : 당신은 목표지들을 선별하는 데 협조했습니다. 안 그렇습니까?

오펜하이머 : 나는 맡은 일을 했습니다. 우리는 가능한 목표지의 목록을 받았
　　지요.

롭 : 어떤?

오펜하이머 : 히로시마, 고쿠라, 니가타, 교토, (배경의 스크린 위에 이 도시들의
　　부분 정경들이 투영된다.) 그리고 우리의 실험 경험에 비춰 볼 때 어떤 목표
　　지가 원자탄 투하에 가장 적합할지, 우리는 전문가로서 질문을 받았습니다.

---

3) 히로시마와 나가사키에 투하된 원자탄의 이름은 실제로 'Fat boy', 'Thin boy' 였다.

롭 : '우리'란 누굽니까, 박사님?

오펜하이머 : 육군성 장관이 그 일을 위해 임명했던 원자물리학자 협의회입니다.

롭 : 누가 거기 속해 있었습니까?

오펜하이머 : 페르미[4], 로렌스[5], 아서 H. 컴튼[6] 그리고 본인입니다.

   (해당 과학자들의 사진이 투영된다.)

롭 : 그래서 당신은 목표지를 선정했나요?

오펜하이머 : 아니지요. 우리는 목표지들의 적성에 대한 과학적 자료들을 제공했습니다.

롭 : 어떤 특성들이 원자탄 투하에 바람직하다고 여기셨나요?

오펜하이머 : 우리의 관측에 따르면, 그 지면은 적어도 직경 2마일은 되어야 했고, 가능한 한 목조로 된 건축물이 운집해 있는 곳이어야 했습니다. 기압과 뒤따르는 불길 때문에 말이죠. 또 선정된 목표지는 군사전략상 큰 가치를 지니고 있고, 사전의 폭격이 없었던 곳이어야 했지요.

롭 : 왜 그렇지요, 박사님?

오펜하이머 : 원자탄 하나하나의 효력을 정확하게 측정할 수 있기 위해서였지요.

에반즈 : 이 같은 군사적 고려는 어쨌든, 당시의 물리학자들이 떠맡았던 소임이 아닙니까?

오펜하이머 : 그렇지요. 우리만이 그것의 경험을 갖고 있었으니까.

에반즈 : 알겠습니다. 나로서는 생소한 일이군요. 그때 당신은 무엇을 느꼈습

---

4) Enrico Fermi(1901~1954) : 이탈리아의 물리학자로 미국에 귀화. 원자핵, 특히 중성자 물리학 연구자. 1938년 노벨 물리학상 수상. 완중성자에 의한 원자핵 변환을 행하여 방사성 동위원소를 만들어 핵분열 연구에 길을 열었다. 콜럼비아 대학 교수. 42년에 시카고 대학 야금연구소로 옮겨 대형원자로 건설. 2차대전 중 로스 알라모스로 이동 맨하탄 계획에 참여했다가 종전 후 시카고 대학으로 돌아갔다. 54년 암으로 사망.

5) Ernest Orlando Lawrence(1901~1958) : 미국 물리학자. 1928년 캘리포니아 대학 교수. 39년 노벨 물리학상 수상. 2차대전 중 원자탄 연구에 참여.

6) Arthur Holly Compton(1892~1962) : 미국 실험 물리학자. 1920년 워싱턴 대학 교수. 그 후

니까?

오펜하이머 : 그 점을 나는 나중에야 생각했습니다. 지금으로선 모르겠군요. 육
군성 장관이 우리의 의견에 따라 가장 민감하고 큰 목표물인 저 유명한 사
원의 도시 교토를 리스트에서 빼버렸을 때, 나는 다소 안도감을 느꼈습니다.

롭 : 그렇지만 히로시마 원자탄 투하에 대해서는 반대하지 않으셨군요?

오펜하이머 : 우리는 논거를 제시했지요. 그것에 반대하는……

롭 : 내가 묻는 것은, 박사님, 당신이 거기에 반대했느냐는 것입니다.

오펜하이머 : 나는 거기에 반대하는 논거를 제시했습니다.

롭 : 원자탄 투하에 반대하는?

오펜하이머 : 그렇습니다. 그렇지만 나는 그 논거를 옹호하여 싸우지는 않았지
요. 명백히 강력하게 싸우지는 않았습니다.

롭 : 3, 4년 동안 밤낮으로 원자탄을 만들려고 애를 쓰고 나서 그것을 사용하
지 말라는 논거를 제시했다는 얘긴가요?

오펜하이머 : 그것은 아닙니다. 육군성 장관이 내게 물었을 때, 나는 긍정과 부
정의 논거를 모두 제시했습니다. 우려를 표명했지요.

롭 : 또한 박사님, 최대의 효과를 보기 위해 원자탄이 점화되어야 할 고도(高
度) 역시 당신이 정하지 않았나요?

오펜하이머 : 우리는 전문인으로서 우리에게 요구되는 일을 했습니다. 그렇지만
그 폭탄을 실제로 투하하는 결정을 내리지는 않았지요.

롭 : 물론 당신은, 자신이 선정한 목표지에 원자탄이 투하되면 수천의 민간인
이 죽으리라는 것을 아셨겠지요?

오펜하이머 : 결과로 드러난 것처럼 그렇게 많은 사람이 죽으리라고는 예상치
못했습니다.

시카고 대학 교수. 45년 워싱턴 대학 총장. 1927년 X선 산란에 관한 콤프턴 효과를 발견. C. J.
R 윌슨과 함께 1927년 노벨 물리학상 수상. 1941년 원자력 위원회 위원장. E. 페르미 등과 함
께 우라늄 핵분열로 건설 추진. 플루토늄를 완성, 나가사키에 투하한 원폭 재료가 됨.

롭 : 몇 명이나 죽었습니까?

오펜하이머 : 7만 명.

롭 : 그래서 도덕적인 가책을 느끼셨나요?

오펜하이머 : 끔찍하게.

롭 : 끔찍한 도덕적 가책을 느끼셨다구요?

오펜하이머 : 원자탄 투하 이후, 끔찍한 도덕적 가책을 느끼지 않았을 사람은 내가 아는 한 한 명도 없습니다.

롭 : 그것은 정신적으로 약간 분열된 증세가 아닐까요?

오펜하이머 : 무엇이? 도덕적 가책을 느끼는 것이?

롭 : 폭탄을 생산하고, 목표지를 선정하고 점화의 고도를 정하고 그리고 나서 그 결과에 대해 도덕적 가책을 느끼다니요? 이런 것은 약간 정신적으로 분열된 증세가 아닐까요, 박사님?

오펜하이머 : 그렇지요. 그것은 일종의 정신분열 증세입니다. 몇 해 전부터 우리 물리학자들은 그 증세를 앓으며 살아가고 있습니다.

롭 : 그 말을 해명해 주실 수 있습니까?

오펜하이머 : 우리는 최신 자연과학의 위대한 발견을 가공할 정도로 사용했습니다. 핵물리학이 곧 원자탄은 아닙니다.

롭 : 그 에너지를 산업적으로 이용할 수 있다는 그런 뜻인가요?

오펜하이머 : 첫째로, 핵에너지는 넘치도록 많은 생산을 가능케 합니다. 값싼 에너지의 문제를 해결하지요.

롭 : 황금의 시대, 슐라라펜의 나라[7] 그런 이야기들을 염두에 두신 겁니까?

오펜하이머 : 그렇습니다, 호화로움을. 불행스럽게도 사람들은 다분히 그 반대 방향의 활용만을 생각하고 있습니다.

롭 : '사람들'이란 누굽니까, 박사님?

오펜하이머 : 정부들이죠. 이 세계는 새로운 발견을 맞을 준비가 되어 있지 않습니다. 세계는 돌쩌귀에서 빠져 나갔어요.

롭 : 그러면 당신은 어떤 면에서, 햄릿의 말처럼, 세계를 제대로 짜 맞추려고
　　한단 말입니까?

오펜하이머 : 난 그럴 능력이 없습니다. 세계는 스스로 제자리로 돌아와야 합니다.

모건 : 오펜하이머 박사, 당신은 이 늙은 실용주의자한테 당신이 원자탄을 제
　　조한 것은 슐라라펜 나라를 만들기 위해서였다고 주장하시는 겁니까? 아
　　니면, 그것을 사용해서 그것의 힘으로 전쟁에 이기려고 원자탄을 만든 것
　　입니까?

오펜하이머 : 우리는 그것이 사용되는 것을 막기 위해서 원자탄을 만들었습니
　　다.[8] 근원을 따지자면 어쨌든 그렇습니다.

모건 : 그것이 사용되는 것을 막기 위해 20억의 세금을 탕진했단 말인가요?

오펜하이머 : 그것이 히틀러에 의해 사용되는 것을 막기 위해서였지요.[9] 나중
　　에 가서, 독일측의 원자탄 개발 계획은 아예 없었다는 것이 드러났습니다
　　만, 그럼에도 불구하고 우린 그것을 사용했지요.

롤랜더 : 죄송합니다. 선생, 당신은 그 일이 진행되는 어느 단계에서, 일본에
　　폭탄을 투하해도 좋을지 어떨지의 여부에 대해 실제로 질문을 받은 적이
　　없습니까?

오펜하이머 : 우리는 폭탄의 투하 여부에 대해서가 아니라, 오로지 최대 효과를
　　얻기 위해 폭탄을 어떻게 사용해야 할지에 관해서만 질문을 받았습니다.

롤랜더 : 그것이 정확한 진술입니까, 선생?

오펜하이머 : 무슨 뜻으로 하시는 말씀입니까?

---

7) Schlaraffenland : 게으름뱅이의 천국, 놀고 먹는 세상.

8) 원자탄은 1939년 여름에 물리학자들의 공동협정에서 그 개발을 차단할 수도 있었다. 그러나 전
　　쟁 중 12인 중의 한 물리학자가 독일인들이 원자탄을 만들고 있으리라는 혐의를 미국측에 전
　　했고, 이 가정에서 원자탄 제조가 추진되었다. 독일과의 전쟁이 끝나고 독일산 원자탄은 허구
　　였다는 것이 밝혀졌을 때 아인슈타인 등 과학자들이 이 계획을 취소하려 했으나 허사였다.

9) 오펜하이머의 부친은 미국에 이주한 부유한 유태계 무역상이었다. 이 같은 출신이 그로 하여
　　금 반유태주의에 반기를 들게 하는 계기가 되었다.

롤랜더 : 육군성 장관이 어느 날 당신에게 이른바 프랑크 보고서[10]를 제시하지 않았나요? 일본에 폭탄 투하를 적극 반대하면서 국제적으로 공개한 가운데 사막에서 원자탄의 효과를 실증해 보이기를 추천했던 물리학자들 ─ 실라드,[11] 프랑크 등의 진정서 말입니다.

오펜하이머 : 우리는 그것을 받아 읽었습니다. 맞습니다. 하지만 공식적인 것은 아니었습니다.

롭 : 그때 당신은 뭐라고 말했습니까, 박사님?

오펜하이머 : 우리는 이 문제를 결정할 수 없으며, 우리 사이의 의견은 갈라져 있다고 말했지요. 우리는 찬성과 반대의 논거들을 수집했습니다.

롭 : 당신은 반대했습니까?

오펜하이머 : 로렌스는 반대했습니다. 나는 결단을 내리지 못했던 것 같습니다. 우리는, 당신이 지금 우리의 감정서를 갖고 있으리라 믿습니다만, 우리는 그런 물건을 사막 위에 튀는 불꽃놀이처럼 폭발시킨다는 것은 별로 감명을 주지 못하리라는 점, 그리고 아마도 결정적으로 고려해야 할 것은 인명을 아끼는 것이라는 점 등을 말했던 것 같습니다.

롭 : 결과적으로 그것은, 박사님 당신이 그 무기를 전시하는 데는 반대하면서 아무 경고도 없이 그것을 투하하는 데는 찬성했었다는 얘기가 아니었을까요?

---

10) 히틀러 집정 후 미국으로 간 독일 물리학자 James Frank(1882~1964)의 이름을 딴 보고서. 프랑크는 이미 1925년 G. Hertz와 공동으로 노벨 물리학상을 받았는데 35년 이후 미국 Johns-Hopkins 대학에서, 38~47년까지는 시카고 대학에서 물리학 교수를 역임했다. 그는 2차대전 중 핵에너지의 기술적 평가 계획에 참여, 1945년에 원자탄으로 인한 정치, 경제적 결과를 경고하는 보고서를 제출했다.

11) Leo Szilard(1898~1964) : 헝가리 계 미국 핵물리학자. 1938년 미국으로 이주. 1939년 A. 아인슈타인으로 하여금 루즈벨트 대통령에게 보내는 서한의 동기를 준 것으로 유명하다.(히틀러가 원자탄을 만든다는 정보를 줌.) 따라서 미국 원자력 계획의 발단을 만들었다. 시카고 원자로 계획 개발에 참여했으나 45년 원폭 투하 이후 여기서 손을 떼고, 1946년 이후에는 시카고 대학에서 생물리학 교수로 일했다.

오펜하이머 : 그런 뜻은 명백히 아니었습니다. 아닙니다. 우리는 물리학자였을
뿐, 군인도 정치가도 아니었습니다. 그때는 오키나와에서 처절한 유혈 투
쟁이 벌어지던 시기였지요. 그것은 전율할 만한 결정이었습니다.

롭 : 히로시마에서의 폭탄 효과에 대해 당신이 공식 보고서를 썼나요?

오펜하이머 : 앨버레즈[12]의 자료에 근거해서였죠. 네, 그 효과를 측정하기 위해
폭격기에 동승했던 사람입니다.

에반즈 : 물리학자 앨버레즈 말인가요?

오펜하이머 : 그렇습니다. 새로운 측정기재를 갖고 갔죠.

롭 : 당신은 그 보고서에서 폭탄 투하는 극히 성공적인 사례였다고 쓰지 않았
나요?

오펜하이머 : 기술적인 면에서 그것은 성공이었지요.

롭 : 오, 기술적인 면에서. 아주 겸손하시군요, 박사님.

오펜하이머 : 그렇지 못합니다.

롭 : 그렇지 못하다구요?

오펜하이머 : 외람스럽지만, 우리 과학자들은 지난 몇 년 사이에 오산(誤算)의
한계에 이르렀습니다. 우린 죄업(罪業)이라는 것을 알게 되었지요.

롭 : 좋습니다, 박사님. 우리 이 죄업이라는 것에 대해 얘기해 봅시다.

오펜하이머 : 그것은 여러 가지로 이해될 수 있으리라고 생각됩니다.

롭 : 그것을 가려내 봅시다, 박사님. 내가 왜 이 해묵은 히로시마 사건을 파헤
치고 있는지, 나는 그 이유를 알아 내고 싶습니다. 왜 그 당시 당신은 그
토록 시종일관 자신이 맡은 과제에 몰두했는지, 그야말로 백 퍼센트 충성
스럽게 말이오. 그러면서 또 왜 나중에 수소폭탄 문제에서는 전혀 다른 행
동을 했는지?

---

12) Luis Walter Alvarez(1911~1988). 미국 물리학자. 1936년 이후 버클리 대학 교수. 2차대전
중 원자탄 계획에 참가, 레이더를 연구. 1959년 이후 로렌스 방사능연구소 소장. 1968년 소립
자 물리학 연구로 노벨 물리학상 수상했다.

오펜하이머 : 그것은 서로 비교될 수 없는 문제라고 생각합니다.

롭 : 그래요?

오펜하이머 : 그렇습니다.

롭 : 혹시나 수소폭탄을 히로시마에 투하하려 했다면, 당신은 그러기를 제안 했을까요, 박사님.

오펜하이머 : 그건 전혀 부질없는 짓이었을 겁니다.

롭 : 어째서?

오펜하이머 : 목표물이 너무나 작았으니까요. 사람들은 우리에게 말했습니다. 결국 폭탄만이 전쟁을 서둘러 성공적으로 종결시키는 유일한 방도라구요.

롭 : 자기 변호를 하셔서는 안 됩니다, 박사님. 어쨌든 그런 식으로는.

오펜하이머 : 알고 있습니다.

롭 : 원자력위원회측의 고발 내용들이 당신에겐 예상 밖의 것이었습니까?

오펜하이머 : 그것은 나를 우울하게 했습니다.

롭 : 어떤 점이 그랬나요, 박사님?

오펜하이머 : 미합중국을 위해 바친 12년 간의 연구 작업이 이 같은 고발로 끝 났다는 사실이죠. 그 고발은 23개 항목으로, 벌써 12년도 더 이전에 있었 던 나와 공산주의자 내지 친공산주의자와의 관련을 다루고 있더군요. 그 고발장에는 전혀 엉뚱한 항목이 포함되어 있습니다. 실로 생각지도 못했던 점이죠.

롭 : 어떤 점입니까, 박사님?

오펜하이머 : 내가 도덕적인 또는 그 밖의 이유 때문에 수소폭탄 제조를 강력히 반대했다는 것, 또 수소폭탄에 반대하도록 다른 과학자들에게 영향력을 행 사했다는 것, 그래서 수소폭탄 제조가 상당히 지연되었다는 것 등이죠.

롭 : 이 같은 고발 내용이 적절치 못하다는 의견이십니까, 박사님?

오펜하이머 : 그것은 사실이 아닙니다.

롭 : 어떤 관점에서 보든 사실이 아니라는 말입니까?

오펜하이머 : 어떤 관점에서든. 수소폭탄 제조를 선점하는 문제를 두고 세계 양
　　　　대 세력이 한 병 안에 든 전갈들처럼 서로 으르렁거리게 된 이래로, 그때
　　　　부터 이미 이것은 배반자들의 책임이라고 미국 정부측에 간언하는 사람들
　　　　이 있었습니다.

롭 : 먼저 당신의 관련 여부부터 조사하고 싶습니다. 박사님. 그리고 그 근거
　　로 원자력위원회측의 고발장을 재판기록으로 채택하겠습니다.

개리슨 : 그렇다면 오펜하이머 박사의 답변서도 기록에 채택해야 합니다.

그레이 : 동의합니다, 개리슨 씨.

개리슨 : 또 다른 제의를 하고 싶습니다.

그레이 : 말씀하십시오.

개리슨 : 오펜하이머 박사가 승복했던, 즉 과거 여러 차례 공안 보증심리에서
　　　　이미 해명한 적 있는 고발 내용들은 지금의 심리 대상에서 제외해야 한다
　　　　는 점입니다.

롭 : 이의 있습니다.

그레이 : 이의의 근거가 무엇입니까, 롭 씨?

롭 : 원자력위원회측에서는 특정한 고발 내용들을 재조사하기 바랍니다. 의장.
　　왜냐하면 위원회는 과거의 조사과정에서 수중에 넣을 수 없었던 새로운 자
　　료에 근거를 두고 있기 때문입니다.

막스 : 롭 씨, 예를 들어 고발장의 3번 항목에 대해서는 어떤 새로운 자료를 제
　　　시하려고 하시는지요?

에반즈 : 어떤 항목 말입니까, 막스 씨?

막스 : 3번 항목입니다. 16년 전인 1938년에 오펜하이머 박사가 서해안 소비
　　　자연맹 이사진의 명예회원이었다고 기록된 항목이죠. 거기엔 어떤 새로운
　　　자료가 있습니까?

롭 : 1941년에 오펜하이머 박사 자택에서 비밀리에 공산주의자들의 모임이 있
　　었다는 사실에 관한 아주 새로운 자료들이 있습니다.

막스 : 제 질문은 3번 항목에 관한 것입니다.

롭 : 그리고 오펜하이머 박사에 대해 반대하는 내용을 선서한 전혀 새로운 증인이 있습니다!

막스 : 그 증인이 파울 크라우치인가요?

롤랜더 : 의장, 어째서 막스 씨가 그 증인이 파울 크라우치일 수 있다고 추측하는지, 묻고 싶습니다.

막스 : 파울 크라우치는 최근 상당히 자주 증인으로 나타났습니다. 롤랜더 씨. 말하자면 파울 크라우치가 빠진 애국심의 적부심이란 없는 것이죠. 그것이 그의 직업인 것 같습니다.

롤랜더 : 막스 씨에게 질문 있습니다, 의장. 혹시 당신은 어떤 방식으로든 FBI 비밀조서에서 오펜하이머 박사에 대한 정보를 입수하지 않았습니까?

막스 : 그렇지 않습니다. 그 정보는 당신과 롭 씨만이 갖고 있습니다. 여느 형사소송 때와는 달리 말이죠.

에반즈 : 죄송합니다만, 나로서는 좀 얼떨떨합니다. 꽤나 미숙한 사람이어서 폴 크라우치라는 자가 누구 입니까, 룰랜더 씨? 그런 이름은 금시초문입니다.

롤랜더 : 폴 크라우치는 공산주의자에서 전향한, 전 공산당 요원입니다.

에반즈 : 그런데 그 사람이 오펜하이머 박사와 아는 사인가요?

막스 : 그 사람 편에서는 오펜하이머 박사와 말렌코프를 알고 있지요. 하지만 내 생각으로는 두 사람은 그를 모릅니다.

에반즈 : 참 이상스럽군요. (짧은 웃음.)

막스 : 당신은 3번 항목에 대한 나의 질문에 아직 답변을 하지 않은 줄로 압니다, 롭 씨.

롭 : 그렇습니다, 막스 씨. 나는 지금 내 이의신청에 대한 근거를 제시하고 있습니다. 그 근거란 새로운 자료가 있다는 것, 공안상의 보증을 부여하는 데 새로운 약관들이 있다는 것, 또 나로서는 수소폭탄의 제조와 관련하여 오펜하이머 박사의 태도와 과거 박사의 인간관계 사이에 어떤 연관이 있

다고 추측한다는 점 등입니다. 따라서 그 점에 관해 박사와 기타 증인들을 조회하는 것이 옳다고 생각합니다.

그레이 : 롭 씨의 이의를 받아들입니다. (조명이 바뀐다. 롭이 무대 앞쪽의 가장 자리로 나온다. 휘장이 닫힌다.)

롭 : 사람들은 나를 편파적이라고 여길지도 모르겠습니다. 그러나 그건 너무 부당합니다. 이 일을 착수했을 때만 해도, 나에게 오펜하이머는 미국 과학의 우상이요, 원자탄이요, 바로 친애하는 오피였습니다. 그리고 나서 나는 그의 조서들을 검토하게 되었지요. 4피트 높이의 자료들은 FBI로 하여금 오펜하이머를 '필시 위장한 소련의 간첩'이리라는 결론에 이르게 했고, 아이젠하워 대통령에게는 '오펜하이머와 일체의 정부측 기밀 사이에 철통 같은 장벽'을 즉각 치게 했으며 우상을 하나의 스핑크스로 변신시켰습니다. 공적이 있건 없건, 이보다 한결 사소한 인간 접촉을 가졌다는 이유로, 또한 비교적 위험성이 덜한 견해를 가졌음에도 불구하고 최근 우리는 외무성 관리 105명을 파면 조치했습니다. 그런 와중에 우리의 가장 중요한 분야, 즉 원자력 분야에서도 이데올로기 면이든 윤리적인 면이든, 그 밖의 어떤 계기에서든 새로운 배반자의 유형을 알게 되었습니다. 이 점을 오펜하이머의 경우라해도 완전히 제외시킬 수 있겠습니까? 그의 생애에 나타난 일련의 모순에 찬 사실들을 풀 열쇠를 나는 찾을 길이 없었지요. 수소탄건에서 그가 보인 행동의 수수께끼를 풀 길이 없었습니다. 그렇다고 이러이러한 사실들이 그의 애국심을 증거해 준다고 말할 수도 없었습니다. 그것들은 오히려 똑같이 설명될 수 있는 반대의 사실들을 끌어들여야만 설명이 가능했지요. 지금 고백하지만, 오펜하이머의 사건을 다루면서야 비로소 나는 현대의 안보문제 조사 절차가 오로지 사실들에 국한하는 얼마나 미흡한 방법인가를 분명히 알았습니다. 사실들을 넘어서서, 그 사실들을 초래한 동기며 감정, 사상들을 조사 대상으로 삼지 않는다면, 우리는 근본적으로 얼마나 피상적이며, 비과학적으로 행동을 하게 될지 모르겠습니다.

오펜하이머에 대한 신뢰도를 보다 확실하게 판단하려 했다면, 그런 방법밖에 없었을 겁니다. 이제 스핑크스의 미소를 도살용 칼로 해부해 볼까요? 자유세계의 안전이 거기에 달렸다면, 그래야만 하겠지요.

(롭, 무대에서 퇴장.)

1-2

(휘장 위에 다음 요점 문구가 투사된다.)

제2일 심리과정 중의 한 컷 :

(영어와 독일어로) 결사가 죄인가?

롭 : 공산당원인 적이 있습니까, 박사님?

오펜하이머 : 없습니다.

롭 : 부인은?

오펜하이머 : 첫 번째 결혼 초기에, 그러니까 1936년부터 얼마간.

롭 : 부인은 누구와 처음 결혼했습니까?

오펜하이머 : 죠우 댈릿.

롭 : 그 사람이 공산주의자였나요?

오펜하이머 : 그는 스페인 내전에서 전사했습니다. 나는 그를 모릅니다.

롭 : 당신의 동생 프랑크는 당원이었나요?

오펜하이머 : 1941년까지였죠.

롭 : 그의 부인 재키는?

오펜하이머 : 그렇습니다.

롭 : 박사님, 자신이 어떤 공산주의적 사상에 접근했던 시기가 있었나요?

오펜하이머 : 그렇습니다. 그 점은 내 답변서에 기술했습니다.

롤랜더 : (심리를 이어 받아 계속한다.) 당신의 답변서 다섯 번째 페이지에 펠로우 트래블러(fellow-traveller), 즉 '길동무' 라는 표현을 쓰셨는데, 무슨 뜻으로 썼습니까?

오펜하이머 : 공산주의 강령 중 어떤 부분는 동의하되, 당에는 속하지 않고 공산주의자에 협조할 용의를 가진 사람을 '길동무' 라 썼습니다.

롤랜더 : 당신이 정의(定義)한 의미에서, 당신은 길동무의 한 사람이었나요, 선생?

오펜하이머 : 그렇습니다.

롤랜더 : 언제?

오펜하이머 : 대략 1936년부터. 1939년 이후부터는 한결 뜸하게 동행하는 길동무였고, 1942년 이후에는 거의 동행하지 않았습니다.

롤랜더 : 1942년 이후에는 스스로 이미 길동무가 아니었다고 말씀하시는 겁니까?

오펜하이머 : 그렇지 않습니다. 몇 가지 막연한 공감은 남아 있었습니다.

롤랜더 : 당신의 공감이 하필 1942년에 그토록 급격히 퇴각한 이유는 어떻게 설명하시겠습니까?

오펜하이머 : 이미 스탈린 치하의 전시(戰時)과정 동안 그 공감은 상당히 줄어들었고, 나치스와 러시아 간의 동맹 기간 중에는 거의 사라졌지요. 소련측에서 재능 있는 독일 물리학자 호우터만을 체포된 수백 명의 다른 공산주의자들과 함께 묶어 게슈타포측에 넘겨 주었다는 얘기를 들었을 때, 몹시 기분이 언짢았습니다.

롤랜더 : 그럼 러시아가 우리의 동맹국이 되었을 때, 당신의 공감은 다시 살아나지 않던가요?

오펜하이머 : 우리 모두가 극히 안도감을 가졌다고 생각합니다.

롤랜더 : 그렇지만 1942년 당신에게 로스 알라모스를 위임했을 때는 그 공감이

사라져 버렸던가요?

오펜하이머 : 그게 무슨 뜻입니까?

롤랜더 : 나는 당신의 동기를 알고 싶습니다, 선생.

오펜하이머 : 어떤 동기를?

롤랜더 : 당신은 여러 명의 공산주의자 친구들과 관계를 단절했더군요, 선생.

오펜하이머 : 왜냐하면 나는 원자탄을 만들어야 했기 때문이지요. 군사상의 보
　안조치 아래에서, 인디언의 황무지에서. 그 때문에 나는 모든 개인적 인간
　관계가 단절되었던 겁니다.

롭 : 전적으로 그랬다고는 생각지 않습니다, 박사님. 당신의 전 약혼자인 진
　테트록 박사는 공산당원이었지요?

오펜하이머 : 그렇습니다. 정치적 동기에서라기보다는 낭만적 동기에서였죠. 그
　녀는 이 세상의 불의에 대해 깊이 절망했던 극히 감상적인 여인이었습니다.

롭 : 그녀는 얼마 동안 당원이었습니까?

오펜하이머 : 입당과 탈당을 오락가락했지요. 죽을 때까지 그랬을 겁니다.

롭 : 그녀는 어떻게 죽게 되었나요, 박사님?

오펜하이머 : (잠시 후) 그녀는 자살했습니다. 그녀가 죽기 전 보안당국에는 신
　고도 하지 않고 며칠 동안 나는 그녀와 어느 호텔에 함께 있었지요. 그 점
　은 FBI요원들이 상세히 진술한 것으로 아는데요.

롭 : 그렇습니다, 박사님. 당신은 그녀와 함께 밤을 지냈지요. 그리고…….

오펜하이머 : 그것이 당신한테 무슨 상관이 있습니까? 그리고 그것이 내 애국
　심과 무슨 관계가 있나요?

롭 : (친절하게) 박사님, 로스 알라모스의 원자무기계획 책임자로서, 보안 당국
　에는 한 마디 귀뜸도 없이 공산당원인 여인과 호텔에서 밤을 지낸 것이,
　당신의 애국심과 무관하다는 것인가요?

오펜하이머 : 그 공산당원 여인은 엄청난 정신적 위기에 처해서 나를 만나고 싶
　어 한 나의 약혼녀였습니다. 그리고 며칠 안 되어 그녀는 죽었지요.

롭 : 그 여자와 무슨 얘기를 나누었습니까?

오펜하이머 : 그건 말하지 않겠습니다.

롭 : 말하고 싶지 않으신 겁니까?

오펜하이머 : 않겠습니다. (그는 증인석의 의자에서 일어나 소파로 되돌아가 파이프에 불을 붙인다.)

롭 : 기록을 위해서, 오펜하이머 박사가 증인석을 떠났다는 점을 확인합니다.

개리슨 : 의장, 이 조사를 위해서는 별로 중요하지 않고, 오펜하이머 박사로 보면 사생활을 건드리는 이 같은 질문에 대해 이의를 제기합니다. 진 테트록과의 만남은 지난번 보안 수사에서 해명된 적이 있습니다.

그레이 : 이의를 인정합니다. 오펜하이머 박사는 다시 증인석으로 나오십시오.
(오펜하이머 증인석으로 되돌아온다.)

롭 : 그 질문은 불순한 의도로 제기된 것이 아닙니다, 박사님.
(오펜하이머는 파이프를 피우면서 거만하게 그를 쳐다본다. 조명이 바뀌고, 에반즈가 무대 앞쪽 가장자리로 나온다. 휘장이 닫힌다.)

에반즈 : 아마도 나는 이 임무를 사양하는 것이 마땅했을지도 모르겠습니다. 내나이 70인데, 학문에 대해 가졌던 나의 표상과 이 심리과정을 도저히 부합시킬 수가 없습니다. 이 같은 개인적인 일들이 누구한테 상관 있다는 겁니까? 이토록 체면을 깎아내리는 굴욕적 행위들, 그것이 무엇을 성취시킬 수 있다는 겁니까? 체면을 버린 사나이가 체면을 지키는 자보다 더 큰 애국심을 가졌을까요? 더 충성스러울까요? 우리네 대학가에서는 이런 말들이 굴러다니지요. "말하지 말라, 쓰지도 말라, 움직이지도 말라." 이런 식으로 계속된다면, 어떻게 되어갈까요?
다른 한편으로 보면, 이런 사태를 야기시킨 장본인은 바로 물리학자들이며, 그들이 자기네 전공 분야를 일종의 군사 부문으로 만든 데서 비롯하였습니다. 특히 오펜하이머가 그랬지요. 로스 알라모스는 그의 착안이었으니까요.

원자탄 투하와 이 자리에서의 그의 응소(應訴)를 생각해 보십시오. 사람들은 그들에게 더 이상 무엇을 바라고 있는 걸까요? 더 큰 굴종을 요구하는 걸까요? 모르겠습니다. 어쩌면 나의 자유주의적 관념이 낡은 것인지도 모르겠습니다. 어쩌면 과학이 실로 큰 비중을 차지하게 된 이래로 국가가 요구하는 전체성이 과학부문에 불가피한 것인지 모르겠습니다. 어쨌든 나는 두 갈래의 발전을 목격하고 있습니다. 그 중 하나는 우리가 자연을 점점 더 많이 지배하고 있다는 점입니다. 우리가 살고 있는 별과 또 다른 별들까지. 동시에 또 다른 발전은, 우리 자신이 갈수록 점점 더 국가 기구의 지배를 받게 된다는 점입니다.

국가는 우리의 행동을 규격화하기를 원합니다. 우리가 미지의 태양계를 관찰하기 위해 개발하고 있는 기구들은 우리의 교우관계, 대화, 사상들까지도 데이터로 가공처리하는 미지의 전자식 펀치카드 속에서 작동하고 있습니다. 이런 식으로 계속된다면 우리라고 해서 전형적인 다른 독재체제들과 무엇이 달라지겠습니까? 어쩌면 나 자신 이 점을 과장하고 있는지도 모르겠습니다만, 한두 세대만 지나가면 아마도 과학자들 스스로가 기능 공무원임을 당연하게 여길 것 같습니다. 나로서는 무시무시한 상상입니다. 이 심리과정에 귀를 기울이는 동안, 이 모든 점들을 자문하고 있는 중입니다. 오펜하이머가 단지 시작일까요?

(그는 무대 장면에서 퇴장한다.)

1-3

(휘장 위에 다음 요점 문구가 투사된다.)

제3일의 심리 중에서 :

과거의 공산주의적 공감들이 극비의 전시(戰時) 작업과 상충되지 않는가?

직업적 증인들의 신빙성에 대하여.

롭 : 오펜하이머 박사, 어제 이 자리에서 당신은 한동안 공산주의 운동에 대해
아주 깊은 관련을 가졌었다고 확언했습니다.

오펜하이머 : 잠시 동안이었지요. 스페인 내전이 끝날 때쯤까지. 15년 전입니다.

롭 : 당시, 당신은 회합이며 노동조합회의 등에 참여했고, 또 공산주의자인 친
구와 친지를 갖고 있었으며 일련의 친공적 조직에 속해 있었고, 공산주의
서적을 읽었고, 여러 성명서에 서명을 했으며 적지 않은 액수의 돈을 공산
주의자의 루트를 통해 희사했지요.

오펜하이머 : 나는 스페인에서 프랑코와 나치스에 대항해 싸우는 이들을 위해
돈을 주었습니다. 당신도 아다시피, 그들은 이 같은 사적(私的)인 원조금
에 의존하고 있었으니까요.

롭 : 당신은 스페인 공화국을 위해 매달 300불까지 공산주의자들의 채널을 통
해 지불했지요?

오펜하이머 : 그것 때문이라면, 만약 당신이 돈을 청했더라도 당신에게 역시 나
는 돈을 주었을 겁니다.

롭 : 그렇지만 당신은 돈을 공산당 요원인 아이작 포크호프에게 주었습니다.
답변서 6페이지에는 당시의 당신 견해가 이렇게 씌여 있더군요. "그 시기
에 나는, 파시즘이 세상에 만연되는 것에 대항하는 일종의 인민전선이 형
성되어야 한다는 공산주의자들의 사상에 동의하고 있었다." 이건 무슨 뜻
입니까?

오펜하이머 : 그건, 독일과 스페인의 상황이 나를 극도로 불안하게 했으며 이
땅에는 그런 상황이 오기를 원치 않았다는 뜻입니다.

롭 : 무엇이 당신을 불안하게 했습니까?

오펜하이머 : 무엇이 나를 불안하게 했느냐구요, 롭 씨? 세계가 수수방관하고

있던 사실입니다. 내게는 독일에 친척들이 있었지요. 유태인들입니다. 나는 그들을 도와 이 나라로 오게 할 수 있었습니다. 그들이 내게 당시 그곳에서 벌어졌던 일들을 들려 주었습니다.

롭 : 좋습니다. 박사님, 그렇지만, 이른바 인민전선이라는 것을 내걸고 도처에서 주도권을 잡으려는 것이 공산주의자들의 책략이었다는 사실을 그 당시에 모르셨던가요?

오펜하이머 : 그렇려고 했는지도 모르지요. 그러나 내 눈엔 그런 위험이 안 보였습니다. 나는 다만, 독일과 이탈리아, 일본이 세계에 만연시키고 있는 현상을 보았고, 아무도 무슨 수를 쓰지 않는 것을 보았습니다. 그래서 나는 공감을 했고, 성명에 서명을 했고, 돈도 희사하게 된 겁니다. 그 성명들에는 미국에서 가장 훌륭한 이름들이 서명되어 있었지요. 그때는 시대가 달랐습니다.

롭 : 내가 알고자 하는 것은 박사님, 그 시기에 당신은 그토록 공산주의자들에 동조했으면서, 왜 자신은 당원이 되지 않았습니까?

오펜하이머 : 왜냐하면 나는 다른 사람들의 생각과 똑같이 생각하기를 좋아하지 않기 때문입니다. 그것은 독자성에 대한 나의 관념에 위배되지요.

롭 : 한 번도 입당을 생각하지 않았나요?

오펜하이머 : 하지 않았습니다.

롭 : 친구들이 권유한 적도 없습니까?

오펜하이머 : 없습니다.

롭 : 왜 그랬다고 생각하십니까?

오펜하이머 : 그들은 나를 알았을 겁니다.

롤랜더 : 선생, 특별한 영향력이 있는 인사들을 당 밖에 두는 것이 있을 수 있는 공산주의자들의 책략이라고는 생각치 않으십니까? 그 인사들이 당 내에 있으면 덜 유용하기 때문에 말이죠.

오펜하이머 : 그 점은 모르겠습니다. 나는 전문가가 아닙니다.

롤랜더 : 당신은 스스로 공산주의 문제에 있어서는 별로 노련하다고 여기시지 않는군요, 선생?

오펜하이머 : 그렇습니다. 전시(戰時)작업을 시작했을 때, 버클리에서 말이죠. 그때에는 나의 공감도 거의 사라졌습니다.

롭 : 어떤 사람의 집에서 비공개리에 공산주의자들의 모임이 개최될 경우, 그것은 '거의 사라져 간 공감'에 해당되는 것일까요, 박사님?

오펜하이머 : 그것이 언제였습니까?

롭 : 지금의 애기는 당신에 관한 것이 아닙니다.

오펜하이머 : 분명히 당신은 나를 염두에 두고 말하고 있습니다.

롭 : 그렇게 확신하신다면 말씀드리죠. 1941년 7월 23일경에 당신의 집에서 비공개리에 회의가 열렸고, 그 회의에서 한 공산당 요원이 당의 새로운 노선을 공표한 사실이 가능하다고 여기십니까?

오펜하이머 : 그렇지 않습니다.

롤랜더 : 당신은 1941년 7월에 캘리포니아 주 버클리 케닐워르스 코오트 10번지에 세들어 살고 있었지요, 선생?

오펜하이머 : 그렇습니다.

롤랜더 : 슈나이더만이라는 이름의 남자를 아시나요?

오펜하이머 : 압니다.

롤랜더 : 그 사람은 공산당원입니까?

오펜하이머 : 그렇습니다.

롤랜더 : 어떻게 그 사람을 알게 되었습니까?

오펜하이머 : 하아콘 슈발리에의 집에서 알게 되었던 것 같습니다. 문학 문제에 관한 어느 모임에서.

롭 : 하아콘 슈발리에가 당시 당신의 집을 드나들었나요?

오펜하이머 : 그렇습니다.

롭 : 당신의 제자 조지프 와인버그도 당시 당신 집에 드나들었나요?

오펜하이머 : 그렇습니다.

롭 : 두 증인의 보고가 있습니다, 박사님. 그 증인들은, 당신이 7월 23일이나 그 직후 버클리 케닐워르스 코오트 10번지에서 열린 비공개 공산주의자 회합에 참여했으며, 그 회합에서 슈나이더만이 러시아의 참전 후 당에서 채택한 새로운 노선을 공표했다는 사실에 서약할 용의를 갖고 있습니다. 그 증인들의 말에 의하면 참석자 중에는 하아콘 슈발리에, 조지프 와인버그, 오펜하이머 박사와 그 부인이 있었습니다.

오펜하이머 : 그건 사실이 아닙니다.

롤랜더 : 당시 당신은 채색된 목재 천정이 있는 스페인 풍의 별장에 살았습니까?

오펜하이머 : 그렇습니다.

롤랜더 : 거실에는 푸른 색 베네치아 풍의 유리로 된 커다란 샹들리에가 걸려 있었지요?

오펜하이머 : 그렇습니다.

롤랜더 : 벽난로 옆에는 빨간 회전목마가 서 있었습니까?

오펜하이머 : 그렇습니다.

롤랜더 : 이것은 증인들이 기억해 낸 내부 설비의 세목들입니다. 당신이 그 회합에 대해 잊었을 수도 있지 않습니까, 선생?

막스 : 의장, 샹들리에와 회전목마를 기억하고 그런 회합에 대해 서약을 하겠노라는 두 증인이 누구인지, 롭 씨에게 물어도 되겠습니까?

롭 : 증인은 폴 크라우치와 그의 부인입니다.

에반즈 : 이 자리에서 언급한 적이 있는 바로 그 크라우치입니까?

롭 : 그렇습니다, 에반즈 박사.

막스 : 의장, 진술을 서약하도록 증인들을 출두시키기를 신청합니다.

롤랜더 : 그것은 불가능합니다, 유감입니다만.

그레이 : 왜 안 됩니까?

롤랜더 : 우리도 여기에 증인들을 출두시키고 싶습니다, 의장. 그런데 FBI측에

서 우리의 목적을 위해서는 증인들을 내주려 하지 않습니다.

그레이 : 유감이군요, 막스 씨. 왜 당신은 증인을 이 자리에서 보려 합니까?

막스 : 그 증언들이 거짓이며, 그런 증언들로 이득을 취하는 자들이 있다는 점을 입증해 보이고 싶었습니다.

롤랜더 : 당신은 FBI가 거짓 증언을 가지고 일한다고 생각하시는 겁니까, 선생?

막스 : 그런 말은 안 했습니다. 나는 그 이권 추구자들을 모릅니다. 그 증인들에게 그 점에 관해 조회해 보고 싶었지요. 내가 아는 것은 단지 그들의 증언이 거짓이라는 점입니다.

롭 : 당신이 그 점을 우리에게 증명해 주시리라 생각하는데요, 막스 씨.

개리슨 : 버클리에서의 회합은 언제 있었다는 겁니까?

롭 : 1941년 7월 23일이거나, 그 직후.

개리슨 : 그것이 무슨 뜻입니까?

롭 : 7월 23일 이전도, 30일 이후도 아니라는 뜻입니다.

개리슨 : 롭 씨, 당신이 직접 증인들의 증언을 들을 기회를 가졌나요?

롭 : 그렇습니다. 얼마 전에.

(막스는 복사된 종이 뭉치를 서류가방에서 꺼내 그것을 그레이에게 가져간다.)

막스 : 그렇다면 위원회측에 여기 증거를 제시하겠습니다. 오펜하이머 박사와 그의 부인은 6월 20일에서 8월 10일 사이에 버클리에 있지 않고 뉴멕시코에 있었다는 증거입니다. 그들이 묵었던 호텔과 그들이 만났던 사람들이 거기 기록되어 있습니다. 나는 이미 당신에게 폴 크라우치에 대해 경고했습니다, 롭 씨. 그 사람은 증언 비용을 받을 가치가 없는 사람입니다.

롭 : 막스 씨, 문제시되는 시기 동안 오펜하이머 박사의 부재를 증명하는 것이 당신 사무실에서는 아주 중요한 일이었다는 것을 알겠습니다.

막스 : 그렇습니다.

롭 : 고발 내용을 사전에 알지도 못하면서 말이죠, 그렇지 않습니까?

막스 : 우리는 그것을 오펜하이머 박사의 몇 번의 장기 여행 때 작성해 두었습

니다.

롭 : 분명히 그 점을 알겠습니다.

(조명이 바뀌고 막스가 무대 앞쪽 가장자리로 나온다. 휘장이 닫힌다.)

막스 : 언젠가는 이 위원회 앞에 서게 될 대상이 오펜하이머가 아니라 현존하는 보안 체계라는 사실을 세상이 알게 되기를 바랍니다. 나는 오펜하이머와 친구 사이입니다. 또 수년 동안 원자력위원회의 법률 고문으로 일했지요. 나는 이 문제의 요체를 알고 있습니다. 이 자리에서 오펜하이머가 유죄 선고를 받는다면, 그것은 곧 우리의 현존하는 안보 체계에 유죄 선고를 내리는 셈이며, 그것은 곧 과학이 군대에 예속되었음을 고지하는 일이 될 것입니다. 그리고 과학의 계열에는 황소를 황소라고 부르는 사람, 즉 독자적 정신을 지닌 사람들이 설 자리가 없어질 것입니다.

이것이 정치적 사례가 아니고 오로지 오펜하이머 개인에게만 상관되는 일이라면, 원자력 위원회로서도 아주 쉬운 방도가 있었을 것입니다. 즉 3개월 후면 끝나는 그의 계약을 갱신하지 않으면 되는 것이죠. 그렇지만 그에게서 보안상의 신원 보증을 박탈해 버리고 나면, 원자의 비밀들이 그의 두뇌에서 지워질까요? 원자력위원회를 떠맡고 최초의 직무수행으로 이 절차를 발동시킨 루이스 슈트라우스로 말할 것 같으면, 1947년에 오펜하이머에게 안보상의 신원 보증을 발부했던 바로 동일한 인물입니다. 그런데 지금 그는 육·해·공군을 향해 그 신원 보증을 정지시킬 것을 발신하고 있습니다. 이것이 공정한 절차일까요? 위원회측에서 열람한 FBI의 비밀 자료를 우리측은 볼 수 없습니다. 오펜하이머는 자신이 교환한 서신이며 자신이 쓴 보고서들을 들여다볼 수가 없단 말입니다.

그것들은 이미 압류 처리되어 기밀 사항으로 공표되었지요. 오펜하이머가 원하는 우리의 변호 노선, 즉 사실들은 중요하지 않으니까 방어하는 입장에서 사실들을 실효(失效)시키려는 노선이 과연 옳은 길인지, 아니면 차선의 것인지를 나는 자문하고 있습니다. 왜 우리는 이 전장을 승인하는 것일까요? 왜 이 토론을 과학자들의 집단으로, 이 토론과 상관되는 여론 속으로 옮겨 가지 않는 겁니까? 이 자리에서도 쌍방의 공격을 기대할 수 있을까요? 나는 오펜하이머를 조르겠습니다. 토론의 힘을 신뢰하는 그의 태도는, 읽을 줄도 몰랐던 오르레앙의 처녀보다 더 불리한 증인으로 그 자신을 만들고 있습니다.

(그는 무대 장면에서 퇴장한다.)

1-4

(휘장 위에 다음 요점 문구가 투사된다.)

> 제5일의 심리과정에서 :
> 형제에 대한 충성심은 어디서 끝나며,
> 국가에 대한 충성심은 어디서 끝나는가?
> 한 인간이 자신의 견해 때문에 박해받을 수 있는가?

모건 : 오펜하이머 박사, 내게 관심이 있는 것은 실질적인 측면입니다. 지폐 위에 찍힌 표장이 아니라 액면이요, 견해가 아니라 결과입니다. 당신은 로스 알라모스에서 그 계획을 위해 과학자들을 모아야만 했지요?

오펜하이머 : 그렇습니다. 내가 유능하다고 여겼던 인물들을 추천했지요. 결정은 그로브스 장군과 보안 책임자 렌즈데일 대령에게 달려 있었습니다.

모건 : 당신의 의견으로는 공산주의자가 기밀 군사계획에 참여할 수 있다고 보십니까?

오펜하이머 : 그 당시인가요, 아니면 오늘인가요?

모건 : 오늘이라 칩시다.

오펜하이머 : 일반적인 규칙으로는 안 됩니다.

모건 : 그 당시라면?

오펜하이머 : 내가 보기에 당시에는 예외라는 것이 한결 쉬웠던 것 같습니다.

모건 : 어째서지요?

오펜하이머 : 당시에는 러시아가 우리의 동맹국이었고, 오늘날엔 적국일 테니까요.

모건 : 그러니까 기밀 군사계획에 공산주의자의 참여를 불가능하게 하는 것은 공산당과 러시아의 관계라는 말씀이군요?

오펜하이머 : 명백히 그렇습니다.

모건 : 언제 당신에겐 그 점이 명백해졌습니까?

오펜하이머 : 46, 7년경입니다.

모건 : 졸렬한 질문을 하나 하겠습니다, 오펜하이머 박사. 당신은 1943년 당시 이 나라의 공산당이 첩보기구였다는 사실을 모르셨나요?

오펜하이머 : 몰랐습니다.

모건 : 그 당시, 그 점을 전혀 짐작조차 못 했습니까?

오펜하이머 : 그렇습니다. 그것은 합법적인 정당이었죠. 러시아인들은 마침 스탈린그라드에서 히틀러를 패전시켰던 우리의 칭송받는 동맹국이었습니다.

모건 : 나는 그들을 칭송한 적이 없다고 생각하는데요.

오펜하이머 : 그렇다고 당신은 내게 지금껏 어떤 예상되는 위험을 표명한 적도 없습니다. 아니면 정부측에.

모건 : 어떻게 그것을 아십니까?

오펜하이머 : 실질적인 측면에서 볼 때, 모건 씨, 로스 알라모스에서는 공산당원이라고 알려진 사람은 단 한 명도 고용되지 않았습니다.

모건 : 그럼 당신 역시 전혀 아무도 추천하지 않았나요?

오펜하이머 : 그렇습니다.

모건 : 왜 그랬습니까?

오펜하어머 : 충성심의 분열 때문이지요.

모건 : 누가 분열되었다는 겁니까?

오펜하이머 : 자신이 속한 당의 강령에 따르면 제거해야 할 정부를 위해 그 정부가 추진하는 기밀 군사계획에 종사한다는 것, 이것은 누구에게든 화해될 수 없는 요소로 보였습니다.

모건 : 알겠습니다.

롭 : 로스 알라모스와 관련시킬 때, 박사님. 그런 협력자의 경우 어떤 위험이 있다고 보았습니까?

오펜하이머 : 비밀 누설의 위험입니다.

롭 : 그것은 바로 첩보 활동의 다른 말입니까?

오펜하이머 : 그보다는 약한 뜻입니다. 위험을 내포한다는 의미죠.

롭 : 어쨌든 당신은 공산주의자를 아주 큰 안보상의 위험물로 여겼군요?

오펜하이머 : 활동 중인 당원이라면 그렇습니다.

롭 : 그럼 과거의 당원이라면? 공산당원의 경력을 과거에 가진 물리학자를 추천해야 했을 경우 당신은 어떤 태도를 취했습니까?

오펜하이머 : 그 점을 알고 있고 기밀 군사활동의 측면에서 그가 위험 인물이라고 여긴다면, 그 같은 단서를 붙여 추천했습니다.

롭 : 과거 당원의 위험 인물 여부를 어떻게 검토하셨습니까?

오펜하이머 : 나의 인상을 제시했지요. 훌륭한 인재를 얻기란 실로 어려웠습니다. 우리는 극도로 각박하고 불편한 조건에서 일했지요.

롭 : 당신은 내 질문에 답변하지 않았습니다, 선생.

오펜하이머 : 질문을 반복해 주십시오.

롭 : 과거 당원이 더이상 위험 인물이 아니라는 사실을 확인하기 위해 당신은 그 당시 어떤 테스트를 했나요?

오펜하이머 : 어떤 테스트라니요? 누구에게? 내 아내에게 말입니까?

롭 : 당신과 마찬가지로 물리학자인 당신의 동생을 예로 듭시다. 동생을 신뢰하기 위해 당신이 했던 테스트를 말해 주십시오.

오펜하이머 : 자신의 동생에게 테스트를 하는 사람은 없습니다. 적어도 나는 그

렇습니다. 나는 동생을 알고 있었으니까요.

롭 : 좋습니다. 당신은 동생이 이미 위험 인물이 아니라는 점을 어떻게 알아보셨습니까?

오펜하이머 : 나는 동생이 위험 인물이라고 전혀 생각하지 않았습니다. 공산당원이라면 첩보 행위를 할 수도 있다는 위험은 내게 있어 결코, 모든 당원이 실제로 첩보 활동을 할 것이라는 의미는 아니었습니다.

롭 : 알겠습니다. 당신의 동생은 아까 당신이 내세웠던 일반적 규칙에서 하나의 예외였군요?

오펜하이머 : 아닙니다. 나는 모든 공산주의자가 보안상의 위험 인물이며, 이 같은 규칙을 내세우는 것이 중요하다고는 말하지 않았습니다. 프랑스의 꼴리오 큐리는 반대의 실례입니다. 그는 공산주의자인데 프랑스 핵무기 계획의 책임자이기도 합니다.

롭 : 원자 첩보요원인 클라우스 푹스[13], 넌 메이와 폰테코르보는 반대의 실례이겠군요?

오펜하이머 : 그렇습니다.

에반즈 : (흥미를 나타내며 오펜하이머를 향한다.) 실례합니다. 당신은 클라우스 푹스를 아셨습니까?

오펜하이머 : 잘 알지는 못했습니다. 그는 나중에 영국인들과 함께 로스 알라모스로 왔지요. 그리고 한스 베테[14]가 이끄는 이론 부서에 소속해 있었습니다.

에반즈 : 그 사람은 어떤 인물이었습니까?

오펜하이머 : 말수가 적고 아주 내향적인 독일인으로 목사 아들이었지요. 또 열렬히 자동차를 몰기를 좋아하며 아주 대담하게 몰았죠.

에반즈 : 나는 그 사람의 동기를 도저히 이해할 수 없습니다. 그것은 정상적인 모티브였나요? 그 사람, 러시아인들에게서 돈을 받았습니까?

오펜하이머 : 내가 보기에는, 그 사람에겐 다분히 주제넘은 윤리적 동기가 있었지요.

에반즈 : 윤리적 동기라니요? 어느 정도까지?

오펜하이머 : 그는 원자탄이 단일 세력의 수중에, 그것도 원자탄을 잘못 사용할 우려를 주는 세력의 수중에 들어가는 것은 양심상 참을 수 없노라고 영국 첩보기관에 보고했습니다. 약간은 사랑하는 하느님 역할을, 세계 양심의 역할을 했던 것이죠.

그레이 : 어떻든 이러한 생각들을 당신은 사후(事後) 인정할 수 있다는 뜻입니까, 오펜하이머 박사?

오펜하이머 : 아닙니다. 그런 식으로는 인정 못 합니다.

에반즈 : 러시아인들이 원자탄을 만든 것은 근본적으로 푹스나 메이 등의 정보 덕분이라고 생각하십니까?

오펜하이머 : 근본적으로는 그렇지 않습니다. 그들은 우리가 그 일을 추진하는 것을 알고 있었지요. 우리의 풀루토늄 탄에 대한 몇몇 세부항목도. 우리측 첩보부의 수신을 통해 내가 아는 한, 러시아인들은 다른 길을 가고 있었습니다. 그들은 푹스에게 우리의 연구를 바탕으로해서 푹스로서도 대답할 수 없는 질문을 제기했지요.

롭 : 심리를 계속해도 되겠습니까, 의장?

그레이 : 좋습니다.

롭 : 당신의 동생은 언제 공산당원이 되었습니까?

오펜하이머 : 1936년이나 1937년입니다.

---

13) Klaus Fuchs(1911~1988) : 1933년 프랑스로 망명, 이후 영국으로 감. 1943~46년 영국 국적으로 로스 알라모스 연구소에서 활동. 원자탄 비밀을 소련에 누설함. 1946년 영국 Harwell 핵연구센터 이론물리학 부장으로 있던 중 소련 간첩으로 드러나 14년 간 옥살이. 1959년 풀려나 동독으로 갔다.

14) Hans Albrecht Bethe(1906~) : 뮌헨 대학 졸업 후, 독일 여러 대학에서 교편을 잡다가 영국을 거쳐 34년 미국으로 간 이론물리학자. 43~46년 로스 알라모스의 핵연구소 이론물리학 부장을 지냄. 1961년 Enrico-Fermi상. 1967년 핵 반응 이론에 대한 공헌 및 항성 에너지원 연구로 노벨 물리학상. 2차대전 후 핵실험 중지 운동에 참가하여 미국 원자력위원장 스트로즈와 대립, 그를 퇴진시킨 일로 유명하다.

롭 : 그럼 언제 탈당했습니까?

오펜하이머 : 1941년 가을이라고 생각합니다.

롭 : 그때가, 그가 스탠포드에서 버클리 방사선연구소로 옮겨 갔을 즈음이었지요?

오펜하이머 : 그렇습니다. 로렌스가 그를 기밀 부서가 아닌 일로 끌어왔습니다.

롭 : 그렇지만 그 직후 그는 기밀 군사계획에 참여하지 않았습니까?

오펜하이머 : 1년쯤 후였죠.

롭 : 진주만 기습 이후였습니까?

오펜하이머 : 그랬을지 모르죠.

롭 : 그 후 당신은 동생이 과거 공산당원이었다는 사실을 보안 당국에 알렸습니까?

오펜하이머 : 아무도 내게 그 점을 묻지 않았습니다.

롭 : 아무도 묻지 않았다구요. 그럼 로렌스나 다른 누구에게 알렸나요?

오펜하이머 : 로렌스에게, 스텐포드에서 겪은 동생의 어려운 점들은 동생의 좌익과의 접촉에서 초래된 것이라고 말했지요.

롭 : 내 질문은 엄밀히 말해 그런 것을 물은 것이 아니었습니다, 박사님. 당신은 로렌스나 다른 누구에게 당신 동생 프랑크가 공산당원이었다는 사실을 알렸습니까?

오펜하이머 : 그렇지 않습니다.

롭 : 왜 안 알렸나요?

오펜하이머 : 나 자신 동생을 완전히 신뢰하고 있는데, 굳이 그의 출세길을 망가뜨릴 권한은 내게 없다고 생각합니다.

롭 : 당신 동생이 이젠 공산당원이 아니란 사실을 어떻게 알게 되었나요?

오펜하이머 : 그가 내게 말해 줬습니다.

롭 : 그리고 그것으로써 당신한테 충분했나요?

오펜하이머 : 그렇습니다.

롭 : 당신 동생은 그 당시나 그 이후에도 자신이 일찍이 공산당원이었다는 사실에 공식적으로 이의를 제기해 왔음을 아십니까?

오펜하이머 : 동생이 1947년에 그 점을 부인한 것은 압니다.

롭 : 당신 생각으로는 왜 그가 그것을 부인했나요?

오펜하이머 : 아마 동생은 계속해서 물리학자로서 일하고 싶어했던 것 같습니다. 그때 이후로 그가 어쩔 수 없이 해 온 농부 노릇을 더 이상하고 싶진 않았겠지요.

롭 : 동생의 태도가 옳다고 인정하시나요, 박사님?

오펜하이머 : 인정하는 게 아니라 이해합니다. 한 인간이 자신의 현재 또는 과거의 견해 때문에 제거되는 것에는 동의하지 않습니다. 그 점을 나는 인정하지 않습니다.

롭 : 우리는 지금 기밀 군사계획의 작업에 대해, 그리고 우리의 자유를 지키기 위해 취해야만 하는, 있을 수 있는 불유쾌한 조치들에 대해 얘기하고 있습니다, 박사님.

오펜하이머 : 알고 있습니다. 이미 자유의 건더기가 전혀 남아 있지 않을 때까지, 자유를 수호한다는 태세를 갖춘 사람들이 존재하지요.

롭 : 당신 동생의 경우, 선생, 당신이 동생에게 베풀었던 자연인으로서의 충성심이 우리의 보안 당국에 대한 공인으로서의 충성심보다 비중이 큰 것이었다고 말할 수 있을까요?

오펜하이머 : 그런 충성심의 갈등은 없었다고 이미 진술했습니다.

롭 : 당신 자신의 입으로 보안 당국의 편에서 보면 과거 공산당원의 여부를 아는 것이 중요하리라는 의견을 이미 진술했습니다. 그러면서도 동생의 경우에는 침묵을 지키시지 않았던가요?

오펜하이머 : 나는 그 점을 의도적으로 침묵하지 않았습니다. 아무도 내게 묻지 않았지요.

롭 : 그럼, 그 점을 당신이 자발적으로 밝히지는 않았군요?

오펜하이머 : 그러지는 않았습니다.

롭 : 그 점을 알고 싶었습니다, 박사님.

　(조명이 바뀌고 롤랜더가 무대 가장자리로 나온다. 휘장이 닫힌다.)

롤랜더 : 우리가 현재의 시각을 갖고 과거의 사실들을 판단해야 하는 토론이
　　요청되고 있습니다. 그렇습니다, 우리의 적이 지난날의 나치스가 아니라
　　공산주의자들, 즉 소련이 되어 있는 오늘날, 우리는 오펜하이머 박사가 안
　　보상 위험 인물인지의 여부를 조사중이지요. 1943년에라면 우리는 친나치
　　스적인 사람에게 그가 설혹 천재라 할지라도 우리의 존폐에 관계되는 비
　　밀은 털어놓지 않았을 것입니다. 마찬가지로 1954년 현재 우리는 친공적
　　인 사람에게도 같은 일이 불가능하다고 여기고 있습니다. 안보상의 결정은
　　실용적인 것이죠. 무엇이, 누구에 대하여, 어떤 상황에서 안전할 수 있느
　　냐의 문제입니다. 이 결정은 절대적으로 공정하거나 불가침으로 도덕적이
　　기를 요구하지 않습니다. 그 결정은 실질적이죠. 그래서 이곳에서 벌어지
　　는 이데올로기의 판가름이라든가, 전세기적으로 신성한 사적(私的) 영역
　　에 대해 원칙을 넘나드는 줄타기놀이가 나로서는 화가 납니다. 오펜하이머
　　의 공감도가 얼마나 강했는지, 또 그것이 어떻게 지속되고 있는지, 그것이
　　과거에는 우리에게 어떤 결과들을 가져다 주었고 우리가 앞으로도 그것을
　　감당할 수 있는지의 여부를, 우리는 냉정하게 검토해야 합니다. 이것은 역
　　사 자체이며, 자유세계의 몰락의 가능성이죠. 그 점이 우리의 안보상의 결
　　정을 가차없이 예외없는 것으로 만들고 있습니다. 저보다 연로한 분들 사이
　　에서 나는 스스로가 소인인 것 같은 느낌을 갖습니다. 그들이 그들대로의
　　이데올로기를 갖고 있는 자리에서 나는 텅빈 얼룩을 지니고 있을 뿐이죠.
　　(그는 무대 장면에서 퇴장한다.)

1-5

(휘장 위에 다음 요점 문구가 투사된다.)

제7일의 심리과정 중에서 :

세인들에게 물리학자들은 어떤 존재인가?

점화장치를 분해하듯 한 인간을 분해할 수 있는가?

롤랜더 : 내 생각에 길동무는 기밀 조사계획의 기밀을 누설하기에 잠재적으로 큰 위험을 가진 인물입니다. 이 점에 동의하십니까, 선생?

오펜하이머 : 잠재적으로 그렇지요. 그것은 그 인물이 누구냐에 달려 있습니다.

롤랜더 : 오펜하이머 박사, 로스 알라모스에서는 상당수의 과학자들이 길동무였다는 사실이 맞습니까?

오펜하이머 : 그다지 많지는 않았습니다. 예를 들면 버클리 대학에서보다는 적었지요. 그렇지만 그때 우리는 그 일을 추진하는 데 필요한 사람이면 전기 의자에서라도 끌어 내 왔습니다.

롤랜더 : 나로서 석연치 않은 점은 선생, 왜 하필 그렇게 많은 길동무들을 전기 의자에서 끌어내렸습니까?

오펜하이머 : 왜냐하면 좌경적 물리학자들이 많았기 때문입니다.

롤랜더 : 왜 그렇다고 생각하시나요?

오펜하이머 : 물리학자들은 새로운 사물들에 흥미를 느낍니다. 그들은 실험을 좋아하며, 그들의 생각은 변화를 향해 조준되어 있습니다. 그들이 자신들의 연구에 임할 때 그렇듯이, 정치적 문제에서도 그렇습니다.

롤랜더 : 바로 당신의 많은 제자들이 사실상 공산주의자이거나 길동무였지요?

오펜하이머 : 몇 명은 그렇지요.

롤랜더 : 와이버그, 보움, 로마니츠, 프리트만?

오펜하이머 : 그렇습니다.

롤랜더 : 그런데 당신은 이 젊은이들을 버클리나 로스 알라모스에 추천했지요?

오펜하이머 : 나는 그들을 과학자로서 추천했습니다. 그들은 우수했으니까요.

롤랜더 : 전공면에서만 보면. 알겠습니다.

오펜하이머 : 그렇습니다.

롤랜더 : 전공 분야에서든 전공 외 분야에서든, 당신과 친밀했던 지기나 친구들 중에 많은 사람들 역시 길동무가 아니었습니까?

오펜하이머 : 그렇습니다. 그것은 부자연스러운 일이 아니라고 봅니다. 우리 세계의 상황을 만족스럽게 여기지 않는 모든 이들에게 소련측 실험이 커다란 매력으로 받아들여졌던 한 시기가 있었으니까요. 그리고 나는 우리 세계의 상황이 실로 만족할 만하지 못하다고 봅니다. 우리가 소련측의 실험을 아무 환상 없이 보게 된 오늘, 즉 러시아가 적대관계의 열강으로 우리와 대치하고 있는 오늘에 와서 우리는, 수많은 사람들이 품었던 희망들에 유죄 판결을 내리고 있습니다. 보다 큰 자유와 사회적 안전을 누리는 보다 이성적 형태의 인간 공동생활을 찾으려던 시도와 묶여 있던 희망들 말입니다. 이것은 우둔한 일인 것 같습니다. 그 같은 견해를 이유로 그들을 깎아내리거나 추적하는 것은 허용할 수 없는 일입니다.

롤랜더 : 나는 아무도 깎아내리려 하지 않습니다. 선생. 단지, 과거에 공산주의자이거나 길동무였던 이러저러한 친구와 교우를 가졌던 한 물리학자가 보안상 어느 정도 큰 위험 인물인지 아닌지의 문제를 추적하고 있을 뿐입니다. 그런 사람은 사실상 보안상으로는 비교적 큰 위험 인물이 아닐까요?

오펜하이머 : 아닙니다.

롤랜더 : 당신은 오늘날에 와서 역시, 상관없다고 생각하시는군요. 얼마나 많은 친공적 친지들을…….

오펜하이머 : 나는 한 인간을 점화장치처럼 분해할 수는 없다고 생각합니다. 이러이러한 견해와 이러이러한 안전보장, 저러저러한 길동무인 친지들과 저

러저러한 안전보장 등으로. 이런 분석은 기계적이며 어리석은 짓거리입니다. 로스 알라모스에서 그런 식으로 일을 진행했다면 우리는 아마 최우수 인력을 도저히 확보할 수 없었을 것입니다. 그렇게 되면 우리는 아마도 나무랄 데 없는 세계적 견해를 가진 실험실을 확보하긴 했으되, 그것이 기능을 발휘했으리라고는 생각치 않습니다. 일급의 생각을 가진 사람들의 길은 보안 관리들이 꿈꾸듯 그렇게 직선적으로 달리지는 않습니다. 나무랄 데 없는 규격품의 의견들을 갖고는 원자탄이 만들어지지 않습니다. 예스맨들은 편하긴 하지만 효력을 지니진 못합니다.

롤랜더 : 1947년에 이 노맨들 중의 몇몇인 와이버그, 보옴 등이 활약 중인 공산당원이라는 것을 알았을 때, 당신은 어떻게 하셨나요, 선생?

오펜하이머 : 무슨 말씀입니까?

롤랜더 : 그들과의 접촉을 끊었습니까?

오펜하이머 : 아닙니다.

롤랜더 : 왜 그랬습니까?

오펜하이머 : 그것은 내가 생각하는 예절에 어긋나는 일입니다.

롤랜더 : 그것은 당신이 생각하는 안보와는 일치합니까?

오펜하이머 : 무엇이라구요?

롤랜더 : 와인버그에게 당신의 변호사를 추천한 적이 있습니까, 선생?

오펜하이머 : 동생의 변호사였다고 생각합니다.

롤랜더 : 당신은 보옴을 위해 파티를 연 적이 있지요?

오펜하이머 : 그가 프린스턴을 쫓겨나 브라질로 갈 때, 그를 위한 송별연에 참석한 적은 있습니다.

롤랜더 : 그럼 활동 중인 공산주의자에게 이처럼 공감을 표현하는 것이, 원자 문제에 관한 최고 정부고문으로서의 의무와 선명하게 화해할 수 있었습니까?

오펜하이머 : 그것이 원자 문제와 무슨 상관이 있습니까? 나는 옛 친구들에게

충고의 말을 해 주었고 그들과 작별을 한 것입니다.

롤랜더 : 지금이라도 다시 같은 일을 하시겠습니까?

오펜하이머 : 그러기를 바랍니다.

롤랜더 : 고맙습니다, 선생.

그레이 : 오펜하이머 박사에게 다른 질문은 없습니까?

   (에반즈가 신청한다.)

에반즈 : 그렇게 많은 '붉은' 물리학자들이 있었다는 것이 사실입니까? 나로선 어리둥절합니다. 이것은 아마도 세대의 문제인 것 같습니다.

오펜하이머 : 분홍색 물이 든 물리학자라고 할 수 있겠죠.

에반즈 : 어쨌든 나로서 이해할 수 없는 점은, 이 같은 냉정한 사람들을 그토록 급진적인 정치 사상으로 끌어당긴 요체가 과연 무엇인지 하는 점입니다. 물리학자들이란 어떤 사람들입니까?

오펜하이머 : 혹시 그 사람들은 약간 정신이 돌았다고 생각하시는 게 아닙니까?

에반즈 : 모르겠습니다. 아니면 괴팍하다고 할까요. 그들은 다른 사람들과 어떻게 다른가요?

오펜하이머 : 내 생각에는 그들은 다만 편견을 덜 가졌습니다. 그들은, 현재 활동하지 않는 사물들을 들여다보고자 합니다.

에반즈 : 나는 칼 마르크스라든가 그런 친구들의 글은 읽은 적이 없고, 명백히 당신이 그랬던 것처럼, 정치적 문제에 관심을 가져 본 적도 없습니다.

오펜하이머 : 나 역시 정치 문제에는 관심을 가지지 않았습니다. 오랜 기간 동안 그랬죠. 내 어린 시절에 아무도 내게 세상에는 처참하고 잔인한 일들이 존재한다는 사실을 알려 주지 않았지요. 그리고 나중에 나는 수백만 다른 이들과 아울러 나의 학생들이 굶주리고 일자리를 찾지 못하는 사실을 보았고, 실로 우울했습니다. 그런 일이 벌어질 수 있는 세계란 올바른 세계가 아니라고 생각했고, 그 근거를 캐고 싶었습니다.

에반즈 : 그래서 당시 당신은 공산주의 서적들, 사회학이며 그런 것들을 읽었

나요?

오펜하이머 : 그렇습니다. 물론 예를 들어 막스의 『자본론』은 도저히 이해할 수 없었지만. 처음 50페이지는 뭐가 뭔지 전혀 알 수가 없었습니다.

에반즈 : 나로서도 이상한 건, 그것을 이해했다는 사람을 지금껏 한 명도 만나지 못했다는 사실입니다. 아마도 록펠러를 제외하고는.

(모건, 막스, 롭, 웃음)

-그리고 내 치아신경을 건드리면서 계속 "칼 마르크스가 이러이러한 것을 가르쳐 준다"라고 말하는 내 치과 의사를 제외하고는.

(웃음.)

그래서 칼 마르크스는 내겐 항상 특정한 치아신경의 통증과 함께 묶여 있지요.

(웃음.)

오펜하이머 : 많은 사람들이 그런 것 같습니다.

에반즈 : (웃으며) 읽히지 않는 작품을 쓴 모든 저명한 철인(哲人)들 가운데에서 우리에게 가장 큰 골칫거리를 안겨 준 인물이 바로 그자인 것 같습니다. 당신 자신을 생각해 보십시오.

(오펜하이머 웃는다. 조명이 바뀐다. 모건이 무대 앞쪽 가장자리로 나온다. 휘장이 닫힌다.)

모건 : 어제 나는 그레이와 얘기를 나누었는데, 그는 육군성 장관이 개입한 사실에 화를 냈습니다. 물론 그렇게 해서 과학자들을 쑤셔 놓았다는 얘기죠. 불을 갖고 노는 유희라는 겁니다. 나는 이렇게 말했습니다. 내가 보기에 좀 지나치게 오펜하이머의 정치적 배경이며 그의 견해들이 샅샅이 거론되고 있다고 말입니다. 그것은 어쩌면 매카시나 어떤 종류의 신문을 만족시켜 줄지는 몰라도 이처럼 복잡한 지식계급, 즉 물리학자들의 경우에서는 그것이 문제가 되지 않는다고 말입니다.

우리가 오늘날 과학자들에게 선명히 해야 할 점은, 그들에게 개인적으로 모종의 견해들을 규정해 주거나 그러한 견해를 이유로 그들을 해고시킬 것이 아니라, 그들에게 주관적 견해와 객관적 작업을 엄격히 분리하기를 요구해야 한다고 나는 말했지요. 왜냐하면 현대의 원자정책은 오로지 가치평가를 초월한 작업을 토대로 할 때에만 가능하기 때문입니다. 모든 산업체의 경우와 현대 국가의 경우는 같은 겁니다. 따라서 본 위원회는 그것이 아무리 놀라운 것일지라도 오펜하이머의 정치적 배경에 대한 기록으로 만족할 수는 없다고 말했지요. 우리가 캐내야 할 것은 오히려 그가 자신의 정치적 철학적 윤리적 견해들을 배경으로 불법으로 우리에게 해롭게 물리학자 및 정부 고문으로서 자신의 작업에 임하지 않았나의 여부이며, 또 그 혐의를 우리가 앞으로도 우려해야 하는지 여부입니다. 그래야만 안보상 그를 보증하는 시급한 현안문제가 여론과 물리학자들에게도 납득이 되도록 할 수 있는 것입니다. 물리학자의 주관적 견해는 그것이 아무리 극단적이라 해도, 그의 객관적 작업에 드러나지 않는 한, 사적(私的) 문제인 겁니다. 이 같은 구분이 우리의 민주주의 원칙에 닿는 길이라고 봅니다.

(그는 무대 장면에서 퇴장한다.)

1-6

(휘장 위에 다음 요점 문구가 투사된다.)

제 10일의 심리 중에서 :

절대적 충성심은 무엇인가?

100퍼센트의 안전보장이 존재하는가?

그 값은 무엇일까?

롭 : 내가 가진 자료들을 보니, 당신은 오늘 50회 생신을 맞으셨더군요. 박사

님. 잠시 우리의 형식적 심리과정을 떠나, 축하를 드립니다.

오펜하이머 : 고맙군요, 축하받을 건더기도 없습니다.

롭 : 박사님, 생신에 맞춰 도착한 우편물을 이미 훑어보셨는지 물어도 괜찮겠
   습니까?

오펜하이머 : 일부는 보았습니다.

롭 : 하아콘 슈발리에의 편지도 있었나요?

오펜하이머 : (짧은 비웃음을 터뜨린다.) 카드 한 장이오.

롭 : 뭐라고 쓰여 있나요?

오펜하이머 : 의례적인 축하의 말이죠. "옛 우정을 생각하며, 당신의 하아콘."
   편지 복사본을 드리죠.

롭 : (미소를 지으며) 당신은 그 사람을 여전히 친구로 여기시지요?

오펜하이머 : 그렇습니다.

롭 : 원자력위원회에 보낸 답변서 22페이지에서, 당신은 1942, 43년 겨울에 슈
   발리에와 함께 한 어느 대화를 진술하고 있군요. 그 대화는 어디에서 있었
   습니까?

오펜하이머 : 나의 집에서였죠, 버클리에서.

에반즈 : 실례합니다만, 슈발리에라는 사람에 대해 알고 싶어서인데, 그는 누
   구였습니까, 어떤 인물이지요?

오펜하이머 : 대학 학부의 동료 교수입니다.

에반즈 : 물리학자인가요?

오펜하이머 : 불문학자입니다.

에반즈 : 공산주의자입니까?

오펜하이머 : 그는 철저한 좌경적 견해를 갖고 있습니다.

에반즈 : 붉은 색인가요, 분홍색인가요?

오펜하이머 : 담홍색입니다.

에반즈 : 그리고 인간적으로는?

오펜하이머 : 평생에 가질 수 있는 두세 명의 친구 중 한 사람이죠.

롭 : 당신의 답변서에서 그 대화의 요점을 재현하고 있는데, 박사님, 그때의 상황과 가능하면 대화의 어조까지 진술해 주셨으면 합니다.

오펜하이머 : 나는 단지 그 내용을 말할 수 있을 뿐 어조까지는 전달할 수 없습니다. 나중에도 여러 번 곰곰이 생각했던 이야기 중의 하나죠. 벌써 11년이 되었습니다.

롭 : 좋습니다.

오펜하이머 : 어느 날 저녁 때, 슈발리에가 그의 아내와 함께 우리 집으로 왔지요. 저녁 식사인가 술을 한 잔 하러 왔다고 생각합니다.

그레이 : 죄송합니다만 그 약속은 그 사람 편에서 한 것인가요?

오펜하이머 : 모르겠습니다. 한쪽이 전화를 걸어 "잠깐만 들리게" 하는 식이었으니까요.

그레이 : 오펜하이머 박사님, 우리에게 이 이야기를 가능한 한 자세히 들려 주시는 게 중요하다고 생각하는데요.

오펜하이머 : 그렇게 하지요. 그들은 왔었고, 우리는 꼬냑을 마셨고, 일상사에 관한 얘기를 했지요. 스탈린그라드에 관한 얘기였을 수도 있습니다. 그런 시기였으니까요.

그레이 : 슈발리에가 스탈린그라드에 관한 화제를 꺼냈나요?

오펜하이머 : 그것은 모르겠습니다. 우리가 다른 날에 그 얘기를 했을 수도 있어요. 하긴 그날 저녁이라는 생각도 드는군요. 분명한 것은 내가 마실 것을 만들러 부엌으로 갔을 때 슈발리에가 뒤따라 와서 최근에 엘튼톤을 만났다는 얘기를 들려주었습니다.

그레이 : 기록을 위해, 엘튼톤이 누구인지 말씀해 주시겠습니까?

오펜하이머 : 화공학자입니다. 영국인으로 몇 년 동안 러시아에서 일했지요.

그레이 : 당원인가요?

오펜하이머 : 당에 가까웠지요. 당원이었는지는……. 나는 그 사람을 잘 모릅

니다.

롭 : 슈발리에는 당신한테 무엇을 원했나요?

오펜하이머 : 그가 무엇을 원했는지는 모르겠습니다. 그는 엘튼톤이 흥분하더라는 얘기를 했습니다. 즉 우리가 러시아를 곤경에 빠뜨리고 있다. 우리가 제2전선을 만들지도 않고 러시아인들에게 그들이 필요한 기술적 정보도 주지 않는다. 그것은 비열한 일이다. 그런 것들이었죠.

그레이 : 그것은 슈발리에의 의견이었나요?

오펜하이머 : 그는 엘튼톤에 관해 말했습니다. 그리고 나서 엘튼톤은 슈발리에에게 자기는 소련측 과학자들에게 기술 정보를 제공할 루트를 알고 있다고, 수단을 갖고 있노라고 말하더라는 것이었습니다.

롭 : 어떤 루트, 어떤 수단이었나요, 박사님?

오펜하이머 :슈발리에는 그것을 말하지 않았습니다. 엘튼톤이 그것을 말했는지 어떤지는 나는 모릅니다. 우리는 그 점에 대해서는 말하지 않았지요. 나는 "그렇지만 그건 배반이야!"라고 말했던 것 같습니다. 확신할 수는 없지만, 어쨌든 그것은 엄청난 일이고 논할 가치도 없는 일이라는 식의 얘기를 했습니다. 그러자 슈발리에는 자기도 그 점에서는 나와 전적으로 의견을 같이 한다고 말했지요.

롭 : 이것이 얘기된 내용의 전부인가요?

오펜하이머 : 그리고 나서 우리는 술과 말로[15]에 관해서 말한 것 같습니다.

롭 : 그 이름의 스펠링을 말해 주시겠습니까, 박사님?

오펜하이머 : M-a-l-r-a-u-x.

---

15) Andre Malraux(1901~1976) : 프랑스 작가, 정치가, 고고학자. 1923년 고고학자로 동아시아에 와서 1926, 27년 중국혁명에 종군. 스페인 내전의 조직자. 1939년 이후 공산주의로부터 거리를 취했고 2차대전 참전, 독일 포로수용소에서 탈출했다.(1940년). 1945년 이후 드골 내각의 정보 담당 장관, 비서관, 문화부 장관 등을 지냄. 「정복자」(1928), 「인간조건」(1933) 등의 작품이 있다.

롭 : 말로? 그 사람은 누구입니까?

오펜하이머 : 프랑스 작가입니다. 슈발리에는 그의 책들을 번역했습니다.

롭 : 그 말로라는 자는 공산주의자인가요?

오펜하이머 : 이전에는 그랬죠. 그 사람 지금은 드골의 브레인입니다.

롭 : 나는 그 이름을 들은 적이 없습니다.

그레이 : 슈발리에는 버클리에서 원자탄 개발을 진행하고 있다는 사실을 알았습니까?

오펜하이머 : 몰랐습니다.

롭 : 당신은 '배반' 이라는 단어를 쓰셨나요, 박사님?

오펜하이머 : 그 말은 너무나 자주 모진 신고(辛苦)를 겪어 온 일종의 사상의 트랙이지요. 나는 당신에게 '배반' 이라는 말의 역사를 들려 줄 수도 있습니다.

롭 : 우선 내 질문에 답변할 수 있겠습니까?

오펜하이머 : 그 점을 모르겠습니다.

롭 : 당신은 그것을 배반이라고 여기셨나요?

오펜하이머 : 무엇을?

롭 : 러시아인들에게 기밀 정보를 주는 것 말입니다.

오펜하이머 : 물론입니다.

롤랜더 : 그 후에 그 일을 보안 당국에 신고하셨습니까, 선생?

오펜하이머 : 안 했습니다.

롤랜더 : 왜 안 했습니까?

오펜하이머 : 나는 그 대화 내용을 그다지 심각하게 받아들이지 않았습니다. 일종의 파티 여담이었죠.

롭 : 그렇지만 반 년 뒤에 박사님, 당신은 똑같은 대화를 심각하게 받아들여서, 그 때문에 로스 알라모스에서 버클리로 가시지 않았습니까? 보안 당국에 그 점에 대한 주의를 환기시키기 위해? 왜였지요?

오펜하이머 : 렌즈데일이 로스 알라모스에 있었는데, 그는 내게 버클리의 안보

상황이 자신을 심히 불안하게 한다고 말했습니다.

롭 : 그의 얘기가 일종의 첩보 행위의 우려를 내포한 것임이 맞습니까, 박사님?

오펜하이머 : 맞습니다.

롤랜드 : 그가 이름을 말했나요?

오펜하이머 : 대화 중에 로마니츠라는 이름이 나왔습니다. 그 사람이 관계도 없는 사람들에게 사태를 떠벌리고 다녔다는 겁니다.

롤랜더 : 어떤 사람들에게?

오펜하이머 : CIO[16]노동조합의 사람들에게. 그래서 나는 엘튼톤을 생각해 냈던 겁니다. 엘튼톤은 과학자 및 기술자 노동조합에서 맹렬히 활동하고 있었으니까요.

롭 : 당신은 렌즈데일에게 엘튼톤을 위험 인물의 소지가 있다고 말했나요?

오펜하이머 : 맨 처음에는 현지 보안 요원인 존슨에게 시사했지요.

롭 : 존슨에게는 그 이야기가 나온 전말을 들려 주었습니까?

오펜하이머 : 아닙니다. 엘튼톤을 의심해야 한다는 정도 이상은 말하지 않았습니다. 존슨이 왜냐고 묻더군요. 그래서 나는 일종의 궁여지책을 날조해 냈지요.

롭 : 그를 속였군요?

오펜하이머 : 그렇습니다. 그것으로 그 일을 결말지었다고 생각했지요.

롭 : 그래서 존슨은?

오펜하이머 : 상관인 패쉬에게 보고했습니다. 그리고 나서 나는 존슨 그리고 패쉬와 담화를 나눴습니다.

롭 : 패쉬에게는 진실을 말했습니까?

오펜하이머 : 그에게도 똑같은 이야기를 했습니다. 다만 좀 자세하게.

롭 : 그 이야기에서 진실이 아닌 것은 어떤 점이었나요?

---

16) Congress of Industrial Organization. 미국의 산업별 노동조합 회의.

오펜하이머 : 엘튼톤이 중개인들을 통해 기밀 계획에 참여한 세 사람의 동료에게 접근하려 한 적이 있었다는 얘깁니다.

롭 : 중개인들이라구요?

오펜하이머 : 아니면 한 사람의 중개인을 통해서.

롭 : 당신은 패쉬에게 그 중개인, 그러니까 슈발리에의 신원을 밝혔나요?

오펜하이머 : 나는 단지 엘튼톤의 신원만 밝혔습니다.

롭 : 그 이유는?

오펜하이머 : 슈발리에를 빼고 싶었습니다. 그리고 나 자신도.

롭 : 그렇지만 왜 당신은 세 명의 인간관계를 언급해서 패쉬에게 부담을 주었나요?

오펜하이머 : 내가 바보였기 때문입니다.

롭 : 그것이 충분한 해명이 되겠습니까, 박사님?

　　　(오펜하이머의 제스처) 패쉬와 렌즈데일이 문제의 중개인과 세 동료의 신원을 알아 내려고 천지사방으로 동분서주하리라는 점은 생각하지 못했습니까?

오펜하이머 : 그 점을 알았어야 했는데, 그렇치를 못했습니다.

롭 : 그래서 그들이 천지사방으로 동분서주하지 않았던가요?

오펜하이머 : 그랬으리라 생각합니다. 결국 나는 렌즈데일에게, 그로브스 장군이 내게 군사적 명령을 내리는 경우에는 그 명단을 밝히겠노라고 말했지요. 그로브스가 명령을 내렸을 때, 나는 슈발리에와 나 자신의 이름을 말했습니다.

롭 : 이제 됐습니다. (그레이에게) 이제 패쉬 대령을 증인으로 맞고 싶은데요.

롤랜더 : 선생, 패쉬 대령에게 소위 '궁여지책'을 얘기했을 때, 러시아 대사관의 한 인물과 마이크로 필름에 관한 언급이 있었습니까?

오펜하이머 : 그건 생각할 수 없는 일입니다. 아닙니다.

롤랜더 : 감사합니다, 선생.

그레이 : 이제 증인 패쉬 대령과 렌즈데일 씨를 맞겠습니다. 패쉬 대령은 롭 씨

296

측의 증인이므로 롭 씨가 먼저 신문하겠습니다.

(한 관리가 보리스 T. 패쉬 대령을 오른편 문을 통해 증인석으로 안내한다. 패쉬는 사복차림이다. 그는 위원회 위원들에게 절을 한다.)

보리스 T. 패쉬, 당신은 이 위원회 앞에서 진실을 말할 것을, 오로지 진실만을 그리고 진실이 아닌 것은 아무것도 말하지 않을 것을 맹세코 서약하시겠습니까?

패쉬 : 서약합니다. (그는 앉는다.)

그레이 : 인적 사항에 대해 몇 가지 묻겠습니다, 패쉬 대령. 당신의 전문 분야는 무엇입니까?

패쉬 : 군사계획에 대한 방첩 문제, 특히 공산 첩보원의 방첩입니다.

그레이 : 이 일에 종사한 지 얼마나 되셨나요?

패쉬 : 14년입니다.

그레이 : 이 일을 위해 특별히 교육을 받았습니까?

패쉬 : FBI가 일급 요원들을 위해 마련하는 교육을 받았습니다. 아주 혹독한 훈련이죠. 그 이후로 몇 차례 국제적 경험을 갖고 있습니다.

그레이 : 당신이 맡았던 특수 임무 중 한 가지를 말해 줄 수 있습니까?

패쉬 : 나는 내 팀과 함께 독일인들이 원자탄을 제조하는지 여부를 알아 내야 했지요. 그것은 1943년 말이었습니다. 또, 그 일에 해당되는 독일의 두뇌들을 러시아가 납치하기 전에 납치해야만 했습니다. 우리는 그 일을 아주 훌륭히 해냈다고 생각합니다.

그레이 : 당신은 과학자를 다루는 특수 교육을 받았나요?

패쉬 : 그렇습니다. 내 생각에 본인은 그런 사람들을 다루는 데 약간은 타고난 재능을 가진 것 같습니다. 이제 나는 핵물리학자라면 어떻게 생각하고 그들을 어떻게 승복시킬 수 있는지 대충은 알고 있지요.

개리슨 : 의장, 기록을 위해 패쉬 씨의 전직이 무엇이었는지 물어도 되겠습니까?

패쉬 : 체육 교사였지요. (웃으며) 소질 있는 권투 선수였고, 아주 우수한 럭비 감독이었습니다.

개리슨 : 의장, 이 자리에 증인으로 출두한 것이 패쉬 씨의 자발적 결정이었는 지 여부를 묻고 싶습니다.

그레이 : 패쉬 대령?

패쉬 : 아닙니다. 본부의 명령을 받았습니다.

그레이 : 좋습니다. 대령, 물론 당신은 여기서 단지 자신의 견해만 진술할 뿐, 어떤 지시에도 따를 필요가 없다는 점을 아시겠지요.

신문 시작해도 좋습니다, 롭 씨.

롭 : 대령, 당신이 어떤 특수 임무로 인해 1943년에 오펜하이머 박사와 관련 을 갖게 되었는지 알고 싶습니다.

패쉬 : 예, 1943년 5월, 버클리에서 나는 혐의가 있어 보이는 어떤 첩보사건을 조사하라는 위임을 받았습니다. 우리가 입수한 정보라고는 스티브 넬슨이 라는 이름의 캘리포니아 주의 탁월한 공산당 요원이 라듐 연구소에 관한 정보를 캐내려고 했다는 사실 외에 별다른 것이 없었지요. 그리고 또 한 남자에 대한 정보가 있었는데, 그에 관해 우리가 알고 있는 것은 가명일지 도 모를 조우라는 이름, 뉴욕 출신이라는 것, 여자 형제들이 뉴욕에 살고 있다는 것 정도였습니다. 우리는 조사에 들어갔고 처음에는 그 남자가 로 마니츠일 것이라고 생각했지요. 그래서 그 사람을 연구실에서 빼내어 군대 로 추방하려 했습니다.

롭 : 그 일이 무엇 때문에 깨졌습니까?

패쉬 : 오펜하이머 박사가 로마니츠를 붙잡아 두기 위해 자신이 아는 이들을 동원했습니다. 그 다음에야 로마니츠가 조우와 동일 인물이 아니라는 것이 드러났지요. 우리는 한동안 데이비드 보옴을, 다음엔 막스 프리트만을 염 두에 두다가 결국 조우는 조지프 와인버그라는 사실을 알아냈습니다.

롭 : 그 조사가 오펜하이머 박사와 무슨 상관이 있었습니까?

패쉬 : 우리가 혐의를 두었던 사람들이 한결같이 오펜하이머 박사와 어떤 관계를 맺고 있다는 사실이 이상하게 여겨졌습니다. 우리에게 발등을 밟힌 사람이면 누구나 오펜하이머 박사를 향하는 것이었지요.

롭 : 거기서 어떤 추론을 내렸나요?

패쉬 : 1943년 6월 우리는 FBI로 하여금 오펜하이머 박사에 대해 첩보 혐의로 조사하도록 제의했지요.

롭 : 당신이 이 조사를 주도했나요?

패쉬 : 그렇습니다.

롭 : 무엇을 알아 냈습니까?

패쉬 : 오펜하이머 박사가 필시 공산당원이었으리라는 것, 그가 여전히 공산주의 사상에 묶여 있었다는 것, 또 데이비드 호킨스와 진 테트록 같은 공산주의자들과 관련을 맺고 있었다는 것 등이었죠. 호킨스와 테트록은 그들 나름대로 스티브 넬슨과 어쩌면 그를 거쳐 러시아인들과도 접촉을 갖고 있던 인물들이었습니다.

롭 : 거기서 어떤 추론을 했나요, 대령?

패쉬 : 우리는 펜타곤(국방성)에다, 즉 렌즈데일 씨에게 — 그는 내 상관이었습니다.— 오펜하이머 박사가 원자탄 계획과 일체의 정부 업무에서 손을 떼도록 건의했습니다. 그렇지만 만약 오펜하이머 박사가 대치될 수 없는 인물로 생각해서 반대편 첩보원들의 위협이 있다는 구실로, 우리 부서에서 특수 교육을 받은 상비 감시경호원 두 명을 그에게 붙일 것도 건의했습니다. 우리의 건의는 렌즈데일에게도, 그로브스에게도 받아들여지지 않았고 그래서 우리는 걱정스러웠습니다.

롭 : 이 모든 일이 있은 것은 오펜하이머 박사와 당신의 담화가 있기 수주 일 전이었지요?

패쉬 : 두 달 전이었습니다.

롭 : 그럼, 오펜하이머 박사가 8월에 자기편에서 먼저 어떤 첩보 혐의 건을 고

발한 것은 당신에겐 예상 밖의 일이 아니었나요?

패쉬 : 별로. 그것은, 자기를 겨누어 어떤 조사가 진행 중이라는 것을 알아 낸 사람들에게서 비교적 흔히 보이는 반응입니다.

롭 : 오펜하이머 박사와 당신의 대화 내용이 기억나십니까?

패쉬 : 나는 어제 그 대화 내용을 다시 들어 보았습니다. 우리는 당시 그것을 존슨 중위 사무실에서 녹음해 두었지요.

(그는 서류 가방에서 녹음 테이프를 하나 꺼낸다.) 여기 그것이 있습니다.

롭 : 여기서 그것을 들어도 좋겠습니까?

패쉬 : 그것은 FBI가 내준 것입니다. (그는 녹음 테이프를 한 관리에게 주고, 관리는 그것을 녹음기에 설치한다.)

롭 : (관리에게) 이제 준비됐습니까? 그럼 녹음기를 작동시키시오.

(관리는 녹음기를 작동시킨다. 스크린에는 1943년 당시의 오펜하이머와 패쉬의 사진이 투영된다. 오펜하이머는 햇볕에 그을린 젊은 모습에 셔츠와 바지만 입은 차림이고, 패쉬는 여름 제복 차림이다. 실험해도 좋을 다른 무대 장치.

소형 필름 카메라로 촬영된 패쉬와 오펜하이머 그리고 존슨의 인터뷰 장면이 녹음 테이프와 비교적 맞추어서 나오고 있다. 이 인터뷰는 8월의 더운 어느 날, 로스 알라모스에 있는 한 바라크 사무실에서 했던 것이다. 오펜하이머는 셔츠와 블루진 차림, 장교들은 여름 제복 차림. 존슨은 자기의 작은 책상에서 녹음기를 조작하고 있고, 패쉬는 전화기 속에 감춰진 마이크로폰이 오펜하이머 가까이 놓이도록 신경을 쓴다. 이 필름이 실제의 다큐멘터리 필름인 것처럼 관객에게 보여 주기 위해, 잔뜩 비가 오는 낡은 인상을 의도적으로 줄 수 있다. 다만 결코 발성 영화라는 인상을 주어서는 안 된다.)

패쉬 : 오펜하이머 박사님, 마침내 박사님을 알게 되고 얘기를 나누게 되어 큰 영광입니다.

오펜하이머 : 나 역시 그렇습니다, 대령.

패쉬 : 아니, 아니죠. 당신은 현존하는 인물 중에 가장 중요한 사람입니다. 의심의 여지없이 가장 매력 있는 분의 하나죠. 그리고 우리네야 망이나 보고 집이나 지키는 계층의 사람들에 불과하고요. (웃는다.) 박사님의 귀중한 시간을 오래 빼앗고 싶지는 않습니다.

오펜하이머 : 얼마든지 괜찮습니다.

패쉬 : 그런데 어제 존슨 중위가 내게 보고하기를 박사님께서는 어떤 특정한 무리가 원자탄 계획에 관심을 갖고 있을 수 있다고 간주하시고, 그래서 친절하게도 우리에게 그것에 관한 힌트를 주셨다구요.

오펜하이머 : 그렇습니다. 얼마 전의 일인데, 직접 들은 것은 아닙니다. 그렇지만 사실입니다. 그 사람의 이름이 누구인지 모르지만 러시아 영사관의 한 남자가 중개인들을 거쳐 원자 계획에 참여한 사람들과 접근을 시도했다고 합니다. 그리고 자기는 위험 없이 그 정보들을 전달할 수 있다고 넌지시 암시했다는 겁니다.

패쉬 : 러시아인들을 위한 정보 말씀입니까?

오펜하이머 : 그렇습니다. 양대 동맹국 사이의 관계가 얼마나 미묘한가를 우리 모두 알고 있지요. 게다가 많은 사람들, 심지어는 친러시아적 입장에 있지 않은 사람들까지도 러시아인들은 생명을 걸고 나치스와 싸우고 있는 반면에 그들에게 레이더며 특정한 기술 정보 주기를 거부하는 우리의 태도는 뭔가 부당하다고 여기고 있습니다.

패쉬 : 그것은 본질적 문제입니다. 진실로. 혹시 제가 러시아 가계 출신인 것을 아시는지요.

오펜하이머 : 이렇듯 공식 정보 제공에 대한 논란이 벌어지고 있는 분위기이긴 합니다만, 그런 정보들을 뒷문으로 새나가게 한다는 것은 아무래도 있을 수 없는 일이지요.

패쉬 : 그 접촉 시도가 어떻게 있었는지 좀 상세히 진술해 주실 수 있겠습니까?

오펜하이머 : 그런 시도들은 극히 간접적인 방법으로 이루어졌습니다. 좋습니다. 내가 알기에는 두세 건 있었지요. 두세 명이 로스 알라모스에서 나와 함께 일하고 있는데, 나와는 퍽 가까운 처지에 있습니다. 그래서 몇 차례 거론된, 아마도 중개인인 듯싶은 한 사람 이름만 말하겠습니다. 그는 엘튼 톤입니다.

패쉬 : 엘튼톤? 계획 참여자인가요?

오펜하이머 : 아닙니다. 쉘 회사의 연구부에 있습니다. 아니면 일한 적이 있습니다.

패쉬 : 그 접촉들은 엘튼톤 자신에 의해 이루어졌습니까?

오펜하이머 : 아닙니다.

패쉬 : 제 3자를 통해?

오펜하이머 : 그렇습니다.

패쉬 : 이 접촉들을 주선한 사람이 누구인지 말씀해 주시겠습니까?

오펜하이머 : 그것은 옳지 않다고 생각합니다. 연루되지도 않은 사람들이 얽혀들기를 원치 않아요. 그건 공정치 못합니다. 그들은 나를 전적으로 믿고 있고 그들의 행동도 매우 충성스럽습니다. 이건 신뢰의 문제입니다.

패쉬 : 그들을 불신하고 있는 것이 분명한 우리의 입장입니다. 박사님. 어쩌면 마찬가지로 박사님도 불신하고 있구요. (웃는다.) 이건 터무니없는 소리일는지 모르죠. 어쨌든 우리의 함정을 캐기 위해 그 중개인을 필요로 합니다.

오펜하이머 : 나는 그 이름을 발설하고 싶지 않습니다. 나로선 맹세코 그들을 신뢰하고 있기 때문이지요. 만약 엘튼톤이 와서 자기는 러시아 대사관의 한 남자와 잘 아는 사이인데, 그 남자는 마이크로 필름인지 뭔지를 다루는 숱한 경험을 갖고 있다고 한다면, 그것은 달리 추적해야 할 문제이죠.

패쉬 : 물론 저로서는 박사님한테서 가능한 한 많은 것은 알아 내고 싶습니다. 우리는 일단 피맛을 보면 우리야 피냄새를 맡고 좋는 사냥개이니까요. (그는 웃는다.) 그럼 가차없습니다.

오펜하이머 : 당신네들이야 가차없어야 하겠지요.

패쉬 : 어쨌든 우리 일에 대해 긍정적인 입장을 갖고 계시니 반갑군요. 어떤 과
학자들에겐 그것이 쉽지 않습니다.

오펜하이머 : 누구에 관해 말하는 겁니까?

패쉬 : (웃는다.) 닐스 보어[17]를 염두에 두고 한 말은 아닙니다. (그는 웃는다.)
세 시간 동안이나 저는 일체 입 밖에 내어서는 안 될 사항을 그분에게 설
명했는데, 그분은 단 30분 만에 전차 안에서 몽땅 털어놔 버렸지요. (오펜
하이머 웃는다.) 우리가 덴마크에서 그 분을 모셔 왔을 때는 의식을 잃은
상태로 비행기에서 끌어내렸지요. 우리가 걸쳐 주었던 산소 마스크의 사용
법을 그분이 잊어 버렸던 겁니다. 우리는 1만 2천미터 고도를 날았거든요.
(그는 웃는다.)

(관리는 녹음기를 끈다.)

에반즈 : (오펜하이머를 향해) 닐스 보어는 당신과 함께 로스 알라모스에 있었
습니까?

오펜하이머 : 잠깐 동안. 우리 모두가 그랬듯이 니콜라스 베이커라는 암호명으
로. 그 사람은 머물기를 원치 않았죠.

에반즈 : 왜인가요?

오펜하이머 : 그는 우리가 과학을 군대의 부속품으로 만든다고 욕했습니다. 또
우리가 군대측에 원자 몽둥이를 일단 건네 주면, 군대는 그 몽둥이를 들고
파멸로 치달을 것이라구요. 그 점이 그를 괴롭혔습니다.

에반즈 : 그 사람은 내가 알았던 사람 중에 가장 매력 있는 인물이었습니다.

---

17) Niels Hendrik David Bohr(1885~1962) : 덴마크 물리학자. 1916년 이후 코펜하겐 대학 교
수. 1922년 원자구조론으로 노벨 물리학상. 1943~45년 로스 알라모스에서 일함. 종전 후 귀
국. 코펜하겐 대학으로 복귀. 원자력의 평화적 이용과 원자무기로 야기된 정치적 문제에 관심
을 갖고 국제연합에 공개장을 보낸 바 있다.

롤랜더 : 선생, 당신이 패쉬 대령에게 '마이크로 필름을 다루는 숱한 경험을 가
　　　　진 러시아 대사관의 한 남자'에 관해 말한 부분이 녹음 테이프에서는 완
　　　　전히 드러나지 않았지요?

개리슨 : '마이크로 필름인지 뭔지를'이라는 것이 정확한 표현이었습니다.

롤랜더 : 당신은 스스로 죄가 없다고 여기는 어떤 친구를 보안 당국으로부터
　　　　보호하려 했습니다, 선생. 그렇다면 왜 그 사람한테 러시아 대사관이며, 마
　　　　이크로 필름, 그리고 세 건의 접촉을 들썩였습니까? 나는 그 이유를 모르
　　　　겠습니다.

오펜하이머 : 나도 모르겠습니다.

롤랜더 : 해명할 말씀이 없나요?

오펜하이머 : 논리적으로 들리는 해명은 없습니다.

롭 : 패쉬 대령, 당신은 오펜하이머 박사의 태도에 대해 설명할 수 있습니까?

패쉬 : 있습니다. 오펜하이머 박사는 그 당시 진실을 말했던 것입니다.

롭 : 그럼 당신은, 오펜하이머 박사가 이 자리에서 궁여지책이라고 칭했던 그
　　이야기가 진실이라고 여기십니까?

패쉬 : 그렇습니다. 그리고 나중에 사건을 무고한 것으로 돌린 경우야말로 날
　　　조된 궁여지책이라고 나는 생각합니다. 오펜하이머 박사는 우리에게 실재
　　　했던 세 건의 접촉 시도를 보고했던 겁니다. 만약 자신의 우려대로 우리가
　　　이 접촉들까지 추적하는 경우, 우리로부터 신뢰를 확보하기 위해서였지요.
　　　그 후 우리의 수사 결과가 신통치 않게 되자, 그 이야기를 묵살했던 것이죠.

롭 : 그 당시에도 그렇게 생각하셨나요?

패쉬 : 그렇습니다. 나는 그 점을 렌즈데일에게 알렸습니다.

롭 : 그러니까 렌즈데일은?

패쉬 : 오펜하이머 박사가 슈발리에와 자신의 이름을 대자, 모든 사건이 푸른
　　　연기처럼 녹아 버렸지요. 그 밖에 몇 가지 수사가 있었습니다만 결국 이
　　　모든 기묘한 이야기는 황금빛 버터에 구워 삼켜졌지요.

롭 : FBI의 조사와 자신의 경험을 비춰 볼 때, 오펜하이머 박사에게 보안상의 신임을 부여해 주겠습니까?

패쉬 : 그 당시의 나라면 그것을 부여하지 않았을 겁니다. 그리고 오늘도 마찬가지입니다.

롭 : 당신과 같은 견해를 가졌던 사람이 혼자뿐인가요?

패쉬 : 렌즈데일과 그로브스 장군의 노선을 따르며 일하는 안보위원들은 모두 같은 의견이었다고 생각합니다.

롭 : 고맙습니다, 대령.

그레이 : (오펜하이머측 변호사를 향해) 패쉬 대령에게 반대신문을 원하십니까?

막스 : 그렇습니다. 패쉬 씨, 일종의 심리학적 질문을 하겠습니다. 오펜하이머 박사의 인격을 쉽게 이해할 수 있습니까, 아니면 좀 복잡합니까?

패쉬 : 극히 복잡합니다. 또한 극도로 모순에 차 있습니다.

막스 : 그러니까 확실한 판단을 내리기 위해서는 그를 잘 알아야만 하겠군요?

패쉬 : 그렇습니다.

막스 : 당신은 오펜하이머 박사를 얼마나 아십니까?

패쉬 : 그의 서류들을 상세히 살펴본 결과 아주 잘 알고 있습니다.

막스 : 얼마나 자주 그와 얘기를 했습니까?

패쉬 : 한 번입니다.

막스 : 직접 면담을 해 보는 것보다 그의 서류들을 보고 한 인간을 더 잘 알 수 있습니까?

패쉬 : 우리의 일에서는 서류에 우위를 둡니다. 서류란, 개개의 인간이 다 겪을 수 없는 모든 경험의 총화이지요.

막스 : 오펜하이머 박사의 처신이 보안 당국, 특히 FBI에 의해 얼마나 오래 추적되었습니까?

패쉬 : 13년 또는 14년 동안.

막스 : 그 기간 동안에, 오펜하이머 박사가 비밀을 누설했다는 증거가 하나라

도 나왔나요?

패쉬 : 실증은 없습니다.

막스 : 아니면 비애국적이라는?

패쉬 : 슈발리에와 관계된 이야기에서 그는 의심의 여지없이 친구를 위한 충
성심을 미국에 대한 충성심의 우위에 두었습니다.

막스 : 슈발리에는 죄가 없는 것으로 입증되었나요?

패쉬 : 그의 경우에는 죄를 실증할 도리가 없었습니다.

막스 : 그에게 무슨 일이 있었습니까?

패쉬 : 그는 버클리에서 파면당하고, 물론 감시를 받았지요.

막스 : 만약 오펜하이머 박사가 그 같은 결과를 예견했다면, 그 이름을 거론하
기를 몇 주일 망서린 박사의 태도에 이해가 갈 수 있지 않습니까?

패쉬 : 그렇지 않습니다. 국가의 안전이 문제되는 마당에서는. 그 같은 신분에
있는 학자에게는 무한한 충성심이 요구되어야 합니다. 내 생각에 그것은
성격의 문제요, 심성의 문제입니다.

막스 : FBI의 총수인 후버[18] 박사가 그 일에 개입되었다는 것도?

패쉬 : 네.

막스 : 그리고 그 후 오펜하이머 박사에게 제한 없이 안보상의 보증을 부여했
다는 사실도 알고 있습니까?

패쉬 : 1946년 당시 오펜하이머 박사의 특권과 영향력을 고려할 때 그의 안보
상의 신임을 의심하려는 인물을 나도 구경하려 했을 겁니다. 당시 그는 일
종의 신이었으니까요.

막스 : 내 질문은 이상입니다.

---

18) John Edgar Hoover(1895~1972) : 미국의 수사요원. 조지 워싱턴 대학을 졸업. 1924년 FBI
국장에 취임한 후 죽을 때까지 8대 대통령에 걸쳐 일해 왔다. 30년대 초 갱 소탕, 2차대전 중
나치 스파이 적발, 종전 후 소련 첩자와 파업 적발에 큰 공을 세움. 철저한 반공주의자로서 공
산주의자들의 공포의 대상, 만년에는 지나친 독단적 태도로 비난도 받았다.

그레이 : 패쉬 대령에게 다른 질문은 없습니까?

(에반즈가 발언권을 청한다.)

에반즈 박사.

에반즈 : 전문가에게 한 번은 듣고 싶었던 질문입니다. 내게는 관심이 가는 얘기인데, 좀 일반적인 것이죠. 당신 생각에 어떤 기밀 군사계획에서 100퍼센트의 안전이 성취될 수 있습니까, 패쉬 씨?

패쉬 : 그렇지 않습니다. 과학자와 기술자를 충분히 용의주도하게 선별하고, 그들이 우리의 문제들을 이해하는 데 충분히 수련되어 있다고 봐도, 95퍼센트 정도의 안전보장이 성취될는지요.

에반즈 : 무슨 뜻입니까?

패쉬 : 오늘날 그들은 거대한 기업 안에서 맡은 부분의 작업밖에 할 수 없는 전문인들이라는 점을 아셔야 합니다. 그들은 자신 몫의 일을 다른 전문인들에게, 즉 정치가며 군인들에게 넘겨 주고, 결국 이들이 그 일을 어떻게 처리할지 생각하게 되어 있습니다. 그리고 우리는, 아무도 우리의 그릇 속을 넘겨보지 못하도록 지키는 전문인들이죠. 우리의 자유를 성공적으로 방어하고자 한다면, 우리는 어떤 부분의 자유는 단념할 용의를 지녀야만 하는 겁니다.

에반즈 : 모르겠군요. 그것이 내게는 좋은 느낌이 들지 않습니다. 나의 관심은 한 전문인의 견해를 듣는 것이었습니다.

그레이 : 또 다른 질문이 있습니까? 모건 씨.

모건 : 오펜하이머 박사의 공산주의에 대한 공감이 슈발리에 건에서는 그의 태도를 결정했다고 보시나요?

패쉬 : 추호의 의심 없이 그렇습니다. 물론 나는, 오펜하이머 박사야말로 단 두 가지 일에만 전적으로 충성심을 쏟을 수 있는 인물이라는 견해에 이르긴 했습니다만. 즉 학문과 자신의 출세에 말입니다.

개리슨 : 패쉬 씨, 당신은 당시 상관이었던 렌즈데일 씨가 능력이 부족한 안보

문제 전문가라고 여기십니까?

패쉬 : 아닙니다. 그분은 내가 알고 있는 가장 우수한 아마추어입니다. 그에게 부족한 점은, 우리 업무가 요구하는 냉혹함입니다.

그레이 : 다른 질문이 없다면, 패쉬 씨 신문을 마치겠습니다. 여기 출두하신 데 대해 감사합니다.

(패쉬는 일어나 방을 나간다.)

이제 렌즈데일 씨를 들어오도록 하십시오.

(한 관리가 렌즈데일을 데리러 나간다.)

롭 : 우리의 기록을 완전하게 하기 위해서인데, 오펜하이머 박사, 당신은 슈발리에와 좋은 관계를 지속했지요?

오펜하이머 : 그렇습니다.

롭 : 그를 마지막 만난 것이 언제입니까?

오펜하이머 : 몇 달 전, 파리에서.

롭 : 당신의 친구인 하아콘 슈발리에가, 자신의 경우를 보안 당국에 보고한 사람이 바로 당신이었다는 사실을 맨 처음 안 때가 언제였습니까?

오펜하이머 : 그는 지금의 이 심리로 인해 비로소 그 점을 추측하리라고 생각합니다.

에반즈 : 당신은 그에게 아무 말도 안 했나요? 내 말은, 당신이 그 사건을 유발한 사실을 전혀 털어놓지 않았냐는 겁니다.

오펜하이머 : 털어놓지 않았습니다.

에반즈 : 왜 그랬습니까?

오펜하이머 : 그는 그것을 이해하지 못했으리라고 생각합니다.

(관리가 문을 열고 의장에게 묻는 듯한 시선을 보낸다.)

그레이 : 렌즈데일 씨가 와 있나요?

(관리가 렌즈데일을 증인석으로 안내한다.)

선서를 하고 진술하시겠습니까, 렌즈데일 씨?

렌즈데일 : 원하시는 대로 하겠습니다.

그레이 : 지금까지 출두한 증인들은 선서를 했습니다.

렌즈데일 : 그렇다면 통일성 있게 합시다.

그레이 : 존 렌즈데일, 당신은 이 자리에서 진실을 말하기를, 오로지 진실만을 말하며 진실이 아닌 것은 아무것도 말하지 않을 것을 맹세합니까?

렌즈데일 : 맹세합니다.

그레이 : 당신은 현재 변호사로 활동하시지요, 렌즈데일 씨?

렌즈데일 : 그렇습니다. 오하이오 주에서.

그레이 : 어디서 대학 공부를 하셨습니까?

렌즈데일 : 하버드.

그레이 : 당신은 과거 원자무기계획의 보안 문제를 책임지셨지요?

렌즈데일 : 전쟁 동안입니다.

그레이 : 신문을 시작해도 좋습니다, 개리슨 씨.

개리슨 : 당신은 지난날 오펜하이머 박사에게 안보상의 신임을 부여해야 했지요?

렌즈데일 : 아니면, 거부해야 했겠지요. 실로 어려운 결정이었습니다.

개리슨 : 어째서?

렌즈데일 : 전문가들의 의견에 따르면, 오펜하이머 박사는 로스 알라모스를 실현할 수 있는 유일한 인물이었습니다. 다른 한편 그에 관한 FBI 보고서는 긍정적인 내용이 아니었습니다. FBI측에서는 오펜하이머 박사를 원자탄 계획에서 제외할 것을 건의했지요. 그래서 나는 독자적 판단을 내리지 않을 수 없었습니다.

개리슨 : 어떻게 판단을 내렸나요?

렌즈데일 : 그를 감시하도록 지시를 내렸지요.

개리슨 : 어떤 식으로 감시를 했습니까?

렌즈데일 : 그를 미행하고, 그의 우편물을 검열하고 전화를 도청하며, 그를 함

정에 빠뜨리려고 했지요 말하자면 통례적인 온갖 치사한 수단을 동원했습니다. 그리고 그 기간 내내 가능한 한 자주 박사와 그의 아내와 얘기를 나눴지요. 그는 내가 지시한 감시를 잘 견뎌 냈습니다. 어쨌든 간에 그는 아주 솔직하게 얘기를 했습니다.

개리슨 : 그 대화들의 목적은 무엇이었습니까?

렌즈데일 : 결국 그가 FBI의 추측처럼 과연 공산주의자인지 아닌지를 판단하고, 그가 어떤 인간인지, 그가 무엇을 생각하며 어떤 방식으로 생각하는지를 알아 내고자 했습니다.

개리슨 : 그래서 어떤 의견을 갖게 되었습니까?

렌즈데일 : 그가 공산주의자가 아니라는 것, 따라서 보고서들엔 무엇이 씌어 있든 간에 그에게 보안상의 신임을 부여해야 한다는 점이었지요.

개리슨 : 이 자리에서 오펜하이머 박사는, 그의 친구 슈발리에의 신원을 밝히기를 거부했다고 해서 비난을 받았습니다. 당신은 그 점을 어떻게 판단하십니까?

렌즈데일 : 그 태도는 옳지 않다고 생각합니다. 또한 그가 이 땅에서 그런 식으로 적당히 넘어갈 수 있으리라고 생각했던 것부터가 약간은 세상 물정에 어두운 것으로 여겨집니다. 그의 동기는 슈발리에에게 죄가 없다고 여기면서 그를 곤경에서 지켜 주고자 하는 것이겠지요. 묘하게 나도 그가 동생 프랑크를 보호하려 한다고 늘 생각했습니다. 그로브스 장군도 같은 생각이었구요.

개리슨 : 그가 친구의 신원을 밝히기를 거절함으로 해서 원자탄 계획의 보안이 위태로워졌습니까?

렌즈데일 : 아닙니다. 우리가 더욱 열심히 활동을 했으니까요. 특히 그가 우리에게 제공한 그 이야기로 인해서. 그 이야기는 전형적인 것이었습니다.

개리슨 : 어떤 점에서?

렌즈데일 : 과학자들이란 보안요원들을 터무니없이 어리석게 여기거나, 아니면

엄청나게 세련되었다고 여깁니다. 그렇지만 어쨌거나 무능하다고 여기지요.

에반즈 : 오, 그 점을 당신은 어떻게 설명하시겠습니까?

렌즈데일 : 과학의 정신과 군사 보안상의 요구는, 다분히 새와 무소가 공놀이를 주고받는 식의 관계입니다. 각자가 상대편을 어처구니없다고 여기는데, 실상 양자가 다 옳은 거죠.

에반즈 : 무소들이란 그럼 누구입니까?

렌즈데일 : 아주 상냥한 동물들이죠.

개리슨 : 이 자리에서 패쉬 대령은, 세 건의 접촉과 마이크로 필름, 그리고 소련 대사관의 한 남자가 등장하는 이야기가 애초부터 실재한 이야기로 본다는 증언 기록을 남겼습니다.

렌즈데일 : 알고 있습니다. 그렇지만 그것은 우리가 몇 차례 수사한 사실과는 일치하지 않습니다.

개리슨 : 그 수사들은 종결지어졌나요?

렌즈데일 : 세 번 종결지어졌죠, 1943년, 1946년, 그리고 1950년에. 이제 네 번째로 종결되기를 바랍니다. 사건 전체가 일종의 무정란이었습니다.

개리슨 : 만약 오늘에 와서도 당신이 오펜하이머 박사에게 보안상의 신임을 부여해야 할 입장에 있다면, 그렇게 하시겠습니까?

렌즈데일 : 당시 우리의 기준으로 본다면 무조건입니다. 나는 오늘의 기준을 조사하고 싶지는 않습니다. 우리의 기준이 충성심과 비밀 엄수였지요.

개리슨 : 감사합니다, 렌즈데일 씨.

그레이 : 렌즈데일 씨에게 반대신문을 하시겠습니까, 롭 씨?

롭 : 롤랜더 씨가 맡아 할 것입니다.

롤랜더 : 선생, 내가 이해하기로는, 당신은 우리의 오늘날 기준에 따라서도 오펜하이머 박사에게 보안상의 신임을 부여할 수 있겠느냐에 대한 답변을 아직 하지 않았습니다.

렌즈데일 : 왜냐하면 오늘날의 기준이라는 것이 내게는 생소하기 때문입니다.

그 기준들을 알고는 있지만, 그래도 그것은 내겐 낯선 일입니다. 그것의 합목적성에 관해서 논하고 싶지는 않습니다. 내가 오펜하이머 박사를 접한 경험에 의하면, 그는 철저한 충성심을 갖고 있었고 비밀을 엄수했다고 합니다.

롤랜더 : 그가 비밀을 훌륭히 엄수했나요?

렌즈데일 : 아주 훌륭하게.

롤랜더 : 아주 훌륭하게 비밀을 엄수했다는 당신의 말에는, 공산주의자인 여인과 밤을 지낸 사실도 포함됩니까?

렌즈데일 : 롤랜더 씨, 만약 언제이고 당신이 공산주의적 견해를 지닌 한 여인을 심혈을 다해 사랑하는 경우에 처한다면, 그래서 그 여인이 불행을 호소하며 만나기를 청한다면, 나는 당신이 그녀를 위로하러 달려가기를 바라겠습니다. 녹음 테이프는 집에다 두고 말입니다.

롤랜더 : 당신은 내 질문에 대한 답변을 하지 않았습니다, 선생.

렌즈데일 : 진 테트록에 대한 질문은 열일곱 번 답변이 되었습니다. 롤랜더 씨! 오펜하이머 박사는 우리의 감시를 받고 있었어요. 나는 그 녹음 테이프들을 들어 보고 없앴습니다.

롤랜더 : 왜?

렌즈데일 : 모든 일에는 한계라는 것이 있기 때문이지요, 롤랜더 씨.

롤랜더 : 당신의 말을 이해할 수 없군요, 선생.

렌즈데일 : 유감입니다.

그레이 : 이 복합적인 문제가 해명된 것으로 봐야 한다고 생각합니다, 롤랜더 씨.

롭 : 스티브 넬슨이라는 이름을 들어 보셨습니까?

렌즈데일 : 예.

롭 : 어떤 인물입니까?

렌즈데일 : 캘리포니아 주 출신의 공산당 요원입니다. 그 사람으로 말하자면, 43년 말경에 우리의 원자무기 작업을 알아 냈다는 소문이 있었습니다.

롭 : 누구에게서 그가 그 사실을 알아 냈다던가요?

렌즈데일 : 진 테트록 아니면 오펜하이머 박사 부인을 통해 알아 냈으리라는
　　　　FBI측의 추측이 있다는 소문이었습니다. 우리의 수사는…….

롭 : 나의 질문에 대한 답변에 국한하셨으면 합니다. 렌즈데일 씨.

렌즈데일 : 나는 내 말을 맺을 권리를 갖고 있습니다. 우리의 수사는 그 같은
　　　　추측을 할 아무런 단서를 잡지 못했습니다.

롭 : 당신네 수사는 그 같은 가능성을 완전히 배제할 수 있었습니까?

렌즈데일 : 우리는 아무런 근거를 찾지 못했습니다.

롭 : 그렇지만, 당신은 그 가능성을 완전히 배제한다고는 말하지 않으려는군요?

렌즈데일 : 좋으실 대로 생각하십시오.

롭 : 오펜하이머 박사에게 한 가지 질문이 있습니다.

그레이 : 허락합니다.

롭 : 당신은 스티브 넬슨을 좋은 친구라고 부를 수 있겠습니까?

오펜하이머 : 아닙니다. 그는 나의 아내와 아는 사이였습니다. 그 사람은 아내
　　　　의 첫 남편과 함께 스페인에 있었지요. 그는 우리를 두세 번 방문했습니
　　　　다. 아마 그가 버클리에 있었을 때인 1942년까지.

롭 : 그때 당신은 무엇을 화제로 삼으셨습니까?

오펜하이머 : 전혀 생각이 안 납니다. 개인적인 얘기였죠. 그 사람은 자기 아내
　　　　를 동반했었다고 생각합니다.

롭 : 진 테트록은 그와 교분이 두터웠나요?

오펜하이머 : 일시적으로는. 아내는 그와 개인적으로 친분 있는 관계는 아니었
　　　　습니다.

롭 : 그렇다면, 만약 진 테트록이 실제로 그를 찾아간 경우가 있다면, 박사님,
　　　　그건 정치적 동기에서였다고 추정해야만 하겠지요?

오펜하이머 : 그 대답은 할 수 없습니다. 만약, 어떻다면, 어째야 한다는 이런
　　　　식의 질문에 대해서는.

롭 : 우회하는 질문임을 인정합니다만, 박사님, 이건 어디까지나 가설적 질문입니다. 단지 가정에 불과합니다만, 만약 진 테트록이 누군가를 통해 우리의 원자무기 계획에 대해 뭔가를 알아 냈다면, 당신이 아는 그녀의 심리적 상황으로 보아, 그녀가 그것을 스티브 넬슨에게 털어놓는 사례가 전혀 있을 수 없다고 여기십니까?

오펜하이머 : 그녀는 내게서 그것을 알아 낸 적이 없습니다.

롭 : 당신은 어쩌면 있었을지 모르는 그런 방문과 그녀의 비극적 종말을 전혀 관련시킬 수 없겠습니까? (오펜하이머 침묵.) 지금 나는 질문을 했습니다, 박사!

오펜하이머 : 알고 있습니다, 그리고 나는 질문에 대답을 안 했지요.

롭 : 의장 —

개리슨 : 의장 —

그레이 : 오펜하이머 박사 변호인측의 앞서의 제의에 따라, 롭 씨의 질문을 허용치 않겠습니다. 지금 증인석에는 렌즈데일 씨가 있습니다.

롤랜더 : 선생, 당신은 이 자리에서, 오펜하이머 박사의 거짓 이야기는 당신이 보기에 '전형적'이라는 의견을 말한 적 있지요.

렌즈데일 : 그의 태도가 전형적이라는 말입니다.

롤랜더 : 누구에게서 보이는 전형인가요?

렌즈데일 : 과학자들에게서 보는 전형입니다.

롤랜더 : 오펜하이머 박사는 이 자리에서, 자신이 패쉬 대령과 당신을 속였노라고 증언했습니다. 그런 태도가 과학자들에게서 보이는 특징입니까?

렌즈데일 : 내가 어떤 정보를 필요로 하고 또 어떤 정보를 필요로 하지 않는지, 과학자들은 자기 나름대로 결정하려 합니다. 그것이 그들의 특징입니다.

롤랜더 : 하지만 내 질문은, 당신이 과학자들을 거짓말쟁이 집단으로 여기느냐 아니냐입니다.

렌즈데일 : 나는 어떤 집단도 거짓말쟁이로 여기지 않습니다. 그렇지만 우수한

사람들은, 자기 자신이 권한을 갖지 않은 분야의 문제에도 권한을 행사하려는 성향을 갖고 있지요.

롤랜더 : 선생, 당신의 견해로는, 당시에 문제가 되었던 것은 심각한 어떤 첩보 혐의를 해명하려는 일이 아니었나요?

렌즈데일 : 그렇습니다. 그렇지요.

롤랜더 : 그럼 오펜하이머 박사가 당신에게 슈발리에의 이름을 밝히기를 거부했을 때, 박사는 그 사실을 알았습니까?

렌즈데일 : 예.

롤랜더 : 그럼 당신은, 그의 거부 행위가 당신의 조사를 실로 어렵게 만든다는 점을 박사에게 말했습니까?

렌즈데일 : 박사는 나의 수사를 어렵게 만든, 최초의 과학자도 최후의 과학자도 아니었습니다.

롭 : 당신은 이 자리에서 오펜하이머 박사를 변호해야겠다는 느낌을 갖고 계십니까, 렌즈데일 씨?

렌즈데일 : 나는 가능한 한 객관적인 태도를 지키려고 애쓰고 있습니다.

롭 : 당신의 지금 대답은 나로 하여금 그 점을 의심하게 만드는군요.

렌즈데일 : (자제력을 잃고) 이 젊은 사내의 질문은 나로 하여금 이 자리가 진실을 찾아 내야 하는 현장이라는 점을 의심케 한단 말입니다! 그의 질문들이 노출하고 있는 것은 현재 성행하고 있는 히스테리로 나를 극도로 불안하게 한단 말이오!

롭 : 이 심리 절차가 히스테리의 노출이라는 말씀인가요?

렌즈데일 : 내 말은……

롭 : 그런가요, 아닌가요?

렌즈데일 : 나는 '네, 아니오'로 대답하기를 거부합니다. 당신이 그런 식으로 계속한다면……

롭 : 뭐라고요?

렌즈데일 : (분별을 되찾으며) 당신이 내 말을 가로막지만 않는다면, 질문에 쾌히 응하겠습니다.

롭 : 부탁합니다.

렌즈데일 : 나는, 현재 성행하고 있는 공산주의자들에 대한 히스테리가 우리의 공동생활 방식과 민주주의 형태를 위해 위험스러운 것이라는 의견입니다. 합법적인 기준이 있어야 할 자리에 공포와 역선전이 들어서 있습니다. 오늘날 성행하는 일들과 수많은 사람들의 작태를 봅시다. 그들은 1941년, 1942년에 있었던 사건들을 경직된 시선으로 바라보며 현재의 감정을 갖고 과거사를 판단합니다. 그렇지만 모름지기 우리는 어떤 행동방식이든 그 행동이 있었던 시기에 비추어 파악해야 한다고 생각합니다. 누구든 30년대나 40년대의 제휴관계를 오늘날의 제휴관계와 유사한 기준으로 판단하려 든다면, 그것이야말로 일종의 만연된 히스테리의 노출이라고 나는 생각합니다.

롭 : 그러니까, 렌즈데일 씨, 당신은 이 신문을……

렌즈데일 : 빌어먹을. 그 당시 나는, 스페인 여단의 정치적 병참관이었던 그를 군에 편입시키지 못하도록 조처했다고 해서 비난받았습니다. 그 후 그는 백악관의 직접 지령으로 군에 편입되었단 말입니다! 그 당시의 상황은 그랬어요. 무엇 때문에 1940년이나 43년에 이미 끝장난 낡은 소재를 이렇게 되씹고 있어야 한단 말입니까? 이런 일을 나는 히스테리라고 생각합니다.

롭 : 공안위원회가 여기서 낡은 소재를 반추한다는 것을 어떻게 아셨습니까?

렌즈데일 : 그 점은 나도 모릅니다. 내 말이 틀렸기를 희망합니다.

롤랜더 : 선생, 당신 휘하의 보안 장교들이 오펜하이머 박사에게 보안상의 신임을 부여하는 데 이구동성으로 반대했다고 말할 수 있을지요?

렌즈데일 : FBI 보고서만을 바탕으로 했다면 나 역시 반대하는 측이었을 겁니다. 그렇지만 로스 알라모스의 성공, 원자탄, 그것이 바로 오펜하이머 박사였거든요.

롤랜더 : 감사합니다, 선생.

그레이 : 증인에게 더 이상 질문이 있습니까? 모건 씨.

모건 : 렌즈데일 씨, 오펜하이머 박사가 공산주의자가 아니라는 견해를 갖게 되었을 때, 당신은 공산주의자의 기준을 어떻게 이해했었나요?

렌즈데일 : 자신의 나라보다 소련에 더 깊은 의무감을 느끼고 있는 사람. 당신 도 보다시피, 이 같은 정의(定義)는 철학이나 정치적 이념과는 무관한 것 입니다.

모건 : 오펜하이머 박사의 정치적 이념은 어떤 노선을 취했었나요?

렌즈데일 : 그의 정치적 노선은 극단적으로 진보적이었습니다.

모건 : 그것이 붉은 색과 항상 구분이 될 수 있다고 생각하십니까?

렌즈데일 : 많은 경우 그렇지 못하지요.

모건 : 내가 당신의 말을 옳게 이해한 것이라면, 당신은 패쉬 대령과는 달리, 오펜하이머 박사가 슈발리에 건에서의 그의 태도로 인해 자격 정지를 당 할 수도 있다는 견해를 갖고 있지는 않군요?

렌즈데일 : 그렇습니다.

모건 : 나는 늙은 장사꾼이며 실용주의자이지요. 괜찮다면 당신에게 가설의 질 문을 하나 하고 싶습니다.

렌즈데일 : 좋습니다.

모건 : 당신이 큰 은행의 책임자라고 가정해 봅시다.

렌즈데일 : 좋습니다.

모건 : 그렇다면 당신은 은행 강도와 친밀한 관계에 있었던 사람을 고용하시 겠습니까? 그를 은행 지배인으로 고용하시겠습니까?

렌즈데일 : 그 사람이 일급이라면?

모건 : 좋습니다. 당신은 그런 지배인을 거느리고 있습니다. 그 사람이 마침내 눈부신 업무를 수행합니다. 이 지배인에게 어느 날 한 친구가 와서 말합니 다. "나한테 아주 좋은 친구가 몇 명 있는데 유능한 사람들일세. 그들은 이

은행을 터는 일에 대단한 관심을 갖고 있다네. 별일은 없을 걸세. 자네는 그저 경보장치만 일단 작동시키지 않도록 하면 되네." 당신의 지배인은 이 강도를 거절한다고 장담해 봅시다. 만약 그가 여섯 달이 지난 뒤에, 시카고든 어디에서든 간에 벌어진 미제의 은행 강도 사건과 관련지어 당신에게 그 사건을 보고한다면, 그때 당신은 의아하게 생각하지 않겠습니까?

렌즈데일 : 나라면 그에게, 왜 이제 와서야 그 얘기를 털어놓느냐고 물어 볼 것입니다.

모건 : 그 사람이 당신에게 이렇게 말한다고 가정해 봅시다. "그 당시 내게 물어봤던 그 남자는 나의 친한 친구 중 한 사람입니다. 나는 그의 말을 정색으로 듣지 않았지요. 그 사람 자신은 그 일과 무관하리라는 것을 확신합니다. 그래서 그에게 불리한 상황을 만들어 주고 싶지 않았지요. 그렇지만 시카고 사건 때문에, 그 당시 그 일을 발안했던 녀석들에 대해 당신한테 주의를 환기시켜 드리려는 겁니다." 이런 경우 당신은 그 친구의 이름을 밝히기를 요구하지 않겠습니까?

렌즈데일 : 아마 그랬겠지요. 그리고 물론, 그것이 진정으로 심각한 일이었는지, 아니면 한낱 잡담이었는지 검토하겠지요.

모건 : 그럼 이제, 그 사람이 당신에게 이런 이야기를 들려 준다고 가정해 봅시다. "그때 내 친구는 자기가 아는 그 녀석들이 연달아 은행 금고를 털려고 한다고 말했습니다. 온갖 술책을 동원해서 말이죠." 그럼 당신은 이 일을 경찰에 넘겨 줘야 한다고 결론을 끌어 내지 않았을까요?

렌즈데일 : 그렇습니다.

모건 : 좋습니다. 그래서 당신의 은행 지배인은 이제 자기 친구의 이름을 대지 않을 수 없는 압력을 받게 되었습니다. 그때 그가 당신에게 와서 이렇게 말합니다. "렌즈데일 씨, 얼마전 그 악당들과 관련하여 내 친구 얘기를 한 적이 있지요. 최루탄, 권총 등등. 그건 모조리 궁여지책으로 끌어 낸 날조였습니다. 그 얘기 중에 진실은 하나도 없어요. 나는 단지 내 친구를 번거

로운 일에서 보호해 주고 싶었습니다." 이런 경우 당신은 묻지 않겠습니까? "왜? 그 뒤에 무엇이 감추어져 있는가? 친구를 보호한답시고 그에 관해 가공스러운 궁여지책을 꾸며낼 수 있는가?"라고.

렌즈데일 : 나라면 그 점을 분명히 물었을 것입니다. 그렇지만 그들 중 누구도 은행을 턴 적이 없다는 사실이 밝혀지고 난 마당에, 12년 뒤에 가서야 그 점을 물어 보지는 않을 것입니다.

모건 : 당신은 미국에 있는 은행 전부를 아십니까, 렌즈데일 씨?

렌즈데일 : 당신이 지금 말하고 있는 그 은행이라면 아주 잘 압니다. 그 유추는 적절치가 못하군요.

모건 : 당신 말을 인정하지요. 그 예는 졸렬합니다. 졸렬하게 생각하는 것, 그것은 가장 큰 수익성을 올려 주는 내 능력의 하나입니다.

그레이 : 렌즈데일 씨에게 다른 질문은 없습니까? 에반즈 씨 질문하십시오.

에반즈 : 이미 패쉬 씨에게도 물어 본 것입니다만, 그의 대답에 흡족치를 못했습니다. 어쩌면 나의 질문 탓인지도 모르지요. 어떤 군사계획에 대해 100 퍼센트의 보안이 확보될 수 있습니까?

렌즈데일 : 없습니다.

에반즈 : 그 이유가 어디에 있을까요?

렌즈데일 : 100퍼센트의 보안을 유지하기 위해서는, 우리는 지키기를 원하는 자유를 몽땅 포기해야 할 것입니다. 그것은 실현될 수 없는 길입니다.

에반즈 : 한 국가의 보안을 최대한 유지하기 위해서 당신이 보기에는 어떠한 실현 방도가 있나요?

렌즈데일 : 우리가 살기 위한 최선의 방법과 최선의 착상을 갖도록 뒷받침해야 할 것입니다.

에반즈 : 나는 전문가는 아닙니다만, 내 느낌으로는 나 역시 그 비슷한 말을 했을 것입니다. 그것은 쉽지가 않지요.

렌즈데일 : 쉽지 않지요.

에반즈 : 질문은 이상입니다.

그레이 : 감사합니다, 렌즈데일 씨.

　　(렌즈데일 일어선다.)

에반즈 : 한 가지 질문을 더 할까요. 역시 문외한 같은, 아니면 철부지 같은 질문입니다만. 이처럼 엄격한 비밀 엄수로 인해 사방에 놓인 보안기구들이 초래한 결과를 주시한다면, 말하자면 우리가 어디에 있든 화약고로 이뤄진 세상에 불안하게 앉아 있다는 점을 주시한다면, 이런 질문을 해 봄직하지 않겠습니까? 즉, 비밀들을 보호하는 최선책은 오히려 그 비밀들을 공포해 버리는 길이 아니겠습니까?

렌즈데일 : 그것이 무슨 뜻입니까?

에반즈 : 과학자들에게 그들의 옛 권리를 되돌려 주는 것, 아니면 심지어 그들의 연구 결과들을 공포하도록 그들에게 의무를 지워 주는 것을 의미합니다.

렌즈데일 : 그것은 현재로서는 아이들조차 꿈꿀 수 없는 너무나 유토피아적인, 아득한 꿈입니다. 에반즈 박사님. 이 세상은 궁극적으로 염소와 양으로 구분되어 [19] 있습니다. 그리고 우리는 세상 안의 도살장에 있는 거지요.

에반즈 : 이미 말했듯이 나는 전문가가 아닙니다.

그레이 : 감사합니다. 렌즈데일 씨.

　　(렌즈데일 방을 나간다.)

　　오늘 회의를 마치며 정회를 선포합니다. 다음에는 수소탄 문제에서 오펜하이머 박사의 태도를 다룰 것입니다. 개리슨 씨와 롭 씨, 증인 리스트를 제출하십시오.

　　(사이.)

---

19) 마태 22:32. 양과 염소를 구분하다.(선인과 악인을 구분하다.)

2

(무대는 지금까지처럼 열려 있다. 휘장 위에는 다음의 기록 필름들이 투영되고, 동시에 대사들이 나온다.)

화면	대사
1952년 10월 31일 태평양에서 최초의 수소폭탄 시험 발사	태평양에서 최초의 수소폭탄, 마이크의 시험 발사
엘루젤럽 섬(島)이 바다에 침몰한다.	마샬 군도에 있는 에니위톡[20] 산호도, 엘루젤럽 섬이 바다에 침몰하다.
트루먼 대통령의 연설 장면	트루먼 대통령이 미국의 수소탄 독점 을 공포하다
수많은 군중의 갈채 1953년 8월 8일	아시아권 러시아에서의 첫 수소폭탄 시험 발사

20) Eniwetok : 마샬 군도 중의 큰 환상 산호도. 미국 최초의 원자탄 및 수소탄 실험 기지.

말렌코프 수상의 연설 장면	말렌코프 수상이 공포하다. "이제부터 미합중국의 수소탄 독점은 끝났다."
수많은 군중의 갈채	
미국의 폭격기 함대	원자 무기의 세력 균형 상태에서 양대
소련의 폭격기 함대	열강의 사령부는 공중에 원자 및 수소탄 폭격함대의 전략 기지를 세우다.

(휘장이 닫힌다.)

2-7

(위원회측의 위원들과 양측의 변호인들은 원래 앉았던 좌석에, 오펜하이머는 증인석에 자리잡고 있다. 의장 고든 그레이가 무대 앞쪽 가장자리로 나온다.)

그레이 : 본인이 우려해 오던 일이 발생했습니다. 「뉴욕 타임즈」지가 원자력위원회측의 고발장과 고발 내용에 대한 오펜하이머의 답변서를 발표해 버렸습니다. 이 서한들은 오펜하이머의 변호사에 의해 공개되었는데, 본인은 그 점을 시인하지 않습니다만, 잠재적으로 형성되고 있는 반(反)오펜하이머 캠페인에 대응하기 위한 조처였다고 합니다. 로버트 오펜하이머 사건은 이제 신문들에 대서특필되고 있고, 미국의 공개적 논란의 대상이 되고 있습니다.
(그는 체념하는 듯한 제스처로 자기 좌석으로 돌아간다. 확성기에서 다음과 같은 신문 큰 제목들이 흘러나오고, 거기에 덧붙여 그때의 표제에 어울리는 표정을 한 전혀 다른 모습의 오펜하이머 사진들이 차례대로 휘장에 투영된다.)

확성기에서 나오는 소리 :

개인적 우정을 국가에 대한 충성의 위에 두었던 사나이. (그에 맞는 사진.)

국가에 대한 충성 때문에 친구들을 배반했던 사나이. (그에 맞는 사진.)

윤리적 근거에서 수소탄 제조를 반대하여 싸웠던 순교자. (그에 맞는 사진.)

미국의 원자 독점을 파괴한 사상적 배반자. (그에 맞는 사진.)

오펜하이머, 미국판 드레퓌스 사건. (그에 맞는 사진)

(이어 모든 사진들 사라진다.)

(휘장 위에 다음 요점 문구가 투사된다.)

신문은 그 중대 국면으로 접어들었다.

정부에 대한 충성,

인류에 대한 충성.

롭 : 이제 수소폭탄 문제로 넘어가겠습니다, 박사님.

오펜하이머 : 동의합니다.

롭 : 원자력위원회 고발장에서 인용하겠습니다. 6페이지 하단입니다.

"그 밖에도 귀하가 1949년 가을과 그 이후 수소탄 개발에 대해 다음과 같은 이유로 단호히 반대했다는 보고가 있습니다.

1. 도덕적인 이유에서 2. 수소탄은 생산될 수 없다고 주장함으로써 3. 수소탄 개발을 위한 충분한 기술적 시설과 과학자의 인적 자원이 없다고 주장함으로써 4. 수소탄은 정치적으로 바람직하지 못하다는 이유를 들어서."

이 내용은 진실인가요?

오펜하이머 : 부분적으로는. 1949년 가을의 특수한 상황과 특정한 기술 계획을 연관시킨다면.

롭 : 어떤 부분이 진실이고 어떤 부분이 그렇지 않습니까, 박사님?

오펜하이머 : 그 점은 내 답변서에 기록되어 있습니다.

롭 : 좀더 분명히 알고 싶습니다.

오펜하이머 : 그렇게 해 봅시다.

롭 : 여기 당신이 회장으로 일했던 과학자협의회의 한 보고서가 있습니다. 1949년 10월에 작성된 것인데, 미합중국이 수소탄을 긴급계획에 넣어 생산해야 하느냐, 아니냐에 대한 질문에 응답한 것입니다. 이 보고서를 기억하십니까?

(그는 오펜하이머에게 복사본을 하나 준다.)

오펜하이머 : 내가 이 다수(多數) 보고서를 썼습니다.

롭 : 여기에 씌어 있기를, 롤랜더 씨 이것을 낭독해 주시겠습니까?

롤랜더 : "이 무기의 파괴력에는 한계가 없다는 사실이 이 무기의 존재를 전 인류에 대한 위협으로 만들고 있습니다. 따라서 윤리적 원칙에서 우리는 이같은 무기 개발은 그릇된 일이라고 사료됩니다."

오펜하이머 : 그것은 페르미와 라비[21]가 작성한 소수 보고서의 구절입니다.

롤랜더 : 다수 보고서에는 이렇게 기록되어 있습니다. "이 무기 개발이 기피되기를 우리 모두들 희망합니다. 이 무기의 개발을 추진하는 경우, 현시점에서 그것은 그릇된 일이라는 점에 우리 모두 의견을 같이 하고 있습니다."

롭 : 박사님, 이것은 당신이 수소탄 제조를 반대했다는 것을 뜻하지 않나요?

오펜하이머 : 우리는 주도권을 잡는 것에 반대했습니다. 극히 비상한 상황에서 말입니다.

롭 : 1949년 가을의 상황에서 비상한 점이란 무엇이었습니까, 박사님?

오펜하이머 : 러시아인들이 그들의 첫 원자탄인 '죠우 I'을 점화했고, 그 때문에 우리 국민들은 큰 충격을 받았지요. 우리는 원자탄 독점을 상실했던 겁

---

21) Isaac Isador Rabi(1898~1988) : 오스트리아 태생으로 일찍이 미국으로 이주. 1929년 콜럼비아 대학 교수. 40년 이후 MIT공대 방사능실험소 부소장, 1944년 노벨 물리학상. 2차대전 중 무선 업무에 참여. 45년 이후 콜럼비아 대학으로 복귀했다.

니다. 그리고 우리의 첫 반응은, 어떻게 우리가 수소탄 독점을 되도록 빨리 장악하느냐 하는 것이었지요.

롭 : 그것은 극히 자연스러운 반응이 아니었을까요?

오펜하이머 : 자연스럽다고는 할 수 있을지 몰라도, 이성적인 반응은 아니었지요. 그 후 러시아인들 역시 똑같이 수소탄을 제조했습니다.

롭 : 기술상 우리가 훨씬 우수한 입장에 있지 않았습니까?

오펜하이머 : 그랬을지도 모르지요. 그렇지만 러시아에는 수소탄의 과녁이 될 법한 목표지가 단 두 군데, 모스크바와 레닌그라드뿐입니다. 그런데 우리한텐 쉰 개도 넘는 목표지가 있습니다.

롭 : 그것을 앞지르는 이유가 한 가지 더 있지요?

오펜하이머 : 수소탄으로 이끌어지는 3차세계대전 후에는 승자도 패자도 없을 뿐만 아니라 거의 100퍼센트에 가까운 멸종밖에 없는 까닭에, 이같이 끔찍스러운 무기를 포기하겠다는 국제적 공포를 하는 편이 한층 현명한 길 같아 보였습니다.

모건 : 아무 조건 없는 포기 선언 말입니까? 오펜하이머 박사, 1946년에 그로미코 씨가 젠프에서 자기는 언제이고 어떤 형태의 제약에도 동의할 수 없노라고 공언했던 당시, 당신은 우리 정부의 과학 고문이었다고 생각하는데요. 게다가 당시 우리는 원자탄 독점을 확보하고 있었습니다.

오펜하이머 : 그렇습니다. 그때 나는 상당히 의기소침해졌습니다.

모건 : 러시아인들이 3년 뒤인 1949년에 와서 한결 영합하는 태도를 취한 이유는 무엇이었을까요?

오펜하이머 : 지구상의 생명체가 완전히 멸절될 수도 있다는 위험성은, 새로운 본질을 지닙니다. 인류를 향한 경고의 표지가 벽에 씌어졌던 것이죠.[22]

모건 : 키릴 문자[23]로도 말입니까, 오펜하이머 박사?

오펜하이머 : 우리가 러시아의 수소탄 단서를 손에 쥐고 분석하게 된 이래로 그런 셈이지요. 오늘날 우리가 몸담고 살게 된 예의 전율스러운 세계로 들어

서는 문을 열어 보기 전에, 우리는 먼저 노크를 해 보았어야만 합니다. 그런데 우리는 문짝을 붙잡고 집 안으로 쓰러져 들어가는 쪽을 택했지요. 이렇다 할 전략상 이점(利點)을 가질 수도 없었으면서 말입니다.

모건 : 당신은 전략상 문제를 결정할 권한을 갖고 있다고 느꼈습니까? 그것이 당신의 일이었나요?

오펜하이머 : 보고서의 대부분을, 사용 가능한 수소탄의 생산 여부와 그 시기에 관한 우리의 평가를 개진하는 데 할애했습니다.

롭 : 그 점을 어떻게 평가하십니까?

오펜하이머 : 당시 기술적 제안들의 실현성 여부에 대해 우리는 회의적이었습니다. 그 제안들은 사실상 실현성이 없는 것으로 드러났지요.

롭 : 그것은, 더 훌륭한 착상을 가질 때까지 '수퍼'[24]제작을 동결해야 한다는 의미가 아니었나요?

오펜하이머 : 아닙니다. 우리는 연구 계획서를 제출했지요.

롭 : 그럼 그것은, 수소탄에 대한 전망이 나빴던 것으로 이해된 것이었습니까?

오펜하이머 : 당시 초안의 전망은 나빴습니다. 초라했지요. 그렇지 않다면, 우리가 5개년 계획에 대해 운운하지도 않았을 겁니다.

롭 : 그것이 올바른 예견이었습니까?

오펜하이머 : 그 초안에 대한 예견 말입니까?

롭 : '수퍼'에 대한 예견 말입니다.

오펜하이머 : 그렇지 않습니다. 1951년에는 몇 가지 눈부신 착상이 있었지요. 우리는 최초의 '수퍼' 마이크를 이미 1952년 10월에 실험했습니다.

---

22) Menetekel : 다니엘 5장 참조. 경고의 표지. 바빌론 왕 벨사살이 만찬을 베풀 때 유령처럼 하느님의 손가락이 나타나 왕궁 벽에 쓴 문자. 예언자 다니엘의 풀이에 의하면 '므네드켈'이란 "하느님께서 왕의 나라 햇수를 세어 보시고 마감하셨고, 왕을 저울에 달아 보시니 무게가 모자랐다"는 뜻.

23) Kyrill문자 : 고대 교회의 슬라브어 문자 형태.

24) 수소폭탄의 명칭.

롭 : 그 실험은 아주 성공적이었지요?

오펜하이머 : 그렇습니다. 태평양의 엘루젤럽 섬이 10분 만에 사라졌으니까요. 9개월 뒤 러시아인들도 자기들의 '수퍼'를 갖게 되었죠. 우리의 설계보다 월등한 것이었습니다.

에반즈 : 어느 정도 월등했나요, 오펜하이머 박사?

오펜하이머 : 러시아인들은 이른바 '건조(乾燥)한' 수퍼를 점화했습니다. 그것은 냉각설비가 필요하지 않기 때문에 본질적으로 가벼운 것이었지요.

에반즈 : 그것이 전략상으로도 그토록 본질적인 것이었을까요?

오펜하이머 : 그렇다고 생각합니다. 그때는 러시아인들이 언제라도 수소탄을 갖고 우리의 상공에 나타날 수 있었던 시기였습니다. 우리로선 단지 원자탄으로 반격할 수밖에 없었구요. 우리의 초기 모델들은 단지 황소 마차에 싣고서야 목적지에 이동시킬 수 있을 만큼 무거웠습니다.

롭 : 러시아인들은 어쨌든 간에 자기네 '수퍼'를 제조하지 않았을까요?

오펜하이머 : 그럴 수도 있지요. 우리는 이 방면에서 무기 경쟁을 막으려고 애쓰지는 않았습니다. 잠깐 동안의 독점으로 인해 우리가 치뤘던 대가는 너무나 엄청나다고 생각합니다.

롭 : 만약 우리가 긴급계획을 1946년부터 서둘러 추진시켰더라면, 우리편이 훨씬 먼저 '수퍼'를 수중에 넣고 전혀 다른 입장에 서 있지 않았을까요?

오펜하이머 : 그럴 만한 전제가 없었습니다.

롭 : 박사님, 1942년에 이미 당신이 수소탄 생산을 염두에 두었다는 사실이 맞습니까?

오펜하이머 : 그럴 수 있었다면, 우리는 그때 수소탄도 제조했을 겁니다. 어떤 류의 무기라도 만들어 냈을 겁니다.

롭 : 이것이 기밀사항인지 아닌지 모르겠습니다만, 하나의 수소탄을 놓고 볼 때, 그것이 보통 원자탄 하나보다 1만 배의 강도를 가졌다는 의미가 됩니까?

오펜하이머 : 아마도. 어쨌거나 대단한 강도를 지니고 있습니다.

롭 : 1만 배라는 것은 과장이 아닙니까?

오펜하이머 : 수소탄의 강도에는 자연스러운 한계라는 것이 없다고 생각합니다. 우리의 계산에 의하면 중간 모델 하나의 사망권은 직경 580킬로미터에 달하지요.

롭 : 당시에도 당신은 그런 무기 개발에는 도덕적 가책을 느꼈나요?

오펜하이머 : 1942년에? 아닙니다. 가책은 훨씬 뒤에야 왔습니다.

롭 : 언제? 수소탄 개발을 두고, 언제 당신은 도덕적 가책을 느꼈나요?

오펜하이머 : '도덕적' 이라는 말은 뺍시다.

롭 : 동의합니다. 언제 당신은 처음으로 가책을 느꼈나요?

오펜하이머 : 우리가 개발한 무기를 우리측에서 실제로 사용하려 한다는 것을 명백히 알게 되었을 때입니다.

롭 : 히로시마에?

오펜하이머 : 그렇습니다.

롭 : 당신은 이 자리에서, 당시 목표지들을 선정하는 데 협조한 적이 있노라고 말했습니다. 그렇지요?

오펜하이머 : 그렇습니다. 그리고 폭탄 투하는 우리의 결정이 아니었다는 점도 말했습니다.

롭 : 그렇다고 주장하진 않았습니다. 당신은 단지 목표지들을 선정했고, 폭탄 투하 이후 엄청난 가책을 느꼈습니다. 그렇지요?

오펜하이머 : 그렇습니다! 끔찍스러운 가책을. 우리 모두가 끔찍스러운 가책을 느꼈지요.

롭 : 박사님, 1945년에 당신이 강력한 수소탄 계획에 개입하는 것을 방해한 것은, 바로 이 끔찍한 가책이 아니었습니까?

오펜하이머 : 아닙니다. 1951년 '수퍼'의 생산 가능성이 보였을 때 우리는 과학적 착상에 대해 열광했고, 그 모든 가책을 제쳐놓고, 얼마 안 가 '수퍼'를

제조해 냈습니다. 그것은 엄연한 사실입니다. 그렇지만 그것이 좋은 사실이라고는 말하지 않겠습니다.

롭 : 당신은 수소탄 계획에 참여했나요?

오펜하이머 : 실제로 참여하진 않았습니다.

롭 : 어떤 식으로 동참했나요?

오펜하이머 : 조언을 하는 식으로.

롭 : 예를 들면?

오펜하이머 : 1951년에 지도급 물리학자 회의를 소집했습니다. 그 회의의 성과는 아주 컸지요. 우리는 새로운 가능성 앞에 열광했고, 많은 학자들은 로스 알라모스로 되돌아갔습니다.

롭 : 그 천재적 착상은 누구의 것이었습니까?

오펜하이머 : 주로, 텔러[25]의 것입니다. 노이만[26]의 계산기도 한몫 했지요. 그리고 베테와 페르미의 공헌도 있습니다.

롭 : 당신도 로스 알라모스로 되돌아갔나요?

오펜하이머 : 아닙니다.

롭 : 왜?

오펜하이머 : 내겐 다른 임무들이 있었습니다. 열중성자 방면에서 내 학문적 작업이란 대단치가 못했습니다.

롤랜더 : (그의 자료에서 기록을 하나 꺼낸다.) 여기, 당신이 1944년에 신청한 수소탄 발명의 특허원이 있습니다, 선생.

---

25) Edward Teller(1908~) : 항거리계 미국 원자물리학자. 1935년 이후 뉴욕, 시카고 등의 대학 교수. 맨하탄계획에 참가. 1945년 7월 16일 알라모고르도의 원자탄 실험에 입회. 일찍부터 수소탄 개발을 건의. 1949~52년 로스 알라모스 연구소 부소장으로, '수소탄의 아버지'가 됨. 53년 이후 캘리포니아 대학 교수. 1962년 E. 페르미 상을 받았다.

26) Johann Ludwig von Neumann(1903~1957) : 오스트리아 항거리계 미국 수학자. 30년에 미국으로 건너가 프린스턴 대학 교수. 43년 이후 원자력위원회에서 활약. 로스 알라모스 연구소에 참여, 44년 이후 고속도 전자 계산기 연구에 전념해 고안과 제작 성공. 54년에 원자력위원.

오펜하이머 : 그것은 텔러와 공동으로 낸 신청서가 아닙니까?

롤랜더 : 그렇습니다. 특허권은 1946년 당신에게 주어졌습니다.

오펜하이머 : 맞습니다. 그것은 대수롭지 않은 개인적 일이었지요.우리가 그 일을 추구했다는 사실을 잊었습니다.

롭 : 박사님, 당신은 로스 알라모스로 와 달라는 텔러의 청을 거절했고, 그러면서 자신은 수소탄 문제에서 중립적 태도를 취하고자 한다는 말을 했던 사실이 맞습니까?

오펜하이머 : 그럴 수 있습니다.

롭 : 중립적 태도를 취하고자 했다는 사실도?

오펜하이머 : 그런 비슷한 말을 했다는 사실 말입니다. 텔러에겐 어떤 대가를 치루더라도 '수퍼' 계획을 추진하려 했던 시기가 있었습니다. 나는 찬부(贊否)를 관망하지 않을 수밖에 없었습니다. 어쨌든 대통령이 긴급계획을 지시했을 때까지는.

롭 : 그렇지만 당신은 그 결정이 내려진 후에도 로스 알라모스로 돌아가기를 거절했지요?

오펜하이머 : 그렇습니다.

롭 : 박사님, 만약 당신이 '수퍼' 계획을 수중에 넣으려고 소매를 걷어붙였더라면, 그것이 많은 과학자들에게 큰 감명을 주었으리라고 생각치 않으십니까?

오펜하이머 : 그럴 수도 있었겠죠. 나는 그러는 것이 옳지 않다고 여겼습니다.

롭 : 당신은 대통령의 결정이 내려진 이후에도, 수소탄 제조가 옳지 않다고 여겼나요?

오펜하이머 : 그 계획의 책임을 맡은 것이 옳지 않다고 여겼습니다.

롭 : 내 질문은 그것이 아닙니다, 박사님.

오펜하이머 : 어쨌든 내 생각은 그렇습니다.

롭 : 다시 묻겠습니다. 당신은 대통령의 결정이 내려진 이후에도, 수소탄 제조

가 옳지 않다고 여겼습니까?

오펜하이머 : 그 후로도 나는 수소탄이, 더 이상 있을 수 없는 처참한 무기라고
여겼습니다. 그러면서도 긴급계획을 뒷받침해 주긴 했지요.

롭 : 어떻게?

오펜하이머 : 조언을 통해서.

롭 : 그 밖에는?

오펜하이머 : 나는 텔러에게 나의 제자였던 수많은 젊은 과학자들을 추천했습니다.

롭 : 그들과 얘기를 나누었습니까? 당신은 그 계획에 대해 그들을 고무시킬 수
있었나요?

오펜하이머 : 텔러가 그들과 얘기했습니다. 그가 그들을 고무시켰는지 어쨌는지
는 모르겠습니다.

롭 : 박사님, 당신은 1951년에 그 계획에 대해 열광했노라고 말하지 않았습
니까?

오펜하이머 : 나를 열광시킨 것은 아주 매혹적인 과학적 착상들이었습니다.

롭 : 당신은 수소탄 생산을 위한 학문적 착상들에 대해서는 유혹적이며 감탄
스럽다고 여겼으면서, 있을 수 있는 그것의 결과인 수소탄 자체는 혐오스
럽다고 여기셨지요, 맞습니까?

오펜하이머 : 맞다고 생각합니다. 오늘날 천재적 착상들이 번번이 폭탄으로 연
결돼 가고 있는 사실은 과학자들 탓이 아닙니다. 일이 이렇게 되어 가는
한, 하나의 사실을 놓고 학문적으로는 열광하지만, 인간적으로는 깊은 충
격을 느낄 수밖에 없지요.

롭 : 보아하니 당신은 그럴 수 있군요, 박사님. 나로선 이상할 뿐입니다.

그레이 : 오펜하이머 박사. 이 같은 태도 안에는 분열된 충성심 같은 것이 감
추어져 있을 수 있다고 생각치 않으십니까?

오펜하이머 : 무엇에 대한 충성심이 분열되었다는 겁니까?

그레이 : 정부에 대한 충성심과 인류에 대한 충성심 말입니다.

오펜하이머 : 생각을 좀 해 봅시다. 나는 이렇게 말하고 싶습니다. 과학자들에게 그런 충성심의 갈등이 있는 것은, 세계 정부들이 자연과학의 새로운 결과들을 감당할 만큼 성숙해 있지 못하고 미숙하기 때문입니다.

그레이 : 당신이 그런 갈등에 처해 있는 경우, 명백히 수소탄의 경우 그랬습니다만, 그런 경우 당신이라면 어떤 충성심을 상위에 두겠습니까?

오펜하이머 : 결과적으로 나는 모든 경우에서 정부에 분열 없는 충성심을 바쳐 왔습니다. 그렇다고 불안이 없어지지도, 가책이 사라지지도 않았고, 또 그것이 옳았다고 말하고 싶지도 않습니다만.

롭 : 어떤 경우에든 정부에 분열 없는 충성심을 바치는 것이 옳다고는 말하고 싶지 않으시군요?

오펜하이머 : 모르겠습니다. 그 점에 대해 생각하고 있습니다만, 어쨌든 나는 항상 그렇게 행동해 왔습니다.

롭 : 그 점은 '수퍼' 계획에도 해당됩니까?

오펜하이머 : 그렇습니다.

롭 : 당신은 대통령의 결정 이후에도 그 계획에 적극 뒷받침해 왔다고 생각하십니까?

오펜하이머 : 그렇습니다. 물론 강한 의혹을 품고 있었음에도 불구하고.

(롭은 자기의 자료들에서 새로운 기록을 꺼낸다.)

롭 : 당신은 어느 텔레비전 인터뷰에서 이렇게 말하고 있더군요. 롤랜더 씨께서 읽어 주십시오.

(그는 롤랜더에게 서류를 넘기고 복사본을 위원장 책상 위에 가져간다.)

롤랜더 : 이하 인용문입니다. "지난날의 역사는 개개의 씨족, 종족, 민족의 근절에 관해 보고하고 있습니다만, 이제는 인류가 모조리 인간에 의해 근절될 수가 있게 되었지요. 만약 우리가, 이 지구가 필요로 하는 새로운 형태의 정치적 공동체를 발전시켜 나가지 않는다면, 합리적으로 검토해 보건대, 인류의 멸망이 다가오리라는 개연성은 극히 높습니다. 종말의 가능성

이 우리 삶의 엄연한 현실인 것입니다. 우리는 그것을 알고 있으면서, 알고 있다는 사실을 감춥니다. 겉보기에 우리에겐 절박할 것이 없습니다. 우리는 아직 시간이 있다고 여기지요. 그렇지만 우리에겐 별로 시간이 없습니다." 인용문 이상입니다.

롭 : 박사님, 당신은 이 구절들이 수소탄 계획을 뒷받침했다고 생각하시나요?

오펜하이머 : 아닙니다, 이 구절들은 수소탄 계획과는 무관한 것이니까요. 내가 인터뷰를 했을 때는, 우리는 이미 처음 몇 개의 모델에 대한 시험을 끝냈고, 러시아인들도 그랬습니다.

롤랜더 : 그것은 옳지 않습니다, 선생. 당신이 이 인터뷰를 한 시기는, 1952년 대통령 선거 전이었고, 실상 우리가 독점권을 갖고 있었을 때입니다.

롭 : 내가 보기엔, 그 점에 큰 차이가 있습니다. 그때는, 한국전쟁이 끝나가고 아시아에서 우리 위치가 극도로 위협을 받고 있는 시기였습니다, 그렇지 않은가요?

오펜하이머 : 수많은 사람들이 적의 공격을 막기 위해 예방 전에 대한 생각을 활발히 토론하던 시기였습니다.

롭 : 당신 자신은 그런 생각을 펼치지 않았나요?

오펜하이머 : 글쎄요. 우리는 어떤 기술적 감정(鑑定)을 의뢰받고 그것에 대한 태도를 결정해 달라는 요청을 받았는데, 부정적인 판단에 이르렀습니다.

모건 : 한 가지 양심의 문제에 관해 물어 봅시다. 오펜하이머 박사, 만약 그것에 대한 기술적 측면이 낙관적 전망을 보였다면, 어디까지나 가정입니다만, 당신은 기술적 입장 표명을 하는 것으로 만족하셨을 것입니까?

오펜하이머 : 모르겠습니다만, 그것을 바라지 않습니다. 아닙니다.

롭 : 이곳에서의 우리의 대화를 통해 본다면, 박사님, 당신은 수소탄에 관해 커다란 도덕적 가책을 품고 있었고 지금도 품고 있다는 사실이 명백히 드러난 셈이겠지요?

오펜하이머 : 도덕이라는 범주를 제외해 달라고 한 번 청했을 텐데요. 그 말은

혼란을 일으킵니다. 나는 이 끔찍한 무기가 언제라도 사용될 거라는 커다란 의구심을 품고 있었고, 지금도 품고 있습니다.

롭 : 그래서 당신은 '수퍼' 개발에 반대했군요. 맞습니까?

오펜하이머 : 나는 주도권을 잡는 데에 반대했습니다.

롭 : 박사님, 당신은 스스로 작성한 과학자 회의의 보고서에서, 그리고 당신이 동의한 적 있는 부록에서 명백히 말씀하지 않았던가요, 인용하겠습니다. (그는 읽는다.) "우리는 수소탄이라는 것이 결단코 생산되어서는 안 된다는 의견입니다!"

오펜하이머 : 그것은 당시 계획에 관련된 것이었습니다.

롭 : '결단코' 란 무슨 뜻입니까?

오펜하이머 : 나는 그 부록을 쓰지 않았습니다.

롭 : 그렇지만 그것에 서명하셨지요?

오펜하이머 : 우리가 말하고자 했던 요지는 — 내가 말하고자 했던 요지는, 세상에 수소탄이라는 것이 없게 된다면, 그것이 더 나은 세계일 것이다라는 생각입니다.

롭 : 그럼에도 불구하고 대통령이 긴급계획을 지시했을 때, 당신은 어떻게 반응했습니까?

오펜하이머 : 사퇴서를 제출했습니다.

롭 : 항의였던가요?

오펜하이머 : 어떤 중대한 문제에서 현실에 패한 사람은, 그 직분을 떠나야 하는 법이라고 생각합니다.

롭 : 긴급계획이 지시되었을 때, 당신은 스스로 패했다고 여기셨나요?

오펜하이머 : 그렇습니다. 우리는 계획 추진을 하지 말도록 건의했으니까요.

롭 : 1952년 10월 수소탄 실험이 불가피해졌을 때, 당신이 실험에 반대했다는 것이 사실인가요?

오펜하이머 : '반대' 라는 건 너무 강한 표현입니다. 나는 연기할 것을 원하는 편

이었습니다.

롭 : 왜인가요?

오펜하이머 : 우리는 새로운 대통령 선거를 눈앞에 두고 있었습니다. 그래서 나
는, 신임 대통령에게 '수퍼'를 안겨 준다는 것이 옳지 않다고 여겼지요. 신
임 대통령 스스로 그 점을 결정해야 한다고 생각했습니다.

롭 : 연기하는 편을 옹호하는 다른 이유가 또 있었습니까?

오펜하이머 : 그 실험에서 러시아인들이 수많은 정보를 얻어 낼 가능성도 있었지요.

롭 : 또 다른 이유는?

오펜하이머 : 그 실험이 군비축소 협상, 특히 핵실험 중지에 대한 우리의 희망
을 결정적으로 묻어 버리게 되리라는 점이었습니다.

롭 : 그렇지만 당신의 건의에는 어긋나게도, 1952년 10월에 수소탄 실험이 있
었지요?

오펜하이머 : 그렇습니다.

롭 : 신문 문투인 '수소탄의 아버지'를 칭하려 한다면, 누구를 꼽겠습니까?

오펜하이머 : 텔러가 그렇게 불렸습니다.

　　(텔러의 사진이 투영된다.)

롭 : 이 같은 타이틀에 대해 당신은 이의를 제기하지 않겠군요?

오펜하이머 : 오, 그렇습니다.

롭 : 감사합니다, 오펜하이머 박사.

그레이 : 오펜하이머 박사에게 또 다른 질문이 있습니까? 모건 씨.

모건 : 한 가지만 묻겠습니다, 오펜하이머 박사. 연구 작업을 위해 거액을 제
공한 국가가 그 연구 결과를 임의로 관장할 권리를 갖는 데에 이론(異論)
의 여지가 있습니까?

오펜하이머 : 그것이 인류의 문화를 파괴할 소지를 품고 있는 한, 몇 가지 결과
들에 관한 국가의 권리에는 논란이 있어 왔습니다.

모건 : 그것이 곧 당신이, 이 특정 분야에서 미합중국의 민족적 주도권 행사에

제한을 가하고 싶어한다는 의미가 아니겠습니까?

오펜하이머 : 그것이 곧 당신이, 이 특정 실험으로 혹시나 대기권에 불이 붙지나 않을지 어떨지를 수학자들이 계산해 내야 하는 처지라면, 민족적 주도권이라는 것도 약간은 가소로워집니다. 문제는 민족국가들이나 그 집단에게 자폭의 길로 가지 못하게 통제할 만큼, 과연 어떤 권위가 충분히 독자적이고 막강한가 하는 점입니다. 그런 권위를 어떻게 만들어 낼 수 있겠습니까?

모건 : 당신은 미합중국이 소비에트와 상호 이해하도록 있는 힘을 다해 노력해야 한다고 생각하십니까?

오펜하이머 : 상대방이 설혹 악마라 할지라도, 그 악마를 이해하도록 애써야 할 것입니다.

모건 : 당신은 현존을 유지하는 것과, 살아 볼 만한 현존을 유지하는 것 사이에 큰 차이를 두십니까?

오펜하이머 : 오, 그렇지요. 그리고 나는 이성(理性)의 궁극적 힘을 전적으로 신뢰합니다.

에반즈 : 까다롭기 그지없는 도덕적 가책의 문제로 되돌아가겠습니다. 한편으론 일을 추진하면서, 다른 한편으론 그 결과를 두려워하는 모순된 심리 문제 말입니다. 당신은 언제 그 같은 모순을 처음으로 느끼셨습니까?

오펜하이머 : 우리가 알라모고르도 사막에서 최초로 원자탄을 점화했을 때입니다.

에반즈 : 그 느낌을 상세히 말씀해 주실 수 있겠습니까?

오펜하이머 : 불꽃을 바라보고 있노라니 내 머리에는 두 편의 옛 시구가 스쳤습니다.

그 중의 하나는
"수천의 별이 뭉쳐진 광채가
하늘에서 불현듯 동시에
터져 나온다면, 그것이야말로 바로

영화로운 주님의 광채와 같으리……"

또 하나는

"나는 모든 것을 앗아가는 죽음,

세계들을 진동시켜 놓는 자이니!"

에반즈 : 새로운 사상이 진정으로 중요하리라는 것을 어떤 점에서 깨달으신 겁
   니까?

오펜하이머 : 뿌리 깊은 공포감이 나를 사로잡는 데에서.

그레이 : 또 다른 질문이 없으시다면, 오펜하이머 박사의 인내에 감사드리겠습
   니다.

   (오펜하이머는 증인석에서 소파로 되돌아간다.)

   이제 롭 씨와 개리슨 씨가 지명한 증인들을 맞겠습니다. 텔러 박사가 한참
   전부터 기다리셨으니, 그분의 증언부터 듣기로 합시다. 그 다음에 그리그
   스 씨.

   (한 관리가 텔러를 데리러 나간다.)

개리슨 : 가능하다면, 의장, 텔러 박사 다음에 베테 박사를 증인석에 모셨으면
   좋겠는데요.

그레이 : 그건 가능합니다. 베테 박사와 연결이 되나요?

개리슨 : 그분은 호텔에서 대기 중입니다. 5분도 걸리지 않지요. 여기 그의 전
   화번호가 있습니다.

   (그가 다른 관리에게 쪽지를 건네 주자 관리는 방을 나간다. 처음 관리가 문에
   나타난다.)

그레이 : 텔러 박사께서 준비가 되셨다면 증인석으로 모셔 주십시오.

   (텔러 박사가 증인석으로 안내받는다. 50세 가량의 훤칠한 남자, 짙은 빛깔의 머
   리칼, 커다란 검은 눈, 짙은 눈썹, 학자라기보다는 예술가의 모습에 어울린다.
   어조도 빠르고 동작도 날렵하다. 거의 알아보기 힘들지만, 사고로 잃은 오른쪽
   발 때문에 약간 절고 있다. 애를 써서 자제하고 있는 데도 불안한 기색이 배어

나온다. 그의 자신감은 약간 지나치게 의식적이다.)

그레이 : 앉으십시오, 텔러 박사. 여기서 선서를 하고 진술하시겠습니까?

텔러 : 예.

　　(그는 일어선다.)

그레이 : 에드워드 텔러, 당신은 이 자리에서 진실을, 오로지 진실만을 말할 것
　　이며 진실 외에는 아무것도 말하지 않을 것을 신께 맹세코, 선서하시겠습
　　니까?

텔러 : 예.

그레이 : 시작하십시오, 롭 씨.

롭 : 텔러 박사, 당신은 이미 로스 알라모스에서 열중성자탄 개발 문제에 종사
　　해 왔습니다. 그렇지요?

텔러 : 그렇습니다.

롭 : 열중성자 문제들을 놓고 오펜하이머 박사와 자주 토론을 했습니까?

텔러 : 아주 자주 했습니다. 우리가 1942년 여름 버클리에서 만난 이래로. 당
　　시 우리는 열중성자 계획이 가능할 것인지 여부를 조사했지요.

롭 : '우리' 란 누구입니까?

텔러 : 그 분야에서 최상급 학자들이죠. 오펜하이머가 초빙했던 페르미와 베테
　　도 그 중에 포함되어 있었습니다. 가벼운 핵을 용해함으로써 태양 에너지
　　의 기적을 모방할 수 있다는 상상은, 우리 모두를 열광과 기쁨의 상태로
　　몰아넣었지요.

롭 : 오펜하이머 박사도 열광했나요?

텔러 : 대단히. 그리고 그에겐 다른 이들을 고무시키는 능력이 있습니다.

롭 : 그 당시 당신은, 열중성자 계획의 수행이 가능하다고 보았나요?

텔러 : 그 계획은 우리에게 얼마 동안, 실제보다 쉬워 보였습니다. 그 후 로스
　　알라모스는 커다란 난관에 부딪쳤지요. 그 난관 중 몇 가지는 나 자신이
　　찾아 냈던 것으로 생각되는군요.

롭 : 기밀 엄수에 저촉됨이 없이, 그 어려움 중에 한 둘을 말해 주실 수 있겠
　　습니까?

텔러 : 그 중 하나는, 수소탄을 작동시키는 데에 보통 원자탄의 온도를 사용했
　　던 점이죠. 또 다른 어려움은, 우리가 사용해 오던 자동 계산기가 충분치
　　못했다는 점이었습니다. 그런 등등이었죠.

롭 : 그럼에도 불구하고, 이미 전쟁 중에 로스 알라모스에서도 수소탄을 만들
　　어 낼 가능성이 있었을까요?

텔러 : 없었습니다. 나는 약간 그 생각에 집착해 있었지요. 그것은 나의 자식
　　이었는데, 부모는 근시안이었던 셈이죠.

롭 : 그럼 당신 생각으로는, 수소탄 설계를 위한 확고한 전제들이 언제 마련되
　　었습니까?

텔러 : 1945년입니다. 기억납니다만, 우리가 '삼위일체' 이후에…….

에반즈 : 그것은 무엇입니까?

텔러 : '삼위일체'란 알라모고르도에서의 원자탄 실험을 가리키는 암호명이었
　　지요.

에반즈 : '삼위일체'라구요?

텔러 : 그렇습니다. 우리가 그 후에 혼신을 다해 수소탄 개발을 추진하려 했던
　　일을 기억합니다. 오펜하이머의 주도 하에 페르미, 베테 같은 최상급 우수
　　한 학자들이.

롭 : 원자탄 실험 이후에 말입니까?

텔러 : 그렇습니다.

롭 : 그 개발 작업은 강화되었습니까?

텔러 : 아닙니다. 그 작업은 얼마 안 가 깨지고 말았습니다.

롭 : 어떻게 그렇게 됐습니까?

텔러 : 일본에 원자탄 투하 이후 그 계획은 변경되었지요. 실제로는 포기한 거
　　지요.

롭 : 왜?

텔러 : 히로시마에 원자탄 투하 이후 오펜하이머 박사가, 이젠 그런 계획을 추진할 시기가 아니라는 견해를 가졌기 때문이지요.

롭 : 그가 당신에게 그렇게 말했나요?

텔러 : 오펜하이머와 페르미 등의 대화 중 하나를 기억합니다.

롭 : 그것은 페르미의 견해이기도 했습니까?

텔러 : 그렇습니다. 덧붙여야 할 점은, 그 견해는 물리학자들 사이에 두루 퍼진 분위기와 일치했다는 사실입니다. 히로시마는 수많은 사람들에게 큰 충격이었지요. 당시 분위기는 잔치 뒤에 오는 비참한 파흥 같은 데가 있었지요.

롤랜더 : 당시 오펜하이머 박사는, 로스 알라모스를 인디언들에게 되돌려 주는 것이 최선이라는 견해를 표명했습니까?

텔러 : 그 진술은 그가 한 것처럼 여겨졌습니다만, 사실상 그가 그런 말을 했는지는 모르겠습니다.

롭 : '수퍼' 제작을 위해 확정한 긴급계획을 전쟁 말기에 이미 로스 알라모스에서 착수할 수 있었을까요?

텔러 : 우리는 강력한 열중성자 계획을 추진할 만한 상황에 있었다고 장담합니다. 만약 오펜하이머 박사가 로스 알라모스에 머물러 그 계획을 뒷받침했더라면, 다른 유능한 인재들도 참여했을 테지요. 우리가 1949년 그 많은 난관 속에서 소집했던 만큼의 인재들은 최소한 참여했겠지요.

롭 : 그랬을 경우, 우리는 더 빨리 수소탄을 확보할 수 있었을까요?

텔러 : 그 점은 확신합니다.

롭 : 그럼 당신 계산으로는 언제 수소탄을 수중에 넣을 수 있었을까요?

텔러 : '만약 일이 이러저러했다면' 하는 식으로, 과거의 다른 경과를 추측하기란 아주 어렵습니다. 미래를 예언하는 것만큼이나 어렵지요. 감히 그런 추측을 하는 자도 드뭅니다.

롭 : 그렇더라도 한 번 시도해 봅시다.

텔러 : 우리가 1945년에 계획을 출범시켰더라면, 아마도 1948년에는 수소탄을 가질 수 있었겠지요.

롭 : 러시아인들이 원자탄을 만들기 전에?

텔러 : 아마도.

롭 : 박사님, 그 계획의 궁극적 성공은, 당신이 1951년에 해낸 놀라운 발견 덕분이라는 사실이 이 자리에서 언급되었습니다. 그 점을 어떻게 생각하십니까?

텔러 : 페르미나 베테 등과 같은 탁월한 인물들이 1945년에 이미 이 계획을 추진했더라면, 아마 그들도 똑같은 놀라운 착상을 해냈을 겁니다. 아니면 다른 놀라운 착상을 해냈겠지요. 그런 경우 우리는 '수퍼'를 1947년에 이미 가졌을 겁니다.

롭 : 당신은, 추구하지 않으면 발견해 낼 수도 없다는 생각이십니까?

텔러 : 놀라운 착상들이란 조직될 수 있는 성질의 것입니다. 그리고 그것은 개개의 특정 인물에게 묶여 있지 않은 것이죠.

그레이 : 47년이라고 할 때, '수퍼'는 우리에게 무엇을 가져다 주었을까요?

텔러 : 그 점은 나보단 당신이 훨씬 잘 아실 텐데요. 국방성이 조망하는 입장에서, '수퍼'는 아마 대 중국정책에서 우리의 실패를 면하게 해 주었을지도 모르지요. 그 밖의 다른 손실들도. 아마 우리는 공산주의자들에 맞서 일인자의 위치에 머물러 있었을 겁니다. 그리고 그것은 편안한 위치라고 생각되는군요.

막스 : 텔러 박사, 당신은 우리 첩보기관의 수사를 알고 계시는지요? 그것에 의하면, 러시아의 연구 수준이 1945년에 우리와 대략 비슷한 수준에 있었다던데요?

텔러 : 알고 있습니다. 그래서 다른 이들이 군비축소의 환상을 갖고 놀고 있을 때, 나는 굳이 '수퍼'를 고집했던 겁니다.

막스 : 다른 이들이란 당시의 정부 말입니까?

텔러 : 정부, 물리학자들, 여론이죠. 절망스러울 지경이었지요.

롭 : 당신은 언제 로스 알라모스를 떠났습니까?

텔러 : 1946년 2월입니다. 그곳에 머문다는 것이 무의미해졌습니다. 나는 시카고에서 교수직을 얻었고, 단지 기회 있을 때마다 상담역으로 로스 알라모스로 갔었지요.

롭 : 1945년과 1949년 사이에 있었던 로스 알라모스에서의 열중성자 개발 작업을 어떻게 평가하십니까?

텔러 : 그 작업은 잠정적으로 정지된 상태에 있었지요. 도약의 계기는 1949년 러시아인들이 원자탄을 실험한 때에야 비로소 왔습니다.

롭 : 그때 당신은 오펜하이머와 얘기를 나누었습니까?

텔러 : 그렇습니다. 정수리를 얻어맞은 기분이었습니다.

롭 : 어째서요?

텔러 : 당시 나는 군사작업과는 별로 상관없는 입장에 있었기 때문에 신문을 보고야 러시아의 원자탄에 관해 알았습니다. 그래서 이제야말로 어떤 대가를 치르더라도 나도 효과적인 계획에 전력투구해야겠다는 결론에 이르렀지요. 그래서 오펜하이머 박사에게 전화를 걸어, 도대체 이제 일이 어떻게 되어 가는 것인지를 묻고 조언을 구했지요. 그때 그의 충고를 또렷이 기억합니다. 그는 말했지요. "제발 이제 나한테 접근하지 말아 주십시오."

롭 : 그 같은 충고에서 어떤 결론을 얻었습니까?

텔러 : '수퍼'를 위한 계획은 오직 그의 반대를 무릅쓰고 관철될 수밖에 없다는 것과, 오펜하이머의 지대한 영향력을 감안할 때 그것은 난감한 일이라는 사실이었습니다.

롤랜더 : 당신은 찬성과 반대의 의견을 수렴해 보셨습니까?

텔러 : 그렇습니다.

롤랜더 : 어떤 기회에?

텔러 : 베테와 함께였죠. 우리는 팀을 소집해야 했습니다. 나는, 베테도 틀림없

이 '수퍼' 계획을 떠맡는 결단을 내릴 거라고 기대했지요.

롤랜더 : 그때가 언제였습니까?

텔러 : 10월 말이었지요.

롭 : 1949년.

텔러 : 그렇습니다. 과학자 회의가 긴급계획에 반대하는 결정을 내리기 직전이
었습니다. 내 간청을 받아들여 베테는 일단 로스 알라모스로 오기로 결정
했지요, 비록 그는 매우 망설이고 있었지만. 어쨌든 나는 그를 그렇게 보
았습니다. 그러는 동안 오펜하이머가 전화를 걸어 우리를 자신이 있는 프
린스턴으로 초대했습니다. 나는 베테에게 말했지요. "지금의 담화 이후에
당신은 오지 않을 겁니다."

롤랜더 : 베테 박사는 결국 로스 알라모스로 왔습니까?

텔러 : 아닙니다. 훨씬 훗날에야 왔지요.

롤랜더 : 당신은 그 원인을 오펜하이머 박사의 영향이라고 돌리십니까?

텔러 : 그렇습니다. 우리가 오펜하이머의 사무실을 떠날 때 베테는 말했지요.
"안심하십시오. 나는 여전히 갈 생각입니다." 그러더니 이틀 뒤 내게 전화
를 걸어 이렇게 말했습니다. "에드워드, 곰곰이 생각해 보았는데, 나는 갈
수가 없소이다."

롤랜더 : 베테 박사가 그 사이에 다시 한 번 오펜하이머 박사와 얘기를 나눴는
지 여부를 아십니까?

텔러 : 짐작할 뿐입니다.

롭 : 그때 오펜하이머 박사가 그 계획에 반대하여 도덕적, 정치적 토론을 벌였
었나요?

텔러 : 그는 찬반에 대한 다른 이들의 토론 결과를 제시했지요. 예를 들면 코
넌트[27]의 편지가 한 통 있었는데, 그 내용에는 "수퍼는 오로지 나의 시체
를 넘어서"라는 구절이 씌어 있었습니다.

롭 : 과학자협의회의 반대 결정이 본질적으로 오펜하이머 박사의 탓이라고 말

씀하실 수 있습니까?

텔러 : 그것은 너무 지나칩니다.

롭 : 그 계획에 대한 기술적 측면의 평가는 정확했습니까?

텔러 : 우리가 곧 입증할 수 있었던 대로 엄청난 개발의 가능성을 간과했다는 점에서, 그 평가는 정확하지 못했지요.

롭 : 몇몇 구성원들한테는 기술상의 결함들이 오히려 아주 다행스럽게 여겨졌다는 사실이 있을 수 있다고 여기십니까?

텔러 : 분명코 의식적으로는 아닙니다.

롭 : 무의식적으로.

텔러 : 그것은 확정지을 수 없는 문제입니다.

롭 : 과학자협의회의 보고서는 '수퍼' 계획에 참여했던 물리학자들에게 어떤 영향을 미쳤습니까?

텔러 : 일종의 역설적인 영향이었지요. 그 보고서를 받아 읽었을 때, 열 명이나 열두 명의 학자들이 오페하이머의 사주를 받아 그 보고서를 읽게 되었지요. 그때 나는 이로써 이 계획은 매장될 것이라고 생각했습니다. 그런데 계획에 참여한 사람들에겐 일종의 심리적 역반응이 일어나서, 나 자신도 놀랬습니다.

롭 : 그 보고서가 그들을 격분시켰고, 그제서야 비로소 적극적으로 그 작업에 임했다는 뜻입니까?

텔러 : 그렇지요. 자기들의 작업이 훌륭한 진척을 보이자마자, 그것이 비도덕적이라고 평가된 사실이 그들을 격분시킨 것이지요.

롭 : 긴급계획이 마침내 대통령에 의해 지시되었을 때, 오펜하이머 박사는 그 계획을 지지해 주었습니까?

---

27) James Bryant Conant(1893~1978) : 미 유기화학자, 외교관, 문화정책가. 1929년 하버드 대학 교수. 1933~53년 하버드 대학 총장. 41~46년 국방 연구위원회 의장. 1946년 원자력 자문위원회 멤버. 1957년 초대 서독 대사를 지냈다.

텔러 : 지지해 주었다는 사실은 하나도 기억할 수 없습니다. 그 반대였지요.

롭 : 그 반대였다는 말은, 당신의 견해로는 그가 긴급계획에 계속 반대했다는 뜻인가요?

텔러 : 그 후에 나온 과학자협의회의 여러 건의는, 계획을 뒷받침했다기보다 방해해 왔다는 뜻입니다.

롤랜더 : 몇 가지 실례를 말씀해 주시겠습니까?

텔러 : 제2 연구소 문제입니다. 우리는 그 계획을 리버모어에 집중시키려고 했는데, 과학자협의회는 반대했지요. 우리는 우리의 목적에 맞게 원자로 시설을 오크리지에 준공시키기를 원했는데, 과학자협의회는 그것을 시카고에 집중시켰습니다. 우리에겐 단지 실험적 시도만이 연구의 진척을 가져다 주기 때문에 더 많은 자금이 필요했는데, 오펜하이머는 실험을 제외한 이론적 연구 작업의 추진을 권고했습니다. 이 모든 점은 우리를 앞으로 나가게 한 것이 아니라, 방해를 했지요.

롭 : 그즈음 당신은 오펜하이머 박사와 얘기를 나눈 적이 있습니까?

텔러 : 몇 번쯤.

롭 : 당신이라면 그의 태도를 어떻게 묘사하시겠습니까?

텔러 : 그에게 좋은 연구 동료들을 추천해 달라고 부탁했을 때, 그는 말했지요. 자신은 기다리면서 중립적 태도를 지키겠노라구요.

롭 : 그가 당신에게 동료들을 추천해 주었습니까?

텔러 : 나는 모두에게 서한을 냈지요. 단 한 사람도 오지 않았습니다. 그렇지만 첨가해야 할 말은, 이 계획에 대한 오펜하이머 박사의 태도가 후기 단계에 가서는 변했다는 점입니다.

롭 : 언제인가요?

텔러 : 1951년, 우리의 최초 실험이 있은 후였지요. 그는 과학자협의회를 통해 모든 전문가들을 포함한 회의를 프린스턴에 소집했습니다. 나는 퍽 착잡한 느낌으로 그곳에 갔었지요. 새로운 장애에 부딪칠 것이 두려웠습니다. 그

런데 실제로 오펜하이머는 우리의 새로운 이론적 성과에 대해 매료되어 있었습니다. 이 같은 멋들어진 착상들이 좀더 빨리 있었더라면, 자신은 이 계획을 결코 반대하지 않았을 것이라는 말도 했습니다.

롭 : 그 후 그는 이 계획을 후원해 주었습니까?

텔러 : 내가 아는 한, 그렇지는 않았습니다. 물론 내가 알아채지 못하게 그가 그 계획을 도와 주었을 수도 있지요.

롭 : 전문인으로서 당신에게 한 가지 질문이 있습니다. 만약 오펜하이머 박사가 자신의 여생 동안 낚시질을 계속한다면 그것이 차후의 원자력 계획에 어떤 영향을 미칠 것 같습니까?

텔러 : 그가 로스 알라모스에서처럼 일한다는 뜻입니까, 아니면 종전 이후처럼 말입니까?

롭 : 그가 종전 이후처럼 일을 하는 경우에는?

텔러 : 종전 이후, 오펜하이머 박사는 주로 여러 협의회에서 일을 해 왔습니다. 내 경험에 비추어 말한다면, 협의회측에서 모두가 낚시질을 계속한다 해도, 실제 일에 참여하는 사람들한테는 아무 해를 끼치지 않을 것입니다.

롭 : 내 질문은 이상입니다. 귀중한 시간을 내 주셔서 감사합니다.

그레이 : 개리슨 씨, 증인에게 반대신문을 하시겠습니까?

개리슨 : 막스 씨가 몇 가지 물어 볼 것입니다.

막스 : 텔러 씨, 당신은 오펜하이머 박사가 미합중국에 대해 불충한 행동을 해 왔다고 보십니까?

텔러 : 누군가 그 반대를 입증할 때까지는, 나는 그가 미합중국에 최선의 이익을 기여하려 했다고 믿습니다.

막스 : 당신은 그를 결점 없는 충성스런 인물이라고 여기십니까?

텔러 : 주관적으로는 그렇습니다.

막스 : 객관적으로는?

텔러 : 객관적으로는, 그가 국가에 손해가 되는 그릇된 제언을 해 왔습니다.

막스 : 혁혁한 공로를 세운 인물을, 그가 나중에야 그릇된 것으로 여겨지는 조
언을 했다고 해서, 그의 충성심을 의심해야 할까요?

텔러 : 그렇지는 않습니다. 그렇지만 그가 앞으로도 올바른 조언자인지 아닌지
는 문제삼아야 한다고 봅니다.

막스 : 그렇지만 이 자리는 오펜하이머 박사가 지금껏 충성심을 갖고 행동해
왔는지, 그를 신뢰할 수 있는지, 그가 보안상의 위험 인물인지 여부를 조
사하고 있다는 사실을 알고 계시겠지요.

텔러 : 그것을 조사하는 것은 나의 제안이 아닙니다.

막스 : 당신은 오펜하이머 박사가 보안상 위험 인물이라고 여기십니까?

텔러 : 종전 후 그의 행동들은 갈피를 잡을 수 없고 복잡해 보였습니다. 따라
서 개인적으로 본다면 나는, 국가의 중대한 이해관계가 얽힌 일들은 그의
수중에 들어가지 않는 편이 한결 안전하다고 느낄 것입니다.

개리슨 : '보안상 위험'이란 어떤 것이라고 보십니까?

텔러 : 한 인물의 충성심이나, 성격, 비밀 엄수에 있어, 타당한 의혹이 있다는
뜻이겠지요.

개리슨 : 그 같은 정의에 비추어, 당신은 오펜하이머 박사가 보안상 위험 인물
이라고 보십니까?

텔러 : 그렇지 않습니다. 그렇지만 보안문제에 있어서는 나는 전문가가 아닙
니다.

막스 : 과거에 지녔던 좌경세력에 대한 그의 공감이 수소탄 문제에서 그의 태
도에 영향을 주었다고 생각하십니까?

텔러 : 한 인간의 철학은 언젠가는 그의 행동에 영향을 준다고 생각합니다만,
그런 것을 분석하기에 나는 오펜하이머 박사를 너무나 조금밖에 모릅니다.

막스 : 오펜하이머 박사의 철학을 서술하실 수 있겠습니까?

텔러 : 그럴 수 없습니다. 그의 철학은 내가 보기에는 모순에 차 있습니다. 인
간을 끈기 있게 교화시키기만 하면 궁극에 그 인간은 정치적 이성을 지닐

수 있다는 환상에 그가 얼마나 집요하게 매달려 있었는지, 나로선 놀라웠습니다. 군비축소 문제에 있어서 그랬지요.

막스 : 그 같은 믿음에 당신은 공감을 하지 않는군요?

텔러 : 오히려 나는, 인간은 실제로 깊은 충격을 받아야만 비로소 정치적 이성을 갖게 된다고 확신하고 있습니다. 모든 것을 멸절시킬 만큼 폭탄의 위력이 엄청나야 인간은 이성을 찾을 겁니다.

막스 : 만약 당신의 제안이 그릇된 것이라는 사실이 언제고 드러날 경우, 그것이 과학자로서 미합중국에 기여할 자격을 당신에게서 박탈해 가리라고 보십니까?

텔러 : 그렇게 보지는 않습니다. 그렇지만 나는 아마 지도급 위치에서 한몫 하는 인물은 못 되겠지요.

막스 : 만약 그 때문에 당신으로부터 보안상의 신임을 박탈한다면 그것이 온당하다고 여기시겠습니까?

텔러 : 아닙니다.

막스 : 이 심리절차에서 어떤 결정이 내리질 때까지, 오펜하이머 박사는 보안상의 신임을 박탈당하고 있다는 사실을 아십니까?

롭 : 그가 그것을 박탈당한 이유는, 그의 그릇된 제언 때문은 아니라고 생각합니다.

막스 : 나는 그렇게 말하지는 않았습니다, 롭 씨.

롭 : 그렇지만 당신은 유도질문으로써 그 점을 시사했습니다.

막스 : 텔러 씨, 만약 당신이 오펜하이머 박사에게 보안상의 신임을 부여하는 입장이라면, 그러실 수 있겠습니까?

텔러 : 어쩌면 있을 가능성이 있는 반증의 근거를 나로선 모르는 까닭에, 아마 그렇게 할 것입니다.

막스 : 제 질문은 이상입니다.

그레이 : 에반즈 박사.

에반즈 : 내가 궁금한 점입니다. 어떤 무기 생산 계획에 종사하기 위해서, 열광이라는 것이 좋은 특성이 됩니까?

텔러 : 열광이 없었다면, 우리는 1945년에 원자탄을 갖지 못했을 겁니다. 또 수소탄도 마찬가집니다.

에반즈 : 좋습니다. 아니 어쩌면 좋지 않은 것인지도 모르겠습니다. 내 말은, 열광이라는 것이 정부에 대해 고문 역할을 하는 인물에게도 똑같이 좋은 특성일까요?

텔러 : 그건 나도 모르겠습니다. 위원회라는 것을 나는 별로 중요하게 여기지 않는다는 말씀을 이미 했지요. 내겐 권한이 없습니다. 다만 내가 알고 있는 것은, 만약 오펜하이머 박사가 로스 알라모스의 자기 사무실에 그냥 빈둥거리고 앉아 있기만 했어도, 우리에겐 큰 도움이 되었으리라는 점입니다. 그가 지닌 명망의 무게만으로도 말입니다.

에반즈 : 한 인간이 어떤 특정한 일에 대해, 우리의 경우엔 수소탄입니다만, 열광하지 않았다고 해서 그를 비난할 수 있습니까?

텔러 : 그럴 수야 없지요. 그렇지만 그 점을 확인하고 그 이유를 물어 볼 수야 있습니다.

에반즈 : 당신은 수소탄에 관해 한 번도 도덕적 가책을 느껴 본 적이 없습니까?

텔러 : 없습니다.

에반즈 : 어떻게 당신은 그 문제를 소화할 수 있었습니까?

텔러 : 나는 그것을 나의 문제로 본 적이 없습니다.

에반즈 : 그렇다면, '누구든 무엇이라도 수소탄이든 뭐든 만들 수 있다. 이제부터 이로써 생겨나는 일은 나의 문제가 아니다. 보아라, 너희들이 이 문제를 어떻게 소화하게 될지를…….' 이렇게 생각하시는 겁니까?

텔러 : 그것이 나와 무관한 것은 아닙니다. 그렇지만 어떤 발견에 내재된 결과 즉 활용의 가능성에 관해선 나로서는 예견할 수 없습니다.

에반즈 : 수소탄의 활용 가능성을 전혀 예견할 수 없다는 겁니까?

텔러 : 없습니다. 긍정적 가능성도 있습니다. 우리 모두가 희망하는 것은 그것이 결코 사용되지 않게 하는 것이며, 그것의 원리, 즉 우리가 알고 있는 한 가장 값싸고 강력하여 인공으로 생산해 낼 수 있는 태양에너지가 20년이나 30년 뒤 이 지구의 얼굴을 쾌적하게 뒤바꿔 놓는 것입니다.

에반즈 : 당신의 말이 하느님의 귀에 들리기를 바랍니다, 텔러 박사.

텔러 : 이를테면 독일에서 한[28]이 우라늄을 최초로 분리하는 데 성공했을 때만 해도, 그는 방출된 에너지가 폭발 목적으로 사용될 줄은 꿈에도 생각지 못했습니다.

에반즈 : 그 점을 맨 먼저 착상해 낸 사람은 누구였습니까?

텔러 : 오펜하이머였지요. 그리고 그것이 풍부한 생산성을 지닌 착상이었습니다. 단지 순진한 사람들은 그것을 비도덕적이라고 칭했습니다만.

에반즈 : 그 말을 이 늙은 선배에게 설명해 주십시오.

텔러 : 발견이란 모름지기 선도 아니고 악도 아니라는 뜻입니다. 도덕적인 것도 비도덕적인 것도 아니며, 단지 사실적일 뿐이지요. 우리는 그 발견을 선용할 수도 오용할 수도 있습니다. 내연기관으로든, 원자에너지로든. 인류는 결국 고통스러운 발전을 겪으면서 발견들을 이용하는 법을 배워 왔습니다.

에반즈 : 당신 자신의 말에 따르면, 당신은 이성이라는 것을 별로 믿지 않으면서 말입니까?

텔러 : 나는 사실들을 믿습니다. 사실들은 결국 이성까지도 일깨워 주지요, 때에 따라서는.

에반즈 : 최근 신문에서 읽었는데, 우리측의 '수퍼' 실험 중에 끔찍스러운 돌발

---

28) Otto Hahn(1879~1968) : 독일 방사성 학자, 핵화학자. 1912년부터 빌헬름(막스 프랑크)화학연구소 회원을 거쳐 소장을 지냄. 1904~5년 런던 대학서 William Ramsay 곁에서 방사성 연구, 39년 발표한 우라늄 핵분열 연구는 특기된다. 여기서 2억 전자볼트 에너지 방출이 확인되고 이것이 미국 물리학회에 보고되어 원자탄의 터전이 됨. 1944년 노벨 화학상을 받았다.

사가 일어났다고 하던데.

텔러 : 비키니 군도[29]에서 말인가요?

에반즈 : 그렇습니다. 바로 얼마 전에. 23명의 일본 어부들이 생명을 잃었습니다.

텔러 : 그랬으리라 생각합니다.

에반즈 : 어떻게 그런 일이 일어날 수 있었습니까?

텔러 : 해풍이 돌연히 북쪽에서 남쪽으로 선회하는 바람에, 어선이 방사선의 눈보라 속으로 휩쓸려 간 것이죠. 불운하게도 말입니다.

에반즈 : 이 어부들에 관한 소식을 어떻게 수신하셨습니까?

텔러 : 우리는 일체의 상황을 관측하는 위원회를 지정해 두었습니다. 그래서 우리의 실험을 위해 기상예보를 상당히 개선할 수도 있었지요.

에반즈 : 물리학자란 어떤 종류의 인간들입니까?

텔러 : 무슨 뜻입니까? 물리학자들이 그들의 아내를 매질하느냐, 아니면 취미를 가졌느냐, 그런 것입니까?

에반즈 : 내 말은, 물리학자들이 다른 인간들과 현저히 구별되는 점이 있느냐는 뜻입니다. 이 질문은 이미 오펜하이머 박사에게도 했습니다.

텔러 : 그는 뭐라고 대답했나요?

에반즈 : 물리학자들도 다른 이들과 똑같다고 하더군요.

텔러 : 물론이죠. 그들은 자신들의 일을 위해 약간 더 많은 환상과, 약간 더 좋은 두뇌를 요합니다. 그 밖에는 다른 이들과 다를 게 없지요.

에반즈 : 이 위원회에 들어오게 된 이후 그 문제를 생각 중입니다. 감사합니다.

그레이 : 혹시 텔러 박사에게 질문하고 싶은 것이 있습니까, 오펜하이머 박사?

오펜하이머 : (오만하게) 없습니다.

(오펜하이머와 텔러, 한순간 마주 본다.)

없습니다.

---

29) 태평양 마샬 군도 중 북단의 환상 산호도. 1825년 kozybue가 발견. 1946년 이후 미국 핵실험 기지.

그레이 : 그럼, 몇 가지 본질적인 요점을 건드린 당신의 상세한 진술에 감사합
　　　니다.

텔러 : 이 기회에 일반적인 소신을 밝혀도 좋을지요.

그레이 : 좋습니다.

텔러 : 우리들의 문제점과 연관지어 상술할 필요가 있는 점입니다. 무릇 모든
　　　위대한 발견들은, 세계의 상황이나 우리가 머리 속에 그리는 세계상을 위
　　　해서는, 처음에는 일단 파괴적 결과를 초래했습니다. 그것들은 세계의 기
　　　존상황을 전복하고 새로운 상황을 수립했던 겁니다. 그리고 세계로 하여
　　　금 전진하지 않을 수 없게 밀어붙였습니다. 그러나 그러한 전진이 가능했
　　　던 것은 오로지 발견자들이 그 발견의 결과를 겁내지 않았던 데 연유합니
　　　다. 세계를 붙잡아 두고 제발 방해하지 말라는 커다란 팻말을 세상에 붙
　　　여 놓는 사람들에게는 그 결과가 실로 가공스러운 것이었음에도 불구하고
　　　말이죠.
　　　지난날, 지구 역시 수많은 별들 가운데 고작 하나의 별에 불과하다는 사실
　　　이 발견되었을 때도 그러했고, 우리가 복잡해 보이는 물질을 환치 가능하
　　　고, 엄청난 에너지를 방출하는 몇 개 소립자로 환원시킬 수 있게 된 오늘
　　　날의 상황에도 역시 그러합니다.
　　　결과에 관계 없이 일을 추진한다면, 우리는 인간들을 이 새로운 에너지로
　　　무장시켜, 엉거주춤하게 자유로운, 어중간한 노예상태의 기존 세계 상황을
　　　끝장내도록 밀어붙이게 될 것입니다! 원자전쟁이라는 것을 뛰어 넘게 될
　　　지 어떨지는 오로지 신(神)만이 아시겠지요. 모든 전쟁이 그렇듯 그 전쟁
　　　은 끔찍하겠지만, 제한된 전쟁이든 무제한의 전쟁이든 간에, 그것이 반드
　　　시 과거의 전쟁보다 더 큰 고통과 묶여 있으리라는 법은 없을 겁니다. 그렇
　　　지만, 아마도 더 격렬하고 삽시간에 끝나는 전쟁이 되겠지요.
　　　만약 우리가 발견의 일시적 측면인 그것의 파괴력만을 보고 경악해 물러
　　　난다면, 내가 보기에는 많은 물리학자들이 이 같은 태도를 취합니다만, 만

약 그렇다면, 우리는 중도에서 멈추는 꼴이 될 것이며, 결국 우리의 발견은 세상에 몰아친 난국 속으로 침몰해 버리게 될 것입니다.

이 같은 나의 지조 때문에 많은 이들이 나를 납득할 수 없는 전쟁광으로 치부하고 있다는 것도 알고 있습니다. 여러 신문을 읽어 봐서 그 사실을 압니다. 그렇지만 언젠가 나를 평화주의자로 보게 될 시기가 오기를 고대합니다. 다시 말하면, 전면적 파괴력을 지닌 우리 무기에 대한 엄청난 공포가 정치적 목표를 관철하는 고전적 수단인 전쟁의 자격을 결정적으로 박탈하게 될 시기가 오기를 나는 바라고 있습니다.

에반즈 : 텔러 박사, 보험업에서처럼 체험 케이스를 두고 하시는 말씀이군요. 그렇지만 인류는, 당신의 예후가 들어 맞지 않는 케이스에 처한 경우 아무 교정 가능성을 갖고 있지 못하다는 사실까지 고려해야 할 겁니다. 그것은 미경험의 케이스입니다. 단 한 사람의 물리학자라도 그런 케이스가 오도록 방치해서는 안 될 겁니다.

텔러 : 나는 그러겠다는 생각을 하진 않습니다.

그레이 : 이것이 당신이 밝히려던 소신인가요?

텔러 : 그렇습니다.

그레이 : 좋습니다. 감사합니다.

　　(텔러는 위원회측을 향해 가볍게 인사하고 퇴장한다.)

　　그럼 다음 증인은 베테 박사입니다. 박사께서 도착하셨습니까?

개리슨 : 알아보겠습니다.

　　(그가 문을 향해 가는데, 관리가 베테를 대동하고 들어선다. 증인석으로 가면서 베테는 오펜하이머에게 인사한다. 그는 중년의 육중한 사내로 위엄과 친절이 배어 나오는 모습이다. 가리마를 탄 머리 모양, 독일 교수 같아 보인다. 그는 증인석 앞에 선 채로 있다.)

그레이 : 한스 베테, 당신은 이 자리에서 진실을, 오로지 진실만을 말하며, 진실 외의 것은 아무것도 말하지 않을 것을 신께 맹세코 서약하십니까?

베테 : 맹세합니다.

그레이 : 베테 박사, 언제 미국으로 오셨습니까?

베테 : 1935년. 텔러와 같이.

그레이 : 어디 출신이신 가요?

베테 : 뮌헨 출신입니다. 잠시 영국에 머물다가 그 후 이곳 미국에 와서 로스 알라모스로 가기까지, 핵물리학을 가르쳤습니다.

그레이 : 질문하십시오, 개리슨 씨.

개리슨 : 당신은 로스 알라모스에서 이론 부서를 주도했습니까?

베테 : 종전까지, 그렇습니다.

개리슨 : 텔러가 당신 부서에서 일했습니까?

베테 : 예.

개리슨 : 그와 어떻게 같이 일했나요?

베테 : (미소를 지으며) 전혀 같이 일하지 않았습니다. 나는 에드워드 텔러와 친구 사이이긴 합니다만, 그와 공동으로 일을 한다는 것은 퍽 어려웠습니다.

개리슨 : 어째서요?

베테 : 에드워드는 천재적인 인물입니다. 번득이는 착상으로 가득 차 있고, 그 착상들을 집어던질 때까지 광적으로 그것에 매달리는 사람이지요. 그리고 나선 며칠 밤이고 피아노를 연주합니다. 마침내 새로운 휘황찬란한 착상들이 떠오를 때까지. 또한 번번이 자기와 똑같이 다른 이들도 열광하기를 요구합니다. 그를 깎아내리기 위해 이 말을 하는 것은 아닙니다. 그는 천재이지요. 그렇지만 그는 자기의 착상들을 분류해 주는 사람을 필요로 합니다. 결국 팀 전체를 날려 보내는 것보다는, 그를 포기하는 편이 한결 나았습니다.

개리슨 : '그를 포기한다' 는 건 무슨 뜻입니까?

베테 : 우리는 그를 우리의 계획을 위한 일체 작업에서 풀어 주기로 결정했지요. 왜냐하면 그는 오로지 '수퍼' 에만 관심을 가졌으니까요. 우리로선 그

를 절실히 필요로 했는데도 말입니다.

개리슨 : 텔러의 자리에 누가 왔습니까?

베테 : 클라우스 푹스입니다.

개리슨 : 로스 알라모스에서는 텔러 박사와 오펜하이머 박사 사이에 팽팽한 긴
　　　 장이 도사리고 있었나요?

베테 : 그들은 서로 좋아하지 않았습니다. 텔러는 자기 일에 주목해 주지 않는
　　　 다고, 또 오펜하이머가 그것에 충분히 열광하지 않는다고 자주 불만을 토
　　　 로했지요. 그렇지만 오펜하이머로서는 원자탄 제조를 위해 거대한 연구소를
　　　 가동시켜야 했으니, 그런 불평을 하는 에드워드가 옳지 않았습니다.

개리슨 : 로스 알라모스에서는 열중성자 개발에 관한 작업을 진행했나요?

베테 : 오펜하이머는 내 부서의 모든 팀을 그 일에 종사하도록 지시했지요. 텔
　　　 러도 그 중의 한 사람이었습니다.

개리슨 : 오펜하이머 박사와는 어떻게 같이 일했습니까?

베테 : 훌륭했지요. 그는 로스 알라모스를 성공으로 이끌 수 있었던 유일한 인
　　　 물입니다.

개리슨 : 그를 잘 압니까?

베테 : 1929년부터, 괴팅엔 시절부터입니다. 우리는 좋은 친구 사이라고 생각
　　　 합니다.

개리슨 : 전쟁이 끝날 무렵, '수퍼' 계획을 위한 전제들이 마련되었나요?

베테 : 명백히 그렇지는 않습니다. 이 자리에 나올 의사가 있었기 때문에 나는
　　　 페르미에게도 그 점을 물어 보았지요. 그도 나와 같은 의견이었습니다.

개리슨 : 알라모고르도에서의 실험이 있은 후에, 대규모 '수퍼' 계획을 착수할
　　　 계획이 세워졌나요?

베테 : 우리는 가능성을 놓고 토론을 벌였지요. 우리는, 우리만이 한 단계 강
　　　 화된 연구계획을 추진할 능력이 있음을 알았습니다. 강화된 연구계획의 초
　　　 안이 세워져 있었습니다.

개리슨 : 텔러 박사는 이 자리에서, '수퍼' 계획의 초안은 히로시마 이후에 무산되었으며, 그 이유는 과학자들, 특히 오펜하이머 박사의 도덕적 가책이라고 말했습니다. 그 말이 맞습니까?

베테 : 아닙니다. 그 과학적 착상들은 난관을 동반한 문제였지요. 거기엔 기술적 전제도, 개인적 전제도 갖추어져 있지 않았습니다. 어쨌든 히로시마가 우리 모두를 심히 변하게 한 것은 사실입니다.

개리슨 : 히로시마가 로스 알라모스의 물리학자들에게 미친 영향은 어떤 것이었습니까?

베테 : 우리는 몇 년 동안 엄한 군대식 통제 아래에서 일해 왔었고, 우리들 중 누구도 결과에 대해서는 실제로 생각하지 않았습니다. 히로시마가 그 결과를 우리한테 가져다 주었지요. 따라서 그 이후로는, 어느 누구도 그 무기가 사용될 수도 있다는 심려를 배제하고, 무기 생산 작업에 임할 수는 없었습니다.

개리슨 : 거기서 당신은 어떤 결론을 얻었습니까?

베테 : 나는 로스 알라모스를 떠나 이타카에서 물리학을 가르쳤습니다. 내가 다른 과학자들과 더불어 대통령과 여론의 편에 섰던 사실은 잘 알려져 있다고 생각합니다. 그리고 그렇게 한 것은 옳았다고 생각합니다.

개리슨 : 당신은 나중에 로스 알라모스로 되돌아갔지요?

베테 : 그렇습니다. 한국에서 전쟁이 발발했을 때. 우리가 '수퍼' 실험을 마칠 때까지 나는 그곳에서 일했습니다.

개리슨 : 그즈음 당신은 수소탄 제조 작업에 참여하는 것에 대해 도덕적 가책을 느꼈습니까?

베테 : 대단히 통렬하게. 아직도 가책을 느끼고 있습니다. 나는 그것을 만드는 일에 협조해 왔지요. 그리고 그렇게 한 것이 아주 잘못된 일이 아니었는지 어떤지, 지금도 모르겠습니다.

개리슨 : 그럼 왜 당신은 되돌아갔습니까?

베테 : '수퍼'를 둘러싼 무기 경쟁이 한창 진행 중이었지요. 그래서 나는, 만약 그것이 생산 가능하기만 하다면, 이 끔찍스런 무기를 우리가 먼저 수중에 넣어야 한다는 확신에 이르렀지요. 그것이 생산 불가능한 것으로 판명되기를 희망하면서 그곳에 갔습니다.

개리슨 : 텔러 박사는 이 자리에서, 당신이 처음에는 '수퍼' 계획을 위임받으려고 했었다는데, 오펜하이머 박사로 인해 그것에서 거리를 두게 되었다고 진술했습니다. 이 말이 맞습니까?

베테 : 짐작컨대 텔러는, 러시아의 원자탄 생산 후에 우리가 오펜하이머와 나누었던 대화를 염두에 둔 것 같습니다.

개리슨 : 그 방문이 있기 전에 당신은 텔러에게 로스 알라모스로 가겠다고 동의했습니까?

베테 : 그렇게 결심했지요. 한편으로는 몇 가지 착상들에 상당한 매력을 느꼈으니까요. 오직 군사계획에만 사용이 허가된 새로운 계산기를 사용해서 일한다는 것이 제 관심을 끌었습니다. 다른 한편으로는, '수퍼'가 우리의 문제들 중 어느 하나도 해결해 줄 수는 없으리라는 깊은 불안이 있기도 했지요.

개리슨 : 오펜하이머 박사는 '수퍼'에 반대하는 발언을 했습니까?

베테 : 그는 사실과 토론, 견해들을 짤막하게 논평했습니다. 내가 보기엔 그도 나처럼 결단을 내리지 못한 것 같았습니다. 나는 대단히 실망했습니다.

개리슨 : 그 후 텔러에게 당신은 가겠다고 말했습니까?

베테 : 그렇습니다.

개리슨 : 그런데 왜 결단을 번복했습니까?

베테 : 의혹이 나를 떠나지 않았기 때문입니다. 하룻밤을 새워 가며 친구인 바이스코프[30]와 플라체크 — 두 사람 다 탁월한 물리학자입니다.—와 애기를 나누었지요. 그리고, 수소탄을 사용한 전쟁 이후의 세계는 이미 우리가 지키려던 세계가 아니리라는 것, 우리 모두가 지키기 위해 싸웠던 것들을 잃

게 되리라는 것, 또한 그런 무기는 결코 개발되어서는 안 된다는 것에 의견의 일치를 보았습니다.

개리슨 : 오펜하이머 박사가 다른 물리학자들을 '수퍼'에 반대하도록 끌어들였다는 사실을 아셨습니까?

베테 : 모릅니다.

모건 : 그렇다면 왜 그가 과학자협의회의 비밀 보고서와 함께 '수퍼' 계획을 주도한 물리학자들을 공표했을까요, 베테 박사?

베테 : 오펜하이머가요? 그것은 맥마흔 상원의원의 지시였습니다.

개리슨 : 맥마흔 상원의원이 누구인지 말씀해 주시겠습니까?

베테 : 그는 원자 문제에 관한 상원위원회를 주도하고 있었고, '수퍼'의 사도(使徒) 중의 한 사람이었습니다.

개리슨 : '수퍼' 생산이 오펜하이머 박사의 태도로 인해 결정적으로, 아마도 몇 년은 지연되었다고 믿으십니까?

베테 : 그렇지 않습니다. 그것은 텔러의 천재적 착상에 힘입어 생산된 것입니다.

개리슨 : 텔러 박사는, 이 계획을 좀더 일찍 착수하기만 했다면, 아마 당신이든 페르미든, 또는 다른 누구라도 그런 착상에 이르렀으리라고 말했습니다.

베테 : 모르겠습니다만, 상대성 원리나 그 같은 계열의 착상이 매일처럼 발견되는 것은 아니라고 생각합니다.

개리슨 : 어째서 텔러는 그 계획을 위해 필요한 인재를 충분히 얻지 못했을까요?

베테 : 한 가지 이유는, 넓리 퍼진 불안일 것이고, 다른 하나는 텔러 자신일 겁니다. 그는 감탄할 만한 물리학자이긴 하지만, 그의 친구라 할지라도 그에게 이렇게 물었을 겁니다. "좋아, 에드워드, 자네야 숫자들을[31] 보살핀다

---

30) Victor Friedrich Weiβkopf(1908~   ) : 오스트리아계 미국 물리학자. 로스 알라모스 원자 계획에 참여. 1945년 이후 MIT의 교수. 1957년 이래 젠프의 유럽 핵연구센터(CERN)로 옮겨 1961~66년 소장을 지냄.

치고, 그 쇼를 상연하는 사람은 누구인가?"라고.

개리슨 : '수퍼' 계획의 지시가 내려진 뒤에도 오펜하이머 박사는 그것에 반대
했습니까?

베테 : 오펜하이머는 그 이후로는 '수퍼'를 어떻게 제조할 수 있는가에 대해서
만 토론을 벌였지, 그것의 정치적 합목적성을 거론하진 않았습니다. 나와
는 반대되는 태도였죠.

개리슨 : 로스 알라모스의 안보 상황에 대해 그는 어떤 태도를 취했습니까?

베테 : 우리 가운데 많은 이들이 너무나 정부 편에 충실하다고 그를 비판했습
니다. 나 역시 그런 비판을 했지요.

개리슨 : 베테 박사, 당신은 오펜하이머 박사와 좋은 친구 사이이라고 말했지요?

베테 : 그렇습니다.

개리슨 : 만약 오펜하이머 박사가 당신과 미합중국을 놓고 충성심의 갈등에 처
해 있다고 한다면, 당신의 견해로는 그가 어떤 결정을 내릴 것 같습니까?

베테 : 미합중국 편입니다. 그런 일이 결코 없기를 바랍니다.

개리슨 : (그레이를 보며) 감사합니다, 베테 박사. (그레이는 롭을 향해 묻는 듯한
시선을 보낸다. 롤랜더가 베테에게 반대신문을 하려고 하는 제스처를 취한다.)

그레이 : 롤랜더 씨.

롤랜더 : 클라우스 푹스가 얼마나 오래 당신의 부서에서 일했습니까, 베테 박사?

베테 : 1년 반.

롤랜더 : 훌륭하게 일했나요?

베테 : 아주 훌륭하게.

롤랜더 : 보안 면에서 그가 일찍이 결함 있는 행동을 했으리라고 눈치채셨습
니까?

베테 : 아닙니다.

---

31) 평범한 배우들로 번역할 수 있음.

롤랜더 : 그를 보안상 위험 인물로 보신 적이 있습니까?

베테 : 없습니다.

롤랜더 : 그런데도, 결국 그는 러시아인들에게 기밀 정보를 중개해 준 인물로 드러나지 않았습니까?

베테 : 그렇습니다. 무엇을 말하려고 그 얘기를 하시는지 물어도 좋겠습니까?

롤랜더 : 안 됩니다. 선생. 당신이 증인이고, 나는 증인이 아니니까요.

　　텔러 박사가 긴급계획의 책임을 맡아 달라고 이타카로 찾아왔을 때, 당신은 월수입 금액에 관해 말한 적이 있습니까?

베테 : 그렇습니다. 텔러가 어떤 금액을 제안하더군요. 그래서 나는 더 많은 금액을 요구했습니다.

롤랜더 : 얼마나 요구했나요?

베테 : 오천 불.

롤랜더 : 텔러가 그것을 수락하던가요?

베테 : 예.

롤랜더 : 어떤 직분을 맡을 결심이 서지 않을 경우, 더 많은 돈을 요구하는 법인가요?

베테 : 내 경우는 그렇습니다. 훌륭한 생각은 값이 비쌉니다. 나는 호화로운 식탁을 즐깁니다.

롤랜더 : 1950년 초에 「과학 미국」이라는 잡지에 실린 글이 여기 한 편 있습니다. 이 글에서 당신은 이렇게 쓰고 있군요. "한편에서는 수백만 명의 러시아인을 죽이고 있으면서, 어떻게 우리가 그들에게 인격의 가치를 납득시킬 수 있단 말인가? 만약 우리편이 수소탄 전쟁을 일으키고 거기서 이긴다고 해도, 역사는 우리가 그것을 위해 싸웠던 이상(理想)에 대해서는 기억하지 않고 그 이상을 관철하려고 우리가 사용한 방법만을 기억할 것이다. 사람들은 이 방법을 징기스칸의 전술(戰術)에 비견할 것이다." 당신이 이 글을 쓰셨지요?

베테 : 분별 있는 소리로 들립니다. 그 글은 당시 중요한 전략상 기밀을 누설했다고 해서 압류되었지요.

롤랜더 : 텔러에게 거절하고 불과 몇 주일 뒤에 이 글을 쓰셨지요?

베테 : 그런 것 같습니다.

롤랜더 : 그리고 나서 몇 달 뒤 당신은 '수퍼'를 제조하러 로스 알라모스로 가지 않았나요?

베테 : 그렇습니다. 당신이 읽어 준 대목은 변함 없는 나의 의견입니다.

롤랜더 : 당신의 오늘 의견이란 말입니까?

베테 : 그렇습니다. 우리는 수소탄 개발에 대해, 그 사용을 막음으로써만 변해(辯解)할 수 있습니다.

롤랜더 : 감사합니다, 베테 박사.

그레이 : 나의 해석이 맞다면, 당신은 '수퍼' 개발이 잘못된 일이었다고 생각하시는군요?

베테 : 그렇게 생각합니다.

그레이 : 그렇지 않다면, 우리가 무슨 일을 했어야 옳다고 생각하십니까?

베테 : 우리는 누구도 이 저주스런 물건을 제조해서도 안 되며, 그 조약을 어기면 전쟁을 불사한다는 방향의 협정을 모색했어야 합니다.

그레이 : 그 당시 그런 협정을 모색하기에 조금이라도 기회가 있었다고 생각하십니까?

베테 : 아마도 그 기회를 찾는 편이, 앞으로 우리가 치러야 할 몫보다 훨씬 수월했을 것입니다.

그레이 : 무슨 얘기를 하십니까?

베테 : 양대 열강에게는, 쌍방이 이중자살을 택하느냐 아니면, 어떻게든 그 물건을 다시 세상에서 제거하느냐의 양자택일을 결정해야 할 시간이 별로 많지 않은 것 같다는 뜻입니다.

그레이 : (롭에게) 다른 질문이 있습니까? (롭은 고개를 가로젓는다. 에반즈가 신

문한다.)

에반즈 : 전문가인 당신에게 물어 보고 싶습니다. 텔러 박사는 이 자리에서 원
    자 전쟁이, 그것이 무제한의 전쟁일지라도 과거의 전쟁보다 반드시 더 큰
    고통을 가져온다는 법은 없다고 말했습니다. 당신 의견은 어떻습니까?

베테 : 그런 넌센스는 들을 가치조차 없습니다. 죄송합니다.

에반즈 : 괜찮습니다.

그레이 : 여기 나와 주셔서 감사합니다. 베테 박사.

베테 : 나의 임무였습니다. (그는 일어선다.) 오펜하이머 박사에게 이곳 일이 끝
    나면 내 호텔로 전화를 해 달라고 청해도 되겠습니까?

오펜하이머 : 얼마나 더 여기 있어야 하겠습니까, 의장?

그레이 : 오늘 우리는 큰 프로그램을 해치웠습니다. 내일로 일정을 연기할 수
    도 있지요. 롭 씨?

롭 : 그리그스 씨가 기다리고 있으니, 몇 분만 그리그스 씨를 위해 부탁합니다.

막스 : 그럴 경우, 라비 박사의 증언도 들을 수 있을까요?

그레이 : 동의합니다. 그리그스 박사를 모셔 오십시오.

    (관리가 그리그스를 데려 온다.)

오펜하이머 : (베테에게) 같이 식사할 수 있겠네.

베테 : 좋지. (그는 방을 나간다. 즉시, 그리그스 등장, 군인 같은 태도를 보여 주는
    40세 가량의 남자. 허영기가 있고 예쁜장하며 볼품이 없다.)

그레이 : 그리그스 박사님, 여기서 선서를 하고 진술하시겠습니까?

그리그스 : 네. 내 이름은 그냥, 그리그스입니다.

그레이 : 데이비드 트레슬 그리그스, 당신은 이 자리에서 진실만을, 오로지 진
    실만을 말할 것이며, 진실이 아닌 것은 아무것도 말하지 않을 것을 신께
    맹세코 서약하시겠습니까?

그리그스 : 서약합니다.

그레이 : 여기서 증인 진술하는 것이 당신 의사였습니까?

그리그스 : 공군에서 명령을 받았습니다.

그레이 : 그럼 이 자리에서는 오로지 당신 자신의 의견을 말해도 좋다는 점을 얘기해 두겠습니다.

그리그스 : 물론이지요.

그레이 : 현재 어떤 직분을 맡고 계십니까?

그리그스 : 공군의 수석 과학자입니다.

그레이 : 전공은?

그리그스 : 지구물리학.

그레이 : 심리를 시작해도 좋습니다.

롭 : 그리그스 씨, 오펜하이머 박사의 '수퍼'에 대한 입장을 알고 계시는지 묻고 싶습니다.

그리그스 : 압니다. 우리는 그가 제출한 모든 감정서와 보고서를 받았습니다.

롭 : 그의 태도를 어떻게 평가하시는지요?

그리그스 : 오랜 기간 관찰하고 분석한 결과, 몇몇 저명한 과학자들 사이에 '수퍼'에 반대하는 일종의 소리 없는 음모가 있었다는 것과 이 그룹은 '수퍼' 제작을 방해하거나 지연시키려 했다는 것, 그리고 그 그룹을 주도한 사람은 오펜하이머 박사였다는 사실을 확신하기에 이르렀습니다.

롭 : 그것은 당신의 사견(私見)입니까, 아니면 그 견해에 다른 이들도 동조하는 겁니까?

그리그스 : 이것은 나 자신의 의견이며, 또한 공군성 장관 핀레터 씨와 공군 참모총장 반덴베르크 장군의 의견이기도 합니다.

롭 : 어떤 사실들이 당신에게 그런 확신을 갖게 했나요?

그리그스 : 오랜 동안 나는 오펜하이머 박사와 그 밖의 인물들의 행동을 종잡을 수가 없었습니다. 그런데 어느 날 갑자기 열쇠를 쥐게 되었지요.

롭 : 그것이 언제였습니까?

그리그스 : 1951년에 이른바 '일람(一覽)계획'이라고 부르는 전략회의가 있었

습니다. 토론의 주제는 앞으로 전략 수소탄 폭격기 함대에 주력해야 하느냐, 아니면 우선적으로 방공(防空)시설인 경보체계며 방공 로케트 등을 설치해야 하느냐를 놓고 진행되었습니다. 방공시설이란 순전히 방어를 목표로 하며 값비싼 일종의 전자식 마지노 선[32]을 설치하자는 것이었지요. 우리 공군측은 단호히 수소탄 폭격기 함대에 찬성했습니다.

롭 : 그런데 오펜하이머는?

그리그스 : 그 얘기를 하려는 참입니다. 어느 날, 토론의 공방전이 채 끝나지 않았을 때, 나는 방공시설의 지지자를 공격하고 나섰지요. 그때, 라비 박사가 칠판으로 다가가 'ZORC'라는 말을 썼습니다.

롭 : 'ZORC'? 'ZORC'가 무슨 뜻입니까? 스펠링을 말씀해 주시겠습니까?

그리그스 : Z-O-R-C. 이것은 차하리아스, 오펜하이머, 라비, 찰리 로리첸이 속해 있던 한 그룹의 첫 글자입니다. 그 그룹은 세계의 군비축소를 위해 노력하고 있었지요.

롭 : 라비가 왜 그 말을 칠판에 썼습니까?

그리그스 : 그 회의에서 어떻게 작전을 펴야 할지 자기네 추종자들에게 알려 주기 위해서였다고 확신합니다.

막스 : 롭 씨, 증인에게 막간 질문을 하나 해도 좋겠습니까?

롭 : 반대신문에서 그리그스 씨를 상대할 텐데, 그때 뭐든지 물어 보실 수 있습니다, 막스 씨. (그리그스에게) 그 회의는 어떻게 끝났습니까?

그리그스 : 회의에서 나온 건의는, 세 가지 요점에서 공군의 노선을 강력히 반대했습니다. 그리고 그 건의 부분은 오펜하이머 박사가 작성했지요.

롭 : 오펜하이머를 중심으로 한 이 그룹의 다른 활동도 주시해 보셨습니까?

그리그스 : 과학자들 사이에는 핀레터 씨가 펜타곤에서 다음과 같은 말을 했다

---

32) Maginot-Line : 프랑스의 국방장관 Andre Maginot(1877~1932)의 이름을 딴 전략 방어선. 2차대전 전에 프랑스 서부 전선에 중장비 화약고, 탱크 부대의 설비 등이 세워졌는데, 이 방어선은 훗날 나치군 공격 방어에 실패했다.

는 유언비어가 유포되어 있었습니다. 즉 "우리가 모모한 양(量)의 수소탄을 갖게 된다면 온 세계를 지배할 수 있다"라고. 이 소문은 공군 수뇌부에 불치의 전쟁광이 있다는 사실을 입증하려는 것이었지요.

롭 : 오펜하이머 박사와 그 소문에 대해 얘기를 나누었나요?

그리그스 : 그렇습니다. 내가 그에게 말을 걸어 당신이 이 얘기를 퍼뜨렸느냐고 물어 보았지요. 그는 자기도 그 이야기를 들었지만 대수롭지 않게 받아들였다고 말하더군요. 그래서 나는 그 이야기를 아주 심각하게 여긴다고, 왜냐하면 그것이 특정한 목적을 위해 거짓말을 유포시키기 때문이라고 말했습니다. 오펜하이머 박사는, 내 말이 자신의 충성심을 의심한다는 의미냐고 묻더군요. 나는 그렇다고 말했습니다.

롭 : 그러니까 그가 어떤 반응을 보였나요?

그리그스 : 나를 보고 일종의 편집광(偏執狂)이라고 말하더니 사라졌습니다. 그리고 나서 나는, 왜 오펜하이머 박사가 프린스턴에 앉아 그 계획을 기술적으로 칭찬하면서, 공군측에서 돈을 대겠다는 데도 제2실험소 건립을 거절했는지, 충분히 이해하게 되었죠. 또한 텔러가 불평했던 '방해' 라는 것의 실체를 알게 되었습니다. 특히 FBI 보고서를 읽고 난 뒤에는.

롭 : 박사의 좌경세력과의 접촉과 수소탄 문제에서 보인 그의 태도 사이에 어떤 연관이 있다고 보십니까?

그리그스 : 그 점이 바로 내가 확신하는 것입니다.

롭 : 당신은 오펜하이머 박사를 안보상 위험 인물로 보십니까?

그리그스 : 아주 큰 위험 인물로 봅니다.

그레이 : 막스 씨? (오펜하이머가 막스 쪽으로 몸을 돌려 위엄 있는 손짓을 보낸다.)

막스 : 그리그스 씨에게 반대신문하기를 포기하자는 것이 오펜하이머 박사의 희망입니다. 위원회측에서는 이것을 동의의 뜻으로 받아들이지 않기를 바랍니다.

그레이 : 그리그스 씨에게 다른 질문 있습니까? 에반즈 박사, 질문하십시오.

에반즈 : 라비가 그 네 개의 문자를, 즉 암호를 칠판에 썼을 때 많은 사람들이 그 자리에 있었습니까?

그리그스 : 아주 많은 사람들이 있었지요.

에반즈 : 그리고 그들이 그 장면을 보았나요?

그리그스 : 그렇습니다. 반응을 보였지요.

에반즈 : 어떻게?

그리그스 : 여러 가지였습니다. 몇 사람은 웃었습니다.

에반즈 : 그리그스 씨, 만약 당신이 어떤 음모에 가담하고 있다고 칠 때, 그래서 그 음모에 동조한 사람들에게 뭔가를 알리려 할 때, 그것을 칠판에다 쓰는 것이 현명한 행동이라고 생각하십니까?

그리그스 : 그것이 현명했다고는 말하지 않았습니다. 나는 음모 같은 것에 가담한 적이 결코 없습니다.

에반즈 : 나도 그렇진 않습니다만, 나라면 차라리 그들에게 직접 가서 "우리 이렇게 하자"라고 말할 것 같군요.

그리그스 : 양쪽이 다 가능한 일이지요. 중요한 것은 라비는 'ZORC'를 칠판에 썼다는 사실입니다.

에반즈 : 그 말은 당신이 이미 했습니다.

그레이 : 또 다른 질문 없습니까? 그럼 출두해 주셔서 감사합니다, 그리그스 씨. (그리그스는 그레이에게 딱딱하게 인사하고 방을 나간다.)

이제 라비 박사가 남았습니다.

막스 : 벌써 와 계시는 걸로 압니다.

(라비 박사, 날렵하고 키가 작은 독설가. 그는 빠른 걸음걸이로 들어선다. 그리고 서둘러 지나가며 모두에게 인사하고, 증인석으로 간다.)

라비 : 모두 집으로 가고 싶으시겠지요. 내 정확한 이름은, 이자도르 아이작 라비입니다. 오펜하이머는 자신의 이름을 쓰는 데 훨씬 조심스러웠지요[33](그는 웃는다. 다른 이들도 웃는다.)

그레이 : 이자도르 아이작 라비, 당신은 이 자리에서 진실을, 오로지 진실만을 말할 것이며 진실외의 것은 아무것도 말하지 않을 것을 신께 맹세코 서약합니까?

라비 : (빠른 어조로) 하느님께 맹세코. 나는 매주일 세 차례 맹세를 합니다. (그는 앉는다.)

그레이 : 시작하십시오, 막스 씨.

막스 : 라비 박사, 현재 무슨 일을 하십니까?

라비 : 콜롬비아 대학에서 물리학을 가르칩니다.

막스 : 당신이 맡고 있는 정부의 주요 직무를 말씀해 주시겠습니까?

라비 : 모두 헤아릴 수 없습니다. 과학자협의회 회장, 대통령 학술자문위원회 회원, 그리고 한 무더기의 위원회들, 연구 단체, 개발 단체, 실험 연구소 등에 소속해 있습니다. 빌어먹게도 많은 시간을 잡아먹지요. 1년에 넉 달입니다. 대체 언제 물리학은 가르치시냐고 물어볼만 하지요.

막스 : 당신의 시간을 오래 빼앗지는 않겠습니다.

라비 : 오펜하이머를 위해서는 시간을 낼 수 있습니다. 왜냐하면 그가 서 있는 자리에 내가 섰을 수도 있으니까요. 나는 그보다 더 완강히 긴급계획에 반대했지요.

막스 : 왜 오펜하이머 박사는 그 계획에 반대했습니까?

라비 : 그것은 기술상 전망이 형편없었기 때문입니다. 또 그는 '수퍼' 계획이 궁극적으로 우리의 위치를 강화시키기보다는 약화시키리라고 느꼈기 때문입니다. 오늘날 우리는 그것이 올바른 판단이었다는 사실을 보고 있습니다.

막스 : 이 자리에서는 '수퍼'에 반대하는 음모가 있었다는 것과 이 음모는 오

---

33) 오펜하이머의 이름은 흔히 J. Robert Oppenheimer로 표기되는데, 이 중에서 이름인 J.는 Jacob 또는 Julius이다. Jacob은 오펜하이머의 혈통(유태인)을 드러내는 히브리계의 이름이고, Julius는 로마계의 이름인데, 본문의 첫머리 서약 부분에서 볼 수 있듯이 공식 명칭은 Julius을 썼다. 라비의 중간 이름, 아이작 역시 유태계의 이름이다.

펜하이머 박사에 의해 주도되었다는 것, 그리고 당신도 그 음모 단체에 속해 있었다는 것 등이 얘기되었습니다.

라비 : 그 얘기는, 방금 나와 문에서 부딪쳤던 그 작자가 한 것으로 여겨집니다만, 나도 그리그스에 관해 여러 가지 이야기를 들려 드릴 수 있습니다.

막스 : 우리는 그리그스 씨가 했던 이야기를 대상으로 해야겠습니다.

라비 : 좋습니다. 중대한 얘기입니까?

막스 : 이른바 '일람회의' 라는 것을 기억하십니까?

라비 : '일람회의' 라 — 잠깐, 예, 기억납니다.

막스 : 그 회의의 주제는 무엇이었습니까?

라비 : 공군 측에서, 미래의 국토 방위는 전략적 수소탄 폭격기 함대로 성취할 수 있다는 멍청한 짓거리를 담합하려는 것이었지요. 만약 그 수퍼맨들의 뒤를 좇아갔다가는, 우리는 약소국의 분쟁이 일어날 때마다 수소탄을 퍼붓는 3차대전을 유발시키지 않을 수 없었을 겁니다.

막스 : 오펜하이머 박사는 어떤 견해를 표명했나요?

라비 : 만약 우리편이 공격을 받게 된다면, 어떤 위협에라도 적절한 수단으로, 즉 전통적 수단을 쓰든, 전략적 원자무기를 쓰든, 하다못해 '수퍼' 를 사용하든 간에, 때에 따라 적절한 수단으로 대응할 수 있어야한다는 의견이었습니다. 그러기 위해 우리는 더욱 훌륭한 경보체계를 갖추고, 좀더 장시간의 경고 기간을 필요로 한다는 것이었습니다. 오펜하이머와 나는 같은 노선이었습니다.

막스 : 그럼, 그리그스 씨는 공군측 노선을 대표했겠군요?

라비 : 그리그스 씨가 자기의 고용주말고 다른 누구의 의도를 대표했으리라는 점은, 내 경험상 불가능합니다.

막스 : 'ZORC' 가 무슨 뜻인지 아십니까?

라비 : 예, 「포춘」지에 그놈의 빌어먹을 기사가 나간 뒤에 알게 되었습니다.

막스 : 그 당시 일람회의 석상에서 당신이 칠판에 'ZORC' 라고 썼었나요?

라비 : 아닙니다. 차하리아스였지요. 그는 그 일로 큰 성과를 보았지요.

막스 : 차하리아스가 누구입니까?

라비 : 해군의 과학 고문관입니다. 일급 핵물리학자이지요.

막스 : 차하리아스가 큰 성과를 보았다는 것은 무슨 뜻입니까?

라비 : 사람들이 소리치며 웃었고, 그리그스는 심히 심기 불편한 모습이었습니다.

막스 : 차하리아스 박사는 왜 그런 일을 했습니까?

라비 : 그리그스가 자기의 적대자들을 의심만 할 뿐, 그 의심에 대한 논증은 별
로 제시하지 못했기 때문이지요. 그는 「포춘」지에 실렸던 바보 같은 소리
를 암시했을 뿐입니다. 그리그스에 이어 발언하면서 차하리아스는 칠판으
로 가서 'ZORC' 라고 썼지요. 그건 이제 이 같은 배반자들, 이른바 소련
의 시녀들 중의 한 사람이 '발언하겠습니다' 라는 뜻이었지요.

막스 : 'ZORC' 라는 표기가 「포춘」지에 이미 실렸었습니까?

라비 : 그것은 「포춘」지의 창작인 셈이죠.

막스 : 그 기사가 사전에 발행되었다는 사실이 확실합니까?

라비 : 몇 주일 전이었지요.

막스 : 당시, 핀레터 씨가 발언했다고 소문난 이야기, 즉 '만약 우리가 모모한
양의 수소탄을 갖게 된다면……' 이런 내용을 운운하는 이야기를 오펜하
이머 박사가 퍼뜨렸다는 소리를 들으셨나요?

라비 : 그 얘기를 오펜하이머와 묶어서는 듣지 못했습니만, 핀레터 씨가 그런
말을 했다는 사실은 압니다.

막스 : 누구에게 들어서 아십니까?

라비 : 텔러에게서입니다. 그는 그 자리에 있었지요.

막스 : 라비 박사, 왜 과학자협의회측은 오펜하이머 박사와 함께 제2실험연구
소를 반대했습니까?

라비 : 그건 처음 듣는 소리입니다. 우리는 리버무어를 진흥시키는 데 많은 협
조를 했지요. 로스 알라모스에서 일을 잘해 나가고 있는데, 단지 계획에 불

과한 공군 실험연구소에다 '수퍼' 계획을 집중시키겠다는 건의에 우리는 반대했었지요. 무엇 때문에 과일이 실린 마차를 뒤집어엎는 겁니까? 공군이 육군과 해군을 떼어 놓으려 한다 해서? 같은 일이 원자로 작업에서도 벌어졌지요.

막스 : 라비 박사, 오펜하이머 박사와 알게 된 지는 얼마나 되었습니까?

라비 : 1928년부터입니다. 그와는 전쟁 중에 긴밀하게 협력하며 일해 왔고, 바로 얼마 전까지도 그렇게 해 왔습니다.

막스 : FBI가 원자력위원회에 넘겨 준 오펜하이머 박사에 관한 보고서를 아십니까?

라비 : 압니다.

막스 : 오펜하이머 박사의 혐의 내용을 쓴 고발장을 아십니까?

라비 : 신문에서 읽어서 압니다. 결코 편안한 읽을거리가 아니었습니다.

막스 : 그 후, 당신이라면 오펜하이머 박사를 보안상 위험 인물로 보시겠습니까?

라비 : 아닙니다. 나를 포함해서, 내가 알고 있는 한 그는 가장 충성스러운 인물이라고 생각합니다.

막스 : 감사합니다, 라비 박사.

그레이 : 롭 씨.

롭 : 라비 박사, 어떤 형태로 당신은 오펜하이머 박사에 관한 보고서를 접하게 되었나요?

라비 : 그것은 사람들이 내게 준 40페이지짜리 초록(抄錄)이었습니다. 훨씬 두꺼운 조서 기록 중에서 뽑은 것이었지요. 조서 전체를 볼 수도 있었습니다만, 그 40페이지만으로도 구역질이 났었다는 점을 말하지 않을 수 없군요.

롭 : 무엇이 '구역질' 나게 했습니까?

라비 : 배후의 함정입니다, 롭 씨. 어떤 제보자는 아홉 살짜리 소년이더군요.

롭 : 이 자리에서 당신 입으로 자신이 알고 있는 한 가장 충성스런 인물이라

고 칭한 오펜하이머 박사께서, 심각한 첩보혐의가 보이는 사건에 처해 고의적으로 보안 당국을 속였다는 사실을 읽고 놀라지 않으셨습니까?

라비 : 그 당시에는 놀라웠습니다. 그의 행동을 어리석다고 여겼지요. 그렇지만 지금에 와서는 그의 행동이 전보다 훨씬 덜 놀랍다는 것, 그리고 그 행동을 인정하지는 않더라도 조금은 이해할 수 있다는 점을 말해야겠습니다.

롭 : 어째서?

라비 : 그 같은 혐의로 인해 무죄한 인간들에게 닥쳤던 일을 체험하면서부터, 누구든 자기 친구를 그 같은 운명에서 벗어나게 해 주는 것이 별로 놀라운 일은 아니었습니다.

롭 : 만약 오펜하이머 박사와 같은 처지에 있다면, 당신도 박사처럼 보안 당국을 속일 것입니까?

라비 : 그거야 모르지요.

롭 : 그 점을 알고 싶습니다.

라비 : 그렇게 하진 않을 겁니다.

롭 : 그렇지만 그가 당신이 아는 한 가장 충성스러운 인물이라는 판단에는 변함이 없으시겠지요?

라비 : 그렇습니다. 나는 25년 간이나 로버트 오펜하이머를 알고 있습니다. 더 이상 유럽으로 순례 여행을 떠날 필요가 없는 오늘날의 미국 물리학은 바로 오펜하이머의 공적이며, 우리 세대의 다른 어떤 물리학자도 그 공적을 따르지 못할 것입니다.

롭 : 그 점을 나도 의심한 적은 없습니다. 라비 박사. 나는 단지, 보안 당국을 고의로 속인 행위와 완벽한 충성심을, 당신이 어떻게 연관시킬 수 있는 지 알고 싶었습니다.

라비 : 그것은 이미 대답했습니다. 또 오펜하이머 자신도 그 시시한 슈발리에 에피소드가 있은 후 원자탄을 제조해 넘으로써 이미 답을 준 셈입니다. 각종 원자탄의 일습 견본을 말입니다! 뭘 더 바라십니까? 잠자리들이 되는

것을? 이러한 신문이 그 길의 종착역이란 말입니까? 이건 굴욕스런 일입니다. 졸렬한 쇼입니다.

롭 : 감사합니다, 라비 박사.

롤랜더 : 선생께서 오펜하이머 박사의 변호기금에 기부하셨다는 것이 사실입니까?

라비 : 사실입니다.

롤랜더 : 국립 학술원의 한 회의에서 오펜하이머 박사를 위한 어떤 결의를 선생이 제안했다는 사실이 맞습니까?

라비 : 국방장관이 언론 앞에 나와서 오펜하이머를 중상 모략하는 것이 당연하다고 여기는 분위기였습니다. 그래서 나 역시, 과학자들이 나서서 지금의 심리절차가 지닌 위험에 대해 여론을 환기시킬 필요가 있다고 생각했던 겁니다.

롤랜더 : 감사합니다, 선생.

에반즈 : 어떤 위험을 말씀하시나요?

라비 : 나는 심히 걱정스럽습니다. 확고한 견해를 기탄 없이 표명했다는 이유로 여기 한 사나이가 법정 앞에 서 있습니다. 이 같은 사실에 대해 모든 과학자들이 깊은 우려를 품지 않을 수 없습니다. 자신의 견해를 표명한 그의 태도는 우리의 공동생활 방식의 토대인 겁니다. 한 인간이 그 때문에 유죄 선고를 받는다면, 우린 이제부터 '자유국가'라고 불릴 권리를 포기하는 셈입니다. 그리고 우리들 중 누구라도 내일이면 오펜하이머 박사의 자리에 설 수도 있는 겁니다. 나는 당신이 부럽지 않습니다.

에반즈 : 당신의 견해로는 내가 어떻게 했어야 됐을까요?

라비 : 당신은 불충한 행동들을 주장하는 공소장을 요구했어야 했습니다. 지금처럼 번거로운 견해들을 주장하는 공소장이 아니고 말이지요. 그렇게 한다면 당신은 당장 나를 여기에다 세울 수도 있을 겁니다. 나의 우려가 전혀 부당한 것이기를 희망합니다. 진심으로 그러기를 바랍니다.

그레이 : 라비 박사, 물론 이 심리가 정식 재판 절차는 아니라는 것, 따라서 우리는 판결을 내리지도 않는다는 점을 아시겠지요.

라비 : 압니다. 그렇지만 당신의 언도는 어떤 법정의 결정보다 비중이 클 것입니다.

그레이 : 여기 와 주셔서 감사합니다, 라비 박사. 오늘의 회의를 이것으로 끝냅니다.

(조명이 바뀐다. 휘장이 닫힌다.)

2-8

(휘장 위에 다음 요점 문구가 투사된다.)

> 1954년 5월 6일 오전, 위원회는 증인 신문 단계를 마감한다. J. 로버트 오펜하이머의 사건에는 40명의 증인의 증언을 들었다. 신문 기록은 3,000매에 달했다.
> 증인 신문에 이어 변론들이 있었다.

그레이 : 위원회측에 논고를 발표하기 원하는 롭 씨에게 발언을 허락합니다. 같은 권리가 오펜하이머측 변호인단에게도 주어질 것이며, 막스 씨가 그 권한을 행사할 것입니다. 그리고 나서 위원회는 위임받은 결정을 의논하기 위하여 정회하겠습니다. 롭 씨.

롭 : 의장, 그리고 경애하는 위원님들! 우리가 뜻한 바는 아니었지만, 우리가 오펜하이머 박사와 마주 앉았던 지난 3주 반 동안 이 자리에서는, 한 저명한 물리학자의 삶의 역사가 그가 지닌 여러 모순과 갈등의 상태로 기록되었습니다. 고백하건대, 그의 삶의 역사는 본인을 감동시켰고, 본인 역시 그

것의 비극적인 국면을 느끼고 있습니다. 우리 가운데 어느 누구도 오펜하이머 박사의 위대한 공적을 의심하지 않습니다. 실로 많은 사람들이 그의 인격에 매력을 느꼈습니다. 그렇지만 원자력처럼 극히 중대한 분야에서의 국가안보가 그의 수중에서 과연 어김없이 지켜질지, 그 여부를 조사하는 것이 우리의 어려운 임무입니다. 우리가 걱정하다시피 현재 우리의 안보는, 자기네 식의 지배형태를 세계로 확산시키려는 공산주의자들의 위협을 받고 있습니다.

오펜하이머 박사 자신의 증언에 따르면, 박사는 일생의 상당 기간 동안 공산주의 운동과 밀접한 관계에 있었습니다. 그를 공산주의자와 구별시켜 주는 것이 과연 무엇인지조차 말하기 어려울 정도입니다. 그의 가까운 친척, 수많은 친구들은 공산주의자였거나 '길동무'였지요. 그는 공산주의자들의 회합에 참여했고 공산주의 신문을 읽었으며 돈을 희사했고, 또 수많은 공산주의자들의 위장조직에 속해 있었습니다. 그에게 그렇게 하도록 만든 근본적 동기는, 사회적 정의에 대한 소망과 이상적 세계에의 동경이라는 숭고한 것이었음을 본인은 의심치 않습니다.

그렇지만 이 절차를 진행하면서 본인은, 오펜하이머 박사가 공산주의와 완전히 결별하지 않았다는 확신에 이르렀습니다. 그것에 대한 그의 열광이 식어 버린 이후에도, 또 러시아에서 보인 공산주의적 정치 체제에 실망하여 돌아선 이후에도 말입니다.

오펜하이머 박사와 공산주의자의 연관은, 그의 천거에 따라 공산주의 사상을 가진 물리학자들이 전시(戰時) 계획의 주요 부서에 들어갔을 때 이미 드러났으며, 또 그 학자들이 혐의를 받고 있는 데도 그가 큰 영향력을 행사하여 그들을 계획 안에 그냥 머물게 했을 때에도 드러났습니다. 그리고 마침내 엘튼톤, 슈발리에의 경우에서 노출되었습니다. 이 경우에는 그는, 심각한 첩보혐의를 신고하기까지 반 년 간이나 망설였으며, 보안당국을 고의적으로 속였으며, 공산주의자인 친구에 대한 신의를 미합중국에 대한 애국심보다 우위에 두었습니다.

이 자리에서는, 그 행위가 이미 오랜 전의 일이며, 오펜하이머 박사는 원자탄을 비롯한 위대한 공적을 쌓았으므로 이미 그의 하자 없는 충성심을 입증했다고 말하는 이의가 있었습니다. 로스 알라모스에서 그의 공적은 논란의 여지가 없다는 것을 본인도 인정합니다만, 그럼에도 불구하고 위와 같은 견해에는 동조할 수 없습니다. 오히려 본인은 종전 후의 그의 행동들에서, 특히 수소탄 문제에서, 지난날의 연계(連繫)에서와 똑같은 논란의 여지를 보고 있습니다.

여러 증언에 의하면 오펜하이머 박사는, 나치스를 겨누었을 때만은 원자탄이나 수소탄에 대해서 열광하는 자세였습니다. 그러나 우리를 위협하는 우익(右翼) 독재자는 물론, 좌익 독재자들도 있다는 것이 명백해지자, 즉 소련이 우리의 잠재적 적국으로 부상하자, 원자 무기에 대한 그의 의구심은 커졌습니다. 그리고 유럽과 아시아에서 러시아인들의 세력을 저지시키는 것은 오로지 우리의 원자탄 독점에 의해서 가능했음에도 불구하고, 그는 원자력을 국제화시키려고 애썼습니다.

오펜하이머 박사 자신의 증언에 의하면, 러시아인들과 그 같은 협정 체결이 실패로 돌아갔을 때 그는 심히 의기소침해졌습니다. 그러나 그는 거기에서 미합중국의 최선의 이득에 적절했을 귀결 — 러시아가 원자탄을 수중에 넣기 전에 우리가 수소탄을 먼저 제조하려는 귀결을 끌어 내진 않았습니다.

심지어 러시아측의 원자탄 제조가 우리에게 명명백백한 위험으로 드러냈을 때도, 그는 자신이 지닌 큰 영향력을 행사하여 '수퍼' 제조를 위한 긴급계획에 반대를 했고, 그 같은 무기 개발을 저지하도록 소련과 재차 협상하기를 건의했습니다. 그럼에도 불구하고 긴급계획에 대한 지시가 내려오고, '수퍼' 제조를 위한 새로운 천재적 착상들이 학술 면에서 그를 매혹시켰을 때에도, 그는 여전히 장기간의 연구 계획을 건의했고, '수퍼' 실험이 확정

되자 그 실험을 지연시키려고 애썼습니다. 자신이 원하는 군비축소 회담에 나쁜 영향을 주지 않으려고 말입니다.

우리는 이 자리에서 여러 증인들로부터, 오펜하이머 박사의 말과 행동 사이의 모순을 해명할 수 없다는 얘기를 수차 들었고, 패쉬 대령이나 윌리엄 보든, 그리고 그리그스 같은 몇몇 증인들은 그의 태도로부터 그것이 바로 특히 세련된 형태의 배반이라는 결론을 내렸습니다. 그러나 우리와 더불어 3주 반 동안 오펜하이머 박사를 관찰할 수 있었고 그의 인격에 대해 감명을 받은 사람들은, 이 인물이 우리가 흔히 아는 범주의 배반자가 아님을 알고 있습니다.

오펜하이머 박사는 자신이 아는 한 미합중국의 이익에 기여하려고 힘써 왔다는 점을 본인은 확신합니다. 그러나 종전 후의 그의 여러 행동, '수퍼' 제조 문제에서 보인 그의 공공연한 불복은, 국가의 이익을 사실상 해쳐 왔습니다. 텔러 박사의 소신 있는 설명에 의하면, 만약 오펜하이머 박사의 지원이 있었더라면 우리는 '수퍼'를 4, 5년 앞당겨 제작할 수 있었기 때문입니다.

이같이 놀라운 재능을 지닌 자, 이 자리에서 대단한 외교적 수완과 통찰력을 지닌 자라고 극구 칭송받은 한 인물의 이러한 불복을 어떻게 설명해야 하겠습니까? 그것은 다음과 같이 설명할 수 있습니다. 즉 오펜하이머 박사는 계급 없는 세상에 대한 유토피아적 이상(理想)에서 결코 벗어난 적이 없다는 것과 의식적이든 잠재적이든 그 이상을 충실하게 고수해 왔다는 것, 그리고 이 무의식적 충성심과 미합중국에 대한 충성심과의 마찰이 그런 식의 타협으로 노출될 수밖에 없었다는 것입니다.

이와 같은 모순에 바로 그의 비극성이 있는 것입니다. 그것은, 그 자신 미합중국의 최선의 이익을 진심으로 바라면서 이 까다로운 분야에서 국가 이익에 기여하지 못하게 만든 지속적인 비극성입니다. 우리가 접하고 있는 것은, 우리의 법률 조문과는 무관한 형태의 배반입니다. 즉 한 인격의 심층에서 나오는 배반, 한 인간의 행동을 의지에 어긋나거나 불성실하게 만드는 사상적 배반인 것입니다.

본인이 계속 비극성이라고 말하는 이유는, 그 같은 입장에 처해 오펜하이머 박사는 자신의 과거 정치적 이념이나 공산주의와의 접촉으로부터 거리를 둘 수 있었던 기회를 결코 활용하지 않았기 때문입니다. 그는 전쟁이 끝나고 나서도 공산주의자와 접촉을 끊지 않았고, 몇 건의 개인적 접촉은 오늘까지도 유지하고 있습니다. 또 그는 자신의 행동의 그릇된 점을 한 번도 진심으로 인식하지 않았고, 그 행동을 후회하지도 않았습니다. 원자력과 대량 파괴수단이 존재하는 시대에는, 이 세계가 새로운 형태의 경제적, 정치적 인간 공동체를 필요로 한다고 그는 이 자리에서 공언했습니다. 이 같은 그의 말을 들으면서 본인은 바로 지난날 그의 이상의 투영을 보는 바입니다. 그러나 미국이 오늘날 실제로 필요한 것은, 국가의 경제·군사·정치적 힘의 강화입니다.

우리는 우리의 역사에서, 자유는 그 값을 갖고 있다는 점을 인식해야만 하는 시점에 이르렀습니다. 그리고 그것은 우리로 하여금 어떤 인간에게라도, 설혹 그가 더할 수 없는 공적을 쌓은 인물일지라도, 예외를 허용하지 않는 역사적 필연인 것입니다. 그렇다고 우리는 그의 과거 공적을 무시하지 않습니다. 우리는 그것을 존중합니다.

이 같은 사실들을 인정할 때 오펜하이머 박사에게 더 이상 안보상의 신임이 부여될 수 없음을 본인은 확신하는 바입니다.

그레이 : 감사합니다, 롭 씨. 위원회에서는 이제 변호인측의 변론을 듣겠습니다. 부탁합니다, 막스 씨.

막스 : 의장, 에반즈 박사, 모건 씨! 롭 씨는 이 자리에서 본인의 변호 의뢰인의 위대한 공적에 대해, 그리고 비극적인 국면에 대해 말했습니다. 이 같은 공감은 곧, 지금의 절차가 오펜하이머 박사의 충성심을 의심할 만한 아무런 사실도 끌어 내지 못했음을 인정하는 것이라고 본인은 생각합니다.

오펜하이머 박사가 30년대에는 철저한 좌경적 이념, 공산주의적 이념에 강한 공감을 가졌다는 것과 그가 공산주의자 친구들을 갖고 있으며, 공산주의자들과 공감하는 몇 개의 조직에 속해 있었다는 것 등은 일반적으로 알려진 사실입니다. 그 당시에 그것은 대다수는 아닐지라도 수많은 지식인들의 태도였으며, 그들의 사회 비판적 이념은 곧, 보다 큰 사회적 정의(正義)를 국가에 가져다 주었던 우리의 뉴딜 정책과도 일치하는 것이었습니다.

우리가 지금껏 오펜하이머 박사의 인간관계에 관해 알아 낸 것은, 이미 오펜하이머 박사가 전시(戰時) 작업에 들어서기 앞서 써 넣었던 질문지에 기록되었던 사항이며, 또한 1943년과 1947년에 오펜하이머 박사에게 신임을 부여한 적 있는 권위 있는 위원회측에서도 이미 알고 있는 사실입니다. 그리고 FBI가 오펜하이머 박사에 관해 수집한 자료, 지금 이 시간까지 우리에겐 관람이 허용되지 않은 것입니다만 이 역시 1947년에 이미 책임 있는 위원회가 주지했던 것입니다. 만약 그 자료들에 우리가 모르는 유죄의 증거들이 내포되어 있다면, 롭 씨는 그것을 서슴없이 우리에게 제시했으리라고 생각합니다.

마찬가지로 지난날의 보안 당국은, 이미 밝혀진 '엘튼톤-슈발리'에 건(件)에서 보인 오펜하이머 박사의 태도 역시 알고 있었습니다. 롭 씨는 이 대목에도 새로운 자료를 제시하지 못했습니다. 오펜하이머 박사가 슈발리에를 무죄라고 여겼던 데에서 충성심의 갈등이란 없었으며, 슈발리에는 실제 무죄로 밝혀졌습니다. 결국 그 사건에는 첩보행위의 시도 같은 것은 전혀 없었던 겁니다. 그럼에도 불구하고 오펜하이머 박사는 그때 자신의 행동이 어리석었다고 서슴지 않고 술회했습니다. 따라서 그가 이제는 1942년과 달리 행동하리라고 의심할 사람은 아무도 없을 것입니다.

남은 문제는, 오펜하이머 박사가 훌륭한 지식을 갖고서도 비애국적 의도로 수소탄 제조계획에 반대함으로써 과연 미합중국의 안보를 해쳤느냐 하는 것입니다. 문제의 요점은 조언이 좋았느냐 나빴느냐가 아니라고 봅니다.

378

그것이 진심에서 우러난 조언이었느냐, 미합중국의 최선의 이익을 위하여 주어진 것이냐 아니냐 하는 것이 중요한 것입니다.

많은 전문가들은 본 위원회 앞에서, 수소탄 제조를 국제적 협정으로 막으려던 그의 조언이 훌륭한 조언이었다는 견해를 표명했습니다. 그는 오늘날 우리를 마비시키고 있는 공포의 균형을 충분히 예감했기 때문에 두려워했던 것입니다. 텔러나 앨버레즈 같은 다른 전문가들은 의견을 달리했고, 결국 그들은 견해를 관철시켰습니다. 그들은 이 자리에서 오펜하이머의 건의를 신랄하게 비판했습니다. 그러나 '수퍼'의 중요한 지지자들까지도, 오펜하이머의 조언이 미국의 최선의 이익에 기여하려는 의도에서 나온 것임에는 의심의 여지가 없었습니다.

텔러 박사는 이 자리에서 오펜하이머 박사가 '수퍼'에 대해 충분히 열광하지 않았고 또 그의 열광의 결여가 '수퍼' 제작을 몇 년 지체시켰다는 불만을 말했습니다. 그러나 그 같은 무기가 결국 미국을 약화시키고 우리의 전체 문명을 위협하게 되리라고 믿는 사람이 어떻게 그것에 열광할 수 있단 말입니까? 전략적, 정치적 논거에 어긋날 뿐 아니라 기술적으로도 미흡한 무기 생산 계획을 받아든 처지에서 어떻게 열광할 수 있단 말입니까?

만약 사람들이 텔러 박사를 보고, 그가 전쟁 중에 원자탄에 대해 열광하지 않았다고, 그의 자리에 클라우스 푹스를 오게 했다고, 따라서 원자탄의 비밀이 누설된 것은 텔러의 탓이라고 비난을 한다면, 그는 과연 뭐라고 말하겠습니까? 그는 당연히 그 비난이 허무맹랑하다고 여길 것입니다. 마찬가지로 오펜하이머의 부족한 열광으로 '수퍼'가 지연되었다는 가공(架空)의 이야기도 역시 허무맹랑한 것입니다.

오펜하이머는 잘못된 긴급계획에 대하여 자신으로서는 최선의 견해를 표명했습니다. 그 견해는 이 나라 최상급 전문가들의 견해와 일치하는 것이었지요. 그럼에도 불구하고 그 계획을 추진하라는 지시가 떨어지자, 또 새로운 착상들로 인해 '수퍼' 제조의 가능성이 보이자, 그는 그것의 정치적 합목적성에 관해서는 더 이상 거론하지 않고 자신의 최선의 통찰에 따라 그 계획을 지원해 주었습니다. 어떻게 이보다 더 정확하고 충성스럽게 행동할 수 있는지, 본인으로서는 모르겠습니다.

그의 말과 어긋나는 그의 불성실한 행동이 어디에 있습니까? 오펜하이머 박사가 비애국적 행동을 했고 그를 신뢰할 수 없으며, 미합중국의 안전이 그로 인해 위태로워졌다는 혐의를 입증해 주는 사실들이 과연 어디에 있습니까? 크라우치 씨가 말한 '비공개 회의'가 그런 사실입니까, 아니면 그리그스 씨가 말한 '소리 없는 음모'가 그런 사실입니까? 오펜하이머 박사가 무기(武器) 종류의 라이벌 싸움에서 공군 안의 몇몇 선동자 편에 서지 않았다고 해서, 그것이 배반적 행위가 됩니까? 오펜하이머 박사의 임무는 미국 정부를 조언하는 것이었지, 공군을 조언하는 것이 아니었습니다. 그가 생각해야 할 대상은 미국이었지, 특정 군대의 우선권이 아니었습니다. 우리는 그의 조언이 현명했는지는 의심할 수 있습니다. 그리고 그의 조언을 더 이상 받고자 하지 않는다면 그대로 얼마든지 좋습니다. 그러나 그의 견해의 지혜로움이 의심스럽다고 해서, 한 인간의 충성심을 의심할 수는 없는 법입니다.

만약 이 자리에서 롭 씨의 제언에 따라 우리의 법조문에 없는 사상의 배반이라는 범주를 끌어들인다면, 그것은 한 위대한 미국인의 학문적 일생을 파괴하는 것이 될 뿐 아니라, 우리 민주주의의 토대까지 무너뜨리는 결과가 될 것입니다.

자유란 그 값을 갖고 있습니다. 이 점에서 나는 롭 씨에 동의합니다. 그 값이 무엇인지, 오펜하이머 박사는 한 신문 기사에서, 자신의 동료 한 사람을 옹호하며 다음과 같은 글을 쓴 적이 있습니다.

"그것이 아무리 진보적이고 기탄 없이 표명된 것일지라도, 정치적 견해가 한 학문적 스승의 지위를 해치지는 않습니다. 그의 고결함과 명예가 그것으로 침해받지는 않습니다. 정치적 정통 보수주의가 학자들을 망치고 그들의 작업을 끝장내는 예를 우리는 다른 여러 나라에서 보아 왔습니다. 그것은 학문의 파괴를 초래했지요. 그것은 언론의 자유와 정치적 자유를 파괴하는 일환입니다. 자유를 지키고자 하는 민족에게는 그것은 있을 수 없는 길입니다.

그레이 : 감사합니다, 막스 씨. 위원회는 폐정합니다. 마지막 회의 시간을 통지해 드리겠습니다. 좌중 모든 분들의 도움에 감사드립니다. 특히 오펜하이머 박사에게 감사합니다.

오펜하이머 : 감사합니다, 선생.

(조명이 바뀐다. 오펜하이머는 무대 앞쪽 가장자리로 나온다. 휘장이 닫힌다.)

오펜하이머 : 1954년 5월 14일 10시 조금 전, 물리학자 J. 로버트 오펜하이머는 위원회 측의 심판을 듣기 위하여, 그리고 최후 진술에서 자기 변호를 하기 위하여, 워싱턴에 있는 원자력위원회 2022호실에 마지막으로 들어섰습니다. (그는 무대 장면으로 되돌아간다.)

2-9

(휘장 위에 다음 요점 문구가 투사된다.)

심판

(위원회 위원들, 양측 변호인들과 오펜하이머가 각기 앉았던 자리에 자리를 잡고 있다. 그레이는 서류철에서 보고서를 하나 꺼내, 선 채로 읽는다.)

그레이 : 사실들을 근거로 하여, 위원 토머스 A. 모건과 고든 그레이로 이뤄진

본 위원회의 다수는, 위원 워어드 V. 에반즈와는 의견을 달리하여 J. 로버트 오펜하이머의 사건에서 다음과 같은 원자력위원회측의 판정을 전달해야겠다는 견해에 이르렀습니다.

"비록 우리는 과거 오펜하이머 박사의 다양한 공산주의자와의 접촉을 큰 부담으로 인식하긴 하지만, 또한 오펜하이머 박사 자신이 그 같은 접촉의 몇몇을 오늘날까지도 지속하는 유감스러운 결단을 내리고 있기는 해도, 우리는 이 같은 현재의 인간관계에서 하등 비애국적이라고 할 증거를 찾아내지 못하고 있습니다.

이 같은 무분별한 인간관계보다 더욱 중요하게 보이는 것은 '엘튼톤-슈발리'에 건(件)에서 오펜하이머 박사의 태도입니다. 한 심각한 첩보혐의가 보이는 경우에서 그는 공산주의적 배경을 잘 알고 있으면서도 친구를 보호하기 위해 안보 당국을 고의적으로 기만했고, 그럼으로써 일반인들의 행동을 규정하는 규칙 외곽에서 줄곧 행동했습니다. 여기서 중요한 점은, 그것이 과연 실제로 있었던 첩보 시도였느냐 아니냐가 아닙니다. 중요한 사실은 결국 그가 그 같은 가능성을 믿었다는 점입니다. 계속된 위장과 거짓진술이 불안한 성격적 결함을 추측케 하는 것입니다.

친구에 대한 신의(信義)는 가장 고결한 특성의 하나입니다. 그러나 자신의 국가와 그 보안체계에 대한 분별 있는 의무를 초월하여 친구에 대해 신의를 지킨다는 것은, 어쨌든 분명코 국가 이익과 화해할 수 없는 태도입니다.

우리는 수소탄에 대해 지녔던 오펜하이머 박사의 입장이 불안하고 불투명했다고 생각합니다. 만약 오펜하이머 박사가 그 계획에 열광적 지원을 했더라면, 보다 빠른 시점에 체계화된 분발을 가능케 했을 것이며, 따라서 우리는 '수퍼'를 한결 앞당겨 제조했을 것입니다.

그것은 곧 미합중국의 안전을 강화할 수 있었을 것입니다. 오펜하이머 박사의 '수퍼'에 대한 소극적 입장은 그의 강력한 도덕적 가책에서 초래된 것이며, 또한 그가 자신의 태도로 다른 과학자들에게 부정적 영향을 미쳤다고 우리는 봅니다. 비록 그가 자신이 알고 있는 한 충성된 의도에서 조언을 해 왔다는 점을 의심하지 않는다 해도, 국제적 협정을 통해 수소탄 제조를 막으려 부심했던 그의 태도나, 이 무기를 결코 앞장서서 사용하지 않도록·보장을 요구했던 그의 태도는, 미합중국에 대한 그의 신뢰가 한심하게 결여되어 있음을 시사하는 것입니다.

그의 이 같은 태도는, 이런 자세를 견지하는 한 과연 그가 앞으로 국가방위계획에 참여하면서 보안상 이익과 어김없이 화해할 수 있을지, 우리에게 강한 의혹을 불러일으킵니다.

이러한 우려를 종합하건대 우리는, 오펜하이머 박사가 정부나 원자력위원회측에 대해 무조건적 신뢰를 요구할 수 없다는 견해입니다. 이 무조건적 신뢰란 곧 보안상의 보증을 부여하는 일일 겁니다. 왜냐하면 그에게서 기본적으로 성격상 결함이 드러날 수 있기 때문입니다. 고든 그레이와 토머스 A. 모건."

(고든 그레이의 부언)

만약 우리가 규정된 엄격한 규칙이나 척도와는 별도로 오펜하이머를 독자적으로 판정할 수 있었다면, 다른 결론에 이를 수도 있었다고 본인은 생각합니다.

이제 에반즈 박사에게 그의 소수 보고서를 읽어 주시기를 부탁드립니다.

(그는 앉는다. 에반즈는 종이를 한 장 들어, 읽을 수 있도록 눈앞에 가까이 잡는다.)

에반즈 : "여기서 개진된 사실들을 근거할 때, 본인은 오펜하이머 박사가 하자 없이 애국적이라고 생각합니다. 본인이 보기에는 그에게 보안상 위험은 없습니다. 그에게 보안상 신임을 거부할 아무런 근거도 없습니다.

본인의 근거는 다음과 같습니다. 슈발리에 건에서 그가 보인 태도를 포함하여, 오펜하이머 박사의 과거 공산주의자와의 접촉은, 미국을 위해 성취했던 그의 위대한 공적이 있기 이전의 사실들입니다. 오펜하이머 박사는 그 접촉들에 대해 전혀 숨기지 않았고, 이 자리에서 제시된 모든 혐의들은 마지막으로 1947년에 그에게 보안상 신임이 부여될 때에도 이미 주지되었던 것들입니다. 본인을 불안하게 하는 것은 변화하는 정치 기후가 동일한 사건에 대한 판정을 뒤바꾸게 하는 사실입니다.

'수퍼'를 둘러싼 토론이 벌어지는 과정에서, 오펜하이머는 자신의 견해를 표명할 권리뿐 아니라 의무도 지고 있는 위치에 있었습니다. 이 어려운 문제에서 그의 견해는 충분한 근거를 갖고 있었고, 그 분야의 최우수 전문가들의 의견과도 일치했습니다. 또한 그의 조언이 궁극적으로 옳지 않았다는 근거도 불명합니다.

한 인간의 충성심을 검토하는 데 중요한 점은 어쨌든, 그 조언의 좋고 나쁘고가 아니라, 조언의 성실성이라고 봅니다. 어떤 무기 개발에 대한 도덕적, 윤리적 우려가 미국의 이익을 해칠 수는 없을 것입니다. 또한 그토록 효력이 큰 무기 개발이 초래할 결과를 때가 늦지 않게 사려해 보는 것은 이성적인 태도라고 봅니다. 워어드 V. 에반즈."

그레이 : 이로써 원자력위원회측의 선발 위원의 다수는 분명히 오펜하이머 박사에게 보안상 신임을 부여하지 않을 것을 제의합니다.

(오펜하이머 측 변호인들에게) 이 결정에 대해 원자력위원회측의 이의가 제기될 수도 있습니다. 오펜하이머 박사에게, 그가 신청한 최후 진술의 기회를 드리겠습니다.

(오펜하이머 일어선다. 고개를 약간 삐딱하게 하고 안경을 든 채 적절한 표현을 찾기 위해 생각을 할 때면 이따금 주저하면서 말을 한다.)

오펜하이머 : 한 달도 더 전에 이 소파에 맨 처음 앉았을 때, 본인은 자기 변명을 할 생각으로 가득 차 있었습니다. 내겐 아무 잘못이 없다고 생각했으니까요. 나 자신이, 한심한 정치적 공세의 희생자라고 생각했습니다.

내 일생을 멋대로 개괄하고 나의 동기들을 언급하며, 내게 있었던 갈등들, 또는 있지도 않았던 갈등들을 담판하려는 역겨운 시도에 억지로 휘말려 들면서 나의 자세는 변하기 시작했습니다. 나는 완벽하게 솔직하려고 애를 썼습니다. 자기 생애의 수년간을 타인에게 공개하지 않았던 사람의 경우, 그것은 새로이 습득해야 하는 하나의 어려운 기술입니다. 나 자신에 대해, 우리 시대의 한 물리학자에 대해 깊이 생각해 보면서, 나는 스스로에게 묻기 시작했습니다.

과연 롭 씨가 이 자리에 끌어들이기를 제언한 '사상의 배반'이라는 범주가 일어났었는가 아닌가를. 오늘날에는 핵물리학의 기본 연구조차 극비에 부쳐진 상황에서 우리의 연구소들은 군대 고위기관에 의해 운영되면서 전쟁 목표물처럼 감시받고 있는 실정입니다. 이러한 실정이 우리에게 당연한 사실로 되어 버린 점을 감안하며, 이와 똑같은 경우에 코페르니쿠스의 착상이나 뉴턴의 발견은 어떻게 되었을까를 생각할 때, 나는 자문하게 됩니다. '우리가 결과를 생각치 않고 연구작업을 군대에게 떠맡겼을 때, 그때 이미 우리는 진정으로 과학의 정신을 배반했던 게 아닐까' 하고.

이렇듯 우리는, 세인들이 학자들의 발견을 공포심을 갖고 들여다보는 세상 속에 살고 있습니다. 무릇 새로운 발견은 세인들에게 새로운 죽음의 공포를 불러 일으킵니다. 게다가 이토록 비좁아진 별 위에서 인간이 공존하는 방법을 쉬이 배울 수 있으리라는 희망도 희박해 보입니다. 또한 머지 않아 인간의 삶이 그 물질적 측면에서, 새로운 발견의 이기(利器)를 바탕으로 영위되리라는 희망도 희박합니다.

지금 어디서는 쉽고 값싸게 생산할 수 있게 된 핵에너지가 반대 급부적인 균형을 끌어들일 수 있다는 생각, 우리가 엄청난 파괴 무기를 위해 개발했던 인공적 두뇌가 장차 인간의 노동을 그 창조적 계열로 환원시키면서 공장들을 가동시키리라는 생각은 턱없이 유토피아적인 생각 같습니다. 그것은 우리의 삶에, 행복의 조건 중 하나인 물질적 자유를 선사할 것입니다.

그러나 이 희망들은 어쨌든 우리가 두려워하고 있고 상상조차 할 수 없는 지구의 파멸과 양자택일 중의 하나입니다. 이 갈림길에서 우리 물리학자들은, 우리가 그때처럼 그렇게 중요한 적이 없었음을, 동시에 그토록 무력한 적이 없었음을 지금 통감하고 있습니다.

이 자리에서 내 생애를 되돌아보면서 본인은, 위원회측의 견해에 의하면 내게 혐의가 되는 행위들이 결국 세인들이 나의 공적이라고 치부하는 것보다 한결 과학의 이념에 접근했다는 사실을 깨달았습니다.

따라서 본위원회와는 반대로 나는 자문해 봅니다. 우리 물리학자들은 우리의 정부에 대해 지금껏 때로는 너무나 지나치고 성찰 없는 충성심을 바쳐온 것이 아닌가 하고. 우리의 더 나은 통찰과도 어긋나게도 말이죠. 또 내 경우에선 비단 수소탄 문제에 그치지 않게 말입니다.

우리는 생의 황금기를 줄곧 더 완벽한 파괴 수단을 찾아 내는 데 소모했습니다. 군대의 일에 종사해 온 것입니다. 그리고 그것은 틀려먹은 일이라는 것을 본인은 뼈에 사무치게 절감하고 있습니다. 이제 본인은 위원회 대표의 다수 결정에 이의 신청을 할 작정입니다. 그러나 최선을 다한 재심 결과가 어떻게 되든 간에, 다시는 전시계획에 동참하지 않을 것입니다.

지금껏 우리는 '악마의 일'을 해 왔습니다. 그러나 이제 우리 본연의 과제로 돌아가겠습니다. 며칠 진 라비는 내게, 다시금 연구에만 몸을 바치겠다는 뜻을 말해 왔습니다. 이같이 미미한 위치들에서 세계를 보존시킬 수 있을 만큼 보존시키는 것, 이것말고 더 나은 일을 우리는 할 수 없습니다.

(휘장이 닫힌다.)

(휘장 위에 다음 요점 문구가 투사된다.)

1963년 12월 2일 J. 로버트 오펜하이머는 존슨 대통령으로부터, 전시 기간

중 원자력 계획에 이바지한 공로로 엔리코 페르미 상을 수여받았다. 수상 제
의자는 전년도 수상자인 에드워드 텔러였다.

(막이 내린다.)

옮긴이 차경아

서울대학교 문리대 독어독문학과와 동 대학원을 졸업한 후, 독일 본대학에서 수학했으며, 서강대학교에서 문학박사 학위를 받았다. 현재 경기대학교 독어독문학과 교수로 재직하고 있다. 옮긴 책으로『독일인의 사랑』,『물의 요정 운디네』,『싯달타』,『주인없는 집』,『모모』,『만하탄의 선신』,『생의 한가운데』,『왜 사느냐고 묻거든』,『삼십세』등이 있다.

갈릴레이의 생애

1판 1쇄 발행 2001년 6월 25일
1판 8쇄 발행 2020년 4월 29일

지은이 베르톨트 브레히트 외
옮긴이 차경아
펴낸이 조추자
펴낸곳 도서출판 두레
등록 1978년 8월 17일 제1-101호
주소 서울시 마포구 공덕1동 105-225
전화 02)702-2119(영업), 02)703-8781(편집)
팩스 02)715-9420
이메일 dourei@chol.com

ISBN 89-7443-045-2 03850

* 가격은 뒷표지에 적혀 있습니다.
* 잘못 만들어진 책은 바꾸어 드립니다.